BASTEI
LÜBBE

Über den Autor:

Ronald Gutberlet, geboren 1959 in Fulda, lebt als Schriftsteller in Hamburg – nur wenige Schritte vom Elbufer entfernt. Unter dem Pseudonym Robert Brack schrieb er zahlreiche Kriminalromane, die mehrfach ausgezeichnet wurden.

Ronald Gutberlet

Der Schatz des Störtebeker

Kriminalroman

BASTEI LÜBBE

BASTEI LÜBBE TASCHENBUCH
Band 15 418

1. Auflage: Dezember 2005

Vollständige Taschenbuchausgabe

Bastei Lübbe Taschenbücher in der Verlagsgruppe Lübbe

Lizenzausgabe: Verlagsgruppe Lübbe GmbH & Co. KG,
Bergisch Gladbach
Lektorat: Andreas C. Knigge
Einbandgestaltung: Bianca Sebastian
Titelbild: Europa Verlag
Satz: hanseatenSatz-bremen, Bremen
Druck und Verarbeitung: Maury Imprimeur S A.
Printed in France
ISBN 3-404-15418-5

Sie finden uns im Internet unter
www.luebbe.de

Der Preis dieses Bandes versteht sich einschließlich
der gesetzlichen Mehrwertsteuer.

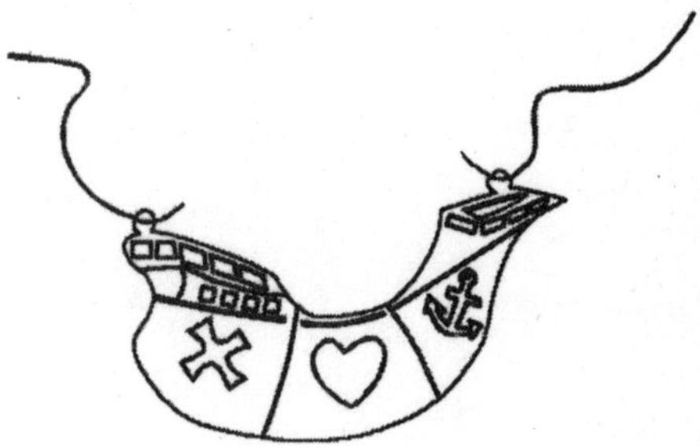

1399

Sie waren in einen Hinterhalt geraten. Der junge Mann, der neben dem Kapitän auf dem Achterkastell stand, bemerkte als Erster, dass die Kogge, die sie gerade verfolgten, nicht allein war.

»Wir werden diese Kerle bald zu fassen kriegen«, sagte Kapitän Hinrichs.

Jan Burchard schüttelte den Kopf: »Ich glaube nicht.« Er hegte schon seit einiger Zeit den Verdacht, dass sein Kapitän kurzsichtig war und der Mann im Ausguck eine Schlafmütze. Keiner von ihnen hatte bemerkt, dass sie gerade das Opfer einer raffinierten List wurden.

»Verfluchte Seeräuber«, murmelte Jan Burchard.

»Sie werden sich bald selbst verfluchen«, tönte Kapitän Hinrichs selbstbewusst.

»Nein, Kapitän, ich fürchte, wir sind es, die gleich in Wehklagen ausbrechen werden.«

Hinrichs blickte seinen jungen Herrn mit einer Mischung aus Unglauben und Verärgerung an: »Was soll das heißen?«

»Wir haben drei Schiffe«, sagte Jan Burchard und deutete auf die beiden Hansekoggen, die jetzt aufgeholt hatten und nicht mehr sehr weit hinter ihnen lagen.

»Ja und?«

Jan Burchard schwenkte den Arm Richtung Backbord: »Die Piraten haben sechs.«

Jetzt sah es auch der Kapitän: »Verfluchte Bande!«

Es war ein klassischer Hinterhalt, das erkannte jetzt sogar der begriffsstutzige Hinrichs. Er gab das Kommando zum Abdrehen, aber das machte die Lage nur noch schlimmer. So hatten sich die wagemutigen Hanseaten ihre Jagd auf die Piraten nicht vorgestellt. Sie befanden sich auf dem Weg nach La Rochelle, um drei Ladungen Rotwein für Hamburg, Lübeck und Wismar an Bord zu nehmen. Als sie bei günstigem Nordwestwind auf südlichem Kurs nahe der bretonischen Küste in Sichtweite der Belle-Ile gekommen waren, hatten sie eine fremde Kogge bemerkt, die sich ihnen von Westen her näherte und zweifellos beabsichtigte, ihren Kurs zu schneiden.

Jan Burchard hatte die schwarze Freibeuterfahne als Erster gesehen und dem Kapitän seine Entdeckung mitgeteilt. Hinrichs rieb sich die Hände: »Ha! Sie fahren in ihr Verderben.« Er ging davon aus, dass die Piraten seine beiden Begleitschiffe noch nicht bemerkt hatten, da sie weit abgefallen hinter ihnen lagen. Zweifellos beabsichtigten die Seeräuber, die Hansekogge zu entern.

Hinrichs gab den Befehl, den Kurs zu ändern. Er wollte dem Feind die Stirn bieten, was zweifellos die beste Taktik in einer derartigen Situation war. Da der Bug nun halb gegen den Wind gedreht war, verlangsamte sich die Fahrt des Handelsschiffs, was aber kein Nachteil war, denn zum einen hielt die Piratenkogge hart am Wind direkt auf sie zu, und zum anderen hatten die beiden Begleitschiffe der Hanseaten nun Gelegenheit aufzuschließen. Dem Gefecht, so meinte Hinrichs, könne man also gelassen entgegensehen. Er befahl seiner Besatzung, zu den Waffen zu greifen und sich bereitzuhalten.

Die Seeräuber drehten ab. Jan Burchard wandte sich um. Hatten die Angreifer etwa die beiden anderen Schiffe bemerkt?

»Feige Bande!«, rief Hinrichs. »Die werden wir uns schnappen!«

Zunächst sah es so aus, als wollten die Seeräuber hinter der Belle-Ile Schutz suchen. Sie gingen auf Kurs West-Süd-West und verschwanden hinter einer Landzunge.

»Lasst es gut sein, Kapitän«, sagte Burchard. »Hinter der Insel liegt der Wind für sie wieder günstig, und sie werden uns davonsegeln.«

Aber Hinrichs hatte Blut geleckt. Er rieb sich die Hände: »Habt Ihr nicht bemerkt, dass unsere Schiffe viel schneller sind? Wir werden ihnen zeigen, dass man braven Hanseaten nicht ungestraft in die Quere kommt.«

Tatsächlich befanden sich die anderen beiden Schiffe jetzt direkt hinter ihnen. Im Verhältnis drei zu eins dürften sie ein leichtes Spiel gegen die Seeräuber haben. Hinrichs' Eifer war durchaus verständlich: Er war im Laufe seines langen Lebens auf See mehr als einmal Opfer von Piraten geworden und hatte erleben müssen, wie zahlreiche tapfere Männer von diesen blutrünstigen Teufeln massakriert worden waren. Trotzdem hatte Jan Burchard, der zwar noch jung war, aber als Vertreter seines hamburgischen Handelshauses ebenfalls über einige Erfahrung als Seefahrer verfügte, ein ungutes Gefühl. Und er behielt Recht.

Kaum hatten die wackeren Hanseaten die Spitze der Landzunge erreicht, bemerkten sie die fünf anderen Piratenschiffe, die mit gerefften Segeln auf sie gewartet hatten. Rasch hatten sie ihre Segel gesetzt und hielten nun hart vor dem Wind direkt auf die Hanseaten zu.

Was sollte Hinrichs jetzt tun? Eine feige Flucht war zweifellos die einzige Alternative. Aber wie sollte das vonstatten gehen? Wenden und den alten Kurs wieder aufnehmen? Dann würde ihnen der Wind zunächst ins Gesicht blasen, und sie wären für einige Zeit nahezu manövrierunfähig. Weiter Kurs halten? Die Piraten lagen besser im Wind und würden sie einholen.

Während Hinrichs vor sich hinfluchte und seine Mannschaft ihm sorgenvolle Blicke zuwarf, beschrieb das Schiff, das sie bis eben noch verfolgt hatten, einen Bogen und schloss sich seinen Verbündeten an. Die Piratenflotte teilte sich jetzt, und je zwei Piratenschiffe hielten auf eine Hansekogge zu.

Jan Burchard glaubte zu hören, wie Kapitän Hinrichs mit den Zähnen knirschte.

»Ich werde mich doch von diesem Pack nicht hinterrücks überfallen lassen«, stieß er zwischen den zusammengepressten Kiefern hervor.

Und zu Jan Burchards großem Entsetzen gab er den Befehl zum Wenden. Dann folgte das Kommando zum Reffen der Segel. Wenig später lag die Kogge bewegungslos im Wasser. Die beiden Begleitschiffe schafften es, noch rechtzeitig beizudrehen. Nun lagen sie im Abstand von etwa fünfzig Metern voneinander in leichter Dünung.

Kapitän Hinrichs fluchte wieder. Seine Absicht war eigentlich gewesen, die drei Koggen zu einer Festung zu verbinden. Wieso nur waren die anderen beiden Kommandeure so begriffsstutzig? So, wie sie jetzt lagen, konnte jedes ihrer Schiffe von zwei Piratenkoggen in die Zange genommen werden.

Hinrichs gestikulierte wie wild nach Steuerbord. Endlich schienen die anderen zu begreifen, was er meinte, doch es war zu spät. Die Piraten kamen unter vollen Segeln näher und hielten in unverminderter Fahrt auf ihre Ziele zu.

»Die wollen uns doch nicht etwa rammen?«, murmelte Burchard, der merkte, wie er vor Angst zu zittern begann.

»So versuchen sie es im Allgemeinen«, nickte der Kapitän.

Er wandte sich an seinen Steuermann, der die ganze Zeit schweigend und mit finsterer Miene am Ruder gestanden hatte: »Sie sollen schießen, sobald diese Halunken nahe genug herangekommen sind. Aber erst auf mein Kommando.«

Der Steuermann brüllte einige Befehle. Die Mannschaft ging an Back- und Steuerbord in Position.

»Wir haben pro Mann eine Armbrust«, sagte Hinrichs, »damit werden wir sie empfangen.«

Burchard blickte an sich herunter. Er trug keine Waffe bei sich, nicht mal einen Dolch. Plötzlich stand ein Mann vor ihm und hielt ihm etwas Metallenes entgegen. Ein Kettenhemd. Der Kapitän war bereits dabei, einen Ringpanzer anzulegen, den ihm ein anderer gebracht hatte. Mühsam zog sich Jan Burchard das schwere Kettenhemd über den Kopf. Dann hatte er einen Helm auf dem Kopf und ein Schwert in der Hand. Schließlich wurde ihm ein Schild gereicht.

Er hatte keine Zeit mehr, darüber nachzudenken, wie man so ein Schwert eigentlich handhabt, denn mit einem Mal begann das Kampfgetümmel: Kaum waren die Piraten auf Schussweite herangekommen, gab der Kapitän den Befehl zu feuern. Ein Schwarm von Pfeilen schwirrte durch die Luft und prasselte auf die Decksplanken der beiden herannahenden Piratenschiffe. Doch Kapitän Hinrichs' Optimismus erwies sich als trügerisch, denn die Piraten verfügten ebenfalls über Armbrüste und beantworteten den Angriff ihrerseits mit einem dichten Pfeilhagel. Jan Burchard ging in die Knie und duckte sich hinter eine Kiste. Einem richtigen Seegefecht hatte er noch nie beigewohnt. Er spürte, wie das Blut aus allen seinen Körperteilen entwich und sich irgendwo in der Magengegend sammelte, als kalter Klumpen Angst. Er wagte nicht aufzusehen.

Das Deck erbebte, als sie von den feindlichen Schiffen gerammt wurden. Mit kreischendem Schaben schrammten die Piratenschiffe an den beiden Bordseiten entlang. Jan Burchard blickte auf und sah Enterhaken fliegen, Schwerter schwingende Männer über die Bordwand klettern und an Deck springen, wo sie von den tapferen hanseatischen Seemännern empfangen wurden, die ebenfalls ihre Schwerter gezückt hatten. Kriegsgeheul ertönte, wütendes Brüllen, Gejohle und Geheule, auch Schmerzensschreie, Röcheln und Stöhnen, das Scheppern gekreuzter Klingen, das Zerbersten rostiger Kettenhemden, das Krachen von Eisenklingen auf Ringpanzern – und das schauderhafte Geräusch, das eine scharfe Klinge erzeugt, die einen Schädel spaltet: Es war der Schädel des Kapitäns, der das Ziel eines brutalen Schlages wurde, als er gerade irritiert zu seinem Steuermann blickte, der vor Wut und Schmerz laut brüllend versuchte, sich den Pfeil einer Armbrust aus dem Hals zu ziehen.

Jan Burchard richtete sich auf, als der Schlächter des Kapitäns vor ihn hintrat. Der Pirat, in dessen struppigen Barthaaren Geifer hing und aus dessen verfilztem Haupthaar Blut tropfte, stand schnaufend da, starrte ihn aus glasigen Augen an und holte mit dem Schwert aus. Er schwankte. Offenbar hatte der Kapitän ihn verwundet. Burchard hob seinen Schild und wehrte einen Schlag ab. Eisen klirrte auf Eisen. Der Pirat tapste einen Schritt nach vorn und holte erneut aus, träge, als sei es eine ungeheure Anstrengung. Burchard erinnerte sich an sein eigenes Schwert. Er umgriff es fest und wehrte damit einen weiteren Schlag ab. Dann ließ er es von links nach rechts sausen und schlitzte seinem Gegner den nackten Bauch auf, der unter seiner halb geöffneten Jacke hervorschaute. Der Verletzte schnaubte und schwang erneut das Schwert. Burchard hob abermals den Schild und hielt auch dem nächsten Schlag stand. Dann hieb er das Schwert durch die Luft, brachte den Piraten aus dem Gleichgewicht, worauf der strauchelte und über eine Taurolle rücklings zu Boden ging. Ohne recht zu wissen, wie ihm geschah, stand Burchard plötzlich über ihm, den Schwertknauf mit beiden Händen umklammert, die Klinge nach unten gerichtet, und stieß zu. Die Klinge drang dem Unhold in die Kehle und nagelte ihn auf die Planken.

Jan Burchard sank erschöpft zur Seite und nahm kaum noch wahr, dass er im Fallen von einem Knüppel getroffen wurde, und verlor das Bewusstsein.

Als er wieder aufwachte, lag er zwischen den Überlebenden seiner ehemals stolzen hanseatischen Kogge. Die Hände hatte man ihm auf den Rücken gebunden. Mühsam schaffte er es, sich aufzurichten, und sah mit den anderen stumm zu, wie die siegreichen Piraten die Leichen der Erschossenen, Erstochenen und Erschlagenen über Bord warfen. Sie verzogen keine Miene und machten keine Unterschiede. Ob eigener Mann oder getöteter Feind, es war ihnen gleich. Sie hielten nicht einmal inne, um einem Toten die letzte Ehre zu erweisen, und auch Gebete wurden keine gesprochen: Sie räumten überflüssigen Ballast beiseite. Zurück blieben die Blutlachen, die auf den Decksplanken langsam eintrockneten.

Als ihre Arbeit getan war, hockten sich die wilden Kerle hin, um sich auszuruhen. Jan Burchard hob den Blick. Soweit er erkennen konnte, ging es auf den anderen Schiffen ähnlich zu. Er blickte auf seine Mitgefangenen. Viele waren es nicht. Er spürte den Blick eines Mitgefangenen auf sich.

»Was werden die jetzt mit uns machen?«, fragte er ahnungsvoll.

»Umbringen werden sie uns alle.«

»Um Gottes Willen ...«

»Ja, wir können nur noch beten ... es sei denn ...«

»Es sei denn?«

»Wir schließen uns ihnen an.«

Jan Burchard zuckte zusammen. Was für ein Gedanke.

»Oder sie behalten einige von uns zurück, um Lösegeld zu erpressen.«

»Lösegeld?«

»Vielleicht will ja jemand etwas für dich bezahlen, mein Junge.«

»Schnauze!«, brüllte ein Pirat und trat nach ihnen. »Da kommt unser Anführer! Kopf runter! Ihr sollt im Dreck vor ihm kriechen!«

Jan Burchard senkte den Kopf. Aber er war neugierig und schielte verstohlen in die Richtung, in die nun alle Seeräuber blickten.

Ein bärtiger Hüne in einem zotteligen Wams mit einem weiten Umhang und einer unförmigen Mütze auf dem Kopf stieg an Bord. Er trug hohe Lederstiefel und einen breiten Gürtel, in dem ein kurzer Dolch steckte.

Er ging die Reihe der Gefesselten ab. Die Gefangenen blickten größtenteils zu Boden, manche warfen dem Seeräuber flehende Blicke zu.

»Gott sei uns gnädig«, murmelte der Mann neben Jan Burchard. »Wir sind verloren. Das ist Störtebeker!«

»Wer?«

»Klaus Störtebeker, der grausamste aller Piraten.«

Jan Burchard stockte der Atem.

»Heda! Maul halten!«, brüllte einer.

Jan Burchards Nebenmann duckte sich. Aber da stand der Anführer der Bande schon vor ihm und lachte böse.

»Hast du nicht eben meinen Namen genannt?«

Der Angesprochene zitterte am ganzen Körper. Er traute sich nicht, den Kopf zu heben.

»Packt ihn und weg mit ihm!«

Zwei Piraten traten zu dem Unglücklichen und fassten ihn unter. Der Mann begann, zu strampeln und zu flehen. Das Flehen wurde zu einem erbärmlich schrillen Kreischen, als sie ihn zur Bordwand schleiften. Dann war er auf einmal still. Die Männer hoben ihn hoch und schleuderten ihn ins Meer. Ein trockenes Klatschen auf der Wasseroberfläche, und es war vorbei.

Jan Burchard spürte eine unbändige Wut in sich hochsteigen. Er starrte dem Anführer der Seeräuber zornig ins Gesicht.

»Willst du gleich hinterher?«, fragte Störtebeker.

»Ihr seid ein Teufel!«, stieß Burchard unbeherrscht hervor.

Der Seeräuber trat ihm in die Seite. Dann winkte er zwei Gefolgsleute herbei.

»Hoch mit ihm! An den Mast! Er soll auskosten können, was ihm blüht.«

Sie banden ihn an den Mast und zwangen ihn zuzusehen, wie seine Gefährten einer nach dem anderen ins Meer geworfen wurden. Vorher wurden sie gefragt, wie sie hießen und woher sie kamen. Niemand schien ihnen wertvoll genug zu sein, um ihn als Geisel zu behalten. Bat einer von ihnen um Gnade, lachten die Piraten schallend oder beschimpften ihn unflätig und warfen ihn mit doppeltem Schwung ins Meer. Jan Burchard sah mit zusammengekniffenen Lippen und Tränen in den Augen zu.

Als das grausige Schauspiel zu Ende war, baute sich Störtebeker vor seinem letzten Gefangenen auf und lachte höhnisch: »Gottes Freund und aller Welt Feind.«

»Ein Teufel seid Ihr!«

Störtebeker deutete eine Verbeugung an: »Herr Satan persönlich. Und mit wem habe ich die Ehre?«

»Ich bin Jan Burchard, Kaufmann aus Hamburg.«

»... und fürchtet weder Tod noch Teufel.«

»So ist es.«

»Und wie kommt es dann, dass du dich derart nass gemacht hast?«

Burchard schwieg peinlich berührt.

»Und du warst der Anführer dieser erbärmlichen Bande?«

»Man hat mir diese drei Kauffahrteischiffe anvertraut.«

»Die ich gern in meinen Besitz übernehme.«

»Es wird Euch teuer zu stehen kommen.«

»Oho!« Störtebeker wandte sich an die umstehenden Piraten: »Habt ihr gehört, Männer? Es wird uns teuer zu stehen kommen.«

Die verwahrlosten Kerle lachten.

»Ich habe keine Angst vor Euch!«, schrie Burchard, und das war eindeutig gelogen.

Störtebeker packte seinen Gefangenen am Kinn und stieß seinen Kopf gegen den Mast.

»Du wirst jetzt schweigen, Jan Burchard, so lange, bis ich dir wieder erlaube, das Wort an mich zu richten.«

»Ich ...«

Eine Klinge blitzte vor Burchards Augen auf. Störtebekers Dolch. »Schweig, sonst schneide ich dir die Zunge raus!«

Burchard verstummte.

»Legt ihn in Ketten!«, kommandierte Störtebeker.

Dann wandte er sich an einen neben ihm Stehenden: »Die Hamburger sind reich und um das Wohlergehen ihrer Bürger besorgt. Sie werden ein hohes Lösegeld zahlen.«

Nun bestand die Seeräuberflotte aus neun Koggen. Die Mannschaften wurden aufgeteilt, und die gesetzlose Bande setzte ihren Weg fort. Von Norwegen kommend, wo sie einen langen und trübseligen Winter in einem Fjord versteckt zugebracht hatten, waren sie in südliche Gefilde aufgebrochen, um einerseits den Orlogschiffen der Hanse zu entgehen, die neuerdings verstärkt Jagd auf sie machten, andererseits um endlich wieder auf Beutezug zu gehen. Immer mehr Handelsschiffe in der Nordsee wurden neuerdings von Kriegsschiffen begleitet, außerdem fuhren sie oftmals in großen Konvois, die selbst so wagemutige Piraten wie Störtebekers Haufen nicht gern angriffen. Die drei Hansekoggen waren ein gefundenes Fressen für sie gewesen.

Während der junge Hamburger Kaufmann bei Wasser und

Brot in einer schmutzigen Ecke des Laderaums in Ketten lag, erreichten die Piraten die spanische Küste. Hier liefen sie kleinere Fischerorte an, um sich mit Nahrungsmitteln zu versorgen, die sie ganz entgegen ihrer sonstigen Gewohnheit mit dem Geld bezahlten, das sie von den Hanseaten erbeutet hatten. Sie waren auf der Suche nach einem lohnenden Angriffsziel, sie sprachen mit den Fischern, mit den Bauern und hörten irgendwann, als sie Asturien hinter sich gebracht hatten und die raue Küste von Galizien in Sicht kam, von einem reichen und einsam gelegenen Kloster auf einer Landzunge, in dem sich angeblich eine geheime Kammer mit unermesslichen Schätzen befinden sollte, die Kreuzfahrer dort versteckt hätten.

Die Piraten hatten sich lange genug gelangweilt. Sie wollten erobern, Beute machen, Feinde töten. Sie gingen vor der Landzunge vor Anker, ließen die Boote zu Wasser und ruderten dem düsteren Gemäuer entgegen, das auf einem Felsen errichtet worden war.

Das Unternehmen wurde ein Reinfall. Das lag weder an den unbezwingbar anmutenden dicken Mauern des Klosters noch an der massiven Zugbrücke, die zum Haupttor führte: Sie war nicht einmal hochgezogen, auch kein Gitter war herabgelassen. Auch waren die Mönche nicht bewaffnet und stellten sich den Schwerter schwingenden Seeräubern keineswegs entgegen. Sie waren ohnehin nur zu sechst und schon sehr alt. Von einem Schatz fehlte allerdings jede Spur. Die Mönche waren lediglich in Würde ergraute Herrscher über zwei Fischerboote, einen großen, gut gepflegten Gemüsegarten und ein Verlies, in dem einstmals Ketzer auf den rechten Weg zurückgebracht wurden.

Die Piraten fesselten die Mönche, die keinerlei Widerstand leisteten, und schleppten sie in die Folterkammer. Da sie sich jedoch mit den verschiedenen Gerätschaften, die hier gut geölt und blank poliert herumstanden, nicht besonders gut auskannten und auch die Mühe scheuten, traktierten sie die Gottesmänner mit bloßen Fäusten. Sie wollten nicht glauben, dass es hier tatsächlich keine sagenhaften Schätze gab. Die Mönche schwiegen eisern. Nachdem die Seeräuber fünf von ihnen erschlagen hatten und der sechste immer noch kein Wort sagte, gab Störtebeker den Befehl, seinen Gefangenen vom Schiff zu holen.

Jan Burchard, der schon seit einer Ewigkeit nicht mehr an der frischen Luft gewesen war, geschweige denn festen Boden unter den Füßen gespürt hatte, taumelte, angetrieben durch Hiebe und Tritte, den steinernen Pfad zum Kloster hinauf. Störtebeker verlangte von ihm, den Mönch zum Reden zu bringen. Burchard sprach Spanisch, Französisch, Italienisch, Lateinisch. Aber auf keine seiner Fragen reagierte der Mönch. Am Rand seines Gesichtsfelds, im flackernden Schein einiger Fackeln, bemerkte der junge Hamburger die Foltergeräte. Die Angst spornte seinen Geist an. Endlich fiel ihm des Rätsels Lösung ein: »Habt Ihr ein Schweigegelübde abgelegt?«, fragte er den Mönch. Der Alte nickte.

Störtebeker waren alle Arten von Gelübden egal: »Er soll sagen, wo der Schatz ist, sonst schneide ich ihm die Zunge heraus!«

Jan Burchard übersetzte. Der Mönch öffnete den Mund. Er hatte bereits keine Zunge mehr.

Störtebeker fluchte und wollte gar nicht mehr aufhören, als einer seiner Männer mit einer goldenen Schatulle hereinkam. Der Anführer der Seeräuber nahm die kleine Truhe und hielt sie dem Mönch unter die Nase.

»Frag ihn, ob darin ein Schlüssel für die Schatzkammer ist«, forderte er den jungen Hanseaten auf.

Jan Burchard übersetzte ins Lateinische. Der Mönch schüttelte den Kopf.

»Ist ein Schatz da drin?«

Der Mönch zögerte.

»Etwas Kostbares?«

Der Mönch wiegte den Kopf hin und her.

»Ich werde diese verdammte Truhe zertreten und ihm den Kopf abreißen, wenn er nicht sofort sagt, was da drin ist!«, schrie Störtebeker.

Der Mönch machte eine Handbewegung.

»Er verlangt nach etwas zum Schreiben«, erklärte Jan Burchard.

Der Seeräuber konnte mit diesem Wunsch nichts anfangen. »Schreiben?«, fragte er verständnislos.

»Er will aufschreiben, was in der Truhe ist«, sagte Jan Burchard.

»Ich zertrete sie, dann weiß ich es auch.«

»Vielleicht wird sein Wert dann zerstört.«

»Pah, was brauchst du denn zum Schreiben?«

»Papier, Tinte, Federkiel.«

Störtebeker sah sich suchend um. Derartige Utensilien waren in der Folterkammer nicht vorhanden. »Er soll uns dahin bringen, wo man schreiben kann«, verlangte er.

Der Mönch führte sie durch den Klosterhof und den Kreuzgang in eine Kammer, in der sich nur ein Bett, ein Tisch und ein Stuhl befanden. Auf dem Tisch stand ein Tintenfass, daneben lagen Papier und ein Federkiel. Der Mönch tauchte den Kiel in die Tinte und schrieb mit ruhiger Hand.

»Los schon!«, drängte Störtebeker, dem das geschriebene Wort nicht ganz geheuer zu sein schien.

»Eine Reliquie«, sagte Jan Burchard.

»Was?«

»Ah, Knochen ...«

»Was?«

»Die Knochen eines Heiligen sollen darin sein.«

»Er lügt.«

»Und ein Heiligtum.«

»Was für ein Heiligtum?«

»Glaube, Liebe, Hoffnung.«

»Er soll endlich die Truhe öffnen!«

»Er hat den Schlüssel nicht.«

»Zum Donnerwetter!« Störtebeker warf das Kästchen einem seiner Leute zu. »Los! Aufbrechen!«

Der Pirat blickte die goldene Truhe ängstlich an. »Da sind die Knochen eines Heiligen drin.«

»Na und?«

Der Pirat gab die Kiste weiter. Auch der Nächste zögerte: »Wenn da aber auch sein Geist ...?«

»Zum Teufel mit euch Feiglingen!« Störtebeker riss ihm das Kästchen wütend aus der Hand, zog den Dolch aus dem Gürtel und machte sich am Schloss zu schaffen. Die Spitze des Dolchs brach ab. Der Seeräuber fluchte, steckte ihn in den Gürtel zurück und zog sein Schwert aus der Scheide.

Der Mönch schlug die Hände vors Gesicht. Störtebeker holte aus und hieb das Schwert auf die kleine Truhe. Sie bekam eine Delle, hielt aber stand. Er holte ein zweites Mal aus. Die Klinge sauste hernieder und verursachte nichts weiter als eine zweite Delle.

»Gottverdammtes Teufelsding!«, fluchte Störtebeker.

Ein drittes Mal holte er mit dem Schwert aus. Die Schatulle war nun völlig verbeult, aber noch immer geschlossen.

»Ihr solltet mit etwas mehr Feingefühl an die Arbeit gehen«, sagte Burchard und wunderte sich über seine eigene Kühnheit.

»Was redest du da?«

»Wenn Ihr mir Euern Dolch geben wollt.«

Störtebeker kniff die Augen zusammen.

»Jedes Ding hat seine Schwachstellen.«

Der Seeräuber spuckte verächtlich aus. Dann zog er den

Dolch erneut heraus und reichte ihn Burchard. Der setzte ihn an den Scharnieren auf der Rückseite an und brach die Schatulle ohne Kraftanstrengung auf. Verblüfft nahm Störtebeker den Dolch wieder entgegen und steckte ihn in den Gürtel zurück. Er leerte den Inhalt der Truhe auf den Tisch. Zwischen einem Häuflein Staub kamen Knochenteile zum Vorschein und ein silbrig glänzendes Schmuckstück.

»Ist das alles?«

Der Mönch weigerte sich hinzusehen.

»Frag ihn, was das ist!«

Burchard übersetzte die Frage, der Mönch schrieb: »Glaube, Liebe, Hoffnung.«

Störtebeker schob die Knochenteile beiseite und klaubte die Brosche aus dem Staub. Sie war aus schwerem Silber geschmiedet und stellte eine Hansekogge dar, die mit Symbolen verziert war: einem Kreuz, einem Herz und einem Anker. Der Seeräuber betrachtete sich die Goldschmiedearbeit und wusste offenbar nicht, was er davon halten sollte.

Unterdessen tauchte der Mönch den Federkiel in das Tintenfass und begann, hastig zu schreiben.

Burchard übersetzte die lateinischen Worte: »Was überall, immer und von allen geglaubt wird.«

»Was soll das heißen?«

»Glaube, Liebe, Hoffnung – Liebe gibt es überall, Hoffnung muss immer da sein, und alle glauben an den einen Gott.«

Der Mönch schrieb hastig weiter. Burchard las vor: »Dies sind die Reliquien des heiligen Vincentius. Er hat geschrieben, es gelte festzuhalten, was überall, was immer und was von allen geglaubt wurde. Und das Schmuckstück ist die Brosche, die er trug, um seinen Glaubenssatz überall zu verkünden.«

»Eine Brosche? Nun gut, frag ihn, wo der Rest vom Schatz des heiligen Vincentius ist.«

Burchard fragte den Mönch und gab die Antwort weiter: »Dies ist das einzig Wertvolle, das das Kloster besitzt.«

»Nur dies hier?« Störtebeker wiegte das Schmuckstück in der Hand.

»Nur dies.«

»Gut.« Blitzschnell hob Störtebeker sein Schwert und durchtrennte den Hals des Mönchs. Eine Blutfontäne spritzte heraus, und der Mönch fiel zu Boden.

»Wir gehen«, rief Störtebeker, schob Burchard zur Tür hin und hinaus in den Kreuzgang.

Sie verließen das Kloster, begaben sich auf ihre Schiffe, lichteten die Anker und nahmen Kurs nach Norden. Statt hier vergeblich nach Schätzen zu suchen, konnten sie sich auch wieder daranmachen, den reich beladenen Koggen der Hanse in der Nordsee aufzulauern, hieß es.

Dank seines forschen Auftretens bei der Schatzsuche im Kloster genoss Jan Burchard jetzt die Achtung von Klaus Störtebeker. Er durfte sich fortan frei an Bord bewegen, fasste mit an und wurde von den Seeräubern respektiert, nicht zuletzt, weil er offenbar alle Sprachen beherrschte und sogar lesen und schreiben konnte.

Das Leben an Bord war roh und derb. Wenn sie sich nicht aus Langeweile prügelten, sangen sie Lieder, deren gottlose Texte Jan Burchard am liebsten sofort wieder vergessen hätte. Aber nach einiger Zeit begann er mitzusingen. Prügeln musste er sich nicht, denn er stand unter dem besonderen Schutz des Anführers.

Nur einmal auf ihrem langen Weg nach Norden kreuzten sie den Kurs eines Konvois von Handelsschiffen. Es waren Engländer mit Bombarden an Bord. Nach einem dröhnenden Schuss aus einem Kanonenrohr vor den Bug der Störtebeker-Kogge drehten die Piraten, fluchend und wilde Beschimpfungen und Drohungen ausstoßend, ab. In den nächsten Tagen häuften sich die Prügeleien an Bord, ein Streithahn wurde durch einen Messerstich tödlich verletzt.

Störtebeker entschied, dass die drei Beuteschiffe sicher in den heimischen Hafen gebracht werden sollten. Doch drei Unteranführer, Michael Gödeke, Arnd Stuke und Nikolaus Milies gelüstete es nach weiteren Beutezügen. Sie setzten sich ab und steuerten Helgoland an, um von dort aus hansischen Schiffen aufzulauern. Vorher wurde vereinbart, die bereits erbeuteten Güter auf dem Marktplatz von Marienhafe zum Verkauf feilzubieten.

Damit alles mit rechten Dingen zuging, musste Jan Burchard im Beisein aller Unteranführer die Liste der geladenen Güter der drei Hansekoggen verlesen. Zu diesem Zweck versammelten sich die Männer in Störtebekers Verschlag im Achterkastell des »Roten Teufels«. Bei der von den Seeräubern erbeuteten Ladung handelte es sich vor allem um Kupfer, Eisen und Holz. Diese Rohstoffe hatten die Hamburger gegen mit Wein gefüllte Fässer eintauschen wollen. Nachdem Jan Burchard die Bestandsaufnahme beendet hatte und die Anführer über den Geldwert der Waren zu spekulieren begannen, fiel sein Blick auf die kleine silberne Hansekogge mit den Symbolen, die Glaube, Liebe und Hoffnung bedeuteten. Sie lag achtlos hingeworfen auf einer roh gezimmerten Kiste.

Burchard nahm sie in die Hand und betrachtete sie interessiert.

»He!« Störtebeker war auf ihn aufmerksam geworden.

»Wer dies Ding wohl angefertigt hat – und zu welchem Zweck?«, murmelte Burchard.

»Her damit!« Störtebeker nahm ihm die Brosche ab und hielt sie sich schließlich an sein zotteliges Wams. »Wie macht man das fest?«

»So.« Burchard zeigte es ihm.

Der Pirat stand auf und warf sich in die Brust, um die Brosche seinen Kumpanen zu zeigen.

Alle lachten laut. Nur Jan Burchard nicht. Er konnte sich für die Brosche mit den christlichen Symbolen keinen unpassenderen Platz vorstellen als die Brust dieses Rohlings.

Im Ärmelkanal wurde Störtebekers Konvoi kurzzeitig von einigen holländischen Schiffen verfolgt, die aber abdrehten, als sie bemerkten, dass sie es mit einer Übermacht zu tun hatten. Schließlich erreichten sie die friesische Küste und steuerten die Leybucht an. Je mehr sie sich den heimatlichen Gefilden näherten, umso ausgelassener wurden die Seeräuber. Jan Burchard, der nichts Gutes von der Piratenhochburg Marienhafe erwartete, war der Einzige, der nicht mit glänzenden Augen die Küstenlinie beobachtete. Er hatte schon so einiges über das raue Volk der Friesen und ihre barbarischen Häuptlinge gehört, die Störtebeker und den anderen Vitalienbrüdern Unterschlupf und Schutz gewährten. Nicht wenige kostbare Güter, die auf hansischen Märkten verkauft werden sollten, waren in diesem Piratennest gestapelt worden. Die Ostfriesen hatten deshalb den Zorn aller Hanseaten, besonders aber den der Hamburger auf sich gezogen, weil sie mit ihren Machenschaften deren Wohlstand bedrohten.

Wenn es mir gelingen könnte, von hier aus zu flüchten, nachdem ich mich genauestens umgesehen habe, überlegte Jan Burchard, dann könnte ich zu Hause Bericht erstatten über die örtlichen Verhältnisse und Gepflogenheiten. Und klammheimlich träumte er von einer Rückkehr im Harnisch als Anführer einer Heerschar, um den Likedeelern, wie sich die Piraten nannten, den Garaus zu machen. Er sah sich schon als heldenhaften Sieger über dem toten Störtebeker stehen und ihm die Brosche abnehmen: Glaube, Liebe, Hoffnung – das war kein Bekenntnis für einen Gesetzlosen. Aber ihm, Jan

Burchard, würde die Brosche zweifellos sehr gut stehen. Er würde das Recht haben, sie zu tragen, nachdem er den Tod der spanischen Mönche gerächt hätte.

In den Monaten, während derer die Vitalienbrüder weit von ihrem Heimathafen entfernt waren, hatte eine Sturmflut die Küste heimgesucht und den Grund der Leybucht aufgewühlt. Strömungsverhältnisse hatten sich geändert, neue Tiefen und Untiefen waren entstanden. Außerdem hatten die Piraten mit Nebel zu kämpfen. Leine und Lot mussten hervorgeholt werden. Der Lotsgast kletterte auf die vorderste Spitze des Vorderkastells und warf die Lotleine aus. Dann gab er seine Erkenntnisse über Meerestiefe und Beschaffenheit des Bodens an einen zweiten Mann weiter, der sie über das ganze Schiff hinweg dem Steuermann zubrüllte, der wiederum auf schnelle und hoffentlich richtige Anweisungen des Kapitäns wartete, bevor er einen Kurswechsel vornahm.

Jan Burchard stand auf dem Achterdeck und spähte am schwach geblähten Rahsegel vorbei in Fahrtrichtung. Er konnte nun die Küstenlinie erkennen. Und dann sah er die Silhouette eines hohen Turms, die sich im Nebel abzeichnete. Es war der berüchtigte Seeräuberturm von Marienhafe, ein Kirchturm, den die gottlose Horde entweiht hatte, indem sie das Gebäude zur Wehrburg gemacht hatte.

Die Vitalienbrüder waren wieder zu Hause. Als ihre Ankunft bemerkt wurde, eilte der ganze Ort zum Hafen, um sie zu begrüßen.

Jan Burchard konnte seinen Blick nicht von dem mächtigen, sechs Stockwerke hohen Turm abwenden. Herrisch und düster überragte er den kleinen Marktflecken, der von einer wehrhaften Mauer umgeben wurde, die Störtebekers Leute errichtet hatten; die beiden zur Stadtmauer gehörenden Tortürme erschienen ihm dagegen fast zierlich. Zu dem mit einem kupfernen Dach bedeckten Kirchturm gehörte ein eindrucksvolles Kirchenschiff, neben dem sich die kleinen Häuser des Ortes geradezu winzig ausnahmen. Groß war die Stadt nicht, im Grunde nicht mehr als ein Flecken. Seit die Seeräuber sie aber zu ihrem Hauptquartier und Warenumschlagplatz auserkoren hatten, war sie bei vielen Händlern und Schacherern weit über die Grenzen Frieslands bekannt geworden. Hier konnte man wertvolle Handelsgüter preiswert erstehen.

Das freie Volk der Friesen hatte keine Skrupel, Piraten Unterschlupf zu gewähren. Ihr Häuptling Keno ten Broke verlangte nichts als einen Anteil am Gewinn, und die Angehörigen seines Stammes lebten nicht schlecht von dieser Vereinbarung. Einst hatten sich Störtebeker und seine Mannen auf Kaperbriefe der mecklenburgischen Herrscher berufen können, nun waren sie auf eigene Rechnung unterwegs – doch für die Art ihrer Tätigkeit machte das keinen Unterschied. Freibeuterei war ebenso wenig ein Verbrechen wie das Führen von Kriegen. Kriege gab es ständig, ein Leben ohne Krieg war unvorstellbar, und um seinen Machtbereich auszudehnen, nahm Keno ten Broke gern die Hilfe der wehrhaften Seeräuber in Anspruch. Diese wiederum griffen gern zu den Schwertern, es war ihre liebste Tätigkeit.

Dies alles erfuhr Jan Burchard von dem Mann, der ihn jetzt bewachte: Magister Wigbold war, verglichen mit den übrigen Gesellen, die hier lebten, geradezu ein Gelehrter. Schon mit seinem gepflegten weißen Backenbart hob er sich von den anderen, meist zotteligen Gesellen ab. Des Lesens und Schreibens mächtig, verstand er sich auszudrücken wie ein studierter Bürger. Burchard wagte nicht zu fragen, wie er in diese ungebildete und ungehobelte Horde gelangt war.

Wigbold führte ihn durch den Ort, nachdem er sich dafür entschuldigt hatte, dass man dem »hohen Gast« wegen Fluchtgefahr die Hände auf den Rücken gebunden hatte. Vor den winzigen reetgedeckten Backsteinhäusern wälzten sich grunzende Schweine im Schlamm, in den Gärten pickten Hühner im kargen Boden, ein Ochsenkarren rollte quietschend durch die Hauptstraße, irgendwo muhte eine Kuh in einem Stall. Die Bewohner hatten ihre Häuser und Arbeitsstätten verlassen, um den Piraten beim Entladen und Stapeln der Beutegüter zu helfen.

Jan Burchard nahm Maß: Der Mann, der sich Magister nannte, war einen Kopf kleiner als er und wirkte eher schmächtig. Gab es eine Möglichkeit, ihn zu überlisten und zu flüchten? Ein Blick unter seinen Umhang belehrte den jungen Mann eines Besseren. Der höflich und gebildet daherplaudernde Magister trug zwei breite Dolche im Gürtel und an einem Lederband um den Hals einen kleinen Totenkopf aus Silber.

Sie erreichten den Kirchhof, wo bereits ein Ochsenkarren mit Beutegütern angekommen war, die nun auf der mit Backsteinen gepflasterten südlichen Seite abgeladen und in Schuppen und Unterständen verstaut wurden. Auf der nördlichen Seite der Kirche befand sich ein grasbewachsener Friedhof. Der Bereich wurde von kleinen Baumgruppen und vereinzelten Sträuchern begrenzt.

Wigbold deutete auf das mächtige Backsteingebäude, das in einem grobschlächtigen gotischen Stil gehalten war – eine Wehrkirche, wie es viele in Friesland gab, aber größer als die meisten anderen: »Ist dies nicht wirklich und wahrhaftig ein vollendetes Gebäude?«, fragte er stolz. »Kreuzkirche und Chor bestehen aus sieben großen und festen Gewölben, die auf gewaltigen Säulen ruhen. Angehängt sind gewölbte Umgänge, die eine Halle um das Haupthaus bilden. Auf dem majestätischen Gebäude ruht ein Dach, welches sich durch einen ungeheuren Aufwand von Holz und durch eine bleierne Decke auszeichnet. Der hohe, mit der Kirche verbundene Turm stellt mit derselben ein herrliches, unzertrennliches Ganzes dar.«

Burchard musste zugeben, dass ihn die Kirche beeindruckte. Irritiert blickte er auf die in den Nischen unterhalb des Dachfirstes stehenden Dämonengestalten. Sie wirkten auf ihn wie ein Heer des Teufels. Beim Näherkommen konnte er die einzelnen Figuren unterscheiden: Da sah man einen Fuchs, der eine Messe las, ein Schwein mit einer Kerze in der Hand, einen von verschiedenen Tieren angeführten Leichenzug, und zu seinem großen Schrecken entdeckte Jan Burchard auch noch die Darstellung eines Teufels mit einer Krone.

Wigbold schien die Zweifel seines Gefangenen bemerkt zu haben: »Keine Angst, wir sind durchaus gottesfürchtige Menschen«, sagte er. »Und dass Gott uns zugetan ist, hat er mehrfach bewiesen. Er hat uns gestattet, den Dom, den wir ihm gebaut haben, als wehrhafte Burg zu nutzen. Die Hauptmänner haben im großen Turm Quartier bezogen. Störtebeker, unser Anführer, wohnt mit seiner Frau im obersten Stockwerk.«

»Er hat eine Frau?«

»Aber ja, Helga ten Broke, die Tochter des Häuptlings. Habt Ihr sie am Hafen denn nicht bemerkt?«

»Nein.«

»Dann müsst Ihr blind gewesen sein. Sie überragt die meisten Männer hier im Ort.«

Sie überquerten den Kirchhof. Wigbold zog einen großen Schlüssel aus dem Gürtel und schloss damit die Tür zum Kirchturm auf. Durch ein steinernes Treppenhaus stiegen sie in den dritten Stock, wo Wigbold einen Riegel zurückschob, um eine eisenbeschlagene schwere Holztür zu öffnen. Dann machte er eine einladende Handbewegung: »Seid willkommen in meinem Reich.«

Sie traten ein. An den Wänden hingen orientalische Teppiche, auf dem Boden lagen Felle exotischer Tiere. Figuren und Figürchen aus Holz, Stein und Ton standen auf schweren Möbeln aus Eichenholz. Über einer mit bunten Wolldecken und bestickten Kissen üppig ausgestatteten Bettstelle hing ein Gemälde in leuchtenden Farben, auf dem eine Szene aus dem Garten Eden zu sehen war. Jan Burchard durfte sich auf einen gepolsterten Stuhl setzen. Wigbold nahm ihm die Fesseln ab.

»Das wird Eure Heimstatt sein, bis ein Bote aus Hamburg Euch auslöst«, sagte er. »Es wird Euch an nichts fehlen, wir sind reiche Leute.«

Damit verabschiedete er sich.

Nichts wird mir fehlen, nur meine Freiheit, dachte Burchard zerknirscht. Er stand auf und spähte durch eins der schmalen Fenster nach draußen. Er konnte über den Hafen und die Leybucht aufs offene Meer blicken. Er trat an ein gegenüberliegendes Fenster und blickte über die endlose flache Ebene des Friesenlandes. Irgendwo dort im Osten, in weiter Ferne, musste Hamburg liegen, seine Heimatstadt.

Wenn Jan Burchard den Kopf durch die Fensteröffnung steckte und nach unten blickte, konnte er beobachten, wie die Seeräuber und die mit ihnen verbündeten Einwohner von Marienhafe die Ladung der sechs Koggen in den Kirchhof brachten. Es waren zahlreiche Fuhren notwendig, und jeder, der ein Gefährt hatte, stellte es für den Transport zur Verfügung. Am Nachmittag kamen kurz hintereinander zwei Reiter an, die statt der bäuerlichen Arbeitskittel geknöpfte Röcke trugen. Der eine von ihnen hatte seine Kleidung sogar mit modischen Schellen verziert. Offenbar handelte es sich um Händler, die sich die besten Stücke sichern wollten.

Er versuchte, die beiden vergleichsweise vornehm aussehenden Herren auf sich aufmerksam zu machen. Er rief, er schrie, er brüllte nach unten, aber nur einmal warf der mit den Schellen einen kurzen Blick nach oben und ging dann wieder seinen Geschäften nach.

Schließlich schwieg er und beobachtete das Geschehen weiter. Bald wurden Tische und Bänke herangeschafft. Es wurden immer mehr. Offenbar wollte der ganze Ort an dem Fest teilnehmen, das heute Abend zu Ehren der Heimkehrer gefeiert wurde. Bier und Branntweinfässer wurden gebracht und mit dem Einbruch der Dunkelheit mehrere Feuer entzündet und brennende Fackeln zur Beleuchtung des Platzes in die Erde gesteckt. Bald stieg dem hungrigen Gefangenen der Geruch gebratenen Fleisches in die Nase. Wenn er im dämmrigen Zwielicht richtig sah, wurden da unten nicht nur Ferkel und Schweine, sondern auch ein ganzer Ochse am Spieß gebraten. Ihm lief das Wasser im Mund zusammen, und er begann, seine Kerkermeister aus tiefster Seele zu hassen, weil sie ihn hier oben darben ließen.

Die Nacht brach herein, und immer mehr Menschen fanden sich im Kirchhof ein. Trommeln wurden geschlagen, man hörte die Klänge von Zinken, Flöten und Sackpfeifen, die zumeist schrill durcheinander tönten. Stimmengewirr, Lachen und Singen kamen dazu. Die Menschen dort unten wurden immer ausgelassener und lauter, ihr Gefangener hingegen immer mutloser. Schließlich wandte sich Jan Burchard ab, verfluchte die ganze Bande innerlich, setzte sich in die Mitte des Turmzimmers auf einen Teppich und starrte apathisch vor sich hin.

Er musste wohl eingeschlafen sein, denn mit einem Mal fand er sich fröstelnd auf dem Boden liegend wieder. Vielleicht träumte er ja auch oder hatte eine Erscheinung, jedenfalls bemerkte er im Liegen und recht benommen einen flackernden Schein hinter dem Spalt unter der Tür seines Kerkerraums. Er hörte das Klimpern eines Schlüsselbunds und sah, wie die Tür aufgeschoben wurde. Das Feuer einer Fackel blendete ihn, der dalag und unfähig schien, sich zu bewegen. Hinter dem grellen Licht tauchten die Umrisse einer Frau auf. Ihr strohblondes Haar war zu Zöpfen geflochten, die um den Kopf herum aufgesteckt waren. Sie trug ein enges Kleid und einen Nuschenmantel wie eine Städterin. Der Mantel wurde von einer Brosche zusammengehalten – die Kogge mit den drei Symbolen für Glaube, Liebe und Hoffnung. Neben der Frau tauchte die schwankende Hünengestalt Störtebekers auf.

»Das also ist dein Gefangener«, sagte die Frau und senkte die Fackel, um den am Boden Liegenden besser zu beleuchten. »Ein ansehnlicher junger Mann.« Sie nuschelte leicht.

Der Seeräuberhäuptling lehnte sich gegen die Mauer.

»Er bewegt sich nicht«, sagte die Frau. »Ist er krank?«

Störtebeker gab nur ein Grunzen von sich.

»Sollten wir ihm nicht etwas zu essen geben und ihn den anderen zeigen? Wigbold sagt, er sei ein sehr gebildeter junger Mann. Vielleicht kann Keno ihn gebrauchen.«

»Lösegeld«, stieß der Pirat mürrisch hervor. »Das ist es, wozu er gut ist.«

Die Frau ging in die Hocke und hielt die Fackel so dicht an den Gefangenen, dass dieser spürte, wie seine Haut verbrannte. Er zuckte heftig zurück und rutschte zur Seite. Die Frau erschrak durch seine heftige Bewegung, verlor das Gleichgewicht und fiel neben ihn. Die Fackel entglitt ihr. Sie war so dicht neben ihn gefallen, dass er den Bierdunst riechen konnte, der ihr entströmte. Sie musste genauso betrunken sein wie ihr Begleiter. Dennoch sah sie schön aus, begehrenswert schön sogar.

Der Teppich fing Feuer. Störtebeker versuchte mühsam, die Frau hochzuziehen, aber sie fielen beide hin. Der Seeräuber geriet mit der Hand ins Feuer, fluchte und schlug den Brand mit der flachen Hand aus und griff nach der Fackel. Die Frau saß daneben und sah ihm zu. Mühsam und ungeschickt steckte er die Fackel in eine Halterung an der Wand und kniete sich hin, um die Frau unter den Achseln zu packen und aufzurichten.

Arm in Arm taumelten sie zur Tür. Der Seeräuber zog die

Fackel aus der Halterung, und sie verschwanden nach draußen. Laut krachend schlug die Tür hinter ihnen zu.

Es dauerte eine Weile, bis Jan Burchard begriff, dass sie vergessen hatten, von außen den Riegel vorzuschieben.

Die Angst vor der Freiheit kroch in ihm hoch. Sollte er alles riskieren? Er setzte sich hin und starrte im Dunkeln zur Tür, die er im schwachen Schein des Mondlichts, das durch die Fenster fiel, kaum erkennen konnte. Er zitterte. Der Wind wehte einen stetigen kalten Hauch in sein Gefängnis. Der Lärm der Feiernden im Kirchhof wurde leiser, verebbte langsam, bis nur noch gelegentliches Lachen, Singen und Gröhlen ertönte. Schließlich erstarb auch das.

Jan Burchard stand auf und trat ans Fenster. Im Osten kündigte ein leicht rötlicher Schimmer den neuen Tag an. Unten im Kirchhof lag das schlafende Seeräuberpack. Keiner rührte sich. Die Feuer waren heruntergebrannt, schmale Rauchschwaden stiegen nach oben, die Knochen des Ochsen lagen in der Asche. Es war totenstill.

Jan Burchard entdeckte einen Umhang und warf ihn sich über. Er zögerte, fasste sich ein Herz und schob die Tür des Turmzimmers auf. Sie knarrte und quietschte leicht. Langsam stieg er die Treppe nach unten. Es knirschte leise unter seinen Sohlen.

Als er unten angekommen war, erstarrte er vor Schreck. In der offenen Tür saß Störtebeker und glotzte ihn an. Auf seinem Schoß lag Helga ten Broke und schnarchte laut. Der Anführer der Piraten schien ihn nicht zu bemerken, er glotzte ins Nichts. Jan Burchard starrte die blonde Helga an, deren Gewand auseinander gefallen war und eine runde, feste Brust freigab. Er riss sich von dem Anblick los, stieg über die beiden hinweg und trat nach draußen. Seine Füße verhedderten sich in einem Stofffetzen. Es war der Umhang von Störtebekers Frau. Als er sich bückte, um seine Füße daraus zu befreien, fiel sein Blick auf die funkelnde Brosche. Glaube, Liebe, Hoffnung. Seine Hand zuckte. Er warf Störtebeker einen Blick zu, doch der mit offenen Augen schlafende Pirat knurrte nur drohend. Burchard sprang zu Tode erschrocken auf und hastete auf Zehenspitzen über den Platz, peinlich darauf bedacht, keinem der schnarchenden Betrunkenen zu nahe zu kommen.

Er verließ den Kirchhof und erreichte die erste Baumgruppe. Nun konnten sie ihn nicht mehr sehen. Er rannte über Wiesen und Felder, schmale Pfade entlang und kroch durchs Unterholz, immer weiter und weiter, bis er nicht mehr konnte. Er rastete im Schutz eines kleinen Wäldchens und ging dann vorsichtig weiter.

Auf Schusters Rappen durchquerte er das Brokmerland. Ein Bauer nahm ihn auf seinem Ochsenkarren mit bis nach Emden. Dort bot er einem Händler seine Dienste als Schreiber an und verdiente genug Geld, um sich einer Reisegesellschaft anschließen zu können, die nach Oldenburg und weiter nach Bremen unterwegs war. In der Hansestadt suchte er einen Geschäftspartner auf, ließ sich Kredit geben, kaufte ein Pferd und ritt nach Hamburg.

Erst als er dort angekommen war und am Abend im überglücklichen Kreis seiner Familie von seinem Abenteuer erzählte, bemerkte er, dass er die Brosche verloren hatte. Man glaubte ihm trotzdem jedes Wort.

Dies trug sich zu im Jahr 1399 nach Christus, und Jan Burchard ahnte noch nicht, dass es ihn viele Jahre später ein zweites Mal ins wilde Ostfriesland verschlagen würde.

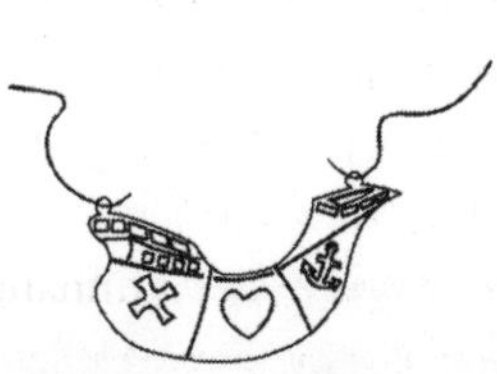

2002
24. FEBRUAR
MORGENS

Link Walther kam gerade von seiner morgendlichen Joggingtour zurück, die ihn in einer Schleife um das Heizwerk Hafen am Dallmannkai und den ehemaligen Cellpap-Terminal geführt hatte, als er die beiden Uniformierten bemerkte. Sie stapften durch den Schneematsch am Rand der Abbruchfläche des Grasbrookhafens. Mit gesenkten Köpfen, die Hände an den Schirmmützen, kämpften sie gegen den Wind an, der ihnen dicke, nasse Schneeflocken ins Gesicht wehte. Link trat auf der Stelle und machte ein paar Übungen im Schattenboxen, atmete tief ein und aus, schüttelte sich und begann dann, auf der Stelle zu hüpfen. Sein Atem dampfte. Unter seinem Jogginganzug und der Kapuze war ihm warm geworden.

Die Polizisten sahen verfroren aus, obwohl sie mit dem Streifenwagen direkt bis vor das Tor des Drahtzauns gefahren waren, der den Grasbrookhafen absperrte. Der Zaun, wie auch alles andere in dieser Ecke des Hafens, hatte längst seine Funktion verloren. Angefangen beim Kaispeicher A, der wie ein müdes Backsteinmonstrum auf der Spitze zwischen Sandtor- und Grasbrookhafen hockte, über die große Brachfläche, die sich hier südlich der Speicherstadt auftat, bis hin zu der vergessenen Autorampe und dem rostigen Anleger an der halb zerfallenen Kaimauer war hier seit Jahren alles außer Betrieb. Der Hafen hatte sich längst auf die andere Elbseite verlagert. Am nördlichen Ufer war alles tot, bis auf die Ratten, die darauf warteten, dass hier neue Gebäude hochgezogen wurden.

Link drehte sich hüpfend einmal um die eigene Achse und genoss das Panorama: Auf der anderen Elbseite sahen die schlanken Tanks der Raffinerie grau und alt aus, hinter dem Grasbrookhafen quoll weißer Rauch aus den Stahlschloten des Heizwerks, verwehte und mischte sich mit den windgepeitschten Schneeflocken. Er drehte sich weiter. Die Speicherstadt im Norden war nur als Silhouette hinter einem grauen Schleier zu erkennen, der auch die Türme von St. Nikolai und der Katharinenkirche fast ganz verhüllte.

Link hatte das Panoramahüpfen beendet und war in seine Ausgangsposition zurückgekehrt. Die beiden Beamten hatten es versäumt, Mäntel oder Jacken über ihre Uniformen zu ziehen. Dass sie das bereuten, sah man ihnen deutlich an. Der Ältere der beiden war Mitte bis Ende fünfzig, mit einem grauen Schnauzbart, der Jüngere musste etwa in Links Alter sein, also um die dreißig, und hatte lange braune Haare, die unter der Dienstmütze hervorquollen.

»Herr Walther?«, fragte der Ältere.

»Guten Morgen«, sagte Link und sprang weiter auf und ab.

»Wir müssen mit Ihnen reden.«

»Schießen Sie los.«

»Würden Sie bitte aufhören herumzuhüpfen?«

Link sprang höher. »Dann wird mir kalt.«

»Uns ist schon kalt«, sagte der Jüngere.

»Eben.«

»Sie halten sich illegal hier auf«, sagte der Ältere. »Also benehmen Sie sich wenigstens anständig.«

»Seit wann ist Joggen illegal?«

»Sie wissen genau, was wir meinen.«

Link begann, auf der Stelle zu traben. »Weiß ich nicht.«

Der junge Beamte legte die linke Hand auf seinen Gummiknüppel und die rechte auf Links Unterarm. »Nu werd mal ruhig.«

Link schüttelte die Hand ab und machte weiter.

»Machen Sie keine Mätzchen, Mann, wir wollen nur mit Ihnen reden«, sagte der Ältere mit ausgeprägtem hamburgischen Akzent.

Der Jüngere nestelte an seinem Knüppel herum. Im Gegensatz zu seinem Kollegen trug er Handschuhe.

»Ihr Kumpel ist ein bisschen nervös, was?«, sagte Link.

»Ach was, nu lass uns man wie erwachsene Menschen miteinander sprechen«, sagte der Ältere.

Link blieb stehen. »Na gut.«

»Brav«, sagte der junge Beamte.

Link warf ihm einen finsteren Blick zu.

»Lass das«, sagte der Ältere und dann, an Link gewandt: »Dürfen wir reinkommen?«

Link zog die Schultern hoch: »Wo denn rein?«

»Sie wissen schon, was wir meinen. An Bord. Es ist ein bisschen zu frisch hier draußen, um ein vernünftiges Gespräch zu führen.«

Link schüttelte Arme und Beine aus und seufzte. »Meinetwegen.«

Sie stapften zwischen den hohen welken Grashalmen hindurch zu der eisernen Treppe, die zum Anleger nach unten führte. »Betreten verboten« und »Kein Winterdienst bei Schnee und Glätte« warnten zwei Schilder des Wirtschaftsamts.

Link ging voran die Eisentreppe hinunter. Die Holzplanken des Anlegers waren glitschig. Hinter sich hörte er den jungen Beamten fluchen. Er war ausgerutscht.

»Passen Sie auf, ein paar Bretter sind lose und morsch«, sagte Link.

Der Anleger war schon lange außer Betrieb, nur ein einziges Wasserfahrzeug war hier noch festgemacht. Kein Ewer, kein Kutter, keine Barkasse, sondern ein Hausboot. Eine von diesen mobilen stählernen Bauhütten, mit denen sich normalerweise die Hafenbauarbeiter von Arbeitsplatz zu Arbeitsplatz begaben. Die Hütte stand auf einer eisernen Schute, die von einem anderen Boot gezogen werden musste, weil sie keinen Motor besaß.

Bevor Link das ausgemusterte Hausboot bezogen hatte, hatte er ihm einen neuen Anstrich verpasst. Obwohl es ganz aus Metall gebaut war, sah es nun aus wie ein skandinavisches Holzhaus, mit roten Wänden, blauem Dach, gelber Tür und gelben Fensterläden. Die Schute selbst war schwarz geblieben, aber an keiner Stelle sah man Beulen oder Rost. Link pflegte sein Eigenheim. Im Grasbrookhafen hatte er letzten Herbst festgemacht, nachdem man ihn aus einem winzigen Hafenbecken nahe der Großmarkthalle vertrieben hatte. Er hatte schon eine ganze Weile dort gearbeitet, als er auf das Hausboot gestoßen war, das in dem kleinen Becken vor sich hinrostete. Nachdem er eine Angestellte der HHLA mit einer Kiste wertvoller Orchideen bestochen hatte, war er für den Preis eines halben Monatslohns Besitzer der rostigen Schute geworden. Er hatte das Hausboot ausgebessert, bunt angestrichen und mit selbst gefertigten Möbeln eingerichtet, seine Ladenwohnung im Karolinenviertel gekündigt und war in den Freihafen gezogen.

Von da an hatte er mit dem Oberhafen das spannendste Joggingterrain der Stadt, und er brauchte nur noch zwei Minuten bis zu seinem Arbeitsplatz. Aber dann hatte ihn der holländische Blumenimporteur entlassen, und der HHLA-Angestellten waren die Orchideen eingegangen, woraufhin sie sich an die Schute erinnerte, die widerrechtlich in dem kleinen Hafenbecken lag. Sein Freund Bernhard Nissen hatte ihn dann mit seinem Hochsee-Ewer »Roter Teufel« aus dem Oberhafen geschleppt und durch den Magdeburger Hafen und die Norderelbe in den leeren Grasbrookhafen bugsiert. Das war an klaren Tagen der schönste und ruhigste Platz im ganzen Hafen, und zum Joggen fand sich auch eine hervorragende Strecke.

Link hatte eine Menge Pläne geschmiedet, wie seine Zukunft in dieser neuen Umgebung aussehen könnte. Seine Lieblingsidee war, in der ehemaligen Cellpap-Halle ein Konzert für neunundneunzig Tischtennistische und neunundneunzig Tischtennisbälle zu organisieren, gespielt von hundertachtundneunzig Spielern, eine monumentale polyrhythmische Klickerklacker-Symphonie in Anlehnung an John Cage und Steve Reich. Alternativ dazu träumte er davon, im Sommer den riesigen freien Platz vor der Halle, der nur gelegentlich als Kreuzfahrt-Terminal genutzt wurde, als eine Art »Technomania Golfpark« zu nutzen, einen Nightlife-Golfplatz, der von Loch zu Loch in kontrastierende akustische und optische Reizzonen aufgeteilt werden sollte. Der Regierungswechsel und der damit einhergehende Wechsel an der Spitze der Kulturbehörde hatten seine Pläne, die zunächst auf Interesse gestoßen waren, hinfällig werden lassen.

Und nun hatte er es auch noch mit zwei missgelaunten Vertretern der Innenbehörde zu tun. Er hielt ihnen die Eisentür auf und dirigierte sie in die Ecke des Hausboots, in der er Elemente einer halben Ikea-Einbauküche mit selbst gefertigten Teilen in eine luxuriöse Campingküche verwandelt hatte. Er zog den Tisch unter der Arbeitsplatte hervor, klappte drei Hocker auf, die sich in einer Halterung an der Schranktür neben der versenkbaren Spüle befanden, und bot den Beamten die Plätze an.

»Was trinken die Herren? Whiskey, Wodka, Brandy?«

»Keine Schmuggelware bitte«, nörgelte der Jüngere.

»Gegen ein Heißgetränk hätte ich nichts einzuwenden«, lenkte der Ältere ein.

»Wie wär's mit einem Grog? Ich hab hier einen sechsundsiebzigprozentigen jamaikanischen …«

»Keinen Alkohol bitte!« Das war wieder der jugendliche Spielverderber.

»Vielleicht einen Tee. Darjeeling, Assam, Ceylon?«

»Egal, Hauptsache heiß«, wehrte der Ältere müde ab.

»Ich mach uns eine Mischung.«

»Nur keine Umstände«, höhnte der Jüngere.

»Setzen Sie sich doch.« Link schob eine Klappe hoch und nahm einen Wasserkocher heraus, der auf eine Platte montiert war und an einem Schwenkarm bis unter den Wasserhahn gezogen werden konnte. Er füllte ihn mit Wasser und schaltete ihn ein. Dann schob er ihn zurück und stellte die bauchige Teekanne mit dem Porzellanfilter darunter. Aus verschiedenen Dosen, die auf einem herausziehbaren Boden im Küchenschrank standen, nahm er jeweils einen gut gehäuften Löffel Tee und goss ihn mit heißem Wasser auf.

»Ich mach uns einen kräftigen Tee, dann können Sie sich immer noch überlegen, ob sie Rum reinhaben wollen oder nicht.«

»Wir fahren mit null Komma null Promille«, sagte der Jüngere, und sein Kollege machte ein Gesicht dazu, das eigentlich nur »leider« bedeuten konnte.

Link deutete auf die Hocker. »Nun setzen Sie sich doch. Der Tee muss vier Minuten ziehen.« Er nahm Platz, um sie zu animieren, das Gleiche zu tun, was sie dann auch endlich taten.

»Nettes Hausboot«, sagte der Ältere, nachdem er einen Blick über den Küchenbereich hinein ins Wohnzimmer geworfen hatte. Dort gab es eine Sitzecke aus hellem Holz mit roten Kissen, einen LP- und CD-Schrank und einen Bücherschrank, alles kubisch oder quadratisch oder rechtwinklig oder viereckig, wie auch immer man das beschreiben wollte. »Strenges Design« nannte Link diesen Stil. Der Sofatisch bestand aus zwei Holzwürfeln, die man auseinander nehmen und umdrehen konnte, um zwei weitere Sessel aus ihnen zu machen.

»Bisschen einsam hier in der Gegend, was?«, murmelte der Jüngere vor sich hin.

»Ein paar Ratten, ein paar Möwen und ab und zu eine Barkasse von Käpt'n Prüsse mit winkenden Touristen. Und wenn ich rüber zum Sandtorhöft spaziere, kann ich einen Blick in den Glaskäfig mit den Erfolgsmenschen werfen. Das ist zwar nicht so aufregend wie Hagenbecks Tierpark, aber nicht uninteressant. Die stehen da die ganze Zeit an den Fenstern und reden, und wenn sie mit dem Reden fertig sind, gehen sie zurück in die Stadt, besuchen eine Bar und erzählen den Freunden, was sie den ganzen Tag geredet haben. Spannend, nicht?«

»Ein echter Nonkonformist, unser Freund hier«, sagte der Jüngere.

Der Ältere hob beschwichtigend die Hand: »Jeder soll nach seiner Fasson glücklich werden. Hat schon der Alte Fritz gesagt.«

»Der eine im Glaskäfig, der andere im Eisensarg.«

Link ersparte sich einen Kommentar, stand auf, goss den Tee ab, schenkte drei Schalen voll und stellte sie auf den Tisch. Dazu ein Glasschälchen mit Kandiszucker und drei Löffel. Die beiden Beamten nahmen sich Zucker, rührten um und nippten an ihrem Tee, verzichteten aber darauf, die gelungene Mischung aus herben und feinen Aromen zu loben.

»Wissen Sie, wie die Chinesen den Dampf nennen, der aus dem Tee aufsteigt?«, fragte Link.

»Kommen wir endlich auf den eigentlichen Anlass unseres Besuchs zu sprechen«, sagte der Jüngere und sah seinen Kollegen auffordernd an.

»Sie müssen hier weg«, sagte der Ältere.

»Dachte ich mir schon.«

»Wenn Sie in vierundzwanzig Stunden nicht verschwunden sind, werden wir Ihren Kahn beschlagnahmen«, sagte der Jüngere.

»Auf eine Stunde mehr oder weniger kommt es uns nicht an«, sagte der Ältere. »Aber wir werden morgen wiederkommen, und bis dahin müssen Sie etwas in die Wege geleitet haben.«

»Die Meldebestätigung des Einwohneramtes würden wir allerdings vorher gern gesehen haben«, sagte der Jüngere.

»Sie sind ja richtig scharfe Hunde«, meinte Link. »Ich dachte schon, wenn ich Ihnen Tee serviere, lenke ich Sie von Ihren Pflichten ab.«

»Keine Chance«, sagte der Jüngere.

»Wenn Sie mal da drüben die Schublade aufziehen«, sagte Link, an den Jüngeren gewandt.

»Die hier?«

»Ja. Und jetzt die Blechdose rausnehmen.«

»Die hier?«

»Aufmachen.«

»Und was ist da drin?«

»Bretonische Butterkekse. Ich hätte beinahe vergessen, sie Ihnen anzubieten.«

»Sehr witzig.«

»Und unter der Dose liegt ein Umschlag. Genau der. Darin sind all die geheiligten Papiere von Gottvater Staat. Sie dürfen das Siegel aufbrechen.«

»Was für'n Siegel?«

»War nur ein Scherz. Sehen Sie einfach rein.«

Die Papiere waren in Ordnung. Link schenkte jedem noch eine zweite Schale Tee ein.

»Woher kriegen Sie eigentlich Ihren Strom?«, fragte der jüngere Beamte, der bemerkt zu haben schien, dass das Hausboot von einer interessanten Lichtanlage aus in allen Ecken und Winkeln von Halogenlämpchen illuminiert wurde.

»Zehntausend Hamster im Bauch des Schiffes treiben eine Turbine an. Nein, mal im Ernst, sonst sind Sie gleich wieder eingeschnappt: Ein Freund hat mir Solarzellen aufs Dach gesetzt. Gestern war strahlender Sonnenschein. Dank dieses energiereichen Tages habe ich heute noch einen gewissen Vorrat an Volt und Watt. Ansonsten muss ich zu dieser Jahreszeit den Bezingenerator anschmeißen und den Strom auf vorsintflutliche Art erzeugen. Verpetzen Sie mich bloß nicht bei Greenpeace.«

»Eine schicke Küche haben Sie, Stereoanlage, aber keinen Fernseher.«

»Der würde nur meinen Seelenfrieden stören. Aber dafür habe

ich dort eine Minibar eingebaut. Sie kennen das vielleicht aus Hotels ... Soll ich mal aufmachen ...«

»Danke, nein. Sie sind nicht schlecht ausgestattet für einen Obdachlosen.« Der junge Beamte stand auf und ging neugierig umher.

»Hübsches Bett. Ziemlich breit.«

»Ich wollte es quadratisch, weil ich dann im Schlaf die Richtung wechseln kann, je nach Wellengang, wenn Sie verstehen.«

»Das hat doch alles 'ne Menge Geld gekostet. Wovon leben Sie denn so?«

»Meine ganze Erbschaft hab ich in mein mobiles Heim gesteckt. Aber Sie haben Recht. Seit ich nicht mehr die Blumen im Großmarkt sortieren darf, mache ich mir selbst Sorgen um meine Zukunft. Aber wenn erst mal meine Containersymphonie am Burchardkai aufgeführt wird, habe ich ausgesorgt.«

Der ältere Beamte stand von seinem Hocker auf: »Wir müssen dann los. Wir haben noch anderes zu tun.«

»Morgen früh sehen wir uns wieder«, drohte der jüngere Beamte.

»Oder auch nicht.«

Link hielt den beiden Polizisten die Tür auf und sah ihnen nach, wie sie vorsichtig über den glitschigen Anleger gingen.

Nachdem sie über die Eisentreppe nach oben verschwunden waren, ging er ins Hausboot zurück. Er legte sich aufs Bett und griff nach dem Mobiltelefon. Er wählte die Nummer von Jens Discher. Niemand nahm ab. Er gab eine andere Nummer ein und hinterließ einen dringenden Hilferuf auf dem Anrufbeantworter von Bernhard Nissen, dem »Bezwinger des ›Roten Teufels‹« wie eine launige Ansage erklärte. Dann schenkte er sich den Rest aus der Teekanne ein und geriet ins Grübeln.

25. FEBRUAR

MORGENS

Das Tuten eines Nebelhorns direkt neben seinem Kopf weckte ihn, und es war genau der richtige Moment, sich zu fragen: Wo bin ich? Er lag in seinem quadratischen Bett, ihn fröstelte, die Heizung war aus, die Wolldecke vom Federbett gerutscht. Sein Bett befand sich wie immer in der Schlafecke seines Hausbootes, aber die Welt fühlte sich anders an. Wieder ertönte das gedämpfte Dröhnen des Nebelhorns, das klang wie die gestopfte Tuba eines Riesen. Nebelhörner hatte er schon oft gehört, er wohnte schließlich lange genug im Hafen. Es war der Wellengang, der ihn irritierte. Im Grasbrookhafen war er vom unruhigen Hin und Her auf der Elbe abgeschottet gewesen. Sein Hausboot hatte immer ruhig gelegen. Jetzt hob und senkte es sich, schwankte heftig, die großen Reifen, die er an die Bordwand gehängt hatte, rieben sich quietschend am Anleger.

Er schlug die Augen auf. Viel war nicht zu sehen. Er hatte die Schotten dicht gemacht, alle Fenster und die Tür verschlossen. Jetzt saß er tiefgekühlt in seinem eigenen Container. Hier und da leuchtete ein LCD-Lichtlein blau oder grün, das war die Stereoanlage. Er tastete nach dem Einschaltknopf der Nachttischlampe. Weit leuchtete der grelle Halogenkegel nicht, aber er ließ ahnen, dass in seinem Heim kaum noch was an seinem Platz stand. Sofa und Tisch waren verrutscht, der Esstisch verschoben, die Stühle umgekippt. Die Stehlampe lag ebenfalls auf dem Boden, CDs und Bücher waren zum Teil aus den Regalen gefallen.

Bernhard Nissen und der »Rote Teufel« waren gegen halb zwei gekommen. Der Wind hatte aufgefrischt, und die Elbe war unruhig geworden. Hinzu kamen zwei Containerschiffe, die sie auf ihrer Flucht aus dem Grasbrookhafen passierten. Der Wellengang hatte Link zweimal zu Boden geworfen und mit ihm diverse Möbelstücke. Na ja, wenn man vom Teufel abgeschleppt wird, kann man fluchen, so viel man will, es hilft alles nichts.

Nissen, ein Neo-Hippie mit blondem Pferdeschwanz in Wildlederhosen, Schaftstiefeln und schwarzem Ledermantel war nicht gerade erfreut darüber, dass er Link schon wieder aus der Bredouille helfen sollte.

»Ich muss mein Schiff auf Vordermann bringen. Bald fängt das Frühjahr an, und ich bin für den Törn bis Spanien voll ausgebucht. Meine Hilfsmatrosen haben gekniffen, jetzt muss ich alles allein machen …«

Nissens »Hilfsmatrosen« waren zwei Lesben aus dem autonomen Milieu, die eine Beziehungskrise durchlebten und deshalb arbeitsunfähig geworden waren.

»… und nun kommst du mir auch noch mit so was. Wo soll ich dich denn hinschleppen?«

»Ich dachte, du hättest vielleicht einen Vorschlag.«

»Im Sandtorhafen …«

»Da haben sie mich gleich wieder am Wickel.«

»Im Baakenhafen …«

»Auch zu unsicher.«

»Zurück in den Oberhafen also.«

»Da hat dieser fiese Typ von der HHLA was dagegen.«

»Dann weiß ich auch nicht weiter. Versenk deinen Kahn und heuer bei mir an. Käpt'n Nissen ist ein guter Arbeitgeber. Freie Kost und Logis, Taschengeld und spanische Sonne!«

»Nee danke, du weißt doch, dass ich nicht so gern unterwegs bin.«

»Du lebst in einem mobilen Heim und bist nicht gern unterwegs?«

»So wie's aussieht, bin ich ständig hier im Hafen unterwegs.«

»Also mach's kurz, Link: Wo willst du hin?«

»Ich dachte, du könntest mich für eine Weile in deinem Verein unterbringen.«

»Im Museumshafen? Keine Chance. Du weißt doch, wie die sind. Nur historische Schiffe im Originalzustand.«

»Ich bau um, ich zieh einen Blaumann an, ich geb mich als Hafenarbeiter aus, ich streich mein schönes buntes Heim wieder in graublauer Tarnfarbe an.«

»Du scheinst ja ein echtes Problem zu haben.«

»Wir könnten deinen Kumpels ja weismachen, dass ich mein Boot verkaufen will.«

»Der Verein kauft nichts, Link. Die haben kein Geld.«

»Ich will's ihnen schenken, und sie sollen prüfen, ob das Geschenk historisch genug für ihren Museumshafen ist. Immerhin haben hier schon vor fünfzig Jahren original Hafenarbeiter Pausenbrote vertilgt und Doppelkopf gespielt. Im Sommer, wenn die Sonne draufknallt, kann man ihren Schweiß noch riechen. Ich hab sogar die Spuren einer historischen Bierlache gesichert.«

»Hör auf mit dem Quatsch. Ich hab schon kapiert, was du meinst. Ich red mit ihnen.«

Einige Stunden später war er mit seinem Ewer angerückt und hatte Link die Schleppleine zugeworfen. Der Vorstand des Museumshafenvereins wollte das Hausboot und seine »Originaleinrichtung« irgendwann begutachten. Bis dahin hatte Link Zeit, entweder alles wieder in den ursprünglichen Zustand zu versetzen oder sich zu überlegen, wohin er sich anschließend schleppen lassen wollte.

Zunächst aber wollte der Montagmorgen bewältigt werden. Link zog sich fröstelnd an und ging nach draußen, um die Fensterluken zu öffnen. Über der Elbe hing ein Schleier aus weißem Nebel, der mal dichter, mal dünner wurde. Über dem Hausboot ragte das Stahlgerüst des Dampfkrans »Saatsee« in den Nebel und sah, wie die Umrisse des Eisbrechers »Stettin«, kunstvoll retuschiert aus. Links Hausboot lag neben einer ausgemusterten Dampfbarkasse der Wasserschutzpolizei. Über die musste er klettern, wenn er zum Anleger kommen wollte.

Er warf einen Blick auf das Außenthermometer neben dem Eingang: plus zwei Grad Celsius. Luftfeuchtigkeit hundert Prozent. Genau das richtige Wetter, um Rheumadecken für die Stiftung

Warentest auszuprobieren. Er drehte sich um und blickte die schemenhafte Fassade des Backsteinturms hinauf, der dort in den Himmel ragte. Die Insassen des in ein Luxus-Altenheim umgebauten ehemaligen Kühlhauses für Fleischimporte hatten bestimmt die Heizdecken angeknipst oder saßen bei dampfendem Kräutertee im Frühstücksraum, vielleicht auch, wie es sich für agile Rentner gehörte, in der Sauna, oder sie durchmaßen zielstrebig wie Seelöwen die Bahnen des heimeigenen Schwimmbads.

»He! Link Walther!«

Jetzt riefen sie ihn auch schon. Wollten ihn vielleicht zum Aufwärmen einladen oder einen kleinen Wettkampf im Schmetterlingsstil.

»He, Link! Hier drüben!«

Die Stimme kam nicht aus dem Kühlhaus. Sie klang auch nicht nach Seniorenwohnheim. Es war eine Mädchenstimme.

»Li-hink!«

Drüben auf der Stahlbrücke, die zum Anleger führte, winkte jemand. Er winkte zurück, obwohl er nicht erkennen konnte, wer es war.

»Ich komm rüber!« Die vom Nebel verwaschene Gestalt verschwand.

Er wartete. Dann hörte er schnelle Schritte über Asphalt und Metall näher kommen. Eine Gestalt sprang aufs Deck der Polizeibarkasse und kletterte schließlich zu ihm an Deck.

»Hallo!«

»Hm, guten Morgen.«

Vor ihm stand eine Achtzehnjährige mit langen kastanienbraunen Haaren. Sie trug einen schmuddelig wirkenden Wildledermantel mit Pelzbesatz, eine weit ausgestellte Jeans mit bunten Flicken und Turnschuhe, die wahrscheinlich einen Raketenantrieb besaßen, so monströs, wie sie aussahen.

»Ich bin's«, sagte sie.

»Tja.« Irgendwie kam sie ihm schon bekannt vor.

»Anna … Greta«, versuchte sie ihm auf die Sprünge zu helfen.

»Wie denn nun?«

»Annagreta.«

Er hob die Schultern.

»Das letzte Mal hatte ich noch so lange Haare. Bisschen lockiger.«

Ein Mädchen mit lockigem Haar?

»Vor vier Jahren oder so.«

»Ja und?«

»Mensch!«, stöhnte sie gedehnt. »Annagreta Discher, die Tochter von deinem alten Kumpel Jens. Du nennst ihn doch deinen alten Kumpel, oder? Papa sagt jedenfalls immer ›mein alter Kumpel Link‹.«

»Anna …« In Gedanken verglich Link das Bild, das er von ihr hatte, mit der realen Erscheinung.

»… greta. Es reicht, wenn du mich Greta nennst. Oder Anna, wenn dir das lieber ist.«

Die Annagreta in seinem Kopf, die mit dem lockigen Haar, war pummeliger gewesen. Die hier sah seinem Kumpel Jens nur noch entfernt ähnlich. Mehr so wie ihre Mutter. Aber nicht hanseatisch kühl, sondern … hm, frech?

»Du siehst aus, als wärst du gerade aufgestanden«, sagte sie.

»Wie spät ist es denn?«

»Kurz nach elf.«

»Herrgott.« Link starrte sie verwirrt an. Die Verwirrung wuchs. Greta war hübsch. Donnerwetter! Man könnte sogar »atemberaubend« sagen. Dunkle Augen, volle Lippen, leicht gerötete Wangen.

»Ja, danke, eine Tasse heißer Tee wäre nicht schlecht. Wo ist die Tür?«

»Entschuldige, äh, ja, komm doch rein.«

»Danke.« Drinnen sah sie sich um und hauchte ein paar Dampfwölkchen aus. »Kalt hier. Habt ihr 'ne Sturmflut gehabt?«

»Was?«

Sie deutete auf die Unordnung: »Sieht nach Windstärke zwölf auf der Richterskala aus.«

»Richter ist für Erdbeben zuständig.«

»Soll mir recht sein. Machst du uns einen Tee? Du hast doch bestimmt noch nicht gefrühstückt, oder?«

Link holte die Teekanne aus dem Schrank. »Nein.« Er warf einen Blick ins leere Brotfach.

»Und nichts Vernünftiges zu essen da, stimmt's?«

»Hmhm.«

»Ich geh uns was holen.«

»Was denn?«

»Da vorn auf diesem Äppelkahn ist doch ein Café. Da krieg ich bestimmt belegte Brötchen oder so was. Mit Käse ...«

Link verzog das Gesicht.

»Kein Käse? Wurst?«

»Nuggi«, sagte Link.

»Was?«

»Nuggis Elbkate. Fischbrötchen. Bismarckhering.«

»Im Ernst? Zum Tee?«

»Ich mach uns 'ne derbe Ostfriesenmischung.«

»Ja, okay, dann bin ich gleich wieder da.«

Sie brachte vier Brötchen mit dicken Bismarckheringen und Gurkenscheiben und Zwiebelringen. Dazu gab es den stärksten Ostfriesentee aller Zeiten. Mit Kandiszucker.

»Tee passt immer zu sauren Heringen, wenn man ihn nur genug süßt«, erklärte Link.

»Du hast ein cooles Zuhause.«

»Wird Zeit, dass ich die Heizung wieder anschmeiße.«

»Ich mein nicht kühl, sondern cool.«

»Ich weiß. Aber ich hab gestern erst hier angelegt, deshalb ist die Heizung noch nicht wieder eingeschaltet.«

»Macht ja nichts. Aber dass du ausgerechnet gestern deinen Ankerplatz verlassen hast ...«

»Liegeplatz«, verbesserte Link.

»Ist doch egal. Deinen Platz im Grasbrookhafen. Davon wusste ich. Papa, ich meine Jens, hat mir davon erzählt. Vom Grasbrookhafen, meine ich.«

»Du wolltest mich besuchen?«

»Nein.«

»Nein?«

Greta deutete auf die Brötchen mit Bismarckhering, die Link nebeneinander auf einen Teller gelegt hatte: »Entschuldigung, aber mir läuft das Wasser im Mund zusammen.«

»Nur zu.«

Sie griff sich ein Brötchen, biss hinein und redete mit vollem Mund weiter.

»Lecker. Ich hab dich gesucht, weil du mir helfen musst.«

Link nahm sich ebenfalls ein Brötchen, klappte es auf und begutachtete die zahlreichen Zwiebelringe.

»Magst du Zwiebeln?«, fragte er.

Sie biss schon wieder ins Brötchen. »Klar, wieso nicht?«

»Schon okay. Ich auch.« Er klappte sein Brötchen zu und biss ebenfalls hinein.

Sie hielt im Kauen inne und sah ihn ernst an. »Papa ... ich meine, Jens ist verschwunden.«

»Was heißt verschwunden?«

»Na, was soll das schon heißen? Er ist weg!«

»He, reg dich nicht gleich auf.«

»Entschuldigung. Er ist nicht zu Hause. Und er ist immer zu Hause. Er geht nie weg, höchstens fährt er mal in den nächsten Ort, um einzukaufen. Er hasst es, sich weiter als hundert Meter von seinem Haus zu entfernen, das ist doch bekannt, ich meine, du kennst ihn doch: Er sitzt an seinem Scheiß-Funkgerät und quasselt mit irgendwelchen Marsmenschen in Übersee, aber klebt an der heimischen Scholle fest oder wie man das nennen soll.« Sie stockte: »Nichts für ungut. Du bist doch nicht auch so ein Amateurfunker?«

»Nein.«

»Okay. Aber du weißt, was ich meine, oder?«

»Ich weiß, dass Jens seinen Resthof im Kehdinger Land nicht gern verlässt. Aber er war hin und wieder in Hamburg. Auf Recherche für sein Buch. Dann hat er hier übernachtet. In anderen Städten in Norddeutschland war er auch, jedenfalls hat er das erzählt.«

»Deswegen bin ich ja zu dir gekommen, weil ich dachte, er hat sich vielleicht bei dir einquartiert, weil er mal wieder in der Stabi rumstöbert oder so.«

»Ich hab ihn seit Monaten nicht gesehen. Kann auch ein Jahr her sein inzwischen.«

»Verdammt.«

»Nimm dir noch ein Brötchen und vergiss nicht, deinen Tee zu trinken, sonst wird er kalt. Vielleicht ist Jens ja inzwischen schon wieder zurück.«

»Glaub ich nicht.«

»Nein?«

»Ich hab immer wieder angerufen. Hab ja schließlich mein Handy dabei.«

»Natürlich.«

»Ja, und er ist immer noch nicht zurück.«

»Find ich jetzt ehrlich gesagt nicht sehr beunruhigend.« Link merkte, dass er zu viele Zwiebeln gegessen hatte. Das zweite Brötchen würde er kaum noch schaffen. Der Tee half nur sehr unzureichend gegen den Zwiebelgeschmack. Nuggi belegte seine Fischbrötchen nicht mit harmlosen Gemüsezwiebeln, sondern mit den kleinen scharfen, die einem die Tränen in die Augen trieben.

Greta nahm einen großen Schluck Tee. »Das Problem ist, dass jemand in der Zeit, als ich nicht da war, seine Wohnung verwüstet hat.«

»Seine Wohnung verwüstet?«

»Ja, wie nach einer Durchsuchung. Entweder waren es Einbrecher oder Bullen.«

»Vielleicht hat er vergessen aufzuräumen. Wusste nicht, dass Besuch kommt. Hat alles ein bisschen verwahrlosen lassen. Dann kamst du, er hat sich geschämt und sich versteckt ...«

»Das ist jetzt echt nicht witzig. Du bist doch sein bester Freund, da musst du ja wohl wissen, dass er ein totaler Ordnungsfanatiker ist. Bei ihm ist alles immer superpenibel an seinem Platz.«

»Stimmt. Aber warum sollte jemand seine Wohnung durchsuchen?«

»Sie wollten was klauen.«

»Die Funkanlage ist doch wohl noch da?«

»Ja.«

»Ich wüsste nicht, was er sonst noch Wertvolles besitzen sollte.«

»Aber ich.«

»Tatsächlich?« Link nahm den Kandislöffel und warf die Kluntjes in die Teeschälchen, dann griff er nach der Teekanne und schenkte ihr und sich eine weitere Tasse ein.

»Ich weiß es sogar ziemlich genau«, erklärte Greta.

»Was sie ihm geklaut haben?«

»Was sie ihm klauen wollten. Sie konnten es ja nicht mehr mitnehmen, weil ich es schon vorher gestohlen habe.«

Link stellte die Teekanne auf das Stövchen zurück.

»Kannst du mir jetzt mal erzählen, um was es hier eigentlich geht?«

»Versuch ich doch die ganze Zeit.«

»Vielleicht fängst du einfach mal ganz am Anfang an und gehst dann chronologisch vor – Schritt für Schritt, eins nach dem anderen, wie es passiert ist.«

»Ich weiß, was chronologisch heißt.«

»Na, dann mach mal.«

»Okay. Also, genau genommen ist meine Mutter mal wieder an allem schuld ...«

23. FEBRUAR

MITTAGS

Es war ja nicht das erste Mal gewesen, dass er nicht rechtzeitig gekommen war, um sie vom Zug abzuholen. Nachdem sie aus dem Regionalexpress auf den kahlen Bahnsteig hinuntergestiegen war, versuchte sie, durch das Schneetreiben hindurch seinen roten R5 auszumachen. Aber unter den wenigen Autos, die am späten Vormittag auf dem Parkplatz neben dem missmutig wirkenden Backsteingebäude des Bahnhofs von Hemmoor standen, war kein rotes zu erkennen. Bei diesem Wetter dürfte er wohl kaum den Traktor genommen haben. Das würde nicht mal ihr Vater, ich meine Jens, bringen, der sonst immer Wert darauf legte, als hartgesottener Naturbursche zu gelten. Also hatte er sich wieder einmal verspätet.

Obwohl sie daran gewöhnt war, ärgerte sie sich, denn sie schleppte ein paar schwere Bücher in ihrer Umhängetasche mit sich, die sie ihm antiquarisch besorgt hatte. Andererseits gab es Grund zum Optimismus: Das Wetter war so miserabel, dass sie möglicherweise bald eingeschneit sein würden. In diesem Fall könnte sie nicht nach Hamburg zurück, wie sie es mit ihrer Mutter vereinbart hatte. Das dämliche Kostümfest im Hotel Atlantic würde für sie flachfallen. Keine schlechte Perspektive.

Dennoch gruselte es sie bei dem Gedanken, womöglich stundenlang in der tristen Bahnhofshalle herumlungern zu müssen. War alles schon vorgekommen, wenn ihr Vater während einer Morse-Aktion mit irgendeinem Heini am Nordkap oder in Australien vergessen hatte, dass es jenseits des Amateurfunk-Universums noch eine richtige Welt gab.

Sie überquerte das Gleis und ging den Parkplatz ab. Papa, ich meine Jens, war nicht da. Ein Golf GTI und ein Renault Twingo rauschten ab, drei andere Wagen blieben übrig und warteten auf

Herrchen oder Frauchen. Sie ging zurück zum Bahnhof. Vielleicht hatte er ja direkt davor oder auf der anderen Seite geparkt, chaotisch, wie er sich manchmal gebärdete.

Nein, auch nicht. Jetzt war sie von oben bis unten mit nassem Schnee beklebt. Sie klopfte ihn ab und wollte gerade in den Bahnhof treten, als ihr ein schlaksiger junger Typ entgegenkam. Den kannte sie doch.

»He, Heiko.«

Er blieb stehen und sah zu ihr hinunter.

»Kannst du mich mitnehmen?«

Hinter ihr fuhr ein Lastwagen vorbei. Heiko sah ihm nach.

»Was?«, fragte er.

»Kannst du mich mitnehmen?«

»Wohin?« Der Lastwagen schien interessanter zu sein als sie. Heiko lächelte ihm wehmütig hinterher. Nein, er winkte. Hatte den Arm leicht gehoben.

»Nach Hause.«

Jetzt sah er wieder sie an. Ratloser Gesichtsausdruck. Dann abfälliges Herabziehen der Mundwinkel.

»Wer bist du denn?«

»Greta. Greta Discher, die Tochter von Jens. Wir wohnen im gleichen Dorf.«

Jetzt schien der Groschen gefallen zu sein. »Soll ich dich mitnehmen?«

»Genau.«

Sie stiegen in einen tiefer gelegten Fiat Punto, auf dessen Rücksitz eine leere Kornflasche lag. Heiko fuhr einen Stil, den man verharmlosend als sportlich bezeichnet. Seine Kommunikationsfähigkeit war gleich null.

»Kommst du von der Arbeit?« – »Jo.«

»Nachtschicht geschoben?« – »Jo.«

»Wo arbeitest du denn eigentlich jetzt?« – Keine Angaben.

»Ich komm gerade aus Hamburg. Eigentlich sollte Papa, also

mein Vater, ich meine Jens, mich abholen. Hat's aber wohl verpennt.« – Kein Kommentar.

»Ist nicht das erste Mal, aber nervig bei dem Wetter.« – Keine Reaktion.

»Gut, dass ich dich getroffen hab.« – »Hmhm.«

Die Unterhaltung erstarb. Dicke Schneeflocken patschten stakkatomäßig gegen die Windschutzscheibe, von der Welt dort draußen war kaum was zu erkennen. Kein roter R5 kam ihnen entgegen, auch kein Traktor.

Heiko steuerte den Punto mit einem kühnen Schwung vor das Scheunentor des Hofs seiner Eltern und stieg aus. Die restlichen fünfhundert Meter durch Matsch und Schneesturm bis ans Ende des Dorfes musste sie allein zurücklegen.

»Danke fürs Mitnehmen.«

»Tschüs.«

Schon beim ersten Schritt landete ihr Fuß in einer Pfütze. Nasse Schneeflocken blieben in ihrem Gesicht kleben. Toll, das Leben auf dem Lande.

Jens Dischers größter Traum war immer gewesen, einen Resthof im Kehdinger Land zu erwerben. Mit möglichst viel Land drum herum und freier Sicht und einem günstigen Platz, um seine riesige Antenne aufzustellen, die gar nicht groß genug sein konnte, um ihm den störungsfreien Funkverkehr rund um den Globus zu garantieren.

Seinen Traum hatte er sich erfüllt. Er war nun stolzer Besitzer eines abgetakelten Reetdachhauses, einer klapprigen Scheune und eines ehemaligen Schweine- und Hühnerstalls, dem noch immer ein unangenehmer Geruch entströmte, obwohl darin seit Jahren keine Tiere mehr gehalten wurden. Der Vorbesitzer hatte vergessen, wie vertraglich vereinbart, die Gülle abzutransportieren, und Jens war einfach zu träge gewesen, sich darum zu kümmern.

Immerhin gehörten fünf Hektar Land zum Hof. Eine große Weide war an einen Nachbarbauern verpachtet, aber der Obstgarten mit den alten Apfel-, Kirsch- und Pflaumenbäumen war eine echte Idylle, die lediglich durch den hohen Sende- und Empfangsmast von Delta-Charly Jens Discher beeinträchtigt wurde.

Greta schloss die Haustür auf, ließ ihre Büchertasche fallen, streifte die Schuhe ab, lief in die Diele und rief: »Papa! Vater! Jens!«, und als sie keine Antwort bekam, noch lauter: »Delta-Charly!«

Dann stutzte sie. Scheiße, wie sah es denn hier aus? Sämtliche Mäntel und Jacken waren von der Garderobe gefallen, der Schuhschrank war umgekippt, die Truhe mit der Bettwäsche ausgeräumt, das saubere Zeug auf dem dreckigen Boden verteilt, der Teppich umgeschlagen. In der Küche waren sämtliche Schränke geöffnet, und das Geschirr war teilweise herausgeworfen worden. Sogar der Kühlschrank stand offen, obwohl Jens immer einen Mordsaufstand machte, wenn es um Energieverschwendung ging. Die Schubladen der Gefriertruhe waren herausgezogen, die Backofentür stand auf.

Aber das war noch gar nichts gegen das Chaos im Wohnzimmer. Fast alle Bücher waren aus den Regalen gezogen und auf den Boden geworfen worden, die Glasvitrine des Schranks zersplittert, Porzellan und Gläser zerborsten. Im Esszimmer waren alle Stühle umgeworfen und der zweite Geschirrschrank entleert. Sie lief zu ihrem eigenen Zimmer am Ende des Flurs, schob die Tür auf und blickte auf ein Durcheinander, das sie nicht mal am Ende eines vierwöchigen Aufenthaltes im Hause ihres Vaters so gründlich hinbekommen hätte.

Sie ging nicht in das Zimmer, registrierte nur das Ausmaß der Verwüstung und Zerstörung und bemerkte zwei Details, die ihr den Rest gaben: Ihrer Lieblingspuppe aus Kindertagen waren ein Bein und der Kopf abgerissen worden, und den Teddy hatte jemand mit einem Messer ausgeweidet, aus seinem Bauch quoll Holzwolle. Sie lehnte sich gegen den Türpfosten und rutschte langsam zu Boden. Dann begann sie zu weinen. Ihr Alter war durchgedreht, verrückt geworden, Amok gelaufen. Als ob man das nicht hätte voraussehen können. Die angeblich so heiß geliebte Einsamkeit hatte ihn fertig gemacht.

Mit einem Mal blitzte ein gruseliges Bild in ihrem Kopf auf: Jens, wie er oben in seinem Dachzimmer vor dem Funkgerät saß, sabbernd und wirres Zeug in alle Welt sendend, Delta-Charly geistig umnachtet und nach einem letzten Aufbäumen seiner kranken Seele und vollendetem Zerstörungswerk hilflos wie ein Baby.

Sie raffte sich auf, lief durch den Flur zur Treppe, ging nach oben und riss die Tür auf, an der ein Aufkleber mit dem witzigen Slogan »Hier funkt's!« hing. Die Funkanlage stand da wie immer. Abgeschaltet. Die Wand war wie immer mit zahllosen QSL-Karten aus aller Herren Länder beklebt. Alles war so wie immer, nur Jens saß nicht vor seiner Morsetaste.

Sie sah in seinem Schlafzimmer nach. Da war wieder alles durcheinander gebracht worden, das Bett auseinander genommen, die Matratze aufgerissen, der Klamottenschrank ausgeräumt.

Wo zum Teufel war Papa, ich meine, Jens? Wieso hatte er sie nicht abgeholt? War er überhaupt losgefahren? Hatte er einen Unfall gehabt? Lag sein Traktor irgendwo im Straßengraben? Hatte er den R5 gegen einen Baum gesetzt?

Sie rannte die Treppe hinunter, zog die Gummistiefel an, die im Flur herumlagen, und rannte über den Hof zur Scheune, schob das Tor auf und spähte ins Dunkel. Da stand der Traktor und daneben der Renault. Ratlos wandte sie sich um. Ihr Blick fiel auf die Spuren im nassen Schnee auf dem Vorplatz vor der Haustür. Reifenspuren. Fußspuren. Jemand hatte ihn also abgeholt? Das war ja was ganz Neues, dass ihr Vater Besuch bekam und von irgendwelchen Leuten abgeholt wurde.

Sie ging wieder ins Haus, ließ die Gummistiefel an, lief in die Küche, holte sich einen Becher Mousse au chocolat von Nestlé aus dem Kühlschrank und aß ihn auf. Dann noch einen und noch einen. Anschließend lief sie ziellos durch das Haus. Aufräumen kam nicht infrage, es war alles viel zu schlimm. Sie setzte sich an den Küchentisch und wartete. Sie schaltete das Kofferradio auf der Fensterbank an und gleich wieder aus, weil das Geschwätz sie nervös machte. Er kam nicht.

Sie spürte, wie ihr kalt wurde. Sie ging in den Heizungsraum und sah, dass er den Heizkessel mal wieder ganz energiesparbewusst mit Holz gefeuert hatte. Das Feuer war aus. Sie fror. Einen Extramantel überzuziehen half da nicht viel. Allmählich wurde sie stocksauer auf ihn. Es war doch ganz offensichtlich, dass er irgendeinen Mist gebaut hatte. Sie schwankte zwischen Angst und Wut. Was wusste sie schon von ihrem verschrobenen Vater, was ahnte sie schon, zu was er alles fähig war?

Sie fand das Telefon in der Diele unter den Mänteln und wählte die Nummer ihrer Mutter.

»Hallo Mom, ich bin's.«

»Kannst du nicht deutsch mit mir reden?«

»Sag mal, hat Papa, ich meine Jens, sich zufällig bei dir gemeldet?«

»Nein, warum sollte er?«

»Nur so. Ich bin gerade hier bei ihm, aber er ist verschwunden.«

»Du bist wo?«

»In Heeßel, aber er ist nicht da.«

»Was zum Teufel machst du in Heeßel? Heute Abend ist der Faschingsball im Atlantic. Ich warte schon die ganze Zeit auf dich. Ich hab dir ein wundervolles Kostüm von Meiers in Blankenese besorgt, du wirst begeistert sein.«

»Ich war noch nie begeistert von deinen Kostümideen, Mom. Aber hör mal, ich mach mir Sorgen wegen Jens. Er ist weg, und ich kann ihn nicht finden.«

»Erzähl mir mal was Neues, Herzchen.«

»Nein, im Ernst jetzt. Sogar mein Teddy und meine Puppe …«

»Annagreta, ich bestehe darauf, dass du heute Abend Punkt achtzehn Uhr hier vor der Tür stehst! Andernfalls werde ich mir ernsthaft überlegen, ob ich einer Tochter, die sich mir ständig zu entziehen versucht, wirklich einen USA-Aufenthalt finanzieren soll. Zumal ich der Ansicht bin, dass England näher liegt. Auch dort kann man Sprachstudien betreiben.«

»Aber Mom, es geht nicht um Sprachstudien.«

»So? Um was denn? Darüber müssen wir wohl auch noch reden.« Marie-Christin Discher stöhnte laut auf.

Greta biss die Zähne zusammen, um nicht laut loszuheulen. Ihre Mutter verstand sich aufs Erpressen, das hatte sie schon oft genug am eigenen Leib erfahren. Diese gottverdammte pseudohanseatische und schein-noble Kostümparty im Atlantic war das langweiligste Faschingsfest der Welt. Greta musste jedes Jahr mitkommen, weil ihre Mutter ein Familienmitglied zum Repräsentieren brauchte, und Papa, ich meine Jens, war alles andere als vorzeigbar. Außerdem weigerte er sich seit zwölf Jahren, die Kommandos seiner Ehefrau zu befolgen. Seit dem Tod ihrer Mutter nahm Marie-Christin ihre Tochter zu diesem Ereignis mit. Greta bekam teure Kostüme verpasst – inzwischen hatte sie schon alles zwischen Scheherezade und Flamencotänzerin durchprobiert – und musste mit schnöseligen Bürgersöhnchen Walzer oder Slowfox tanzen.

»Okay, Mom, ich bin dann um sechs bei dir.«

»Ich bitte darum.«

Greta legte das Telefon weg und fluchte: »Scheiße! Warum hab ich nicht alles auf das Wetter geschoben. Schneesturm, unpassierbare Straßen, Sturmflut.« Sie blickte nach draußen. Das Schneetreiben hatte aufgehört. Die Wolkendecke war aufgerissen, und die Sonne strahlte so scheinheilig, als sei sie eine Verbündete ihrer gottverdammten Mom.

In der Küche lag der Autoschlüssel zwischen verschiedenen Tütensuppenpackungen auf dem Boden. Sie hob ihn auf und fasste einen blitzschnellen Entschluss: zurück nach Hamburg! Mit dem Wagen. Sollte er sich doch mit dem Traktor rumquälen, wenn er zurückkam.

Sie zog sich ihre Schuhe wieder an, stapfte durch den pappigen Schnee zur Scheune und stieg in den Renault. Der Motor sprang problemlos an.

Als sie Hemmoor durchquerte, fragte sie sich noch einmal kurz, was bloß mit ihrem Teddy und ihrer Puppe passiert war. Na was soll's, albernes Kinderspielzeug.

In Stade geriet sie in einen Stau und spürte, wie die Wirkung der Mousse au chocolat verging. Der Blutzuckerspiegel sank rapide, ihr wurde flau im Magen. Jetzt was Gesundes, Nussschokolade zum Beispiel. Sie beugte sich nach rechts und klappte das Handschuhfach auf. Irgendwelche Papiere fielen heraus. Sie kramte darin herum. Keine Schokolade. Keine Bonbons. Nicht mal Gummibärchen oder Lakritz. Sie klaubte alles heraus und warf es auf den Boden. Zum Schluss ertastete sie etwas Kaltes, Glattes. Eine Brosche in Form einer Hansekogge. Was war das denn?

Hinter ihr wurde gehupt. Sie ließ das Ding fallen und gab Gas.

23. FEBRUAR

ABENDS

»Ach nee, das ist doch bescheuert!«

»Jetzt mach mir hier keine Szene, Greta. Du hättest dich ja früher darum kümmern können.«

»Eine Piratenbraut? Das ist doch total einfallslos.«

»Das Motto des Balls lautet ›Die sieben Meere‹, und du willst doch immer cool erscheinen. Also dachte ich mir, eine Verkleidung als Piratenbraut käme dir entgegen.«

»In diesen lumpigen Klamotten seh ich wohl eher aus wie eine Zigeunerin.«

»Seit wann tragen Zigeunerinnen bretonische Fischerhemden?«

»Ja eben.«

Greta stand vor dem großen kippbaren Spiegel im Ankleidezimmer ihrer Mutter und verzog das Gesicht. Zu dem kunstvoll zerschlissenen roten Rock trug sie eine Rüschenbluse und eine Weste, auf die ein Totenkopf gestickt war.

»Einen Bart könnte ich mir noch ankleben«, sagte sie.

»Greta, ich bitte dich.«

»Eine Augenklappe.«

»Für solche Sperenzien haben wir keine Zeit, mein Kind.«

»Leihst du mir ein paar von deinen Havannazigarren aus?«

»Was ist das jetzt wieder für ein Unsinn?«

»Piratenbräute haben geraucht wie die Schlote, das ist doch bekannt.«

»Dir wird schlecht werden.«

»Ich zünd mir das Ding ja nicht an.«

»Eine Zigarre? Das ist doch obszön.«

»Umso besser. Ich geh mal eben runter.«

Greta verließ das Ankleidezimmer. Unten im Wohnzimmer gab es eine Anrichte und darin eine Schublade mit mehreren Zigarrenkisten, die immer dann hervorgeholt wurden, wenn »die Honoratioren« kamen. Das waren entweder ehemalige Geschäftsfreunde von Gretas verstorbenem Großvater oder Alteingesessene wie ihre Mutter aus der Othmarschener Nachbarschaft oder der eine oder andere leitende Angestellte aus der Chefetage »unserer Firma«, wie Gretas Mutter das florierende Handelsunternehmen nannte, an dem sie noch ein paar Prozent Anteile hatte.

Eine krumme, längliche Brisago war genau das Richtige für Gretas Zwecke. Dann fiel ihr etwas ein. Sie ging durch die Haustür nach draußen. Auf der Garagenauffahrt neben dem penibel gepflegten Vorgarten mit den wuchernden Rhododendronbüschen stand der in dieser Umgebung deplaziert wirkende R5. Sie schloss die Fahrertür auf, kniete sich auf den Sitz und kramte in dem Durcheinander auf dem Boden herum, bis sie die Brosche fand.

Dann rannte sie ins Haus zurück, die Treppe hoch und blieb wie angewurzelt stehen, nachdem sie wieder ins Ankleidezimmer getreten war.

»Was ist denn jetzt los? Was soll das denn darstellen?«

Über weißen Leggins und einem eng anliegenden weißen Kaschmirpulli trug ihre Mutter einen irgendwie zu dick geratenen Schwimmreifen, von dem wulstige Fortsätze ausgingen. Außerdem hatte sie sich eine hohe birnenartige Kappe auf den Kopf gesetzt, mit großen aufgemalten Augen und einem schnabelartigen Maul.

»Eine Riesenkrake natürlich, was denn sonst.«

Greta konnte sich kaum halten vor Lachen: »Eine Riesenkrake?« Wie passend, wollte sie hinzufügen, verschluckte sich aber glucksend, was sicherlich besser war. »Octopussy?« Lachend ließ sie sich auf den spanischen Sessel vor dem Schminktisch fallen.

»Es freut mich ja, dass es sogar dir mal gelingt, die Dinge mit Humor zu nehmen«, gab ihre Mutter mit eisiger Miene zurück.

»Er hat nur sieben Arme«, stellte Greta fest, als sie sich wieder beruhigt hatte.

»Auch das hat seinen Grund.« Ihre Mutter drehte sich und zeigte auf einen Armstumpf. »Den hab ich im Kampf mit einem Schwertwal verloren.«

»Aua.«

»Können wir dann los, Herzchen?«

»Klar, ich muss nur noch den Umhang hier zusammenkriegen.«

»Was ist das denn?«

»Eine Brosche. Damit haben Seeräuberinnen früher ihre Gewänder zusammengesteckt.«

»Piratenbräute«, verbesserte ihre Mutter.

»Oh, Mom, du schaffst es wirklich, jeder Sache einen konservativen Stempel aufzudrücken.«

»Versteh ich nicht. Komm, gib mal her.« Sie nahm Greta, die sich mit dem Zusammenstecken abmühte, die Brosche aus der Hand und brachte sie richtig an. »So. Jetzt wird's aber wirklich Zeit.«

»Mit deinen Krakenarmen wirst du kaum in den Renault passen.«

»Erstens nehmen wir ein Taxi und nicht die stinkende rostige Blechwanne deines Exvaters …«

»Deines Exmannes. Er ist immer noch mein Vater!«

»… und außerdem ziehe ich das Kostüm jetzt wieder aus und den Pelzmantel an.«

»Hätt ich mir denken können, der Ozottel muss mal wieder ausgeführt werden.«

»Ozelot, Gretchen, Ozelot.«

»Ja, ja. Ruf du mal dein Taxi, ich bastel mir so lange eine Augenklappe.«

Sie trafen genau zum rechten Zeitpunkt im Hotel Atlantic ein. Die Schlange der Teilnehmer des »Nordelbisch-Hamburgischen Faschingsballs« mäanderte durch die noch üppiger als gewöhnlich dekorierte Eingangshalle des Luxushotels. Die Damen und Herren hinter dem Empfangspult hatten zusätzlich zu ihren Uniformen lustige Hütchen aufgesetzt, die einen sehr guten Kontrast zu ihren vorbildlichen Manieren darstellten. Sämtliche Garderoben waren überlastet, aber das wurde gern in Kauf genommen, weil man schon mal alte Bekannte begrüßen konnte.

Greta war der festen Überzeugung, dass ihre Mutter nur wegen dieses Gedränges am Anfang zu dem Ball ging. Enthemmte Fröhlichkeit war ihre Sache nicht. Aber da war sie sich mit gut siebzig Prozent der Anwesenden einig. Wie immer bei solchen Ereignissen kam es darauf an, gesehen zu werden. Später, im unübersichtlichen Trubel und bei dem Gedröhne, das als Musik ausgegeben wurde, konnte man kaum noch ein vernünftiges Wort mit jemandem wechseln. Zwischen den Großereignissen des Abends, der Wohltätigkeitstombola, dem Kabarettprogramm, dem Bejubeln der Überraschungsstars (im letzten Jahr waren es Barbra Streisand und Udo Jürgens gewesen, dieses Jahr, so wurde gemunkelt, sollten Howard Carpendale und Liza Minelli die begehrten Blitzauftritte machen dürfen), der Kostümprämierung und der Auslobung des elegantesten und des virtuosesten Tanzpaares, war kaum Zeit für intensiven Informationsaustausch. Das musste gleich zu Anfang erledigt werden.

Dieser Sport, den Greta ihrem Vater gegenüber als »Lobby-Mobbing« bezeichnet hatte, ging folgendermaßen vonstatten: Die Damen der Gesellschaft in ihren Pelzmänteln, die sie auf dem kurzen Weg vom Taxi bis zum Hoteleingang gewärmt hatten, ließen ihre Männer in der Schlange stehen und liefen von dieser Bekannten zu jener Verwandten und tauschten Informationen aus. Deshalb hatte ihre Mutter ja so großen Wert darauf gelegt, dass Greta mitkam. Sie musste nämlich den Platz in der Schlange einnehmen, während die lächelnde Marie-Christin mit ihrem Ozottel durch die Halle schwebte. Ihr Vater hatte das Atlantic nur ein einziges Mal betreten, zu seinem eigenen Hochzeitsbankett, aber das war verdammt lang her.

»Guten Abend, Annagreta.« Scheiße, der Kerl, der aussah wie ein Schuhkarton der Größe fünftausend hatte sich umgedreht. Sie hatte schon von der Seite sein pickeliges Gesicht bemerkt. Till, der Junge von nebenan. Genauso alt wie Greta, ehemaliger Klassenkamerad am Christianeum, das Greta wegen galoppierenden Desinteresses an Latein und Altgriechisch sehr bald in Richtung Französisches Gymnasium verlassen hatte. Till hatte das humanistische Abitur kürzlich mit Bravour bestanden, Greta ihr neusprachliches mit Ach und Krach. Tills Vater fuhr einen Bentley von 1964. Gretas Vater einen R5 von 1985.

»Hallo Till. Was willst du denn darstellen?«

»Liebe Annagreta, es ist deine Aufgabe, selbiges herauszufinden.«

Till redete gern so geschwollen, wie sein pickliger Hals aussah. Sie wollte ihn erniedrigen, also sagte sie: »Ein Fischstäbchen?«

»Exakt, meine Liebe. Darf ich dir meinen Glückwunsch für deine schnelle Auffassungsgabe aussprechen?«

»Im Ernst?« Sie musterte ihn von oben bis unten. Auf diese Idee wäre sie selbst gern gekommen. Stattdessen stand sie hier in ihrem Kindergartenkostüm herum. »Und wo ist der Ketchup?«

Till öffnete eine Klappe auf seiner rechten Seite und zog eine Flasche Heinz hervor. Greta war beeindruckt. Aber es kam noch besser. Er öffnete eine zweite Klappe auf der linken Seite und zog ein Glas Miracle Whip hervor. Dann ging eine Bauchklappe auf, und er zeigte stolz auf einen Plastiktopf mit Kartoffelsalat.

»Nicht schlecht«, gab Greta zu, »aber als Würstchen hättest du mir besser gefallen.«

»Das Motto lautet ›Die sieben Meere‹, meine Gute.«

»Dann eben als Stockfisch«, kartete Greta missgelaunt nach.

»In diesem Fall müsste ich mit dem Herrn dort in Konkurrenz treten.« Till deutete auf einen älteren Mann, der sich mit Pappmaschee voll geklebt hatte.

Inzwischen hatte sich die Reihe vorwärts bewegt und geteilt. Man bewegte sich etwas schneller auf die diversen Garderoben zu. Die Damen und Herren Spaßvögel entledigten sich ihrer Mäntel und enthüllten ihre Kostüme, die sich an Originalität, das musste man zugeben, kaum übertreffen ließen.

Natürlich gab es Heringe und Haifische (alles vom Hammerhai bis zur Schillerlocke), elegante Seepferdchen, fröhliche Seesterne, einen protzigen Hummer, einen gut gelaunten Taschenkrebs, eine Ölsardine, sehr zum Verdruss von Gretas Mutter mehrere Kraken, natürlich auch Boote und Schiffe, alles zwischen Ruderboot und Hansekogge, und, weniger originell, Kapitäne, Matrosen, Piraten, Meerjungfrauen, den einen oder anderen Neptun, Wikinger, verschiedene Entdeckerpersönlichkeiten von Kolumbus bis Cook. Ein fröhliches Kollektiv ganz in Blau hatte eine Plastikplane dabei, durch das seine Mitglieder die Köpfe steckten, um ganz einfach das Meer mit seinen Wellen zu symbolisieren. Drei andere hatten sich zusammengetan, um einen kleinen Hafenschlepper zu mimen, und einer lief sogar als Container herum. Ein jungverheiratetes Paar aus Övelgönne kam als »Jan Himp und die kleine Brise«, ein älterer Haudegen aus Blankenese markierte Hans Albers, und Freddy Quinn war als Freddy Quinn verkleidet erschienen.

Nachdem die Mäntel entsorgt waren, der neueste Klatsch und hinterhältigste Tratsch aus dem intrigenreichen Biotop der Elbvororte erörtert worden war, strömten die versammelten Verkleidungskünstler in den Bankettbereich des Hotels, wo man sich in endlosen Fluchten und Fluren erging, durch Säle spazierte, Büfetts plünderte, Champagner vergoss und die teuren Kostüme mit kunstvoll montierten Saucen bekleckerte. Gelegentlich traten eifrige Kellner aus geheimen Türen, hinter denen gekachelte Gänge in Küchenräume führten, und brachten Nachschub an Getränken oder präsentierten allerhand kalte und warme Häppchen, an denen sich die Feiernden die Finger schmutzig machen konnten.

Greta bemerkte noch sechs oder sieben andere Gäste, die etwa in ihrem Alter sein mochten, und spürte den Blick diverser grau melierter Herren, denen sofort aufgefallen war, dass der von der Brosche zusammengehaltene Umhang nur wenig von ihrem Dekolletee verdeckte, das ihr dämlicher Push-up-BH ziemlich in den Vordergrund spielte. Sogar Till das Fischstäbchen, der wohlerzogene Bürgersohn, wurde immer wieder magisch von diesem Detail im Gesamtbild ihres Piraten-Outfits in den Bann gezogen. Vielleicht war das ja der Grund, warum er nicht von ihrer Seite wich. Er ließ ihr praktisch keine andere Wahl, als immer pampiger zu ihm zu werden. Sie fand ihn penetrant. Gelegentlich wurde sie von ihrer Mutter fortgezogen, um irgendwelche Bekannten zu begrüßen und mit ihnen anzustoßen, aber kaum waren diese Leute wieder im wogenden Trubel verschwunden, da stand Till auch schon wieder neben ihr. Sie lehnte es ab, mit ihm zu tanzen. Wer will sich schon von einem Fischstäbchen zu James-Last-Gemucke herumschieben lassen?

Nach einer Stunde gemeinsamen Aufwärmens und Gewöhnens an Luftballons, Luftschlangen, Papierblumen, Girlanden und Alkohol begann das Programm mit der Tombola: Man kaufte für viel Geld ein Los und gewann eventuell eine Kleinigkeit und hatte damit schon wieder zehn drogensüchtigen Strichjungen vom Hauptbahnhof das Leben gerettet. Danach wieder Mucke, anschließend Kabarett, dann Howard Carpendale, der es nicht sehr lustig fand, dass einer der Kabarettisten ihn als »Knuddel-Teddy heimatloser Butterfahrt-Nomaden« ankündigte.

Nach Howie wurde das beste Kostüm prämiert. Dazu wurde auf der Bühne des großen Saals ein Applausmessgerät installiert und von einem als Käpt'n Blaubär verkleideten Animateur mit großem Brimborium als unbestechliches Instrumentarium vorgestellt. Anschließend kamen die durch eine willkürliche Vorausscheidung bestimmten Spitzenkandidaten auf die Bühne und wurden dem Applaus ausgesetzt. Greta hatte so lange auf einen der umherschweifenden Organisatoren vom Festkomitee eingeredet, bis der ihre Mutter in die Vorausscheidung genommen hatte. Sie musste mit ihren sieben Armen über die Bühne laufen und sich beglotzen lassen. Das war Gretas Rache für den heutigen Abend. Natürlich gewann sie keinen Preis. Auch die Schillerlocke nicht, obwohl die zu Gretas Favoriten zählte. Till war pikiert, weil niemand ihn als echtes Iglo-Original zur Kenntnis nahm. Gewinner wurde schließlich ein Kollektiv, das sich als riesiger Moby Dick verkleidet hatte, auf dem ein leibhaftiger Kapitän Ahab mit Harpune thronte. Einziger Kritikpunkt war: Das Kostüm sei viel zu groß. Tatsächlich kam es nur selten zum Einsatz, denn zum Trinken, Essen, Tanzen und Herumalbern teilte der Wal sich immer wieder in seine Einzelteile auf.

Nach dem »Contest«, wie der Zeremonienmeister es nannte, wurde wieder gemuckt, gerockt und geschunkelt, und der absolute Höhepunkt sollte dann um Mitternacht der Auftritt von Liza Minelli sein. Davon bekam Greta nichts mehr mit, obwohl es sie sehr interessiert hätte.

Das lag nicht an Till dem Fischstäbchen, auch nicht an dieser als Seepferdchen verkleideten grünäugigen Matrone, die immer um sie herumschlich und ihr Kostüm musterte, sondern an diesem hübschen Blondschopf im Matrosenanzug. Ein Mädchen, etwa in Gretas Alter. Sie stand plötzlich lächelnd vor ihr. Irgendwie verführerisch. Wenn die Männerwelt nur aus grau melierten Lüstlingen und pickeligen Fischstäbchen besteht, musst du eben zur Lesbe werden, entschied Greta. Und ehe sie sich versah, tanzte sie mit dem blonden Lockenkopf Walzer und Tango. Sie hatte noch nie in ihrem Leben Tango getanzt. Zu ihrer Entschuldigung muss angeführt werden, dass sie sich schon nach einer Dreiviertelstunde hanseatischem Karneval sehr gelangweilt und deshalb ziemlich viel Champagner getrunken hatte. Na ja, jedenfalls ließ sie sich ganz gern von der kleinen Blonden, die mit heiser klingender Stimme behauptete, Chris zu heißen, küssen. Nur ein bisschen und bloß einmal auf den Busen, okay?

Es war ein kurzes Vergnügen. Ein bisschen Dreivierteltakt, ein bisschen Viervierteltakt, ein paar ausgetauschte Satzfetzen, Lächeln, ein paar intensive Blicke, ein arroganter Blick Richtung Fischstäbchen, noch drei Gläser Schampus und ein weiteres, um Schwesternschaft mit Chris zu trinken – und dann war sie ausgerutscht. Oder gestolpert. Oder irgendwie nach hinten gekippt. Weiß nicht mehr, aber Chris hat mich zu einem Sessel geschleppt. Mich hingesetzt. Mich angelächelt. Ich sage: Wasser. Sie lächelt. Verschwindet. Taucht wieder auf. Dahinten am Büfett. Arm in Arm mit einem dunkelhaarigen Typen. Knutscht ihn ab. Aber so richtig, wie man nur Männer abknutscht. Stich ins Herz. Aber es tut dem Herz nicht sehr weh, weil es nämlich sturzbetrunken ist. Apropos … die Kohlensäure blubbert nach oben …

Mithilfe eines jener diskret agierenden Saaldiener, die alle als britische Marineoffiziere verkleidet waren, schaffte sie es gerade noch bis zum Waschraum. Der Offizier schob sie hinein und hoffte das Beste. Sie taumelte durch eine grelle Marmorpracht vorbei an Waschbecken mit goldenen Armaturen neben denen sich blütenweiße, weiche Frotteetücher türmten, stieß unsanft gegen die Schwingtür zum Toilettenbereich, bekam gerade noch die Kurve in eine der Zellen und kniete sich nieder.

Eine Bekannte ihrer Mutter, die sich als Eisscholle ausstaffiert hatte, fand sie einige Zeit später schlafend auf einem der kleinen Ruhesessel neben den Waschbecken. Die Eisscholle sagte der Riesenkrake Bescheid, und da die Party zu diesem Zeitpunkt sowieso schon ausuferte und man mit keinem Menschen mehr ein vernünftiges Wort wechseln konnte, weil alle zu betrunken waren und außerdem Howard Carpendale und Liza Minnelli Gefallen aneinander gefunden hatten und gemeinsam tiefschwarzen Blues zu röhren versuchten, brachen sie auf.

Als Greta am nächsten Morgen im Haus ihrer Mutter aufwachte, fiel ihr sofort der Lieblingssong der ersten großen Liebe ihres Lebens ein: »This is a song about when you've done something so bad and you wake up the next day and it's – Sunday Morning.« Das Lied wurde gespielt von »Lou Reed and The Velvet Underground live at Max' Kansas City«, und der Typ, den sie damals so verehrt hatte, legte die Platte jeden Sonntagmorgen auf. Das war schon viele Jahre her, damals, als die Welt sonntags morgens für kurze Zeit in Ordnung gewesen war. Ihre erste große Liebe? Das war natürlich ihr Vater gewesen. Logisch, oder?

Ein schemenhaftes Bild von einem hübschen Matrosen mit blonden Locken tauchte hinter ihren geschlossenen Augenlidern auf. Sie drehte sich um und schlief wieder ein.

Dass ihre Brosche weg war, erfuhr sie erst von ihrer Mutter, die sie gegen vierzehn Uhr aus dem Bett holte. Sie erzählte, wie schwierig es gewesen sei, sie auszuziehen, weil sie immer um sich geschlagen hätte. Der Umhang hätte gefehlt, die Brosche auch. Aber das war noch gar nichts gegen die Schreckensmeldung des Tages: Verschiedene Freundinnen und Bekannte riefen bereits seit neun Uhr morgens in zwanzigminütigem Abstand an, um darüber zu wehklagen, dass sie bestohlen worden waren. Im Atlantic! Auf dem »Nordelbisch-Hamburgischen Faschingsball«! Das war noch nie da gewesen! Also wirklich, wo wir doch eine Wohltätigkeitstombola ... Skandalös!

»Und jetzt hör dir das an«, sagte Marie-Christin zu ihrer Tochter, nachdem sie sie zum Anrufbeantworter gezerrt hatte. »Das hat er schon gestern Nachmittag draufgesprochen. Ich hatte es gar nicht bemerkt. Das war wohl noch, bevor er hier selbst angerückt kam.«

Es war die Stimme von Papa, ich meine Jens: »Hallo Greta. Hast du meinen Wagen mitgenommen? Melde dich bitte. Ich brauch ihn wieder, und zwar schnell.«

»Ende. Kein Wort des Grußes an mich. Das ist dein Vater«, stellte Marie-Christin anklagend fest.

»Dafür kann ich ja nun wirklich nichts.«

»Und was will er jetzt so schrecklich dringend zurückhaben?«

»Die Brosche.«

»Oh, wie ungünstig.«

»Das kann man wohl sagen.«

»Du musst ihm wenigstens den Wagen bringen.«

»Ich ruf ihn erst mal an.«

Doch Jens Discher ging nicht an den Apparat. Sie hinterließ eine Nachricht auf dem Anrufbeantworter, trank hastig zwei Tassen Kaffee und fuhr los. In Heeßel sah alles genauso verwüstet aus wie am Vortag. Greta lief im strömenden Regen durchs Dorf, fragte bei Nachbarn und traf schließlich den Bauern, der die Weide hinter Dischers Hof gepachtet hatte. Der erzählte ihr, er habe gestern Nachmittag, als er mit dem Trecker vorbeigefahren sei, gesehen, wie Jens mit zwei Männern in einen schwarzen BMW eingestiegen sei.

25. FEBRUAR

NACHMITTAGS

»Das war vorgestern«, sagte Greta. »Ich bin wieder zurück nach Hamburg gekommen. Erst mal nach Othmarschen. Meiner blöden Mutter war es scheißegal. Sie meinte, früher hätte sie sich vielleicht mal Gedanken gemacht, wenn Papa, ich meine Jens, zu zwei Fremden in den Wagen gestiegen wäre, aber nur wenn es sich um Frauen gehandelt hätte.«

»Das Verhältnis ist wohl schon länger etwas abgekühlt«, meinte Link.

»Eiszeit wäre wohl eher der passende Ausdruck. Sie sehen sich fast nie. Ich bin die Einzige, die die Familie am Leben erhält, indem ich immer hin- und herpendle. Aber mir gefällt's weder bei ihr noch bei ihm.«

»Hast du keine eigene Wohnung?«

»Ha! Mom, also meine Mutter, meint, ihr Häuschen in Othmarschen sei groß genug für zwei. Stimmt ja auch. Also gibt sie mir kein Geld. Und Jens ist immer pleite, den brauch ich gar nicht erst zu fragen.«

»Zahlt sie ihm keinen Unterhalt?«

»Sehr witzig. Aber wenn ich erst mal meinen Studienplatz in Geschichte habe und in eine andere Stadt gehe, dann können die mich mal. Wo war ich stehen geblieben? Ach ja, Mom war es also scheißegal, außerdem hatte sie gerade drei alte Schachteln aus der Nachbarschaft zum Bridge da. Bei dieser Gelegenheit füllen sie sich immer mit Portwein ab, und danach ist es zu spät und sowieso unmöglich, sie anzusprechen. Also hab ich mich in mein Zimmer verkrümelt und nachgedacht, beim Fernsehen, da kann ich immer am besten nachdenken. Aber komischerweise ist mir erst im Bett eingefallen, wie ich die Sache angehen muss. Ich sagte mir, du fährst zu Papas altem Kumpel Link. Vielleicht ist er ja da gelandet. Und wenn nicht, hilft der dir bestimmt.«

Sie sah ihn auffordernd an. Auf ihrer rechten Wange klebte ein kleines Stück von einer sauren Heringsflosse.

»Im Bett ist dir das eingefallen?«

»Ja.« Sie wurde ein bisschen rot.

»Noch eine Schale Tee?«

»Ja, bitte. Aber nicht so viel Zucker, ich muss auf meine Figur achten.«

»Im Ernst?«

Sie hielt sich die Hand vor den Mund und grinste: »Ist mir nur so rausgerutscht. Ist ja eigentlich egal.«

»Finde ich auch.«

Noch mehr Rot auf ihren Wangen. Link gab Kluntjes in die Schalen und goss den letzten Tee darauf.

»Er ist nicht hier«, sagte er dann. »Hat sich auch nicht gemeldet.«

»Schöner Mist, aber andererseits bin auch wieder erleichtert.«

»Wegen dieses Schmuckstücks?«

»Die Brosche, ja.«

»So wertvoll kann sie ja auch wieder nicht gewesen sein. Wenn Jens sie besaß.«

»Du meinst, weil er immer pleite ist? Auch kein falscher Gedanke.«

»Hast du sie nun verloren, oder ist sie dir gestohlen worden? Wenn sie verloren gegangen ist, könntest du im Atlantic anrufen und ...«

»Hab ich schon gemacht. Die haben nichts gefunden. Sie finden immer die tollsten Sachen, meinten sie, aber eine Brosche in Form einer Hansekogge war diesmal nicht dabei.«

»Und du meinst, dass dieser süße Lockenkopf sie dir geklaut hat?«

Jetzt lief sie knallrot an. »Mann! Hätt ich dir das bloß nicht erzählt.«

»Also was jetzt?«

»Ja, meine ich. Das waren professionelle Taschendiebe. Die haben garantiert auch noch andere bestohlen. Aber das wird natürlich nicht an die große Glocke gehängt. Das Hotel will ja schließlich nicht auf diese Weise in die Schlagzeilen kommen.«

»Ist schon klar. Hast du die Polizei informiert?«

»Denen soll ich erzählen, dass ich sturzbetrunken im Hotel Atlantic …«

»… von einer blondgelockten Schönheit verführt wurdest …«

»Jetzt lass mal gut sein, okay?«

Link hob entschuldigend die Hände: »In Ordnung.«

»Das interessiert die doch einen Scheißdreck.«

»Es interessiert sie mehr, als wenn es im Blauen Peter IV passiert wäre.«

Sie sah zu Boden: »Ich hab ja sogar angerufen, aber meinen Namen nicht genannt. Sie haben gesagt, sie gehen der Sache nach, wenn ich persönlich vorbeikomme.«

»Aber du bist nicht hingegangen.«

»Nein.«

»Warum nicht?«

»Jetzt lass mich doch in Ruhe! Ist das hier ein Verhör oder was?«

»Schon gut. Aber du wolltest mir das doch unbedingt alles erzählen.«

»Interessiert es dich etwa nicht, dass deinem alten Kumpel was zugestoßen ist?«

»Wahrscheinlich ist er wieder zu Hause und geht bloß nicht ans Telefon. Man müsste ihn anfunken.«

»Superidee! Hast du ein Funkgerät hier?«

»Nee, das ist bloß ein Hausboot.«

»Mist.«

»Aber ich hab eine Idee: Wir fragen Bernhard. Auf seinem Ewer hat er natürlich ein Funkgerät.«

Greta sprang auf: »Los! Gehen wir!«

Sie stiegen über die ausgemusterte Polizeibarkasse auf den Anleger und gingen an Nuggis Elbkate und dem Café-Dampfer vorbei auf die andere Seite des Övelgönner Hafens, wo der »Rote Teufel« gleich hinter dem Feuerschiff festgemacht hatte. Der Nebel über der Elbe hatte sich etwas gelichtet, der Wind trieb die aufgelockerten Schwaden übers silbergraue Wasser. Das Hupen der Van-Carrier drang gedämpft vom anderen Ufer herüber, ebenso dumpfes Rumpeln von Containern, die auf einen Frachter verladen wurden. Die riesigen Containerkräne sahen aus wie Dinosaurier im Nebel.

Bernhard Nissen nagelte gerade irgendwelche Planken fest und begrüßte sie mit knappem Kopfnicken. Nachdem sie ihm erklärt hatten, um was es ging, führte er sie eine steile Treppe hinunter in die Kapitänskajüte, die gleichzeitig Kommandostand und Schlafplatz war. Neben zahllosen Elb- und Seekarten, vergilbten Fotos, die die Vergangenheit des Ewers dokumentierten, und einer Menge Krempel und Müll stand ein Funkgerät. Nissen rief den Delta-Charly aus dem Kehdinger Land. Vergeblich. Jens Discher war nicht auf seinem Posten.

»Ihr könnt es euch hier bequem machen und es weiter versuchen«, schlug Nissen vor und hielt Greta das Mikrofon hin.

»Gibt's bei den Dingern keine Anrufbeantworter oder so was?«, fragte sie.

»Nee, das ist Low Tech, Mädchen.«

»Hm.«

Sie versuchten es eine ganze Weile, aber es wirkte albern.

»Er hat sich in Luft aufgelöst«, stellte Greta verzweifelt fest.

»Wir versuchen es später noch mal«, sagte Link.

»Allmählich werde ich richtig nervös«, sagte Greta, als sie wieder an Deck geklettert waren.

Eine schlaksige, etwas ruppig wirkende Frau mit Bürstenschnitt sprang gerade an Bord und begrüßte Nissen mit Handschlag.

»Schön, dass du wieder da bist, Edda.«

»Ob Petra kommt, ist noch nicht ganz klar.«

»Versteh schon, warten wir's ab.«

Als sie die Schritte von Link und Greta hörte, drehte Edda sich um und taxierte Greta mit unverhohlenem Interesse. Greta kletterte eilig vom Boot, während Link sich kurz verabschiedete.

»Hast du gesehen, wie die mich angeguckt hat?«, fragte Greta, als Link zu ihr auf den Anleger trat.

»Da siehst du mal, wie Männer sich immer so fühlen«, sagte Link.

Greta blickte ihn irritiert an.

»Komm, lass uns einen Spaziergang machen«, schlug er vor.

Sie liefen eine Weile schweigend über den Elbstrand. Da sich bald wieder neue Nebelschwaden über die Elbe herabsenkten, wurde es noch feuchter, noch kälter, noch ungemütlicher. Also kehrten sie schnell wieder um. Irgendwann wagte Greta, die unvermeidliche Frage zu stellen: »Wovon lebst du eigentlich so?«, auf die Link seine übliche unklare Antwort gab: »Ich jobbe ein bisschen, wenn das Geld alle ist, und mache mich ansonsten nicht verrückt.«

»Ich mach mich immer wieder verrückt, obwohl ich es gar nicht müsste. Meine Mutter hat Geld wie Heu.«

»Glückwunsch.«

»Aber sie ist so geizig wie Dagobert Duck.«

»Das ist Pech.«

»Ich muss ihr jeden müden Euro aus der Nase ziehen.«

»Sieh mal an.«

»Das ist echt unangenehm.«

»Vielleicht solltest du es mal mit eigener Arbeit versuchen.«

»Hab ich noch nie gemacht.«

»Ist 'ne tolle Erfahrung. Leute wie ihr solltet eigentlich dafür bezahlen.«

»Arschloch.«

Sie liefen über die Brücke zum Anleger und versuchten es noch mal mit dem Funkgerät des »Roten Teufels«. Erfolglos. Greta war ganz erleichtert, dass der Nebel inzwischen so dick war, dass sie dem Blick von Nissens Hilfsmatrosin nicht standhalten musste. Eine Einladung zum Kaffee unter Deck schlug sie aus. Link zuckte mit den Schultern und folgte ihr auf den Anleger.

»Vielleicht ist er ja entführt worden? Diese Typen im schwarzen BMW …«

»Warum sollte jemand Jens Discher entführen?«

»Lösegeld …«

»Klingt arg an den Haaren herbeigezogen.«

»Fällt dir was Besseres ein?«

»Abwarten und Tee trinken.«

»Das ist doch bescheuert! Und wenn ihm was passiert ist?«

»Vielleicht hat er 'ne neue Freundin.«

»Zwei Männer in einem schwarzen BMW!«

»Dann eben neue Freunde.«

»Das glaubst du doch selbst nicht. Du bist der einzige Freund, den er je hatte.«

»Also was tun wir?«

»Ich fahre jetzt nochmal nach Heeßel.«

»Was Besseres fällt dir nicht ein?«

»Nein. Kommst du mit?«

Link zögerte. Er betrachtete das Mädchen mit den langen kastanienbraunen Haaren, das aussah, als käme es aus einem Neckermann-Katalog von 1975, und eine Stimme in seinem Kopf sagte: Lass sie allein fahren. Irgendein anderes Organ in seinem Körper gab ihm einen Ruck.

»Okay«, sagte er. »Wir machen einen Ausflug aufs Land.«

Sie lächelte selig. »Hast du ein Auto?«

»Nein.«

»Dann nehmen wir den Renault.«

Die Fahrt fand größtenteils schweigend statt. Gelegentlich kommentierten sie die Landschaft oder die Orte, von denen man nicht viel sah, weil die Dämmerung wegen des Nebels ziemlich früh hereinbrach und zwei Stunden lang ein diffuses Zwischending zwischen Tag und Abend vorherrschte.

»Weißt du, warum alle Leute denken, Buxtehude existiere gar nicht in Wirklichkeit?«

»Buxtehude, ist das hier Buxtehude?«

»Ja.«

»Ich sehe nur Lärmschutzmauern.«

»Eben.«

»Und dahinter?«

»Nichts.«

»Eine eingebildete Stadt.«

»Hm.«

Es war schon ziemlich dunkel, als sie Heeßel durchquerten und auf den Resthof von Jens Discher zuhielten. Es brannte kein Licht. Greta parkte den R5 vor dem Scheunentor. Sie stiegen aus, betraten das Haus und fanden genau das gleiche Chaos vor, das Greta zwei Tage vorher verlassen hatte. Sie knipsten alle Lampen an und sahen sich um.

»Und was nun?«, fragte Link.

»Kalt hier.« Greta zog die Schultern hoch.

»Wenn wir länger bleiben wollen, müssen wir die Heizung anmachen.«

»Das ist nicht so einfach.«

»Wieso?«

»Er spart gern Energie und feuert mit Holz.«

»Wo ist der Heizkessel?«

Sie zeigte es ihm.

»Der Gastank ist leer.«

»Ich sag ja, er feuert lieber mit Holz.«

»So ein Blödmann.«

»He! Du redest von meinem Vater!«

»He! Du redest von meinem Kumpel!«

Sie lachte. »Okay, ich mach dann mal ein bisschen Ordnung.« Und ging.

Sind wir deshalb gekommen, um uns hier häuslich einzurichten, fragte sich Link und begann, den Heizkessel mit Holz zu füllen. Als ihm die Scheite ausgingen, stapfte er im Dunkeln durch den matschigen Garten zum Schuppen, um eine Kiste mit Nachschub zu holen. Währenddessen hastete Greta durchs Haus und stapelte Krempel und Papiere in Ecken und auf Tische, schob Bücher in Regale zurück oder stopfte Klamotten in Schubladen.

Allmählich wurde es übersichtlicher im Haus und auch etwas wärmer. Nachdem die Heizung lief, ging Link in die Küche, zog eine Flasche Jever aus dem Kühlschrank und setzte sich hin. Er hatte Hunger, aber die Wurst und der Käse, die er im Kühlschrank entdeckt hatte, sahen ziemlich ungesund aus, und dem harten Brotkanten neben dem Toaster hätte man bestenfalls mit Hammer und Meißel beikommen können.

Greta kam mit einer Kiste hereingestürmt. »Sieh mal, was ich in seinem Arbeitszimmer gefunden habe. Wusstest du, dass er schreibt?«

Sie wuchtete die Kiste auf den Küchentisch und versuchte, den darin befindlichen Papierstapel herauszuheben.

»Was soll das da sein?«, fragte Link.

»Irgendwas, das er geschrieben hat.«

»Dann lass es drin.«

»Wieso?«

»Falls es persönliche Aufzeichnungen sind.«

»Ich hab eben schon was gelesen, du wirst dich wundern. Nichts Persönliches, eher historisch oder so.«

»Er hat mir mal erzählt, dass er sich mit ostfriesischer Geschichte beschäftigt. Ich glaube, er hatte den Ehrgeiz, die Geschichte von Klaus Störtebeker neu zu schreiben. Aber das hat er mir vor Jahren mal gesagt, damals ist er öfter in Hamburger Bibliotheken gewesen deswegen.«

»Hier, ganz schön umfangreich, was?«

»Wie viele Seiten sind das denn?«

»Dreihundert, hm, vierhundert, nein, gut fünfhundert Seiten ... Mann, wie kann man so viele Blätter voll schreiben, hätt ich ihm echt nicht zugetraut.«

»Na ja, kommt ja wohl auch darauf an, was da steht. Masse allein ...«

»Hier sieh mal, das haut dich um.« Sie hielt ihm ein Blatt vor die Nase.

»Was soll das sein?«

»Das Wort hier! Da, wo mein Finger hinzeigt.«

»Brosche«, las Link.

»Na bitte!«, triumphierte Greta, zog das Blatt weg und las vor: »Störtebeker schob die Knochenteile beiseite und klaubte die Brosche aus dem Staub. Sie war aus schwerem Silber geschmiedet und stellte eine Hansekogge dar, die mit Symbolen verziert war: einem Kreuz, einem Herz und einem Anker.« Sie sah ihn auffordernd an.

»Hm?«

»Das ist genau die Brosche, die ich im Handschuhfach gefunden habe.«

»Ja und?«

»Das Ding ist uralt.«

»Meinst du?«

»Und wertvoll.«

»Vor allem wurde es geklaut.«

Gretas Begeisterung fiel in sich zusammen. Sie ließ sich auf den Küchenstuhl fallen: »Scheiße! Wer weiß, wie wertvoll das Ding gewesen ist! Ein Originalteil aus dem Mittelalter! Oh Gott! Papa, ich meine Jens, wird mich lynchen.« Sie schien ehrlich entsetzt zu sein.

»Im Moment ist er ja gar nicht da.«

»Aber, aber, oh Scheiße, da hab ich mir mal wieder was geleistet … was machen wir denn jetzt?«

»Meiner Meinung nach sollten wir erst mal was essen. Mir knurrt der Magen. Das Bier macht's nur noch schlimmer.«

»Im Kühlschrank?«

»Nur Vergammeltes. Auch kein Brot.«

»Die Tiefkühltruhe?«

»Alles Matsch, weil es aufgetaut ist.«

»Ach du Scheiße, und die einzige Kneipe im Ort hat für immer dichtgemacht.«

»Also fahren wir in den nächstgrößeren Ort.«

»Auf die Gefahr hin, dass er zurückkommt und wir ihn verpassen?«

»Dann nicht.«

Sie sprang auf: »Ich hab's. Die Einbrecher haben meine persönlichen Vorräte nicht angetastet.«

Sie zog eine Schublade auf. »Na bitte.«

»Was ist da drin?«

»Schokoriegel, Müsliriegel, Lakritz, Weingummis, Karamellbonbons, Joghurtschokolade …«

»Davon werden wir bestimmt nicht satt.«

»Sag das nicht. Hier in der unteren Schublade ist Nachschub.«

Sie packte die ganzen Süßigkeiten aus und warf sie auf den Tisch. »Nimm dir, was du willst.«

»Sehr großzügig, danke. Ich nehm diese Müslidinger.«

»Joghurtschokolade ist auch gesund. Ich mach uns einen schönen Kaffee dazu, und dann lesen wir das Manuskript.«

»Im Ernst? Glaubst du, das bringt was?«

»Fällt dir was Besseres ein?«

»Wie wir uns die Zeit vertreiben können? Klar.«

Sie sahen sich einen Augenblick zu lange an. Greta wurde wieder rot.

»Vielleicht finden wir ja eine Erklärung für sein Verschwinden. Und wenn nicht, wissen wir wenigstens endlich, womit er sich so beschäftigt.«

Link seufzte: »Besonders viele Alternativen gibt es ja nicht. Also lesen wir.«

»Im Wohnzimmer. Da ist es gemütlicher«, entschied Greta.

Ein Sofa, ein Sessel, ein Couchtisch, notdürftig eingeräumte Bücherregale und ein Schrank mit Glastüren – so gemütlich war es auch wieder nicht.

Link setzte sich in den Sessel. Beim Lesen ertappte er sich dabei, wie er gelegentlich zu Greta hinüberstarrte, die auf dem Bauch auf dem Sofa lag, einen Stapel Papier vor sich. So ein junges Mädchen, dachte er, ist doch wirklich eine erfrischende Angelegenheit. Und wäre beinahe selbst rot geworden, weil dies wirklich ein dämlicher Gedanke war. Auch Greta sah ihn gelegentlich verstohlen an. Zum Glück ist sie viel zu jung für mich, entschied Link, und außerdem die Tochter meines Kumpels.

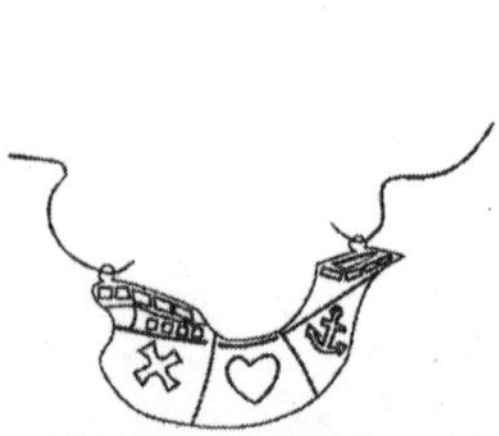

1433

Im Frühjahr war es den hanseatischen Söldnern, die größtenteils von den Hamburger Kaufleuten bezahlt wurden, endlich gelungen, den Osten Frieslands zu erobern. Jahrzehntelang hatten sich die Häuptlinge erbitterte Kämpfe um die Vormachtstellung in ihrem Land geliefert. Kaum eine Burg war nicht einmal abwechselnd von Feinden aus Holland oder ehemaligen Freunden aus benachbarten Residenzen belagert, erobert und zerstört worden.

Persönliche Eitelkeit, die Angst vor der Überrumpelung durch einen Konkurrenten und diverse Familienfehden hatten die Häuptlinge gegeneinander aufgebracht. Hinzu kam der Expansionsdrang holländischer Herrscher. Die Einzigen, die von dieser Situation profitiert hatten, waren die ehemaligen Vitalienbrüder, die sich immer noch gern Likedeeler nannten, obwohl ihre Anführer kaum Lust verspürten, die Beute mit ihren Mannschaften wirklich gleich zu teilen. Die Seeräuberbanden, die auch nach der Hinrichtung der berüchtigten Anführer Klaus Störtebeker und Michael Gödeke von den friesischen Häfen aus auf Beutezug gingen, ließen sich gegen gute Bezahlung gern als Soldaten anheuern. Heute kämpften sie für diesen Häuptling, morgen für jenen, in manchen Orten waren sie zu heimlichen Herrschern, in anderen zu protzenden Besatzern geworden.

Die Hanse litt arg unter dem noch immer grassierenden Piratenunwesen. Ständig wurden ihre Schiffe geentert, und es hatte sogar schon Fälle gegeben, in denen sich Anführer dieser Seeräuberhorden als »Klaus Störtebeker aus Hamburg« ausgegeben hatten. Da sich die meisten hanseatischen Seeleute sehr gut an die eine oder andere Geschichte über den blutrünstigen Piraten erinnern konnten, spann man so manches Seemannsgarn. Störtebeker, so hieß es, sei gar nicht tot, man habe im Jahr 1401 auf der Elbinsel Grasbrook bei Hamburg den Falschen geköpft. Andere behaupteten, sie hätten ein Piratenschiff gesehen, dessen Kapitän den eigenen Kopf unterm Arm hielt – Störtebeker, so wurde sich erzählt, sei nach seiner Hinrichtung aufgestanden und losgetaumelt, nachdem die Ratsherren ihm versprochen hatten, jeden seiner Spießgesellen freizulassen, an dem er kopflos vorbeilief. War der kopflose Pirat unsterblich, oder befehligte er jetzt gar ein Geisterschiff, um sich an den Hamburgern zu rächen, weil sie ihm ein Bein stellten, um zu verhindern, dass sie alle Piraten wieder freilassen mussten?

Den Rat der Stadt Hamburg aber plagten inzwischen andere Sorgen: Nicht Geister, sondern Menschen aus Fleisch und Blut brachten die Ratsherren im wahrsten Sinne des Wortes in Harnisch. Nachdem sie den einstmaligen ostfriesischen Verbündeten der Vitalienbrüder Keno ten Broke auf ihre Seite gezogen hatten, waren andere Häuptlinge zu Schutzherren der Piraten aufgestiegen. Vor allem Sibet von Rüstringen und Imel Abdena aus Emden taten sich in dieser Hinsicht hervor. Um die beiden Störenfriede zur Räson zu bringen, verbündeten sich die Hanseaten mit Edzard und Ulrich Cirksena von Greetsiel. Ein Heer wurde zusammengezogen, Emden erobert und die Herrschaft der Abdenas gebrochen. Wenig später fand Sibet von Rüstringen seinen Tod in der Schlacht von Bargebur. Der Plan der Hanseaten ging auf. Bald würden ihre Verbündeten, die Cirksena, über den Osten Frieslands herrschen. Und wenn man ein Auge auf sie hatte und ihnen gute

Berater zur Seite stellte, würde die handelsstrategisch wichtige Region so etwas Ähnliches wie eine hamburgische Provinz werden.

Zwei Abgesandte aus Hamburg sollten die Geschehnisse vor Ort beobachten und regelmäßig per Boten Bericht erstatten. Der eine, Cort Klinger, befand sich als Vertrauter des Rats vor Ort, der andere, Jan Burchard, war ihm als Beauftragter der Bürgerschaft zur Seite gestellt worden. Die beiden Männer sollten darauf achten, dass die beiden gelegentlich konkurrierenden Institutionen der Hansestadt gleichberechtigt über die bedeutenden außenpolitischen Informationen verfügten.

Jan Burchard war nicht sehr glücklich über diesen Auftrag. Zum einen war er inzwischen in einem Alter, in dem man das Reisen als beschwerlich empfand, zum anderen erinnerte er sich nur ungern an seine Zeit in Ostfriesland, als er Gefangener von Klaus Störtebeker gewesen war. Dass man ihn unter dem Hinweis auf seine Kenntnisse der Örtlichkeiten und Lebensverhältnisse dorthin geschickt hatte, empfand er als Zumutung, sogar als Boshaftigkeit. Aber nachdem er kürzlich einige schwerwiegende geschäftliche Rückschläge erlitten hatte, lockte ihn die Aussicht auf eine großzügige Belohnung nach Abschluss der Mission.

So kam es, dass er der Eroberung von Emden beiwohnte, die Toten der Schlacht von Bargebur zählte und darüber peinlich genau Bericht führte und nun in einem Zelt nahe der Sibetsburg in Bant saß und an einem schweren Anfall von Gliederzerren litt. Sein Mitreisender, Cort Klinger, ein junger Mann von provozierend guter Gesundheit, lag schnarchend auf seinem Lager, während Jan Burchard, auf einem unbequemen Stuhl an einem roh gezimmerten Tisch sitzend, bemüht war, passende Worte für die Beschreibung des Ablebens von Sibet von Rüstringen zu finden. Er durfte den tollkühnen Friesenhäuptling, der sich einer überwältigenden Übermacht von hansischen Söldnern entgegengestellt hatte, natürlich nicht allzu positiv beschreiben.

Fröstelnd brachte er seinen Bericht zu Ende und machte sich an die Beschreibung der aktuellen Verhältnisse. In der Sibetsburg hatten sich der unbelehrbare Häuptling Hayo Harlda und Lubbe Onneken, der auf Rache sinnende Schwager des getöteten Sibet von Rüstringen, mit ihren Getreuen verschanzt. Der größte Teil der Burganlage mit ihrem gartenähnlichen Park und den verschiedenen Wirtschaftsgebäuden befand sich bereits in der Hand der hansischen Söldner. Die Wehrmauer der inneren Burg war nach kurzem Gefecht von den Verteidigern verlassen worden, nur der aus dicken Backsteinmauern gebaute Wehrturm war noch nicht eingenommen. Die Eroberung dieses über zwanzig Meter hohen Gebäudes gestaltete sich trotz Blockade der Festung von der Wasserseite durch zwölf Orlogschiffe und Einkreisung der Burg durch eine übermächtige Streitmacht schwierig.

Der Turm war so angelegt, dass er, solange die Verteidiger über genügend Nahrungsmittel und Munition verfügten, unmöglich eingenommen werden konnte. Der einzige Zugang lag in einem der oberen Geschosse und konnte nur mithilfe einer Leiter erreicht werden. Diese Leiter hatten die Verteidiger natürlich eingezogen. Sämtliche Schießscharten waren mit Armbrustschützen besetzt. Jeder, der sich dem Turm näherte, riskierte sein Leben. Natürlich versuchten die Söldner, geschützt durch Kettenhemden und Brustpanzer, eine hastig zusammengezimmerte Leiter zu dem hoch gelegenen einzigen Zugang zu legen. Aber kaum war es ihnen gelungen, die Leiter im Pfeilhagel der Verteidiger bis an die Turmmauer zu bringen, wurde die Tür im Obergeschoss geöffnet, und heißes Pech ergoss sich auf die Angreifer. Mehrmals wurde die Leiter einfach wieder umgestoßen. Schließlich zogen sich die Söldner zurück, eine Eroberung schien in absehbarer Zeit unmöglich.

Jan Burchard erging sich in allen Einzelheiten, beschrieb die Lokalitäten bis auf den Zentimeter genau und spekulierte über mögliche Strategien, die zum Erfolg der Operation führen könnten, was eigentlich nicht seine Aufgabe war und auch den Rahmen seines Berichtes sprengte. Aber solange er schrieb, spürte er nicht, in welch jämmerlicher körperlicher Verfassung er sich befand.

Ein Offizier trat ein. Burchard unterbrach seine Arbeit und drehte sich neugierig um. Der Offizier blickte neidisch auf den schnarchenden jungen Mann auf dem Strohlager und murmelte ein paar Flüche. Seine Stiefel waren schlammbespritzt, sein Umhang durchnässt. Offenbar hatte es schon wieder angefangen zu regnen.

»Es ist aussichtslos«, sagte der Soldat. »Es kann noch Wochen oder gar Monate dauern. Wir wissen ja nicht, wie viele Vorräte im Turm sind. Aber natürlich haben sie sich auf diese Situation vorbereitet. Wenn kein Wunder geschieht, müssen wir sie aushungern.«

»Wunder geschehen nicht im Krieg«, sagte Burchard.

»Es ist mir unverständlich, wie Gott seine schützende Hand über dieses Pack halten kann.«

»Es ist vielleicht der Teufel, der sich hier eingemischt hat«, sagte Burchard müde.

»Der Teufel, der seine eigenen Ausgeburten beschützt«, brummte der Offizier und setzte sich auf einen Hocker.

»Andererseits«, dachte Burchard laut vor sich hin, »kämpfen diese Leute doch letzten Endes nur für ihre Freiheit.«

»Schöne Freiheit, die auf dem Ausplündern unschuldiger Christenmenschen basiert«, meldete sich der gerade erwachte Cort Klinger zu Wort.

»Meine Freiheit ist, dass ich ausplündern kann, wen ich will. Und wenn das jemandem nicht gefällt, ist er mein Feind«, erklärte der Offizier.

»Eine seltsame Auffassung von christlichem Handeln ist das, die Ihr da an den Tag legt«, entgegnete Burchard müde.

»Es ist immer christlich, den Teufel und seine Helfershelfer auszumerzen«, sagte Klinger.

»Eigenartige Ansichten habt Ihr«, meinte der Offizier zu Burchard gewandt. »Ihr seid es doch, der mich für diese Arbeit bezahlt.«

Burchard schwieg. Vielleicht waren es ja nur diese schrecklichen Gliederschmerzen, die ihm ein schlechtes Gewissen bescherten. Aber wenn er, während er an seinen Aufzeichnungen arbeitete, gelegentlich innehielt und über das Geschehen nachdachte, das er beschrieb, dann beschlich ihn ein unerklärliches Gefühl von Traurigkeit. Ich bin alt geworden, dachte er dann, und entschuldigte seine melancholischen Anwandlungen des Weiteren damit, dass er als Stadtbewohner eben eine Krämerseele hatte, die sich vor den scheußlichen Dingen, die hier draußen in der Welt vorgingen, ekelte. Ich bin bei dieser Unternehmung völlig fehl am Platz, entschied er. Er sehnte sich nach seinem Lieblingssessel vor dem heimischen Kamin.

»Ihr sagt, es gelingt euch nicht, diesen Turm einzunehmen?«, fragte Klinger höhnisch.

»Die Zeit ist auf unserer Seite. Wir werden sie aushungern.«

»Was denn? Diese ganze Armee, die wir hier zusammengezogen haben, vermag es nicht, diesen lächerlichen Turm mit seiner Hand voll von Verteidigern im Handstreich zu nehmen?«

»Wir wissen nicht, wie viele Leute dort Zuflucht gesucht haben, aber mehr als eine Hand voll sind es sicherlich«, erklärte der Offizier.

»Ein Armutszeugnis für Eure Truppe und eine Blamage für die ganze Hanse!« Klinger war ein Heißsporn, der ständig übertrieb. Damit war er Burchard schon mehr als einmal auf die Nerven gegangen.

»Ihr seid immer willkommen, eine kluge Idee zu äußern«,

entgegnete der Offizier unwirsch und fügte boshaft hinzu: »Falls Ihr eine Idee habt.«

Klinger sprang von seinem Lager und baute sich großspurig vor dem Soldaten auf: »Natürlich habe ich eine Idee. Und es wundert mich, dass Ihr, der Ihr das Kriegshandwerk beherrschen solltet, noch nicht darauf gekommen seid.«

Die rechte Hand des Offiziers zuckte zum Schwertknauf. Er verzog wütend das Gesicht: »Noch ein Wort ...«

Um Himmels Willen, dachte Burchard, das fehlt mir noch, dass sich der Abgesandte des Rats von einem verbündeten Offizier den Kopf abschlagen lässt. Er sprang von seinem Stuhl auf und stellte sich zwischen die beiden Streithähne.

»Wer mit einer klugen Idee zum Gelingen unseres Unternehmens beitragen kann«, sagte er ruhig, »der sollte sie äußern.«

»Pah, eine kluge Idee«, sagte der Offizier verächtlich.

»Wir holen die beiden Geschütze, die bei der Eroberung von Emden nicht zum Einsatz kamen.«

»Geschütze?«, wunderte sich Burchard.

Der Offizier erstarrte. »Die Bombarden, wenn wir die ... aber natürlich ...«

»Eine kluge Idee, nicht?«, fragte Klinger selbstgefällig.

»Wir schaffen die Geschütze heran, und dann gnade ihnen Gott!«, rief der Offizier aus und verließ eilig das Zelt.

»Er hätte sich wenigstens bei mir bedanken können«, murrte Klinger.

Dann legte er sich wieder hin, und Burchard wandte sich seinen Aufzeichnungen zu. Er wollte noch einige Formulierungen überdenken. Da er davon ausging, dass sein Bericht als bedeutendes Dokument auch für die Nachwelt von großem Interesse sein würde, war er darauf bedacht, ihn in wohlgesetzten Worten abzufassen.

Klingers kluge Idee sprach sich schnell unter den Söldnern herum. Die sporadischen Angriffe auf den Turm wurden abgebrochen, alle warteten auf die Wunderwaffen, die per Ochsenkarren aus Emden herangeschafft wurden, was über zwei Wochen dauerte. In dieser Zeit regnete es weiterhin viel, und die Soldaten vertrieben sich ihre Langeweile mit groben Scherzen, handfesten Wettkämpfen und Brettspielen.

Jan Burchard, der die öden Zusammenkünfte im Zelt der Offiziere mied und auch wenig Lust verspürte, sich mit dem großspurigen Klinger zu unterhalten, widmete sich intensiv seinen Aufzeichnungen, die er noch einmal vollständig umschrieb.

Schließlich trafen am Abend des Tages, an dem es zum ersten Mal seit einer Ewigkeit nicht geregnet hatte, die Bombarden ein. Die beiden Ochsenkarren, auf denen man sie festgezurrt hatte, waren sofort von zahlreichen Soldaten umringt, man bestaunte die unförmigen kleinen Kanonen und erging sich in Spekulationen, wie sie wohl eingesetzt werden könnten. Klinger erklärte jedem, der es wissen wollte, die Funktionsweise der Vorderlader und zeigte sich begeistert von der Tatsache, dass nicht nur Stein-, sondern auch Eisenkugeln mitgeliefert worden waren.

Die Bombarden wurden die ganze Nacht über von vier schwer bewaffneten Männern bewacht und am nächsten Morgen in Stellung gebracht. Jan Burchard, der sich nur ungern von seinen Aufzeichnungen trennte, betrachtete das Geschehen aus gewisser Distanz, während Klinger, der sich mittlerweile in dem sicheren Glauben wiegte, der einzige Experte für Bombarden zu sein, mitten im Geschehen herumsprang und kurz davor war, das Gesamtkommando zu übernehmen.

Burchard sah abwesend zu und dachte an die sehr persönlichen Aufzeichnungen, die er gerade begonnen hatte. Aus einem seltsamen Gefühl von Ohnmacht und Traurigkeit heraus, das er sich nur durch einen schleichenden Verlust seiner Lebenskraft erklären konnte, hatte er begonnen, sein Leben zu rekapitulieren. Er fühlte sich berufen, seine Lebenserinnerungen schriftlich festzuhalten. Am Vorabend hatte er damit begonnen. Das erste Erlebnis, das er niederschrieb, handelte von seinem Seeräuberabenteuer. In der Nacht hatte er von Marienhafe und Helga ten Broke, der Frau des berüchtigten Störtebeker, geträumt. Es war ein Traum jener Art gewesen, die er schon lange nicht mehr gehabt hatte. Peinlich berührt war er in den frühen Morgenstunden aufgewacht und hatte sich vor sich selbst geschämt. Er hatte die hochgewachsene, breitschultrige Helga damals doch nur ganz kurz und keineswegs nackt gesehen, wie kam es dann nur, dass er sich so gut an sie erinnerte?

Lautes, vielstimmiges Gejohle riss Burchard aus seinen Gedanken. Die Bombarden wurden geladen. Sah man da etwa ängstliche Gesichter hinter den Schießscharten? Würden die Belagerten schon angesichts der aufgestellten Wunderwaffen kapitulieren? Sicher nicht. Ein Wehrturm aus Stein war etwas anderes als eine Feste aus Holz. Womöglich hielt er dem Angriff der Feuerkugeln speienden Ungetüme stand. Was dann?

Es kam ganz anders als erhofft. Das erste Geschütz war geladen, die Lunte wurde gezündet – und dann passierte einige spannungsvolle Sekunden nichts, bis das ganze Wundergerät explodierte und ein schauerliches Gemetzel unter den in unmittelbarer Nähe Stehenden anrichtete. Einige Tote waren zu beklagen, hinzu kamen nicht wenige Schwer- und zahlreiche Leichtverletzte. War da Gelächter hinter den Schießscharten zu hören?

Jan Burchard eilte entsetzt zum Ort des Geschehens, warf einen Blick auf die grausig entstellten Körper, die im Schlamm lagen, und bemerkte den blutverschmierten Klinger, der sich den Kopf hielt und auf die Überreste des zerborstenen Geschützes starrte. Obwohl er direkt neben der Bombarde stand, hatte er nur einige Schnittwunden abbekommen. Noch ziemlich abwesend und durch den Lärm offenbar auch halb taub geworden, ließ er sich von Burchard beiseite ziehen und verarzten.

Dennoch gaben die Hanseaten nicht auf. Die zweite Bombarde wurde in Stellung gebracht. Diesmal verschanzten sich die Angreifer in gebührendem Abstand zu ihrer Wunderwaffe. Ein todesmutiger Freiwilliger zündete die Lunte, nahm die Beine in die Hand und sprang hinter einen Hügel in Deckung. Diesmal funktionierte das Geschütz. Die Steinkugel wurde mit ungeheurer Wucht gegen die Turmmauer geschleudert und zerbarst. Die Mauer bekam einige Risse, immerhin.

Also wurde weitergeschossen. In großen Abständen, denn das Laden und Säubern der Bombarde erforderte eine gewisse Zeit, und Sorgfalt war vonnöten, wollte man sich nicht erneut in Lebensgefahr begeben. Gefährlich war die Angelegenheit dennoch für die Kanoniere: Eine ganze Reihe von abkommandierten Soldaten wurden von Armbrustpfeilen der im Turm Verschanzten niedergestreckt. Die Risse wurden Spalten, Backsteine lösten sich, Löcher entstanden, und mit den Eisenkugeln gelang es schließlich, die dicke Mauer zum Bersten zu bringen. Man beschoss die eine Stelle so lange, bis ein einigermaßen breiter Zugang zustande gekommen war.

Darüber war es Abend geworden. Jan Burchard ärgerte sich, dass er den ganzen Tag mit Zuschauen vergeudet hatte, anstatt sich seinen Aufzeichnungen zu widmen. Seine reumütigen Bemühungen bei Kerzenlicht scheiterten an seiner Unfähigkeit, sich zu konzentrieren. Und dann versuchten die Turminsassen mitten in der Nacht einen Ausfall.

Es war ein gespenstisches Geschehen bei fahlem Mondlicht. Sie kämpften Mann gegen Mann, mit Schwertern, Dolchen und nackten Fäusten. Das Klirren von Klingen auf Klingen, Schildern und Brustpanzern, das Wutgeheul und die

Angstschreie dauerten etwa eine Stunde lang an. Dann versuchten übereifrige Söldner, hinter den zurück in den Turm Flüchtenden in die Festung einzudringen, wurden dabei aber niedergemacht.

Zwei Geschützkugeln waren noch übrig. Die Bombarde wurde auf der der Bresche gegenüberliegenden Turmseite in Stellung gebracht. Nach zwei Schüssen, die nur der Ablenkung dienen sollten, stürmten die Soldaten der Hanse durch die am Vortag entstandene Mauerlücke. Der Kampf im Inneren des Turms begann. Es wurde ein schauerliches Gemetzel. Burchard gesellte sich notgedrungen zu Klinger, der das Geschehen von einem Hügel aus sicherer Entfernung beobachtete, denn deswegen waren sie ja hier. Lieber hätte er sich ins Zelt gesetzt und über ganz andere Dinge geschrieben.

Stundenlang wurde gekämpft, und langsam wichen die Verteidiger nach oben zurück. Schließlich, am frühen Nachmittag, war es so weit: Die ersten Besiegten, manche tot, andere verletzt, wurden über die Turmzinnen geworfen. Burchard und Klinger verließen ihren Hügel und näherten sich dem Kampfplatz. Wenig später trieb man einige Frauen aus dem Turm. Ihre Kleider waren zerfetzt, einige weinten, die anderen blickten stumpf vor sich hin. Sie wurden von mehreren Söldnern durch das Tor aus der inneren Burg in die Vorburg und dort in eine Scheune getrieben.

»Was geschieht nun mit ihnen?«, fragte Burchard.

Klinger lachte nur.

Dann wurden sie von einem Hauptmann in den Turm gerufen. »Da ist noch eine Frau«, erklärte er ihnen. »Wir wissen nicht, was wir mit ihr anfangen sollen.«

Klinger fühlte sich bemüßigt, ein weiteres Mal laut aufzulachen.

»Was ist mit ihr?«, fragte Burchard, während sie die Treppe im Turm hochstiegen.

»Sie hat gekämpft. Sie führt das Schwert wie ein Mann.«

»Und?«

»Sie hat einige Soldaten getötet, im Kampf Mann gegen …« Der Hauptmann stockte irritiert.

»… gegen Frau«, ergänzte Klinger belustigt. Das viele Blut, die Toten, das Werk der Zerstörung, der Gewalt und des Hasses schienen ihn nicht im Geringsten zu verunsichern, ganz im Gegensatz zu Burchard, dem angesichts der misshandelten Leichen, über die sie steigen mussten, schlecht wurde.

»Das heißt …« fragte Burchard, mühsam gegen die Übelkeit ankämpfend.

»… ihr wollt sie am liebsten über die Klinge springen lassen«, ergänzte Klinger.

»Sollen wir sie töten oder am Leben lassen?«, fragte der Hauptmann.

Sie waren im obersten Stockwerk angelangt und traten durch eine Tür.

Zwei Soldaten standen neben ihr. Sie war an Händen und Füßen gefesselt. Vor ihr lag ein weiterer Söldner, in seinem Hals steckte ein Dolch.

»Hat sie den …?«, fragte Klinger.

Der Hauptmann nickte.

Klinger trat vor und musterte sie. Burchard blieb, kaum dass er einen Schritt ins Zimmer getreten war, wie angewurzelt stehen: Die Frau, die dort stand, in zerfetzten Kleidern, gefesselt, mit Blut an den Armen, Wunden und Striemen auf Brust und Schenkeln, roten und blauen Flecken im Gesicht, blutig aufgeplatzten Lippen, zerzaustem blonden Haar, das offen auf ihre breiten Schultern fiel, sah aus wie die blonde herrische Helga aus seinem Traum. Aber das Merkwürdigste an ihr war die Brosche, die ihr verrutschtes Gewand unterhalb der Brust gerade noch notdürftig zusammenhielt: eine silberne Brosche in Form einer Kogge.

Burchard war so gebannt von ihrem Anblick, dass er die Frage nicht hörte, die der Hauptmann an die Gefangene richtete, auch ihre Antwort nahm er nicht bewusst wahr, er sah nur, wie sich ihre vollen, blutverkrusteten Lippen bewegten. Das Klatschen der Ohrfeigen, die der Hauptmann ihr rechts und links verpasste, hörte Burchard jedoch sehr wohl.

»Lasst das!«, rief er laut und trat näher.

Die Gefangene warf ihm einen stolzen Blick aus hellblauen Augen zu.

»Wie heißt sie? Wer ist sie?«, fragte er.

»Sie sagt es nicht. Wir könnten sie auf ein Rad binden und …«

Burchard unterbrach den Hauptmann: »Bringt sie erst einmal nach draußen und werft ihr einen Mantel um.«

Der Hauptmann und die beiden Bewacher zerrten die Frau aus dem Raum, in dem sich bereits die ersten Fliegen auf die Gesichter der Leichen setzten.

Als Burchard und Klinger aus dem Turm traten, bemerkten sie dicke Rauchschwaden. Die Scheune in der Vorburg brannte lichterloh. Als sie näher kamen, sahen sie, wie eine nackte Frau, die schreiend aus der Scheune gestolpert kam, von den Soldaten, die das Gebäude umstellt hatten, zurück in die Flammen gestoßen wurde.

Die Söldner wollten sie köpfen, weil sie gekämpft hatte wie ein Mann. Klinger schien an dieser Idee Gefallen zu finden, doch Burchard nahm ihn beiseite. Sie wandten sich Richtung Zeltlager.

»Wir sollten sie mitnehmen«, schlug er vor.

»Mitnehmen. Wohin denn?«

»Nach Hamburg.«

»Nach Hamburg? Als Trophäe unseres Feldzugs?« Klinger schien die Idee zu gefallen.

Als Trophäe? Burchard war sich nicht sicher, ob er es so gemeint hatte.

»Als Beweis für unseren erfolgreichen Feldzug.«

»Diese blonde Furie«, sagte Klinger. »Wir könnten sie in einen Käfig stecken und vorführen.«

»Sie ist noch jung«, meinte Burchard zerstreut. »Man könnte versuchen, sie zu läutern.«

»Warum das?«

Ja, warum? Burchard zögerte. Dann wusste er, was er wollte: »Ist es nicht das, was einem Christenmenschen gut ansteht, die Barbaren zu bekehren und Sünder auf den rechten Weg zurückzubringen?«

»Wahr gesprochen«, entgegnete Klinger und grinste.

Burchard ließ seinen Blick über die Burganlage schweifen. Noch immer quollen dicke Rauchschwaden aus der Scheune. Jegliche Lebenszeichen der dort hinein Getriebenen waren erstorben. Gelegentlich wurden Rauchfetzen ins Lager der Hanseaten geweht und brachten den ekelhaften Geruch von verbranntem Fleisch mit sich.

»Wäre es nicht besser gewesen, wir hätten sie wie die anderen …?«, wandte Klinger ein.

Burchard schüttelte den Kopf: »Auch das hätten wir nicht geschehen lassen dürfen.«

»Wer nichts zerstört, gewinnt nichts. Unsere Männer wollen Rache, und sie wollen Beute machen.«

»Rache? Wofür?«, murmelte Burchard. Die stand ja wohl eher ihnen beiden als Vertreter der durch die Seeräuber geschädigten Hansestadt zu. Aber konnte man indirekt Rache üben? Er war ja nur ein Abgesandter. Mehr und mehr kam Burchard ins Grübeln und zu der Ansicht, dass er nicht der Richtige war, um über das Schicksal dieser Frau zu entscheiden. Klinger war es aber mit Sicherheit auch nicht.

Mittlerweile waren sie vor ihrem Zelt angelangt. Burchard

hätte sich gern an seinen Tisch gesetzt und aufgeschrieben, was passiert war und was ihm durch den Kopf ging. Aber jetzt war wohl nicht der rechte Zeitpunkt.

Plötzlich stand der Hauptmann neben ihnen.

»Die Leute murren«, sagte er.

»Warum?«

»Dieses Mädchen. Sie halten sie für eine Hexe.«

»Wie kommen sie darauf?«

»Sie beschimpft alle, die vorbeikommen, unflätig. Sie hat keine Angst.«

»Wo habt ihr sie hingebracht?«, fragte Burchard.

»An einen Pfahl gebunden.«

»An einen Pfahl? Warum denn das?«

»Als Trophäe.«

Burchard merkte, wie Klinger ihm einen spöttischen Blick zuwarf.

»Schluss damit! Wir sind doch keine Barbaren.«

Burchard ordnete an, dass sie sofort losgebunden und in ein Zelt gebracht wurde. Dort wies man ihr ein Lager mit Decken zu, fesselte sie noch einmal gründlich und kettete sie mit einem Fuß an einen Pflock, den man sehr tief in die Erde hineinschlug.

Als Burchard ins Zelt trat, um nachzusehen, ob die Befehle ordnungsgemäß durchgeführt worden waren, blieb er, kaum dass er einen Fuß hineingesetzt hatte, abrupt stehen, sodass der nachfolgende Klinger gegen seinen Rücken stolperte.

»Wo ist die Brosche?«, rief Burchard zornig aus.

Klinger drehte sich um und zog den Hauptmann ins Zelt.

»Was ist?«, fragte der verwirrt.

»Die Brosche!« Burchard deutete mit der Hand auf die Gefangene, die nicht aufblickte. »Wo ist sie?«

Der Hauptmann wurde blass und nestelte an seinem Gürtel herum.

»Ich … ich … hab sie genommen, weil … für Euch, Herr …«

Burchard riss sie ihm aus der Hand und trat zu der Gefangenen hin, beugte sich nach vorn und steckte ihr ungeschickt die Brosche an das zerfetzte Kleid. »Glaube, Liebe, Hoffnung«, murmelte er dabei, als könne er allein durch das Aussprechen dieser Worte die Barbarin bekehren, die ihn noch immer nicht ansah, sondern trotzig an ihm vorbeistarrte. Als er sie jetzt aus der Nähe musterte, wurde ihm klar, dass sie zwar groß und ungewöhnlich kräftig war, aber kaum älter als sechzehn oder siebzehn Jahre sein konnte. Die Helga, die in seinem Kopf herumspukte, war älter gewesen, vielleicht auch nicht so schön wie dieses Mädchen hier, das gleichermaßen etwas bäuerlich Derbes wie auch einen Hauch von edler Gesinnung ausstrahlte.

Burchard setzte sich auf einen Strohsack und fragte: »Wie heißt du?«

Klinger, der im Eingang stehen geblieben war, seufzte und hockte sich hin. Der Hauptmann verschwand eilig nach draußen.

Die Angesprochene würdigte ihn keines Blickes. Sie saß regungslos da wie eine Statue.

»Du bist eine ten Broke, nicht wahr?«

Ruckartig hob sie den Kopf und sah ihn erstaunt an. Dann starrte sie wieder vor sich hin.

»Wie heißt du? Helga?«

Sie schwieg.

Burchard schüttelte bedächtig den Kopf: »Nein, sicherlich nicht.«

»Vielleicht bist du ihre Tochter?«

Schweigen.

»Das ist auch eher unwahrscheinlich. Ihre Enkelin vielleicht … ja, du musst wohl ihre Enkelin sein. Die Enkelin von Helga ten Broke.«

Sie rührte sich nicht, aber ihre Wangenknochen traten hervor.

»Wer ist Helga ten Broke?«, meldete sich Klinger zu Wort.

»Die Tochter von Keno ten Broke, dem Häuptling. Und die Frau von Klaus Störtebeker, dem Seeräuber. Und dies hier ist wahrscheinlich die Enkelin von Störtebeker.«

»Störtebeker?«

»Der schlimmste Seeräuber, der jemals den Wohlstand unserer Stadt bedrohte. Er wurde mit siebzig seiner Getreuen in Hamburg auf dem Grasbrook hingerichtet. Er war ein Verbündeter von Michael Gödeke.«

»Ja, diesen Namen habe ich schon mal gehört.«

»Mit Freibriefen der Mecklenburger gingen sie auf Kaperfahrt gegen die Dänen. Später dann wurden sie gemeine Räuber in der Nordsee und lauerten unseren Handelsschiffen auf. ›Gottes Freund und aller Welt Feind‹, das war ihr Wahlspruch.«

»Aber wie kommt Ihr darauf, dass dieses Mädchen hier die Enkelin des Seeräubers sein könnte?«

»Die Brosche. Ich war dabei, als Störtebeker sie in Spanien erbeutete.«

Klinger blickte Burchard ungläubig an. Die Gefangene hob den Kopf und schien gleichermaßen an den Worten des Hanseaten zu zweifeln.

»Es ist wahr«, sagte Burchard. »Ich bin mit Störtebeker gefahren …«

Und er erzählte von dem Abenteuer, das er als junger Mann erlebt hatte. Klinger und das Mädchen hörten ihm aufmerksam zu.

»… und jene Helga aus Marienhafe, die die Brosche geschenkt bekam, war die Ehefrau des berüchtigten Seeräubers. Ich habe das Schmuckstück selbst an ihr gesehen. Und ich erinnere mich genau, wie sie aussah. Dieses Mädchen hier ähnelt ihr beinahe bis aufs Haar.«

»Gottes Freund und aller Welt Feind«, murmelte die Gefangene.

»Sie spricht«, stellte Klinger fest.

Sie hob den Kopf und blickte Burchard mit einem Ausdruck von Trotz und Zorn ins Gesicht: »Ihr wollt wissen, mit wem Ihr es zu tun habt? Nun gut, ich will es Euch verraten: Ich bin Gela ten Broke, die Tochter von Edo von Dunnum und Edda ten Broke, die die Tochter von Helga war und Klaus, den alle Störtebeker nannten.«

»Warum trägst du nicht den Namen deines Vaters?«, fragte Klinger ungläubig.

»Warum trägst du nicht den Namen deiner Mutter?«

Darauf wusste keiner eine Antwort.

Nach einem kurzen Schweigen sagte sie: »Weil es keinen Dunnum mehr gibt und auch keinen Störtebeker.«

»Und wieso bist du auf dieser Burg, bei den Feinden von Keno?«, fragte Burchard.

»Dies sind nicht seine, sondern eure Feinde!«

»Was ja wohl auf das gleiche hinauskommt.«

»Denkt ihr.«

»Was also hat dich hierher verschlagen?«

»Ich bin einem Sibet versprochen, deshalb.«

»Welchem?«

»Einem von denen, die ihr umgebracht habt. Also keinem mehr.«

»Wir nehmen dich mit nach Hamburg.«

»Ich will nicht.«

Gela ten Broke warf den beiden Hanseaten noch einen trotzigen und verächtlichen Blick zu und starrte wieder schweigend vor sich hin.

»Wir wollen es so«, sagte Burchard und stand auf. Er hatte zu lange in einer unbequemen Haltung gesessen. Seine Knochen schmerzten. Er hatte die Nase voll von diesem Soldatenleben. Er wollte nach Hause, in ein Haus aus Stein mit einem Feuer im Kamin und einem Becher heißem und gut gesüßtem Burgunderwein.

»Morgen reiten wir los.«

Klinger runzelte die Stirn: »Mit ihr?«

»So ist es.«

Sie verließen das Zelt. Den verächtlichen Blick, den ihnen Gela ten Broke zuwarf, bemerkten sie nicht.

»Diese Brosche«, sagte Klinger, als sie einige Schritte vom Zelt der Gefangenen und den Wachen davor entfernt waren.

»Ja?«

»Sollten wir sie ihr nicht wegnehmen?«

»Es ist ihr Eigentum«, erklärte Burchard in einem Ton, der keinen Widerspruch duldete.

Klinger zuckte mit den Schultern und sah Burchard halb spöttisch, halb beunruhigt an.

Burchard wandte sich grußlos ab und strebte seinem Zelt zu. Er hatte noch etwas Zeit, um an seinen Aufzeichnungen zu arbeiten, bevor er seine Habseligkeiten zusammenpacken musste.

Am nächsten Tag meinte es das Wetter gut mit ihnen. Eine frische Brise von Südwesten bescherte ihnen einen blauen Himmel mit flott dahinziehenden weißen Wölkchen. Das Gras sah frisch aus, und die Bäume und Sträucher standen in saftigstem Grün. Als Jan Burchard aus dem Zelt trat, bemerkte er Vogelgezwitscher, das der Wind von einer nahen Hecke zu ihm herüberwehte. Er atmete tief ein. Es war ein guter Tag, um die beschwerliche Reise nach Hamburg zu beginnen.

Bericht musste erstattet werden, nachdem die letzte Bastion der Feinde der Hanse in Friesland gefallen war. Nun mussten unter den Verbündeten einflussreiche Kräfte ausgesucht werden, die den hamburgischen Interessen am treuesten dienen würden. Möglicherweise sollte man auch im eroberten Emden einen Abgesandten einsetzen, der seinen Einfluss geltend machte.

Einige Kisten mit wichtigen Unterlagen und nicht so wichtigen Dingen des persönlichen Bedarfs hatten Burchard und Klinger zu den Schiffen transportieren lassen, die bis gestern die Sibetsburg von See her belagert hatten. Diese Orlogschiffe hatten den Auftrag, weiter vor der friesischen Küste zu kreuzen, um vereinzelten Seeräuberkoggen aufzulauern, denen es gelungen war zu fliehen. Eventuell würden sie bis Norwegen und in die Ostsee fahren müssen, um den letzten Piraten den Garaus zu machen. Das konnte lange dauern und war ein ungewisses Unternehmen. Burchard und Klinger hatten deshalb beschlossen, auf dem Landweg nach Hamburg zurückzureisen. Das würde beschwerlich werden, war aber nun mal nicht zu ändern. Vor allem Burchard hatte wenig Lust, sich einer möglichen Konfrontation mit übrig gebliebenen Likedeelern auszusetzen, und auch Klinger sah ein, dass die Gefangene sicherer über Land nach Hamburg gebracht werden konnte. Fatalerweise hatte Burchard sich durch das feuchtkalte Wetter der letzten Tage eine Erkältung zugezogen, die jetzt fiebrig wurde. Dennoch oder gerade deswegen drängte es ihn, nach Hause zu kommen.

Leider standen keine Söldner zur Verfügung, sie zu begleiten, sie waren ganz allein auf sich angewiesen. Nachdem sie sich drei der besten Reitpferde, die das Söldnerheer besaß, und ein Packtier ausgesucht hatten, ließen sie sie satteln und beladen. Als alle Vorbereitungen getroffen waren, holten sie ihre Gefangene ab.

Burchard hatte darauf bestanden, Gela ten Broke die Möglichkeit zu geben, sich wie eine Dame zu kleiden. Man hatte ihr Cotte, Houppelande, Surkot und Tasselmantel gebracht. Angetan mit diesem engen Unterkleid, dem weiten, faltenreichen Gewand, dem Jäckchen mit langen Ärmeln und dem mit der silbernen Brosche zusammengehaltenen Umhang sowie einer Kappe mit Schleier sah sie völlig verändert aus. Allerdings zog sie es vor, über dieser vornehmen Kleidung einen zweiten Umhang zu tragen, der sie von Kopf bis Fuß einhüllte.

Derart unpraktisch gekleidet, musste sie sich auf ein Pferd bemühen. Aber wie sich herausstellte, war sie eine gute Reiterin und hatte keine Probleme, sich im Sattel zu halten. Die beiden Männer mit ihren kurzen, geknöpften Röcken unter den Heukenmänteln und den einfachen Kappen auf dem Kopf waren natürlich praktischer angezogen.

Ihre Reise nach Hamburg, so hatten sie sich vorgenommen, sollte zügig vonstatten gehen. Sie würden die größeren Städte meiden, wo sie nur Aufsehen erregt hätten und womöglich aufgehalten worden wären. Sie würden den Jadebusen umrunden und in einiger Entfernung von Bremen an einer Fährstelle die Weser überqueren, um dann Hamburg auf dem direktesten Weg zu erreichen.

Burchard und Klinger machten sich zuversichtlich auf den Weg. Burchard führte das Pferd der Gefangenen, Klinger das Packpferd. Gegen Mittag war es so warm geworden, dass sie sich ihrer Mäntel entledigen konnten. Sie rasteten auf einer Wiese unter einer ausladenden Eiche. Wären nicht die störenden Fesseln der jungen Frau gewesen, hätte ein Betrachter die Szene, die sich seinem Anblick geboten hätte, für eine Idylle halten können. Die Pferde grasten, man lagerte auf Decken, da der Boden noch feucht war, aß und – plauderte.

Tatsächlich hatte Gela begonnen, sich mit Klinger zu unterhalten. Burchard beobachtete die beiden und bemerkte zu seinem großen Missfallen, dass die hübsche Friesin seinem Begleiter schöne Augen machte und dieser ihr immer öfter zulächelte. Er selbst fühlte sich eher schwach und leicht fiebrig, weshalb er schwieg. Kurzzeitig nickte er sogar ein. Kaum war er aufgewacht, drängte er zum Aufbruch.

Klinger wusste es geschickt einzurichten, dass nun er Gelas Pferd führte. Gelegentlich sprachen sie so leise und vertraut miteinander, dass Burchard nichts verstand. Er wollte seinen Begleiter zur Ordnung rufen, aber was hätte er sagen sollen? Solange sich die beiden unterhielten, machte Gela keine Schwierigkeiten, und sie kamen zügig voran.

Tatsächlich erreichten sie mit Einbruch der Dunkelheit ein Fährhaus an der Weser. Es war noch hell genug zum Übersetzen. Dennoch entschieden sie sich dafür, das Angebot des Fährmanns anzunehmen und bei ihm zu übernachten. In einem kleinen Raum mit offenem Feuer brachte man ihnen, nachdem sie sich an einen langen Tisch gesetzt hatten, Getreidebrei, Wurst und Speck sowie selbst gebrautes, säuerliches Bier. So konnten sie ihre knappen Vorräte schonen. Übernachten mussten sie in einer neben dem kleinen Häuschen stehenden Scheune. Immerhin waren genug Heu und Stroh vorhanden, um sich ein halbwegs bequemes Lager zu schaffen.

Gela musste sich, an Händen und Füßen gefesselt, zwischen die beiden Männer legen. Burchard fröstelte, als er sich in seine Decke wickelte, die er reichlich mit Heu bedeckt hatte, um sich warm zu halten. Wie Klinger hatte er sein Schwert neben sich auf die den Gefangenen abgewandten Seite gelegt und den Dolch unter das notdürftig gestopfte Kopfkissen gelegt.

Er hatte wieder Gliederreißen, hinzu kamen ein leichtes Magendrücken und schließlich ein heftiger Fieberanfall. Eine ganze Weile lag er wach und bildete sich ein, allerlei seltsame Geräusche zu hören und bösartige Schatten zu sehen. Dann fiel er in einen unruhigen Schlaf und träumte von Helga ten Broke, die ihm als Dämonin erschien und ihn wie eine Schlange zischelnd umkreiste, ihn schließlich an sich riss und sich stöhnend um ihn wand wie ein lüsterner Drache. Als sie sich tatsächlich in ein würgendes Monstrum verwandelte, wachte er mit einem Angstschrei auf.

Er war schweißgebadet und fror erbärmlich. Das schaurige Bild des Ungeheuers, in das sich die blonde Helga verwandelt hatte, war verschwunden. Der Mond schien hell und warf einen beinahe grellen Schein durch das halb offene Dach. Das Stöhnen war immer noch da.

Er richtete sich mühsam auf. Das Stöhnen war direkt neben ihm. Er tastete nach seinem Dolch. Er fand ihn nicht. Dann sah er die Ursache des Geräuschs, das ihn bis in seine Träume verfolgt hatte: Es kam von Klingers Lager. Gela lag auf ihm und rang mit ihm. Nein, es war kein Kampf, es war Wollust. Im Schein des Mondlichts konnte er erkennen, dass die beiden halb nackt waren, sich küssten und liebkosten. Burchard war wie vom Donner gerührt. Gebannt sah er zu, wie Gela sich auf Klingers Körper räkelte. War er wirklich wach? Hielt ihn ein Fiebertraum zum Narren? Er wollte etwas sagen, brachte aber keinen Laut über die Lippen.

Das Stöhnen wurde heftiger, lauter. Burchard versuchte, den lähmenden Schleier zu durchdringen, der wie dicker sirupartiger Nebel seine Initiative hemmte. Blind tastete er weiter nach dem Dolch, fand das Schwert, fand den Dolch. Der Kontakt der Hände mit dem kalten Metall brachte ihn in die Wirklichkeit zurück. Doch zu spät. Er sah, wie Gela hinter Klingers Kopf tastete und auch fand, was sie suchte. Er wollte aufspringen, aber dieser Schleier um ihn herum wollte ihn nicht loslassen. Er sah, wie die kurze, spitze Waffe in ihrer Hand aufblitzte und hörte, wie Klinger immer lautere tierische Laute von sich gab und sie im gleichen Rhythmus heftiger stöhnte. Dann stieß sie mit der Klinge zu. Burchard hörte das ekstatische Aufschreien seines Begleiters, das in ein Todesröcheln überging, und sah, wie die halb nackte Frau sich aufrichtete. Sie erstarrte kurz, als sie ihn dort mit weit aufgerissenen Augen hocken sah, dann drehte sie sich um und rannte aus der Scheune hinaus.

Da endlich fand er seine Kraft wieder und hetzte ihr nach. Sie lief über die Wiese Richtung Fluss, sprang durch eine Hecke hindurch. Er folgte ihr, innerlich fluchend, aber nicht fähig, irgendeinen Laut von sich zu geben. Sie war schneller als er, sprang jetzt über einen Graben, strauchelte aber und ging zu Boden. Er kam näher. Sie sprang auf, lief weiter, humpelte, strauchelte wieder. Da war er auch schon bei ihr, stürzte sich auf sie, brachte sie zu Fall, wollte sie töten – aber wo war sein Dolch? Er sah Klingers Waffe in ihrer Hand aufblitzen und griff nach ihrem Handgelenk. Sie wand sich, er zwang sie, den Dolch fallen zu lassen. Sie schlug und biss, zerrte an seinen Kleidern und Haaren. Auch er schlug, fasste nach der Brosche an ihrer Brust, zerriss ihre Gewänder und fand Gefallen daran, und ehe er sich überhaupt bewusst wurde, was er da tat, gab er sich seinen tierischen Trieben hin, machte weiter, würgte sie dabei so sehr, dass sie bewusstlos unter ihm erschlaffte, und brachte es mit einem viehischen Stöhnen zu Ende.

Schließlich ließ er von ihrem Körper ab, schleppte sie zurück in die Scheune und fesselte sie rücksichtslos. Dann fiel er zu Tode erschöpft ins Heu und glitt in eine traumlose Ohnmacht.

Er erwachte im grellen Sonnenschein. Das Erste, was er sah, war ihr apathischer Blick. Ihr Gesicht war geschwollen, ihr halb nackter Körper von Blutergüssen, roten Malen und blauen Flecken übersät, an manchen Stellen blutüberkrustet. Sein Blick fiel auf den toten Klinger. Ein hässlicher blutiger Spalt klaffte in seinem Hals.

Schwankend trat er aus der Scheune. Der Fährmann saß auf einem Baumstumpf und blickte ihn mit einer Mischung aus Angst und Misstrauen an. Burchard taumelte zu einem Wasserfass und steckte den Kopf hinein. Dann wusch er sich die Arme und das Gesicht.

Er gab dem Fährmann genug Geld, um ihn friedlich zu stimmen. Sie brachen auf, ohne etwas gegessen zu haben. Der Fährmann brachte sie über die Weser. Später würde er Klinger begraben.

Jan Burchard und Gela ten Broke erreichten Hamburg zwei Tage später. Burchard verspürte kein Triumphgefühl, als er die Gefangene aus Friesland dem Rat übergab. Nur wenig später wurde er sehr krank und starb nach zwei Wochen an einer Lungenentzündung. Achteinhalb Monate später starb auch Gela, im Kindbett.

Der Rat nahm sich des Kindes an. Die Frage, ob es Burchards oder Klingers Sohn war, stellte sich für die Ratsmitglieder nicht. Da der ledige Burchard auf dem Totenbett einen großen Teil seines Vermögens Gela ten Broke vermacht hatte, stand genug Geld zur Verfügung, den Nachkommen der Enkelin von Klaus Störtebeker von einer Ersatzfamilie erziehen und ihm eine gute Ausbildung zukommen zu lassen. Gela hatte ihm kurz vor ihrem Tod den Namen Keno gegeben. Der Rat gab ihm den Nachnamen Burchard. Man legte ihm einen silbernen Löffel in die Wiege, aber keine Brosche.

Der Fährmann fand das Schmuckstück zwei Sommer später im Gras und nahm es an sich. Die Tatsache, dass es das Überbleibsel einer schrecklichen Bluttat war, hatte für ihn keine Bedeutung. Er wollte die kleine silberne Kogge möglichst schnell zu Geld machen.

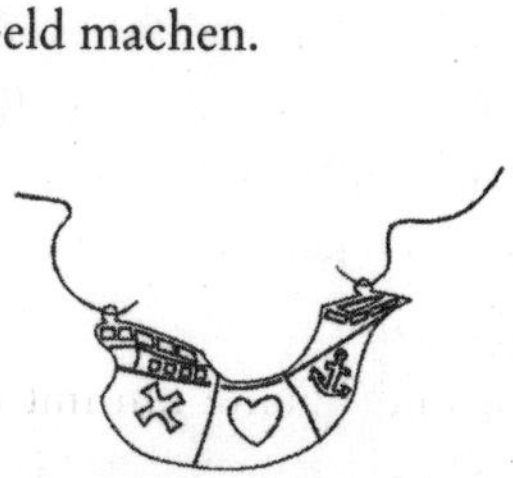

2002 26. FEBRUAR

NACHTS UND TAGSÜBER

Sie lasen bis gegen ein Uhr nachts. Gelegentlich fing Greta unangekündigt an, eine Passage laut vorzutragen, die sie besonders interessant oder witzig fand. Sie schien sich für den seltsamen Text ihres Vaters zu begeistern. Link, der es eigentlich nicht leiden konnte, wenn ihm jemand auf amateurhafte Art einen Text vorlas, erhob keinen Einspruch. Er fand es ganz lustig, wie sie sich ereiferte, und einen kurzen Moment lang beneidete er seinen Kumpel Jens, weil er eine Tochter hatte, die sich für einen Text ihres Vaters so erwärmen konnte.

Um Mitternacht merkten sie, dass sie vergessen hatten, Holz im Heizkessel nachzulegen. Es war empfindlich kühl geworden.

Greta stand auf, um sich eine Decke zu holen, und kam mit einer Flasche in der Hand zurück.

»Guck mal, was ich gefunden habe.«

»Eine Flasche.«

»Das ist echter Jamaika-Rum, nicht dieses gepanschte Zeug aus Flensburg.«

»Mir ist, als würde ich meinen guten alten Kumpel Jens hören.«

»Er hat so eine Flasche immer irgendwo stehen.«

»Sechsundsiebzigprozentiger?«

Sie studierte das Etikett. »Stimmt. Klingt nach viel.«

»Korn hat die Hälfte.«

»Trinkst du Korn?«

»Nein, ich meine nur.«

»Also ist das Zeug hier ziemlich scharf, oder?«

»Besser, man verdünnt es vor dem Trinken.«

»Willst du einen Grog?«

Link zögerte. Es wäre schlauer, einfach ins Bett zu gehen, um sich aufzuwärmen, anstatt jetzt noch das Risiko einzugehen, am nächsten Morgen einen schweren Kopf zu haben.

»Ja, mach mal«, sagte er.

»Okay, super.« Sie drehte sich um und lief in die Küche.

Was fand sie daran super?

Sie servierte den Punsch auf einem runden Tablett in echten Groggläsern mit Henkel und Glasröhrchen zum Umrühren, dazu Kandiszukker und noch zwei Müsliriegel.

»Gibt's hier im Haus wirklich nichts anderes als Süßigkeiten?«, fragte Link.

»Hab nichts gefunden.«

»Erdnüsse, Salzstangen, Chips?«

»Nicht, dass ich wüsste.« Sie schlug sich mit der flachen Hand gegen die Stirn: »Ha!« Sie rannte nach draußen, die Treppe hoch und kam kurz darauf mit einer Tüte Erdnussflips zurück.

»Das ist echte Vollwertkost«, meinte Link.

»Ich tausche die Flips gegen deinen Müsliriegel.«

»Wenn dir nicht schlecht davon wird, bitte.«

Er griff nach dem Grogglas.

»Nimmst du keinen Zucker?«, fragte sie.

»Rum ist doch nichts als Zucker.«

»Echt?«

Er nahm einen Schluck, zuckte zusammen und stöhnte. Beinahe wäre ihm das Glas aus der Hand gefallen.

»Wie hast du denn den gemacht?«

»Na, verdünnt, mit Wasser.«

»Verdünnt?«

»Halb und halb.«

»Oh, Mädchen, du musst noch viel lernen«, entfuhr es ihm.

Ihre Miene verfinsterte sich: »Arschloch, was soll das denn heißen?«

»Entschuldigung, ist mir nur so rausgerutscht.«

»Blödmann. Das ist ein ganz normaler Grog.« Sie nippte daran. »Also, ich kann es jedenfalls trinken. Ist nichts für Weicheier.«

»Okay, jetzt sind wir quitt.«

Sie wurde wieder rot und nahm hastig ein paar Schlucke. Er versuchte es. Nach einer Weile bekam er das Zeug tatsächlich runter. Es war nicht viel schlimmer als weißglühende Kohlen zu schlucken. Flips und Müsliriegel waren auch bald vertilgt.

»Es reicht, ich kann nicht mehr lesen.« Sie legte das Manuskript auf den Boden und gähnte. Einen Moment lang sah es so aus, als würde sie unter ihrer Decke einschlafen. Dann stand sie mit einem Mal auf, taumelte leicht, sagte: »Gute Nacht«, und verließ schwankend das Wohnzimmer.

Link sah ihr nach. Sollte er bei dieser Kälte nur mit einer Wolldecke im Wohnzimmer auf dem Sofa übernachten?

Er wartete eine Weile unschlüssig. Dann stand er auf und spürte so etwas Ähnliches wie einen Handkantenschlag im Nacken. Das war der Grog. Leicht benommen verließ er das Wohnzimmer und stieg die Treppe nach oben. Die Tür zu ihrem Zimmer war auf. Gegenüber, hinter der Badezimmertür, summte eine elektrische Zahnbürste. Er hatte nicht mal eine handbetriebene dabei.

Er ging in ihr Zimmer und setzte sich auf den Stuhl vor dem kleinen Schreibtisch neben dem Bett. Auch dieses Zimmer war eher provisorisch eingerichtet und zeugte von den jugendlichen Leidenschaften vergangener Tage. Es gab einen Kleiderschrank und ein kleines Regal mit ein paar Büchern und einem Plüschaffen. An der Dachschräge hing das große Poster einer afrikanischen Steppenlandschaft mit Antilopen und Zebras, gegenüber, neben dem Regal, das Bild eines wild bemalten afrikanischen Kriegers, der sich einen kleinen Knochen durch die Nase gesteckt hatte. Ein noch kleineres Bild über dem Schreibtisch zeigte eine schwarze Frau mit Tellerlippen, die einen Krug auf dem Kopf transportierte.

Die kleinen Zwerge auf der Bettdecke schien der Anblick dieser wilden Menschen nicht weiter zu stören. Die Decke war übersät mit schlafenden, Zipfelmützen tragenden Gnomen. Es war ein ziemlich unregelmäßiges Muster, das vor seinen Augen verschwamm, wenn er länger hinsah.

Die Badezimmertür ging auf, und Greta trat auf unsicheren Beinen heraus, die Augen halb geschlossen, nur mit Slip und T-Shirt bekleidet.

»Was machst du denn noch da?«, fragte sie mit schwerer Zunge.

»Ich weiß nicht, wo ich schlafen soll.«

Sie setzte sich aufs Bett und deutete auf die Zwerge: »Sieh mal«, sagte sie ganz ernsthaft, als würde sie zu einem Kind sprechen: »Hier liegen schon total viele Zwerge drin. Ich hab sie mal gezählt. Allein auf der Decke sind es schon dreihundertsiebenundsiebzig, dazu kommt noch das Kopfkissen mit einhundertsiebzehn. Du siehst doch ein, dass da kein Platz mehr für dich ist, oder?«

»Du schläfst jede Nacht mit vierhundertvierundneunzig Zwergen?«

»Wow! Ein Mathematiker.«

»Ich will bloß noch eine Decke. Mit einer Wolldecke wird's mir auf dem Sofa im Wohnzimmer zu kalt.«

Sie sah ihn eine Weile lang an. Leicht schwankend.

»Der Grog war doch zu stark, oder?«

»Wie man's nimmt.«

Sie ließ sich aufs Bett fallen: »Ich werde nicht mit dir schlafen, obwohl ich mich extra betrunken habe.«

»Deswegen?«

Sie zog die Decke über sich.

»Außerdem würden es die Zwerge nicht erlauben.«

Sie drehte sich um und wandte ihm den Rücken zu.

»Eine Decke brauchte ich trotzdem noch.«

»Leg dich doch einfach ins Bett von Papa, ich meine Jens.«

»Danke.«

Sie begann zu schnarchen. Er knipste das Licht aus und ging eine Tür weiter. Mehr als ein schwerer Eichenschrank und ein breites Bett mit monumental wirkenden schmiedeeisernen Kopf- und Fußteilen standen nicht darin. Das Bett war ungemacht. Er zog sich aus und legte sich hinein.

Am nächsten Morgen, kurz nach zehn, trafen sie sich in der Küche. Die Kaffeemaschine blubberte, und Link hatte dafür gesorgt, dass die Heizung wieder lief. Es war angenehm warm.

»Na, wie geht's den Zwergen?«, begrüßte Link Greta, als sie im Bademantel hereinkam.

»Was ist? Sag mal, hast du das Aspirin aus dem Bad genommen?«

»Nein, wieso?«

»Frag nicht. Brummschädel. Was ist mit dem Kaffee?«

»Gleich fertig. Hunger auf Süßes?«

»Igitt.«

»Da hab ich was für Sie.« Er stellte ein großes Glas auf den Tisch.

»Was ist das?«

»Rollmöpse, vierhundertdreißig Gramm Abtropfgewicht.«

»Her damit!«

»Ich wusste doch, dass wir etwas gemeinsam haben.«

Nach dem Frühstück rief Greta bei ihrer Mutter an, die nicht da war, weshalb sie aus Ärger so lange auf den Anrufbeantworter sprach, bis er voll war. Dann packte sie die Aufzeichnungen von Papa, ich meine Jens, in ihre Umhängetasche, und sie stiegen wieder in den R5.

Es war wärmer geworden, und ein starker Wind blies Schauerwolken über das flache Land. Nachdem sie Stade passiert hatten, kamen sie auf ihr Problem zu sprechen.

»Meinst du, die Brosche ist so richtig wertvoll?«, fragte Greta.

»Ich hab sie ja nicht in der Hand gehabt. War sie denn alt?«

»Woher soll ich das wissen? Sie war blank poliert. Ein bisschen klobig für eine Brosche, recht schwer. Ja, ich würde sagen, sie war alt.

»Fünfhundert Jahre alt?«

»Gibt's überhaupt Sachen, die so alt werden können?«

»Jedenfalls sieht man es ihnen dann an.«

»Hm, ich weiß nicht. Aber wieso ist er auch so bescheuert und versteckt das blöde Ding hier im Handschuhfach?«

»War doch ein gutes Versteck.«

»Weil die Typen, die das Haus auf den Kopf gestellt haben, es nicht gefunden haben?«

»Genau.«

»Also meinst du, diese Mistkerle von Einbrechern haben die Brosche gesucht?«

»Was könnten sie sonst gesucht haben?«

»Das Manuskript.«

»Was soll denn daran wertvoll sein?«

»Ich fand's irgendwie interessant zu lesen.«

»Das macht es noch nicht so wertvoll, dass man einbricht. Außerdem haben sie es nicht mitgenommen.«

»Auch wieder wahr.«

»Also gibt es nur noch zwei Möglichkeiten.«

»Und die wären?«

»Die Bullen oder das Finanzamt.«

»Du meinst, er hat die Brosche geklaut, und die Bullen haben das Haus durchsucht, weil, weil …«

»… sie einen dringenden Tatverdacht haben.«

»Aber Papa, ich meine Jens, ist doch kein Dieb.«

»Also das Finanzamt. Er hat seine Steuern nicht bezahlt.«

»Warum sollte er Steuern bezahlen, wo er doch gar nichts verdient?«

»Tja.«

»Ich halt mal an«, sagte sie plötzlich, nachdem sie die Mauern hinter sich gelassen hatten, die Buxtehude vom Rest der Welt abtrennten. »Dann kannst du weiterfahren.«

Sie tauschten die Plätze. Sie beugte sich über die Lehne, um das Manuskript, das sie auf den Rücksitz geworfen hatte, an sich zu nehmen.

»Ich les das jetzt weiter.«

»Okay. Und wohin fahre ich?«

»Zu meiner Mom. Die soll sich auch ein bisschen Sorgen machen.«

»Sie macht sich Sorgen um Jens?«

»Weil ihr guter Ruf Schaden nehmen könnte.«

Link nahm eine Abkürzung durch den Freihafen, und kurz nach zwei Uhr lenkte er den R5 auf die Auffahrt des Hauses von Marie-Christin Discher. Das Garagentor war geöffnet, drinnen stand ein Range Rover.

»Sie fährt einen Geländewagen?«, fragte Link.

»Weil sie in kleineren Autos Schiss kriegt. In so einem Ding hat sie das Gefühl, sie sitzt in einem Laster oder so. Macht angeblich mehr Eindruck auf die anderen Verkehrsteilnehmer.«

»Hallo, Mom«, sagte Greta, als ihre Mutter die Haustür aufmachte. »Ich hab meinen neuen Freund mitgebracht.«

Marie-Christin warf Link einen finsteren Blick zu. Dann zuckte sie zusammen: »Was machst du denn hier?«

»Wir haben zusammen in Heeßel übernachtet«, sagte Greta.

»Was?«

»Das ist Link.«

»Wir kennen uns«, sagte Link.

Greta verzog das Gesicht. »Ja, natürlich.«

»Wann haben wir uns denn das letzte Mal gesehen?«, fragte Marie-Christin.

»Vergiss es, ist schon länger her.«

»Aber mit Greta? Woher und was …«

»Willst du uns nicht reinbitten, Mom?«

Marie-Christin warf einen Blick auf den R5 in der Einfahrt und verzog das Gesicht: »Du fährst ja immer noch diese Blechkiste.«

»Und dafür hab ich dich den Führerschein machen lassen?«, äffte Greta ihren Tonfall nach.

Ihre Mutter zog die Tür auf.

»Wir haben einen Mordskohldampf, Mom. Du hast doch bestimmt noch irgendwas …«

Seufzend führte Marie-Christin ihre Gäste in die mit schwarzen Marmorplatten ausgelegte Poggenpohl-Küche mit Induktionsherd und Riesenkühlschrank mit Gefrierabteilung und Eismaschine. Greta zog die Tür des Gefrierschranks auf: »Worauf hast du Lust, Link? Pizza, Frühlingsrollen, Baguettes, Nasigoreng, Sauerbraten mit Klößen, indonesische Hühnersuppe, spanische Paella, Couscous Royal, ach nee, das ist eklig. Vanilleeis, Erdbeereis, Schokoladeneis, Pistazie mit Eierlikör?« Sie drehte sich zu ihm um. Er reagierte nicht. »Okay, also Pizza mit Paprikawurst für mich, und wie wär's mit einer American mit Käse in der Teigkruste für dich?«

»Na ja«, sagte Link und warf Marie-Christin einen Blick zu.

»Lass dich nur von ihr bedienen. Sie ist ja hier zu Hause.«

Greta packte die Pizzas aus und stellte sie in die Mikrowelle. Sie setzten sich an den Küchentisch.

Dann zog Greta die Kühlschranktür auf. »Dazu trinken wir Bier, alkoholfreies, meine ich. In Italien trinkt man Bier zu Pizza.«

»Wenn du dich da mal nicht verschätzt, Herzchen«, sagte Marie-Christin säuerlich.

Greta stellte zwei Wassergläser und zwei Flaschen Jever Fun auf den Tisch. »Willst du Eis ins Glas?«

Link sah sie irritiert an.

»In Amerika nimmt man Eis in jedes Kaltgetränk«, äffte Marie-Christin ihre Tochter nach.

»Nein danke«, sagte Link.

»Was war das überhaupt für ein seltsamer Anruf, dieser Text ... was sollte das denn nun wieder?«, fragte Marie-Christin.

»Störtebekers Schatz. Hast du es nicht erraten?«

»Was denn erraten?«

»Die Brosche, die mir geklaut wurde. Papa, ich meine Jens, hat ein ganzes Buch darüber geschrieben. Eine Forschungsarbeit oder so.«

»Hör mal, diese Brosche, darüber wollte ich sowieso noch mit dir reden.«

»Ist sie wieder da?«

»Nein.«

Die Mikrowelle piepte. Greta sprang auf, aber Marie-Christin erinnerte sich an ihre Rolle als Gastgeberin: »Lass mal, ich mach das schon.« Sie legte Servietten auf den Tisch, darauf Messer und Gabel, dann die Pizzas auf dekorative Holzteller, die sie auf den Tisch stellte.

»Andersrum, mein Freund Link bekommt die mit dem Käserand.«

Marie-Christin seufzte und tauschte die Brettchen aus. Greta begann sofort eifrig, die Pizza zu zersäbeln.

»Danke«, sagte Link. »Und was ist jetzt mit dieser Brosche?«

»Ich hab das überhaupt nicht realisiert, ich meine, es war mir in dem Moment, als Greta dieses hässliche Ding an ihr Kostüm steckte, gar nicht klar, dass sie das gemeint haben könnten.«

»Wer hat was gemeint?«

»Jens und diese beiden Kerle, die er mitgebracht hat.«

»Er hat zwei Kerle mitgebracht?«, fragte Greta mit vollem Mund.

»Sie kamen zusammen in einem schwarzen BMW.«

Greta schlug mit der Faust auf den Tisch: »Na also!«

Marie-Christin sah sie erstaunt und tadelnd zugleich an.

»Was für Typen waren das denn?«

Marie-Christin hob die Schultern. »Seriöse Herren in dunkelblauen Anzügen mit Macintosh-Regenmänteln.«

»Die Schuhe?«, fragte Greta.

»Der eine trug dunkelbraune, der andere hellbraune Wildlederschuhe.«

»Und das nennst du seriös?«, sagte Greta.

Marie-Christin sah ihre Tochter amüsiert an: »Seit wann legst du denn Wert auf bürgerliche Dresscodes?«

»Nur lasterhafte Bohemiens und berufliche Leisetreter tragen Gummisohlen.«

Marie-Christin wehrte ab: »Ach, Unsinn.«

»Wer hat mir denn den Knigge für hanseatisches Stilbewusstsein geschenkt?«

»Also«, schaltete Link sich ein, »wie ist das genau abgelaufen?«

»Sie standen vor der Tür, der BMW vorn an der Straße. Jens wie immer in seinem zerbeulten Dufflecoat, den ich ihm vor zwanzig Jahren mal geschenkt habe, Jeans und Schnürstiefel, und diese beiden Männer, die so gar nicht zu ihm passten.«

»Und was wollten sie?«

»Na ja, wie immer redete er wirres Zeug ...«

»Natürlich«, stöhnte Greta.

»... und ich hab nicht verstanden, was er meint.«

»Wie immer.«

»Zum einen war da was mit einer Brosche, zum anderen ging es um irgendeine Freundin von ihm. Evelyn oder so. Ich hab mich zusammengerissen, ihnen Tee serviert, und dann sind sie wieder gegangen.«

»Sie haben nicht die Wohnung durchsucht?«, fragte Link.

»Aber woher denn.«

»Und dann kam Greta abends mit der Brosche an?«

»Ja, ich dachte noch, ob das wohl dieses Ding ist, wonach Jens gesucht hat. Aber es war ja gar keine Zeit mehr, darüber zu reden, denn wir mussten auf den Ball.«

»Das war natürlich wichtiger als das Schicksal meines armen Vaters und deines Mannes, der offenbar entführt worden ist.«

»Wie bitte? Jetzt übertreibst du aber, mein liebes Kind. Er war anschließend noch zweimal hier.«

»Was? Er war hier? Wieso hast du mich nicht verständigt?«

»Du warst spurlos verschwunden, mein Herzchen.«

»Scheiße.«

»Jedenfalls kam er einen Tag später noch mal mit diesen Herren. Und dann in der Nacht, leider sturzbetrunken, allein.«

»Er kam allein?«, fragte Greta.

»Und verschwand wieder.«

»Habt ihr miteinander geschlafen?«

»Bist du des Teufels?«, rief Marie-Christin. »Er hat auf dem Sofa genächtigt.«

»Der Arme. Und wo ist er dann hin?«

»Wie immer einfach so entschwunden, ohne sich zu rechtfertigen.«

»Er will die Brosche wiederfinden.«

»Weiß er denn, dass die Brosche auf dem Ball gestohlen wurde?«, fragte Link weiter.

»Was heißt denn hier ›gestohlen‹? Im Hotel Atlantic? Gretchen war ja leider derart beschickert, dass es auch gut sein kann, dass das angeblich so wertvolle Stück einfach verloren ging.«

»Was ist mit dem Blondschopf?«

»Was für ein Blondschopf.«

»Das Mädchen, das Greta beinahe verführt hätte.«

Marie-Christin sah ihre Tochter verstört an: »Ein Mädchen ... verführt?«

Das Telefon klingelte. Marie-Christin stand auf und zog den Hörer aus der Halterung neben der Küchentür.

Greta warf Link einen finsteren Blick zu: »Arschloch.«

Link hob abwehrend die Hände: »Ich weiß sowieso nicht mehr, um was es hier eigentlich geht.«

Sie aßen ihre Pizzas auf.

Marie-Christin kam zurück und hängte das Telefon wieder neben die Tür.

»War das Papa, ich meine Jens?«

»Nein, Yvonne. Sie möchte, dass ich sie abhole. Das Klubkomitee sitzt heute zusammen.« Sie warf einen Blick auf die Küchenuhr. »Ich muss mich sputen. Sehen wir uns später noch?« Ohne eine Antwort abzuwarten, stürmte sie aus der Küche.

Kurz darauf kam sie im dunkelgrünen Kostüm und einem schwarzen kurzen Mantel mit Pelzbesatz zurück und winkte: »Tschüs.« Dann war sie weg.

Greta lehnte sich zurück: »Huh, das war meine Mutter. Und? Wie findest du sie?«

»Sieht verdammt gut aus.«

»Ach ja?«

»Du siehst ihr ähnlich.«

Sie griff nach dem kalten Bier. Aber da war sie auch schon knallrot angelaufen.

»Verdammt«, murmelte sie vor sich hin.

26. FEBRUAR

NACHMITTAGS

Im Radio hatten sie Sturmwarnung gegeben. Es wurde Zeit, nach Övelgönne zurückzukehren, um nach dem Hausboot zu sehen.

»Ich bring dich hin«, sagte Greta. »Wir müssen sowieso noch darüber sprechen, welche Strategie wir einschlagen wollen.«

»Strategie?«

»Im Gegensatz zu dir und Mom, ich meine Marie-Christin, bin

ich der Ansicht, dass dein Kumpel Jens in echten Schwierigkeiten steckt.«

»Nur weil er hier mit zwei Typen aufgetaucht ist, die Wildlederschuhe trugen?«

»Er ist spurlos verschwunden, oder nicht?«

»Na ja, Spuren gibt's schon, nur führen sie nirgendwohin.«

»Sag ich ja.«

»Falls er in Hamburg ist und Hilfe sucht, meldet er sich vielleicht bei mir.«

»Weiß er, dass dein Hausboot woanders liegt?«

»Nein.«

»Das ist schlecht.«

»Er könnte ja anrufen.«

»Genau! Und deswegen fahren wir jetzt los. Wo ist meine Tasche?«

Als sie nach draußen traten, merkten sie, dass der Sturm sogar das noble Othmarschen heimsuchte. Heftige Windböen beugten die kleineren Bäume, Hecken sahen aus, als würden sie jeden Moment wegfliegen, und die allgegenwärtigen Rhododendronbüsche warfen die Zweige in die Höhe, als würden sie um Hilfe rufen.

Kaum saßen sie im Wagen, peitschte ein Regenschauer gegen die Windschutzscheibe.

»Deine Scheibenwischer machen ihrem Namen alle Ehre«, sagte Link, als sie an einer Ampel stehen blieben. »Sie verwischen alles.«

»Ja, ja.«

Link riet ihr, den Wagen etwas weiter oben an der Kaistraße zu parken, um ihn nicht zu gefährden. Bei Sturmflut musste die Feuerwehr immer wieder Autos in Neumühlen vor dem Absaufen retten. So würde es auch heute wieder kommen. Als sie an den neu gebauten Bürokästen vorbei zum Museumshafen gelangten, sahen sie, dass die Brücke, die zum Anleger führte, fast waagerecht lag. Auch die Flussschiffe, Ewer, Segelboote, der Kran, der Eisbrecher und Links Hausboot lagen ungewöhnlich hoch. Das Wasser war bereits über die Uferbefestigung getreten und umschmeichelte scheinheilig die Reifen der abgestellten Autos. Eine Gestalt auf dem Hausboot winkte ihnen zu.

Link winkte zurück. »Ich glaube, ich habe mich unbeliebt gemacht«, sagte er.

Als sie über die Brücke liefen, brach der Himmel auf und schickte grelle Sonnenstrahlen zwischen dunkelgrauen Wolken hindurch zur aufgewühlten Elbe hinunter. Der Fluss sah heute richtig gefährlich aus. Die Flut, unterstützt von Windstärke zehn, drückte das Wasser ins Binnenland, Sturmböen peitschten die Wellen, die sogar Schaumkronen bildeten.

»Sag mal, wie sicher ist es eigentlich auf so einem Hausboot bei diesem Wetter?«, fragte Greta.

»Das wird uns Bernhard gleich erzählen.«

Nissen stand in Ölzeug und Gummistiefeln an Bord des Hausbootes, die Arme in die Hüften gestemmt, und blickte ihnen zornig entgegen. Das Hausboot wie auch alle anderen im Museumshafen liegenden Schiffe und Boote hoben und senkten sich in unregelmäßigem, manchmal ruckartigem Rhythmus.

»Bist du von allen guten Geistern verlassen?«, empfing er die beiden.

»Na, alles klar?«, fragte Link ruhig.

»Nix ist klar. Dein dämlicher Kahn hier wäre beinahe abgesoffen. Der war ja völlig dilettantisch vertäut, Mann!«

»Das haben wir doch zusammen gemacht.«

»Du hättest alles noch mal überprüfen müssen.«

»Schon gut, okay, du hast Recht. Ist 'ne Menge passiert. Ich war gar nicht in der Stadt.«

»Wenn man ein Boot im Hafen liegen hat und es gibt Sturmflutwarnung, dann macht man sich auf die Socken und sieht nach.«

»Ich war nicht in der Stadt.«

»Umso schlimmer. Ich bin hier schon seit zwei Stunden beschäftigt, weil dein Äppelkahn versucht hat, ›Otto‹ zu versenken.«

Tatsächlich lag die ehemalige Polizeibarkasse »Otto Laufer«, in die Enge getrieben, ziemlich schräg im Wasser. Das Hausboot drückte sie gegen den Anleger.

»Ich spiele Detektiv in Kehdingen, und mein Eigenheim versenkt derweil ein Polizeiboot«, murmelte Link. Er ging das Boot ab, kontrollierte alle Taue und Leinen und trat dann wieder vor Nissen. »Danke. Du hast was gut bei mir.«

Nissen, immer noch mit finsterem Gesichtsausdruck, nickte zustimmend. Sie blieben nebeneinander stehen und sahen zu, wie die Masten der Segelschiffe unregelmäßig hin und her schwankten. Das Hausboot hob und senkte sich. Der Himmel über Neumühlen hatte sich schon wieder verdüstert, und der Wind schleuderte ihnen dicke Regentropfen ins Gesicht.

»Können wir nicht mal reingehen? Ich find's hier ungemütlich«, sagte Greta.

»Kommst auf 'nen Tee rein?«, fragte Link.

Nissen zuckte zustimmend mit den Schultern. Sie gingen hinein.

Link zog den Küchentisch unter der Arbeitsplatte hervor und klappte die drei Hocker auseinander. Dann klappte er das Fach mit den Teeutensilien aus dem Schrank. Nissen und Greta setzten sich hin.

»Sonst so weit alles klar?«, fragte Link, nachdem er den Wasserkocher ausgeschwenkt und eingeschaltet hatte.

»Nee, überhaupt nicht. Sie wollen, dass du hier schleunigst verschwindest. Zunächst mal müsstest du einwandfrei und anhand von Dokumenten beweisen, dass dein Boot historischen Wert hat, und dann müsstest du es in den ursprünglichen Zustand zurückversetzen, also grau streichen oder so, und danach, wenn du den Antrag gestellt hast, wird im Vorstand entschieden. Aber bis dahin muss dein Kahn wieder weg. Du könntest sowieso nicht drauf wohnen, nur sporadisch, und müsstest natürlich Besichtigungen zulassen. Und außerdem dafür sorgen, dass die Flagge richtig herum hängt.«

»Sie hängt doch richtig.«

»Quatsch.«

»Kann man eine Flagge verkehrt herum hängen?«, fragte Greta.

»Gold-Rot-Schwarz ist verkehrt herum. Schwarz-Rot-Gold muss es sein«, erklärte Nissen.

»Ist das nicht egal?«, meinte Greta. »Ich hab nie darauf geachtet, wie herum eine Fahne hängt.«

»Das ist aber wichtig. Eine Flagge verkehrt herum zu hängen ist eine Beleidigung des Landes, dem die Flagge gehört.«

Greta wandte sich belustigt an Link: »Du hast versehentlich dein Land beleidigt.«

Link schaufelte den Tee in die Kanne: »Kein Versehen.«

»So geht das hier nicht. Es muss alles korrekt laufen. Darauf bestehen die.«

»Muss man Strafe zahlen oder so was, wenn man die Fahne verkehrt herum hängt?«, fragte Greta. »Und was ist, wenn man es versehentlich tut? In der Schule hat uns keiner was davon gesagt.«

»Das lernt man beim Bund, Mädchen«, sagte Nissen.

Link goss das Wasser auf die Teeblätter. »Kennst du noch einen anderen Liegeplatz?«

»Im Fischereihafen vielleicht. Da müsste ich mal nachfragen. Hab da ja auch schon gelegen.«

Das Hausboot schwankte unruhig hin und her. Die Kandisstücke klackerten in den Schalen, auch wenn man den Tee nicht umrührte. Nachdem er eingeschenkt hatte, setzte Link sich auf den dritten Hocker.

»Hör mal«, sagte Link zu Nissen, nachdem sie alle am Tee genippt hatten, der so bitter war, dass Greta sich gleich noch mehr Kluntjes einfüllte. »Wenn du ein, hm, sagen wir mal Schmuckstück hättest, was Wertvolles, Antikes, wüsstest du, wo du es loswerden könntest?«

Nissen sah ihn überrascht an: »Wie meinst 'n das jetzt?«

»Genauso, wie ich es gesagt habe.«

»Hm.«

»Okay, ich formuliere es mal anders. Einem guten Freund von mir ist eine Brosche geklaut worden. Er will sie unbedingt wiederhaben. Würde einen anständigen Betrag bezahlen, um sie zurückzukaufen, verstehst du?«

»Hm.«

»Er müsste also an jemanden herantreten, der in dieser Angelegenheit vermitteln kann. Ich weiß ja nicht, aber vielleicht kennst du ja so jemanden. Es ist ziemlich dringend. Vielleicht sogar lebenswichtig. Kein Witz, keine Hintergedanken.«

»Ich kann ja mal jemanden fragen, ob er jemanden kennt.«

»Genau so habe ich mir das gedacht. Aber es ist verdammt dringend.«

»Hab schon kapiert. Wie sieht diese Brosche denn aus?«

»Massives Silber, eine Hansekogge, wahrscheinlich aus dem Mittelalter, mit den Symbolen für Glaube – Liebe – Hoffnung darauf, du weißt schon, wie auf der Bierflasche: Kreuz – Herz – Anker.«

»Auf der Bierflasche ist kein Kreuz.«

»Bist du sicher?«

»Bei denen heißt es: Fressen – Ficken – Saufen.« Nissen stand abrupt auf. »Ich melde mich dann später wieder.«

Er verabschiedete sich knapp und ging.

»Was ist denn plötzlich mit dem los?«, fragte Greta.

»Er hat mal für die Brauerei gearbeitet. In der Marketingabteilung. Die neue Werbestrategie wurde gegen seinen Willen eingeführt. Und dann haben sie ihn rausgeschmissen.«

»Und was macht er jetzt?«

»Ferientouren für Reiche, die sich gern mal von jemandem rumkommandieren lassen wollen. Er ist der Käpt'n und macht sie einen Monat lang zur Schnecke. Dafür bezahlen die richtig gut.«

»Klingt so, als könnte es meiner Mom gefallen.«

»Bestimmt.«

Greta versuchte, frischen Tee einzuschenken, was wegen des Seegangs gar nicht so einfach war. Sie verschüttete ziemlich viel.

»Entschuldigung.«

»Macht nichts. Hier.« Link warf ihr einen Lappen hin.

Während sie aufwischte, fragte sie: »Und was machen wir jetzt?«

»Warten.«

»Darauf, dass dein Kumpel jemanden trifft, den er fragen kann, ob er jemanden kennt.«

»Hmhm.«

»Das kann ja ewig dauern.«

»Ich hab ihm ja gesagt, dass es dringend ist.«

»Trotzdem ...«

»Er weiß, dass es dringend ist.«

»Aber so, wie er sich ausgedrückt hat ...«

»Er kennt dich ja nicht.«

»Du meinst, er wollte nicht ...«

»... dass du einen falschen Eindruck von ihm bekommst.«

»Zum Beispiel den, dass er neben seinen Touren für reiche Deppen, die sich herumkommandieren lassen wollen, sein Geld auch noch mit dem Verschmuggeln von Sachen verdient.«

»Genau den Eindruck wollte er vermeiden.«

»Hat er ja auch.«

»Eben.«

»Also warten wir hier und passen so lange auf dein Boot auf. Ich find's ja ganz lustig, wie das wackelt.«

»Na ja.«

»Kann denn noch was passieren?«

»Wir könnten absaufen.«

»Aber das Boot ist doch festgebunden, ich meine, vertäut.«

»Es kann sich verkeilen, hinuntergedrückt werden, sich losreißen, die Polizeibarkasse versenken ...«

»Haben wir eigentlich in Heeßel die Tür zugemacht?«, fragte sie unvermittelt.

»Was?«

»Und abgeschlossen?«

»Das musst du doch wissen.«

»Oje, am liebsten würde ich das nochmal überprüfen. Bei dem Sturm.«

»Du kannst ja hinfahren.«

»Echt? Und du?«

»Oder ruf an, vielleicht ist Jens ja wieder zurückgekommen.«

»Das mach ich.«

Sie stand auf und zog ihr Handy aus der Tasche des Mantels, den sie auf das Sofa geworfen hatte. In Heeßel ging niemand ans Telefon.

»Hast du Hunger?«, fragte er, nachdem sie den Apparat weggelegt hatte.

»Soll ich dir was in deiner Kombüse kochen?«, fragte sie eifrig.

»Nee, lass mal, das mach ich schon.«

»Okay, dann les ich noch ein bisschen in dem Manuskript.«

Sie klappte ihre Umhängetasche auf und zog den Papierstapel hervor. Dann lümmelte sie sich auf das Sofa und begann zu blättern.

»Das geht ja durch sämtliche Jahrhunderte«, sagte sie. »Kein Wunder, dass er Tausende von Büchern durchgeackert hat. Muss ja eine Höllenarbeit gewesen sein, die ganzen historischen Einzelheiten zu recherchieren.«

»Er hat doch genug Zeit da draußen.«

»Stimmt auch wieder. Ich hab ihm ab und zu einen Stapel Bücher mitgebracht, die er sich antiquarisch besorgen ließ.«

Sie vertiefte sich in ihre Lektüre, während Link sich in der Küche zu schaffen machte.

Als er fertig war, stellte er zwei Teller auf den Küchentisch. Greta sprang auf und setzte sich zu ihm. »Was ist das?«

»Reste.«

»Lass mich mal raten.« Sie deutete mit den Fingern darauf: »Bratkartoffeln? Und was ist das hier?«

»Baked beans.«

»Mit Zwiebeln, hm, lecker. Was trinkst du dazu?«

»Bier.«

»Nehm ich auch.«

Sie machte den Abwasch und bewunderte lautstark die raffinierte Platz sparende Konstruktion von Abtropfsieb und versenkbarem Spülbecken.

Irgendwann kam ein Anruf von Nissen. Als Link wieder aufgelegt hatte, sagte er: »Wir treffen unseren Mann morgen früh im Schellfischposten.«

»Wo?«

»Das ist eine Kneipe, nicht weit von hier an der Hafentreppe.«

»Morgen früh? Dann kann ich ja hier übernachten.«

»Hmhm.«

Mit Einbruch der Dunkelheit schien es draußen ruhiger zu werden. Sie lasen in Dischers Manuskript und hörten Musik. Irgendwann saß Greta plötzlich vor Link auf dem Boden und sagte: »Du hast gesagt, du findest, dass ich meiner Mutter ähnlich sehe.«

»Hmhm.«

»Und dass sie verdammt gut aussieht.«

»Ja und?«

»Also sehe ich auch verdammt gut aus.«

»Logische Schlussfolgerung.«

»Würdest du mit mir schlafen wollen?«

Das Hausboot hob sich in eine gefährliche Schräglage. Es knirschte laut, als würde jemand Holz zerquetschen, dann ertönte ein ohrenbetäubendes schabendes Quietschen von Stahl auf Eisen, das in einem lauten Krachen endete. Das Hausboot senkte sich wieder, blieb aber schief liegen.

Link sprang auf und rannte nach draußen. Greta folgte ihm.

»Was ist?«

»Wir sind gerade dabei, ›Otto Lauffer‹ zu versenken.«

Dank der erneuten Flut hatte das Hausboot sich auf das Heck der Polizeibarkasse geschoben und sie unter Wasser gedrückt.

»Und nun?«

»Lauf los und hol Bernhard.«

»Okay.«

27. FEBRUAR

MORGENS

Sie waren die halbe Nacht auf, um die kleine Barkasse vor dem Absaufen zu retten. Währenddessen wurden in Hamburg die Hochbahnen gestoppt und zwei Menschen von herabfallenden Ästen getötet.

Am nächsten Morgen hatte sich die Situation beruhigt. Harmlose weiße Wolken zogen stetig über einen hellblauen Himmel. Die Flut war zurückgegangen und hatte eine Menge Dreck und Müll auf die Uferwege und Straßen geschwemmt. Es war kälter geworden, aber der Wind hatte nachgelassen. Die Schäden im Museumshafen waren überschaubar, allerdings musste jemand mit einer Pumpe kommen, um »Otto Lauffer« wieder flottzumachen. Und Link Walther war Persona non grata in Övelgönne geworden.

Sie waren spät ins Bett gekommen und schliefen bis mittags. Greta stand vom Sofa auf, trottete in die Küche und versuchte, Kaffee zu machen. Leider kam sie mit der aus dem Küchenschrank ausfahrbaren Kaffeemaschine nicht klar. Sie fluchte und ging in das winzige Badezimmer, wo sie eine halbe Stunde zubrachte. Link fragte sie durch die Tür hindurch, was sie essen wolle, bekam aber keine Antwort. Als sie endlich herauskam, nahm sie den Becher mit Kaffee an, süßte ihn mit drei Löffeln Zucker und setzte sich aufs Sofa. Auf die Frage, ob sie Rührei mit Speck wolle, schüttelte sie nur den Kopf.

Wenig später rückte Bernhard mit einem Vereinsmitglied an, und es gab ein langes Palaver darüber, wie schnell Link mit seinem Hausboot wieder verschwinden könne. Bernhard brachte den Fischereihafen ins Spiel, wo er den Besitzer eines dort liegenden Schoners kannte. Vielleicht war in diesem von der Elbe durch eine Mole abgetrennten Hafenbecken ja sogar längerfristig Platz für ein Hausboot.

Gegen vierzehn Uhr gingen sie schweigend die Elbstraße entlang, wo ein Trupp Straßenreiniger damit beschäftigt war, den angeschwemmten Unrat zusammenzufegen. Die Neubauten an der Uferkante hatten ihre erste Sturmflut scheinbar gut überstanden. Sie waren auf hohe Sockel gebaut und würden bei einer echten Katastrophe, die wegen der globalen Erwärmung schon bald erwartet wurde, auf ihren Betonwarften von der Brandung umtost werden wie die Bauernhäuser auf den Halligen. Ob die dort beschäftigten Medienarbeiter dann besser in Schlauchbooten oder per Hubschrauber zu ihren Büros gebracht würden, musste sich in der Praxis erweisen.

Der Schellfischposten gegenüber des seit Jahresanfang funktionslosen Anlegers für die Englandfähre war ein Überbleibsel des alten Hafens. Es war eine der wenigen Kneipen, die man noch als Spelunke bezeichnen konnte. Sie lag an der Hafentreppe, über die vor langer Zeit Hafen- und Fischereiarbeiter zur Arbeit gingen. Gegenüber war gerade ein Gebäude abgerissen worden, das wegen seiner düsteren Ausstrahlung und weil hier mal ein Filmmord passierte »Mörderhaus« genannt wurde. Seit sich vom Fischmarkt aus die Apostel der neuen Ökonomie Stahlglasbastionen an den Elbrand setzten, war für eine derartige Architektur hier kein Platz mehr.

Der Schellfischposten gehörte zu den wenigen Überresten einer

Zeit, als die frischen Fische noch per Kutter in den Fischereihafen transportiert wurden, nicht per Kühllaster. Seinen Namen bekam er, weil hier einmal die Schellfischbahn vorbeiratterte, die den verarbeiteten oder verpackten Fisch den Elbhang hinauf zum Altonaer Bahnhof brachte, wo die Kisten in die Fernbahn verladen und ins Binnenland transportiert wurden.

Vergilbte Bilder von alten Schiffen, Seeleuten und Fischern sowie Devotionalien aus der Welt des Hafens und der Seefahrt hingen als beredte Zeugnisse einer anderen Zeit an den Kneipenwänden. Man setzte sich in Nischen an schrabbelige Tische oder an den abgewetzten Tresen, vielleicht auch vor den Spielautomaten und trank Bier, Tee oder Grog. Die Frau hinter dem Tresen war ein schweigsamer Schatten undefinierbaren Alters, die meisten Gäste kannten sich mit Namen. Am frühen Nachmittag war das Lokal eine Oase der Ruhe, die wenigen Stammgäste würden erst zu späterer Stunde den Mund aufkriegen.

Herbert der Hehler saß in einer Nische am Fenster und winkte sie an seinen Tisch. Er hatte das Gesicht eines Boxers, der es verpasst hatte, rechtzeitig den Ring zu verlassen, und die Statur eines Gewichthebers, der sich zu früh auf das Stemmen von Bierkrügen verlegt hatte. Neben ihm auf dem Tisch lag ein schwarzer Motorradhelm, der für seinen massigen Kopf zu klein schien. Als sie sich zu ihm an den Tisch setzten, legte er den Helm neben sich auf die Bank. Vor ihm stand ein leer getrunkenes Teeglas.

Der schweigsame Schatten trat zu ihnen. Herbert bestellte einen zweiten Tee, Link ein Bier, Greta wollte nichts.

»Also«, fragte Herbert, »wem soll ich in die Eier treten?«

Link stutzte, dann sagte er: »So weit sind wir noch nicht.«

»Wenn ich meinen alten Freund Bernie den Pechvogel richtig verstanden habe, dann hat er euch mit seinem Pechvogelvirus infiziert, und irgendwelche Leute, die ich angeblich kennen soll, haben euch beklaut. Oder was?«

»Das mit dem Virus könnte stimmen«, sagte Link. »Wir haben

letzte Nacht mit meinem Hausboot beinahe die kleine Polizeibarkasse versenkt.«

»›Otto Lauffer‹ läuft voll, sehr witzig.«

»Es ist noch mal gut gegangen.«

»Ich bin übrigens Herbert«, sagte Herbert und hielt Greta die Hand hin.

Sie sah ihn mit einer Mischung aus Erstaunen und Ablehnung an, dann wollte sie seine Hand ergreifen, aber er zog sie weg.

»Ich hab noch nie jemandem die Hand gegeben, dessen Namen ich nicht kannte, nicht mal einer so süßen Maus wie dir.«

»Das ist Greta«, sagte Link.

»Das ist Greta«, äffte Herbert ihn nach. »Sie ist stumm, arrogant und außerdem querschnittsgelähmt, nein, es könnte auch sein, dass sie einen Besen verschluckt hat.«

»Was soll denn das, du Arschloch?«, zischte Greta.

»Ich bin keins, aber ich hab eins. Da geht's mir genauso wie dir, Mäuschen.«

»Leck mich.«

»Darauf kommen wir ein anderes Mal zu sprechen. Aber danke fürs Angebot.«

»Können wir jetzt mal zum Thema kommen?«, sagte Link.

»Erst mal nehme ich mein Getränk in Empfang«, sagte Herbert. »Mütterchen hat mir noch einen Tee gemacht.«

Der schweigsame Schatten stellte Tee und Bier ab und verschwand wieder.

Herbert grinste Greta an: »Und du bist also die kleine Seeräuberlesbe, bei der sich Chrissie auf den Schoß gesetzt hat?«

»Mistkerl.« Greta stand auf und verließ das Lokal.

»Hoppla!«, sagte Herbert.

»Es wäre nicht nötig gewesen, sie zu provozieren.«

»Provozieren nenn ich was anderes.«

»Können wir jetzt mal über was Wichtiges reden?«

»Du bist ihr Käpt'n, stimmt's?«

»Hör mal ...«

»Ihr habt euch gestritten, und jetzt ist sie sauer.«

»Sie ist sauer wegen dir.«

»Ach was, ich bin ihr scheißegal. Du hast sie ein bisschen hart rangenommen. Die war doch kurz davor loszuheulen. Würde ihr auch ganz gern mal den Arsch versohlen ...«

Link beugte sich blitzschnell nach vorn, packte Herbert am Anorak und zog ihn über den Tisch. Das Teeglas kippte um, Herberts Boxernase klebte auf dem Rand von Links Bierglas.

»Wir tauschen jetzt ganz sachlich Informationen aus, okay?«

»Mach dich mal nicht nass, Baby«, stöhnte Herbert.

Link stieß ihn zurück.

»Puh.« Herbert atmete tief durch und strich mit der Hand über den teegetränkten Anorak.

»Ich will Fakten«, sagte Link.

Der schweigsame Schatten kam mit einem Lappen und wischte den Tisch trocken.

»Keinen Tee mehr, mir reicht's«, sagte Herbert.

»Wer ist Chrissie?«

»Eigentlich heißt sie Krzysztyna, ein blonder Lockenkopf aus Stettin. Sie hätte beinahe mal Karriere als Model gemacht. Na ja, für Fotos, die so Typen wie ich an streng gläubige Moslems, Hindus und Katholiken verkaufen. Ich hatte mal einen Straßenvertrieb ... aber das ist ein anderes Thema, hm? Na ja, Krzysztof war auch so einer von den Strenggläubigen, besser gesagt ist es noch, jedenfalls in sexualmoralischer Hinsicht. Er ist mir auf die Pelle gerückt, weil er den Blondschopf kennen lernen wollte.« Herbert hob die Arme. »Also Mann ... echt, danach hab ich den Job aufgegeben. Okay, es hatte auch ein bisschen damit zu tun, dass die Models zu jung geworden waren und die Bullen einen völlig falschen Eindruck von mir bekamen, aber du willst ja auch nicht unbedingt eine Heiratsvermittlung für gefühlsechte Fundamentalisten aufmachen, Bezahlung null, Trinkgeld in blauen Flecken ... flink mit dem Messer ist er außerdem, der Krzysztof. Na ja, was soll's, jedenfalls kamen die beiden auf diese Art zusammen, gingen zusammen zur Beichte, heilige Kommunion und so, du weißt schon, wo sie die Hostien fressen, und ab vor den Traualtar. Ich glaub nicht, dass sie standesamtlich ... aber das war wohl egal. Krzysztof und Krzysztyna, Mann, was für Namen. Schisch und Schasch hab ich sie genannt oder Chris und Chrissie. Nach der Heirat haben sie in Schischs, ich meine Krzysztofs, Berufsfeld weitergearbeitet. Er ist ein begnadeter Taschendieb.«

»Wie sind die beiden denn auf den Faschingsball im Atlantic gekommen?«

»Sagte ich nicht gerade, dass sie als Taschendiebe arbeiten? Sie haben sich verkleidet und vor dem Hotel rumgelungert, jemanden angerempelt, ihm die Karten aus der Tasche gezogen und sind reingeflitzt. Es war ein lukrativer Abend, soweit ich gehört habe. Allerdings hat sich unser Verhältnis abgekühlt, weil es in finanzieller Hinsicht Differenzen gab.«

»Du hast ihnen das Diebesgut aus dem Atlantic nicht abgekauft?«

»Gott bewahre! Säße ich sonst hier? Ich bin doch nicht lebensmüde.«

»Wo kann ich die beiden finden?«

»Überall, wo es was zu klemmen gibt.«

»Ich meine, wo sie wohnen.«

Herbert zuckte mit den Schultern. »Jedenfalls nicht im Atlantic.«

»Wo?«

»Ich hab dich für schlauer gehalten. Du glaubst doch nicht, dass ich das einfach so ausplaudere.«

Link schnellte nach vorn, packte Herbert ein zweites Mal am Anorak und zerrte ihn über den Tisch. Dann griff er seinen kleinen Finger.

»Kennst du den Film ›Ich heiratete eine Mafia-Braut‹?«

»Ist das dieser Streifen, bei dem in jeder Szene, wo der Ehemann auftaucht, ein weiterer Finger von ihm verbunden ist?«

»Genau.« Link bog den Finger um.

Herbert verzog das Gesicht: »Hotel Ludwig in St. Georg.«

Link ließ ihn los und stand auf.

»Du zahlst«, sagte er und ging nach draußen.

Greta saß auf den Stufen der Hafentreppe und starrte düster vor sich hin. Link ging hin und blieb vor ihr stehen. Nach einer Weile blickte sie auf.

»Und? Was ist?«

»Hotel Ludwig, St. Georg.«

»Das hat er dir einfach so gesagt?«

»Hmhm.«

»Müssen wir da jetzt hin?«

»Klar.«

»Na gut. Dann kratz ich diesem Miststück die Augen aus.« Greta stand auf.

Herbert kam aus der Kneipe, Helm auf dem Kopf, Handschuhe an, und setzte sich auf eine alte Vespa, die am Straßenrand geparkt war. Er startete und winkte ihnen zu. Dann tuckerte er davon.

»Eine ziemliche Nervensäge. Aber irgendwie cool«, sagte Greta.

»Cool?«

»Jedenfalls kein Schlappschwanz.«

»Hmhm.«

»Ich schätze, wir nehmen den Wagen, oder?«

»Ja.«

Sie gingen zurück zur Kaistraße und stiegen in den Renault.

Das Hotel Ludwig lag am Steindamm und nahm zwei Etagen über einem Etablissement ein, das mit seinen kalt erleuchteten Schaufenstern zunächst wie ein Elektronikladen wirkte, sich dann aber als Fachgeschäft für moderne Pornografie entpuppte.

Das Treppenhaus war groß, wirkte aber schmierig und roch fettig. An einer Tür mit abblätternder Farbe im ersten Stock hing ein Schild mit der Aufschrift »Hotel-Pension Ludwig«. Man drückt auf einen klebrigen Klingelknopf, und die Tür klickt schmatzend auf. Hinter einem Rezeptionspult thronte eine Frau, die mit ihrem ausladenden Körper und dem kleinen Kopf wie ein riesenhafter Käfer aussah.

»Na, das wird ja Zeit, dass sich mal jemand um die Kleine kümmert«, sagte sie auf ihre Frage und nannte die Zimmernummer.

Link und Greta liefen über einen teilweise durchgetretenen Teppich den engen Flur entlang, der von funzeligen Lampen mit Blümchenmuster beleuchtet wurde.

Sie klopften und hörten einen Schrei. Die Tür wurde aufgerissen, und die blonde Krzysztyna starrte sie aus verheulten Augen an. Als sie Greta erkannte, wollte sie die Tür wieder zuwerfen, aber Link stemmte sich dagegen und drückte sie ganz auf. Krzysztyna wich zurück, lief ins Zimmer, sprang aufs Bett und kroch in die hinterste Ecke.

Außer einem dunklen Schrank, einem schäbigen Tisch mit zwei Stühlen und dem Doppelbett mit zwei Nachtschränkchen gab es keine Möbel, nur noch ein Waschbecken und zahllose Klamotten, die auf dem Boden verstreut herumlagen. Über dem Bett hing das Bild einer Madonna mit schwarzem Gesicht. Jemand hatte etwas Schmieriges dagegen geworfen, das zerplatzt, zerlaufen und festgetrocknet war.

Heftig atmend starrte Krzysztyna die beiden Eindringlinge aus weit aufgerissenen Augen an. Link bemerkte ein Tablettenröhrchen auf dem Nachtschrank und sah es sich an.

»Was wollt ihr hier? Lasst mich in Ruhe!«, stieß Krzysztyna mit heiserer Stimme hervor.

»Wo ist meine Brosche?«, fragte Greta.

Krzysztyna lachte mit hämisch verzogenem Mund: »Hast dich

nicht allein hergetraut, hm?« Sie tat so, als würde sie auf den Fußboden spucken. In ihren Mundwinkeln klebte weißer Schaum.

»Falls du dich beruhigen wolltest, hast du die falschen Tabletten genommen«, sagte Link. »Die hier putschen auf.«

Krzysztyna kicherte hysterisch.

»Wo ist meine Brosche, du Schlampe?«

»Warum sollte ich mich beruhigen?«, fragte Krzysztyna kichernd.

»Weil dein Liebster abgehauen ist.«

Krzysztyna erstarrte und glotzte ihn an. »Wie kommst 'n darauf?«

»Ich seh dich an.«

»Meine Brosche«, wiederholte Greta. »Los, du Miststück, wo ist sie?«

Krzysztyna sah sie süßlich lächelnd an: »Hallo, Liebling.«

Greta sprang auf sie zu und schlug ihr ins Gesicht.

»He!« Link zerrte sie zurück.

Krzysztyna breitete die Arme aus: »Komm.«

»Dreckstück!«, schrie Greta und versuchte, sich loszumachen.

»Hör auf«, sagte Link.

Krzysztyna sank in sich zusammen. »Er ist schon drei Tage weg und hat alles mitgenommen.«

»Auch die Brosche?«

Sie nickte.

»Wo ist er hin?«

»Weiß ich doch nicht.«

»Kennst du einen Jens Discher?«

»Ich kenne überhaupt niemanden.« Krzysztyna zog die graue Bettdecke über sich.

»Komm«, sagte Link. »Das hier hat keinen Zweck.« Er ging zur Tür.

Greta blieb stehen und starrte das Mädchen an. Plötzlich sprang Krzysztyna auf, warf sich nach vorn, packte Greta, zog sie an sich und leckte ihr mit der Zunge übers Gesicht. Greta schrie auf, riss sich los und warf Krzysztyna zu Boden, wo sie hysterisch kichernd liegen blieb.

Link zog die zitternde Greta aus dem Zimmer.

Als sie an der Rezeption vorbeikamen, sah die käferhafte Matrone auf: »Nehmen Sie sie nicht mit?«

»Nein«, sagte Link.

»Kümmert sich denn keiner um sie?«

»Sie könnten ihr mal einen Beruhigungstee machen.«

Die Matrone sah ihn ungläubig an: »Ich doch nicht«, sagte sie.

Link und Greta verließen die Pension ohne ein weiteres Wort. Erst als sie aus dem modrigen Treppenhaus ins grelle Tageslicht traten, bemerkte Link, dass Greta leise vor sich hinschluchzte. Er legte den Arm um sie und führte sie zum Auto.

»Fahr du lieber«, sagte sie, als sie vor dem Wagen standen, und gab ihm den Autoschlüssel.

Link wollte den Schlüssel gerade ins Schloss stecken, als er den Mann neben sich bemerkte. Der andere stellte sich Greta in den Weg, die gerade um den Wagen herum zur Beifahrertür gehen wollte.

»Sie suchen doch Jens Discher, oder?«

Die beiden Männer trugen dunkelblaue Anzüge, Macintosh-Mäntel und braune Wildlederschuhe.

»Ja und?«

»Dann kommen Sie mit.«

»Warum?«

»Alles andere wäre kontraproduktiv, Herr Walther.«

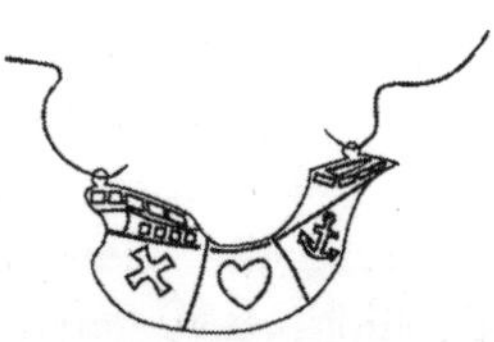

1622

Die beiden jungen Männer traten in die Gaststube, legten ihre weiten Mäntel ab und warfen die steifen hohen Hüte auf den Tisch neben dem Eingang. Unter dem Mantel kamen ausgestopfte spanische Hosen zum Vorschein, seidene Strümpfe und Schaftstiefel mit Ledersohlen und hohen Absätzen. Auch die Mäntelchen mit Stehkragen über dem engen Wams und die kurzen Haare deuteten darauf hin, dass man es mit zwei vornehmen Herren zu tun hatte, die nicht aus dieser Gegend stammten. Die Einheimischen in ihren genähten Hosen und schlichten Kitteln beäugten die Neuankömmlinge mit gesenkten Köpfen aus dem Augenwinkel. Derartig ausstaffierte Hoheiten kamen selten in dieses Wirtshaus.

Tatsächlich handelte es sich keineswegs um Abkömmlinge des Adels, sondern um zwei Bürgersöhne aus Hamburg, die sich auf Geschäftsreise nach Emden befanden. Ein Adliger hätte zweifellos bemerkt, dass die beiden flott anzusehenden jungen Männer nicht nach dem allerneuesten Stand der Mode gekleidet waren, also kaum aus höfischen Kreisen kommen konnten. Dass die beiden jungen Männer Wert auf Eleganz legten, wäre ihm dennoch nicht entgangen.

Jonas Ranke und Christian Burchard waren auf der Durchreise. Von Hamburg aus waren sie nach Stationen in Bremen und Oldenburg in Emden angekommen, um Verhandlungen mit einem Händler zu führen, der nicht nur mit Heringen aus der Nordsee, sondern auch mit Rohrzucker aus Westindien handelte, wo, wie sie gehört hatten, auch ein Brandy aus Zuckermelasse hergestellt wurde, nach dem sich eine gewisse Nachfrage entwickelte.

Der Händler hatte sie wegen der immer wieder aufflackernden kriegerischen Auseinandersetzungen, die die Region wie auch ganz Europa heimgesucht hatten, an einen befreundeten Kaufmann in Greetsiel verwiesen. Als sie einem Trupp marodierender Landsknechte ausweichen mussten, waren sie vom Weg abgekommen und in dem ehemaligen Handelsort Marienhafe gelandet, einem kleinen Flecken mit einer ungewöhnlich großen steinernen Kirche.

Mit Verwunderung hatte Jonas Ranke einen Anfall von Aufgeregtheit bei seinem Begleiter wahrgenommen. Christian Burchard, normalerweise ein Ausbund an hanseatischer Nüchternheit, schien magisch angezogen von der Kirche, die Ranke zwar durchaus imposant, aber eben doch eher ländlich einfach vorkam.

Als sie auf dem Kirchhof angekommen waren, sprang Burchard vom Pferd, lief das Kirchenschiff entlang und rief seinem Begleiter zu, der sich nicht entschließen konnte abzusteigen: »Das ist der Störtebeker-Turm!« Er deutete auf den mächtigen Turm mit den sechs Stockwerken und der hohen Spitze. Ranke zuckte mit den Schultern. Burchard eilte zu ihm zurück.

»Na komm!«, sagte er. »Steig ab. Wir wollen den Turm hinauf!«

»Das Land ist flach genug«, protestierte Ranke. »Man muss nicht auf einen Turm steigen, um in die Ferne blicken zu können. Außer der Windmühle dort drüben werden wir auch von oben nichts Besonderes erkennen können.«

»Darum geht es doch gar nicht. Komm mit, und ich erzähle dir eine Geschichte.«

»Du erzählst mir eine Geschichte?«, fragte Ranke verwundert. Er kannte seinen Begleiter eher als kühlen Rechner und kalten Bilanzierer. Eine Geschichte hatte er ihn noch nie erzählen hören.

»Na komm!« Burchard lief um die Ecke zur Stirnseite des Turms.

Ranke stieg seufzend vom Pferd. Er sehnte sich eher nach einem Bett als nach einer Steintreppe, die in luftige Höhen führte. Zwar war es fast Sommer, aber ein kühler Wind wehte von der See her über das Land, und dort oben im Turm mit seinen Scharten würde es zweifellos zugig sein. Außerdem hatte er Hunger. Noch einmal aus vollem Herzen seufzend, ging er um die Ecke zum Kirchenportal, an dessen schwerer Eichentür Burchard heftig rüttelte.

»Verriegelt«, stellten die beiden jungen Männer fest.

»Es wird ja wohl einen Seiteneingang geben.« Burchard stieß sich von der Tür ab und lief den Ostchor entlang.

Sie fanden eine Tür, die sich tatsächlich öffnen ließ, nahmen ihre Hüte ab und traten ein. Mit einem Mal befanden sie sich in einer Basilika, deren Gewölbe über zwanzig Meter hoch war. Burchard pfiff anerkennend durch die Zähne, dann bekreuzigte er sich hastig. Auch Ranke war beeindruckt. Dies war nicht bloß irgendeine Dorfkirche, dies war ein regelrechter Dom, dessen Spitzbögen sich erhaben nach oben reckten. Säulenbestückte Gewölbe trennten das Hauptschiff von den Chören, eine steile Treppe führte auf der linken Seite neben der Kanzlei auf die Orgelempore.

Sie traten vor den Altar, bekreuzigten sich, drehten sich um und betrachteten das reichhaltige Gestühl. Die Sitzplätze waren nummeriert, und nicht wenige trugen zusätzlich eine Plakette, auf dem der Name desjenigen vermerkt war, dessen Stammplatz dies war.

Burchard ging gedankenversunken in der Kirche auf und

ab. Ranke begann sich zu langweilen und verließ das Gotteshaus, um draußen auf seinen Begleiter zu warten.

Der kam schließlich wieder heraus und sagte: »Du musst wissen, dass einer meiner Vorfahren einst hier von dem berüchtigten Seeräuber Störtebeker gefangen gehalten wurde.«

»Tatsächlich?« Ranke lächelte ungläubig.

»Aber ja, es war nämlich so, dass ...«

»Halt! Ich schlage vor, dass wir einen gastlicheren Ort aufsuchen.« Ranke deutete auf die Grabsteine des Friedhofes und verzog das Gesicht. »Ich möchte gern unter Lebenden sein. Dann kannst du mir dein Seemannsgarn aufbinden.«

»Mit Seemannsgarn hat das nichts zu tun«, rief Burchard empört.

»Schon gut, aber lass uns endlich gehen.«

Nicht weit von der Kirche entfernt fanden sie ein Wirtshaus. Zu Rankes großem Erstaunen begann Burchard tatsächlich, kaum dass sie ein einfaches Essen, bestehend aus Buchweizenpfannkuchen, Speck und Bohnen, bestellt hatten, eine haarsträubende Geschichte zu erzählen. Sie hatte sich angeblich vor zweihundertfünfunddreißig Jahren hier zugetragen. Auf die genaue Jahresangabe legte Burchard großen Wert. Und während er fleißig Bier trank, was sonst auch nicht seine Art war, bemühte er sich, ziemlich wirres Seemannsgarn zu spinnen. Ein junger hamburgischer Kaufmann namens Jens Burchard sollte einstmals mit einer Piratenhorde auf Kaperfahrt nach Spanien geraten und später als Geisel im Kirchturm von Marienhafe festgehalten worden sein?

»Du machst einen ganz schönen Helden aus ihm«, stellte Ranke fest, als Burchard begeistert von der Flucht seines Urgroßvaters erzählte.

Christian Burchard erzählte weiter.

»Aber«, fragte Ranke, als sein Begleiter endlich geendet hatte, »was ist denn aus dieser wertvollen Brosche geworden, die dem guten Mann so schrecklich wichtig war? Sollte sie sich nicht in Familienbesitz befinden?«

Burchard antwortete nicht. Er starrte an die Wand. Dann hob er den Arm und deutete geradeaus.

»Da ist sie.«

Ranke sah seinen Begleiter bestürzt an. Allmählich übertrieb er wirklich.

»Da.«

Ranke folgte dem ausgestreckten Arm. An der Wand bemerkte er eine Zeichnung. Darauf sah man einen bärtigen Hünen in einem zotteligen Wams mit weitem Umhang und einer unförmigen Mütze. Neben ihm stand eine nicht weniger hünenhafte Frau in einem mittelalterlichem Festgewand, deren Umhang von einer Brosche in Form einer Hansekogge zusammengehalten wurde.

Burchard stand auf, um das Bild näher in Augenschein zu nehmen. Tatsächlich: Auf der Brosche erkannte man ein Kreuz, ein Herz und einen Anker, die drei Symbole für Glaube, Liebe und Hoffnung.

Burchard wandte sich um: »Es ist schon spät. Wir werden lieber morgen nach Greetsiel aufbrechen. Heute wäre es ohnehin zu unsicher. Ich werde den Wirt fragen, ob er uns Quartier gibt.«

Ranke zuckte mit den Schultern.

Am Abend füllte sich der Gastraum mit Bauern und Handwerkern aus dem Ort. Nachdem sie gegessen hatten, spendierte Burchard den Anwesenden eine Runde Bier, dann winkte er den Wirt zu sich. Er deutete auf die Zeichnung von Störtebeker und der stolzen Friesin. Der Wirt beugte sich höflich vor.

»Wer ist das da auf diesem Bild?«

»Ein Seeräuber mit seiner Frau.«

»Irgendein Seeräuber?«

Der Wirt zuckte mit den Schultern.

»Einer von hier?«

Der Wirt sah Burchard ausdruckslos an.

»Klaus Störtebeker vielleicht und seine Frau Helga ten Broke?«

»Was fragt Ihr mich, wenn Ihr es schon wisst«, entgegnete der Wirt verärgert und richtete sich auf.

»Die Brosche ...«

»Davon weiß ich nichts.« Jemand rief nach dem Wirt, der die Gelegenheit nutzte, sich abzuwenden.

Burchard bestellte mehr Bier für die Gäste. Der Wirt musste wieder zu ihm kommen.

»Ein Vorfahre von mir, mein Urgroßvater, wurde einst von Störtebeker im Turm gefangen gehalten.«

Der Wirt, der seine Bierkrüge hastig abstellen wollte, hielt inne.

»Es stimmt«, warf Ranke ein. »Lasst Euch die Geschichte von ihm erzählen, er muss es unbedingt loswerden.«

Ein derartiger Wunsch war beinahe ein Befehl. Der Wirt setzte sich seufzend. Burchard begann zu erzählen. Diesmal gelang es ihm, die Geschichte so spannend darzulegen, dass nicht nur Ranke in ihren Bann gezogen wurde, sondern allmählich auch die Gäste an den Nebentischen zuhörten. Der Wirt nutzte eine dramaturgische Pause, um aufzustehen und weitere Krüge und Becher mit Bier und Branntwein zu verteilen. Die Gäste tranken ausgiebig, weil sie davon ausgingen, dass die jungen Herrschaften sie freihalten würden.

Als Burchard fertig war, ertönte beifälliges Gemurmel. Dann stand ein Mann vom Nebentisch auf und trat leicht schwankend vor den Tisch der beiden Hamburger.

»Diese Brosche geht euch gar nichts an.«

Alle Gespräche erstarben, alle Augen blickten auf den vorlauten, offenbar betrunkenen Kerl, der sich erdreistete, die Herren derart respektlos anzusprechen.

»Es geht euch nichts an!«, schrie er.

Ein zweiter Mann erhob sich. Er war mit Pluderhosen und einem weiten Wams unter einem schlichten Schultermantel bekleidet. Seine Kleidungsstücke waren mit einer dünnen weißen Staubschicht bedeckt.

»Verzeiht, hohe Herren. Er ist betrunken und weiß nicht, was er spricht.«

»Halt den Mund, Müller«, rief der Betrunkene. »Das ist meine Sache.«

»Was ist eure Sache?«, fragte Burchard neugierig.

»Die Brosche gehört mir!«

Auch Ranke schien jetzt interessiert. »Wollt Ihr euch nicht setzen?«, schlug er vor.

Der Mann schob sich umständlich einen Hocker zurecht. Der Müller fasste ihn am Arm: »Lass doch ...«

Der Bauer schüttelte seine Hand ab.

»Die Herrschaften wollen doch eine Geschichte hören«, erklärte er störrisch. »Ich erzähle, hm?«

»Nur zu«, ermunterte ihn Burchard.

»Du weißt doch gar nicht, mit wem du es zu tun hast«, warnte der Müller.

»Mit wem ich es zu tun habe? Warum?«

»Ihr Herren kommt aus Hamburg?«, fragte der Müller.

Burchard und Ranke nickten. »Ganz recht.«

»Dann seid Ihr nicht gerade Freunde der freien Friesen, nicht wahr?«

Beifälliges leises Gemurmel ertönte.

»Nanu«, rief Burchard aus, »warum denn nicht?«

»Ihr habt so manchen Ort schleifen lassen, Ihr Herren aus Hamburg«, sagte der Müller.

»Wir?«, fragte Burchard ungläubig.

Der Müller nickte. »Eure Truppen.«

»Aber Hamburg hat doch gar keine Armee. Es ist eine Stadt freier Bürger.«

»Ihr freien Bürger habt euch Soldaten gekauft und sie zu uns ins Brokmerland geschickt. Nicht nur Burgen habt Ihr dem Erdboden gleichgemacht, auch Dörfer sind Euch zum Opfer gefallen.«

»Aber das ist lange her«, sagte Burchard.

»Nicht so lange, dass wir es vergessen hätten«, sagte der Müller.

»Aber was hat dies nun mit unserer Geschichte zu tun. Die Brosche!«, drängte Ranke.

»Wir wollen doch erst mal sehen, ob wir hier unter Freunden oder Feinden sind«, erklärte der Müller starrsinnig.

»Das ist nur recht und billig«, meldete sich der betrunkene Bauer zu Wort. »Freunde oder Feinde?«

Die beiden jungen Herren aus Hamburg spürten, dass es hier um eine wichtige Grundsatzfrage ging.

»Freunde natürlich«, sagten sie wie aus einem Mund.

Der Bauer nickte zufrieden.

»Gut«, sagte der Müller.

»Euer schönes Städtchen haben unsere Truppen, soweit ich weiß, verschont«, warf Burchard ein.

»Das schon«, stimmte der Müller zu. »Marienhafe habt Ihr verschont.«

»Einen Goldesel schlachtet man nicht«, sagte der Bauer.

»Zerstört wurde unser Ort dennoch. Aber das haben andere besorgt.«

»Die Mansfelder Truppen.«

»Verdammte Bande.«

»Nichts als rauchende Trümmer haben sie übrig gelassen.«

»Dreiunddreißig Häuser wurden niedergebrannt.«

»Und warum?«

»Weil wir uns nicht knechten lassen wollten.«

»Wir haben sie verjagt.«

»Ja, das haben wir.«

»Die Häuser wieder aufgebaut.«

»Jawohl.«

»Und niemand, auch nicht Ihr Hamburger, werdet uns unsere Freiheit nehmen!«

»Halt, einen Moment bitte!« Ranke hob beschwichtigend die Hände. »Wollten wir nicht über etwas ganz anderes sprechen?«

»Die Brosche«, sagte Burchard. »Störtebeker ...«

Die beiden Männer, die sich für friesische Verhältnisse enorm ereifert hatten, blickten die jungen Männer irritiert an, als hätten sie vergessen, um was es eigentlich ging.

Der Wirt nutzte die Pause und verteilte großzügig neue Krüge, die dankbar angenommen wurden.

Burchard dachte einen Moment nach und sagte dann aufmunternd: »Also, es geschah damals, als die Mansfelder gebrandschatzt haben?«

»Ganz recht«, stimmte der Bauer zu. Sein Blick verdüsterte sich.

»Was heißt ›damals‹? Das ist doch noch gar nicht so lange her«, meldete sich eine Stimme aus dem Publikum.

»Ja, wir werden es nie vergessen«, sagte ein anderer.

Beifälliges Gemurmel ertönte.

»Die Brosche«, sagte der Bauer mit düsterem Blick. »Die Brosche haben die Söldner mitgenommen ...«

»He, warum erzählst du die Geschichte nicht von Anfang an, so wie er es gemacht hat?«, unterbrach ihn der Müller.

»Der Anfang, wo ist der Anfang?«

»Die Brosche wurde wiedergefunden?«, bemühte sich Burchard Ordnung in die Sache zu bringen.

»Ja«, nickte der Müller, »natürlich wurde sie wiedergefunden. Damit fängt die Geschichte an. Es ist seine Geschichte.« Er deutete auf den Bauern.

»Meine Geschichte?«, murmelte der Bauer. Er nahm einen großen Schluck aus seinem Branntweinbecher, dann starrte er apathisch vor sich hin und schien das Interesse verloren zu haben.

»Er will uns seine Geschichte nicht erzählen«, stellte Ranke fest. »Lassen wir ihn.«

»Nein, ich will wissen, was aus der Brosche geworden ist«, beharrte Burchard.

»Alle hier wissen es«, stellte der Müller fest. »Aber es ist seine Geschichte.«

»Er will sie nicht erzählen«, wiederholte Ranke.

»Dann muss ein anderer …« Burchard sah den Müller auffordernd an.

Der blickte auf den Bauern, der keine Reaktion zeigte.

»Ich habe Euch eine Geschichte erzählt, Ihr erzählt mir eine Geschichte«, verlangte Burchard.

Der Müller zögerte.

Burchard winkte dem Wirt: »Bringt mehr zu trinken!«

»Ja, trinken«, murmelte der Bauer.

»Soll ich erzählen?«, fragte der Müller.

»Mach doch, was du willst, ich will nur trinken.«

Frisch gefüllte Krüge und Becher wurden verteilt.

»Nun gut«, sagte der Müller, »es war so: Er hatte damals seinen Hof noch …« Er stockte und warf dem Bauern einen Blick zu. Der trank einen Becher Schnaps in einem Zug aus und starrte dann wieder zu Boden.

»Er hat ihn verloren?«, fragte Burchard. »Hätte er ihn nicht wieder aufbauen können?«

»Er hat nicht nur den Hof verloren.«

»Na, weiter!«, drängte Burchard.

»Es ist drei Jahre her. Es war im März …«

»Nur zu! Erzähl!«

»Die Mansfelder Truppen zogen durch das Land und hinterließen Verwüstung und Tod …«

»Das habt Ihr bereits erwähnt.«

»Doch was sollten wir tun? Wir mussten trotz allem unserem Tagwerk nachgehen …«

»Was Ihr zweifellos getan habt.«

»Natürlich, wir wollten uns nicht in unseren Häusern verkriechen und verhungern. Von einer feindlichen Armee, die durch die Lande zieht, geht nicht weniger Gefahr aus als von einer Sturmflut. Aber wie mit den Naturgewalten, so ist es auch mit dem Krieg: Den einen sucht er heim, mit Brand, Zerstörung und Tod, den anderen verschont er. Aber der Schein kann trügen.«

»Du sprichst in Rätseln.«

Der Erzähler ließ sich nicht aus der Ruhe bringen: »Ihn zum Beispiel«, er deutete auf den Bauern, »hat der Krieg verschont. Er wiegte sich in Sicherheit. Während die Soldaten über Marienhafe herfielen, die Menschen beraubten und meuchelten, die Häuser abbrannten, die Güter wegschleppten, zog er mit seinem Pflug aufs Feld.« Der Müller hielt inne: »Was meint Ihr, hohe Herren, hätte er zu Hause sitzen bleiben sollen? Warten bis der Sturm vorüber ist? Womöglich den rechten Zeitpunkt für die Aussaat versäumen?«

»Wer sich wie ein ängstliches Tier versteckt, verdient nicht meinen Respekt«, erklärte Burchard.

»Ganz meine Meinung. Der Mensch ist kein Eichhörnchen, das in seinem Bau ausharrt, bis das Gewitter vorüber ist.«

»So ist es«, stimmte Burchard zu, »aber nur weiter!« Er warf dem Bauern einen Blick zu. Er starrte immer noch regungslos zu Boden, gefangen im eigenen Elend. Was war nur mit ihm, dem Mutigen, den es nach Taten drängte, geschehen?

»Wer wagt, gewinnt, heißt es«, fuhr der Müller fort. »Und so war es auch in diesem Fall. Wie Ubbo nun also seinen Acker durchpflügt und immer wieder den Blick über den Horizont ringsherum schweifen lässt, um sicherzugehen, dass er keine böse Überraschung erlebt, bleibt sein Pferd stehen. Es will sich nicht mehr vom Fleck rühren. Ubbo flucht, schimpft, droht und schlägt. Das Pferd bleibt störrisch an seinem Platz. Ubbo will dem Tier zureden, es hat ihm bisher gute Dienste geleistet. Er tritt nach vorn, streicht ihm über den Kopf, flüstert ihm freundliche Wort ins Ohr. Und da …« Der Erzähler brach ab und griff nach seinem Bierkrug.

»Und da …?«, drängte Burchard, der merkte, wie ihn sein Freund Ranke mitleidig ansah.

Der Müller stellte seinen Krug zurück auf den Tisch und wischte sich mit dem Handrücken über den Mund.

»Und da glitzert etwas vor seinen Füßen.«

»Was ist es?«, fragte Burchard gespannt.

»Was glaubt ihr wohl, was es ist, das da halb verborgen unter einer Erdborke hervorlugte und im Schein der Frühjahrssonne glitzerte?«

»Die Brosche?«

Der Müller wiegte bedächtig den Kopf hin und her.

»Na erzählt schon! Wie sah das Ding aus?«

Der Müller deutete auf das Bild von Störtebeker und Helga ten Broke. »So wie dieses Schmuckstück da.«

»Aus Silber!«

»Ja.«

»Beschreibt die Form!«

»Es hatte die Form eines Schiffs.«

»Eine Kogge! Eine Hansekogge!«

»Eine Hansekogge.« Der Erzähler nickte.

»Symbole auf dem Rumpf, es hatte drei Symbole auf dem Rumpf?«

»Ganz recht. Ein Kreuz, ein Herz, einen Anker.«

»Glaube, Liebe, Hoffnung. Das ist die Brosche! Wo ist sie nun? Ich will sie sehen. Ich kaufe sie ihm ab.« Burchard wandte sich voller Begeisterung Ubbo zu, der aber noch immer starr vor sich hinblickte. »Was für ein glücklicher Zufall.«

»Ihm hat die Brosche kein Glück gebracht«, fuhr der Müller fort.

»Er hat sie aufgehoben und mitgenommen«, unterbrach Burchard ihn eifrig.

»Ja, er hat sie aufgehoben, in seinen Gürtel gesteckt und nach getaner Arbeit mit nach Hause genommen. Seine Frau erwartete ihn voller Unruhe, denn er war lange fort gewesen, und sie hatte in der Ferne vorbeiziehende Soldatentrupps bemerkt.«

»Er hat sie ihr gezeigt, vielleicht sogar geschenkt ...«

»Nein, hat er nicht. Er hat ihr kein Wort davon erzählt.«

»Nicht?«

»Zunächst einmal brachte er das Pferd in den Stall, gab ihm Wasser und Futter und wartete auf die Magd.« Der Müller hielt ein weiteres Mal inne, um einen großen Schluck aus dem Krug zu nehmen, mit dem er anschließend dem Wirt winkte, dass er ein neues Bier haben wollte.

»Er zeigte die Brosche der Magd. Ich muss dazu sagen, dass es eine sehr hübsche Magd war, eins von den Mädchen, denen man gern etwas zeigt und die wissen, wie sie das, was man ihnen zeigt, bekommen können.«

»Er hat ihr die Brosche geschenkt?«, fragte Burchard.

»Er war ihr sehr zugetan. Sie hat ihn geherzt. Also hat er ihr die Brosche geschenkt.«

»So geht es zu in der Welt«, spottete Ranke leise.

»Dann gibt es also hier irgendwo in der Nähe eine Magd, die diese Brosche besitzt? Auf seinem Hof?« Burchard deutete auf Ubbo, den Bauern, der sich immer noch nicht regte.

»Nein, so wartet doch ab. Die Geschichte ist noch nicht zu Ende.«

Der Wirt brachte mehr Bier an den Tisch, und man bediente sich freudig. Auch Ubbo sicherte sich mit flinker Hand einen Krug.

»Die Magd hatte nämlich nichts Besseres zu tun, als die Brosche der Bäuerin zu zeigen.«

»Das war keine gute Idee, möchte ich annehmen«, warf Ranke ein.

»Und?« Burchard wartete gespannt auf die Fortsetzung, während alle anderen ihre Krüge zum Mund führten.

»Sie stritten sich erbittert, die Magd und die Bäuerin. Ich nehme an, es ist ein übles Schreien und Keifen gewesen. Erst beschimpften sie sich nur, dann gingen sie aufeinander los, zerrissen sich die Kleider und packten sich an den Haaren.«

»Und er?«

»Was sollte er machen?« Der Müller blickte Burchard fragend an. Der zuckte mit den Schultern.

»Sie trennen, ein Machtwort sprechen.«

Der Müller deutete auf Ubbo: »Sieht er aus wie ein Mann, der ein Machtwort spricht?«

»Was also ist geschehen?«

»Die Bäuerin hat die Magd davongejagt.«

»Und die Brosche?« Burchard schien an nichts anderem interessiert.

»Die nahm sie mit. Er hatte sie ihr geschenkt, sie hatte ein Recht darauf, oder?«

»Das kann man wohl von mehreren Seiten her betrachten«, meinte Ranke.

»Wo ging sie hin?«, fragte Burchard.

»Was sollte sie machen? Sie war allein. Die Bäuerin hatte ihr kaum Zeit gelassen, ihre wenigen Habseligkeiten zusammenzupacken. Also ging sie dahin, wo sie auf Hilfe hoffen konnte. Sie kam nach Marienhafe.«

»Hierher also.« Burchards Augen glänzten. »Lebt sie noch hier?«

»Als sie sich dem Ort näherte, bemerkte sie erste Rauchschwaden. Sie zögerte weiterzugehen, aber wohin sollte sie sich wenden? Sie vernahm das Knallen von Schüssen, fasste sich aber ein Herz und ging weiter. Je näher sie kam, umso mehr Schüsse ertönten, umso mehr Rauchschwaden konnte sie erkennen.«

»Die Mansfelder Truppen.«

»So ist es. An einem schönen Frühlingstag im April waren sie in die Stadt eingefallen. Wer sich ihnen in den Weg stellte, den töteten sie, wer ihnen die Tür verschloss, den brandschatzten sie, wer ihnen öffnete, den raubten sie aus.«

»Sie hat doch hoffentlich rechtzeitig das Weite gesucht?«

»Sie wollte es, aber da wurde sie auch schon von einer Nachhut bemerkt und gefangen genommen.«

»Von den Mansfeldern?«

»Ja.«

»Und die Brosche?«, fragte Burchard.

Ranke prostete ihm zu: »Du bist ja wirklich aufrichtig am Schicksal dieses armen Mädchens interessiert, mein Lieber.«

Burchard bemerkte die Häme nicht.

»Was haben sie mit ihr gemacht?«

»Das, was diese Landsknechte eben mit einem hübschen Mädchen tun, das sie allein aufgreifen … und dann haben sie ihr die Brosche weggenommen.«

Der Müller hielt inne und nahm einen großen Schluck aus seinem Krug. Dann setzte er ihn ab und schwieg.

»Aber … weiter … was geschah dann?«

»Ubbo war sehr zornig.«

»Ja und?«

»Es hat ihm nicht gefallen, wie seine Frau die Magd behandelt hat. Er hat so viel Schnaps getrunken, bis er den Mut fand, seiner Frau entgegenzutreten.«

»Und?«

»Er hat sie derart verprügelt, dass sie ihrerseits fortlief.«

»Zwei Frauen an einem Tag verloren«, stellte Ranke fest.

»Ganz recht«, sagte der Müller.

Burchard kam es so vor, als würde Ubbo noch mehr in sich zusammensinken.

»Nun fühlte er sich schrecklich einsam«, fuhr der Müller fort. »Also machte er sich auf, die Magd zu suchen …«

»… und kam nach Marienhafe.«

»So ist es. Er fand nichts weiter vor als rauchende Trümmer.«

»Und das Mädchen?«

»Jemand führte ihn zu ihrer Leiche.«

»Er suchte die Brosche …«

»Er suchte die Brosche und fand sie nicht.«

»Was hat er getan?«

»Er ging zurück.«

»Zu seinem Hof und seiner Frau.«

»Leider fand er nur rauchende Trümmer vor, denn in der Nacht, die er mit anderen Obdachlosen in der Kirche verbrachte, war ein Trupp Landsknechte auf seinem Hof aufgetaucht, hatte die Vorräte verzehrt, das Vieh gestohlen und den Hof in Brand gesteckt. Außerdem hatten sie seine Frau erschlagen, die am Abend zurückgekehrt war.«

»Um Himmels Willen.«

»Ja, es ist eine üble Geschichte. Der Hof liegt noch immer in Trümmern, und der arme einsame Ubbo muss sich seitdem als Tagelöhner verdingen.«

Um die Trauer über das schreckliche Schicksal des armen Ubbo zu ertränken, wurden weitere Krüge und Becher gelehrt. Ubbo trank eifrig mit, denn die beiden jungen Hamburger waren darauf bedacht, ihm besonders viel Trost spendenden Alkohol zukommen zu lassen.

Weil nicht oft hohe Herren aus dem fernen Hamburg in Marienhafe zu Gast waren und weil es noch seltener vorkam, dass derart viel zu trinken spendiert wurde, blieben fast alle Gäste so lange sitzen, bis sich die Reisenden müde und betrunken verabschiedeten. Der Wirt führte sie über eine Leiter unters Dach, wo er ihnen ein bescheidenes Lager aus Strohsäcken bereitet hatte. Er ließ ihnen eine Lampe und verabschiedete sich.

Burchard und Ranke setzten sich auf die Strohsäcke und bemühten sich, ihre Stiefel auszuziehen. Als es ihm endlich gelungen war, sich seines linken Stiefels zu entledigen, sagte Burchard seufzend: »Ein hartes Schicksal.«

»Du meinst diesen Ubbo?«

»Ja.«

»Er hat sich nicht gerade tugendhaft verhalten.«

»Aber er hat alles verloren.«

»Da man nicht gerade behaupten kann, dass er gottgefällig gehandelt hat, scheint mir dieser Schicksalsschlag nur gerecht.«

»Aber die Liebe, in der er zu seiner Magd entbrannt ist … er hat alles verloren, weil er sich aufmachte, sie zu suchen.«

»Du hast zu viele Ritterromane gelesen, mein Lieber.«

»Der Krieg hat so viele Menschen zu Bestien werden lassen, immerhin hat er an die Liebe geglaubt.«

»Ich vermute, lieber Christian, dass er seine Hühner, Schweine und Kühe mit gleicher Hingabe geliebt hat.«

»Du bist ein übler Spötter!«

»Und du ein jämmerlicher Träumer.«

»Hast du nicht gesehen, wie er dreinblickte, dieser arme Kerl?«

»Nun ja, glücklich schien er mir nicht zu sein, obwohl er allen Grund dazu gehabt hätte.«

»Allen Grund?«

»Wir haben ihn freigehalten. So gut wie heute Abend wird es ihm schon lange nicht gegangen sein. Morgen muss er wieder unter der Knute eines Bauern schuften ...«

Burchard zog den Stiefel wieder an.

»Was ist los?«, fragte Ranke.

»Wir haben uns schäbig verhalten.«

»Wieso das?«

»Wir haben uns auf seine Kosten amüsiert, ohne uns erkenntlich zu zeigen.«

»Unsinn, es war ja der Müller, der die Geschichte erzählt hat.«

»Aber es war Ubbos Geschichte.« Burchard zog einen Geldbeutel aus seinem Wams.

»Was tust du da?«

»Ich werde ihm etwas geben.«

»Du bist wirklich ein Träumer, Christian.«

Burchard war schon an der Luke und stieg die Treppe hinunter. Er lief in die Gaststube, wo Ubbo und der Müller gerade aufbrachen. Sie schwankten stark und konnten gar nicht aufhören, dem Wirt wohlwollend auf die Schultern zu klopfen.

Burchard ging zu ihnen hin. Als sie ihn bemerkten, bemühten sie sich, ihre Haltung wiederzufinden.

Der junge Hamburger trat vor den schicksalsgepeinigten Ubbo und umarmte ihn. Wirt und Müller sahen mit großen Augen zu. Ubbo blieb zunächst steif wie ein Klotz, dann schlang er seine Arme um Burchard und klammerte sich an ihn, da er für einen Moment das Gleichgewicht verlor.

Burchard hatte Tränen in den Augen, als er den verarmten Bauern wieder losließ. Er fasste ihn mit beiden Händen an den Schultern und sagte mit schwerer Zunge: »Sei tapfer, Ubbo. Bereue, arbeite hart, Gott wird es dir lohnen.«

Ubbo blickte zu Boden und rülpste.

»Ich betrachte es als ein Zeichen Gottes, dass er mich hierher geführt hat, um mir deine Geschichte zu erzählen. Und in Demut vor so viel Leid und Schmerz möchte ich dir diesen Beutel mit Geldstücken geben.«

Ubbo riss ungläubig die Augen auf. Der Müller stieß ihn von hinten an. Ubbo griff nach dem Geldsäckchen. »Danke«, sagte der Müller und stieß Ubbo erneut an.

»Danke«, nuschelte Ubbo.

Burchard umarmte ihn erneut und drückte ihn heftig an sich. Dann ließ er ihn los, drehte sich um und eilte zurück in die Dachkammer. Der Wirt blickte ihm ungläubig hinterher.

Ubbo und sein Freund wankten nach draußen und eilten taumelnd davon. Kaum waren sie um die nächste Hausecke gebogen, blieben sie stehen und schüttelten sich vor Lachen. Sie mussten sich aneinander festhalten, sonst wären sie hingefallen.

»Ich hab dir doch gesagt, dass es sich immer auszahlt, wenn du dein trauriges Gesicht aufsetzt«, lachte der, der sich als Müller ausgegeben hatte.

»Der arme Ubbo«, sagte der andere. »Wer hätte gedacht, dass er uns so von Nutzen sein würde.«

»Es ist immer gut, wenn man den Leuten zuhört, wenn sie Geschichten erzählen.«

»Sie haben alle mitgemacht.«

»Ja, ich mag diese Menschen hier. Sie verstehen es, im rechten Moment zu schweigen.«

»Sie haben mit uns getrunken ...«

» ... auf Kosten dieser dummen Hamburger.«

»Hieß dieser Bauer wirklich Ubbo?«

»Ich glaube, ja.«

»Oh, Ubbo, wenn du wüsstest.«

»Wie gut, dass wir am Nachmittag dem Müller geholfen haben. Weil ich mit Mehl bestäubt war, haben die beiden mir wirklich geglaubt, ich sei der Müller persönlich.«

»Du warst ein großartiger Müller.«

»Aber das nächste Mal will ich den Ubbo spielen.«

»Die Leute hier werden nicht noch einmal mitmachen.«

»Wir erzählen die traurige Geschichte eben woanders. Wirtshäuser gibt es überall.«

»Und dumme Kaufleute ebenfalls.«

»Aber es wird besser sein, wenn wir den beiden morgen nicht unter die Augen kommen.«

»Wir legen uns beim Müller ins Stroh und schlafen uns erst mal aus.«

»Das wollen wir tun.«

Arm in Arm taumelten die beiden Taugenichtse zu der Mühle am Ortsrand.

Am nächsten Morgen waren die beiden Hamburger erstaunlich früh wach, aber eher schlecht gelaunt. Flöhe oder ähnliches Ungeziefer hatten ihnen in den frühen Morgenstunden das Leben zur Hölle gemacht. Zerbissen oder zerstochen, auf jeden Fall aber mit verquollenen Augen, schmerzenden Gliedern, schweren Köpfen und flauen Mägen saßen sie kurz nach dem Aufstehen in der Wirtsstube und schoben die Teller mit der Grütze von sich.

»Bring uns zwei Krüge Bier«, forderten sie den Wirt auf.

Nachdem sie die Krüge halb geleert hatten, bekamen sie Hunger auf Deftiges.

»Bring uns Wurst und Speck, Brot wäre auch nicht schlecht.«

Der Wirt hatte nur noch etwas Schwarzsauer in seiner Vorratskammer, jedenfalls behauptete er das. Er schnitt seinen

Gästen dicke Scheiben davon ab und legte ihnen trockenes Graubrot daneben.

Wie ausgehungert machten sich die beiden Reisenden darüber her. Dann bezahlten sie den Wirt und befahlen ihm, die Pferde vorführen zu lassen.

Als der Wirt ihnen meldete, dass alles bereit sei, deutete Burchard ein letztes Mal auf das Bild von Störtebeker und seiner Frau.

»Die Brosche, was ist eigentlich aus der Brosche geworden?«

Der Wirt runzelte die Stirn.

»Wir haben vergessen, danach zu fragen«, stellte Burchard betroffen fest.

»Na und wenn schon«, meinte Ranke und warf sich seinen Mantel um.

Burchard wandte sich noch mal dem Wirt zu: »Was ist aus diesem kostbaren Schmuckstück geworden?«

Der Wirt zuckte mit den Schultern.

»Zu dumm«, murmelte Burchard vor sich hin.

»So kostbar war dieses Ding vielleicht gar nicht«, versuchte Ranke, ihn zu trösten. »Komm jetzt, es wird Zeit. Auf nach Greetsiel!«

Sie verabschiedeten sich von dem Wirt, stiegen auf die Pferde und lenkten sie Richtung Ortsausgang.

Als sie an der Mühle vorbeikamen, bemerkten sie zwei Gestalten, die recht träge dabei waren, einen Holzstamm zu zersägen.

Burchard deutete in ihre Richtung: »Da ist der arme Ubbo. Er hilft dem Müller.«

Als die beiden Männer die Reiter sahen, hielten sie inne und blickten mit zusammengekniffenen Augen zu ihnen herüber. Als Burchard den Arm hob, winkten sie nicht zurück. Burchard lenkte sein Pferd in ihre Richtung.

»Was ist denn noch?«, fragte Ranke ungeduldig.

»Ich bin gleich zurück«, sagte Burchard und trieb sein Pferd an.

Als die beiden Männer sahen, dass er auf sie zukam, ließen sie die Säge im Stamm stecken und liefen fort.

»He! Was ist denn los?«, rief Burchard verwundert. »He! Halt! Ubbo!«

Die Flüchtigen trennten sich. Der eine lief zur Mühle hin, Ubbo auf einen Schuppen zu. Burchard spornte sein Pferd an und folgte ihm. Als er ihn erreicht hatte, sprang er vom Pferd und hielt ihn am Kittel zurück. Der Kittel riss, und beinahe wäre der Mann im Schuppen verschwunden.

»Halte ein, Ubbo, Herrgott noch mal! Ich will dich nur etwas fragen.«

Mit dem Rücken gegen die Holzwand gelehnt, die Arme schützend vor der Brust, stotterte der Mann: »Was denn?«

Burchard fasste ihn mit beiden Händen an den Schultern und rief: »Was ist aus der Brosche geworden?«

»Die Brosche?«

»Aber ja, die Brosche! Die Magd hat die Brosche mit in die Stadt genommen. Sie wurde von Soldaten getötet. Was wurde aus der Brosche?«

»Ja, ja, die Soldaten haben sie genommen.«

»Die Soldaten? Und dann? Einer von ihnen muss sie doch behalten haben.«

»Ich ... ich weiß nicht.«

Da tauchte die Gestalt des Müllers neben ihnen auf.

»Sie haben sie zersägt«, sagte er seelenruhig.

Burchard ließ Ubbo los, der zusammensackte und auf dem Boden sitzen blieb, und drehte sich um.

»Was?«

»Die Soldaten konnten sich nicht einigen, wer von ihnen die Brosche behalten sollte. Also haben sie sie von einem

Schmied durchsägen lassen. Er machte drei Broschen daraus, und jeder bekam eine davon.«

»Glaube, Liebe, Hoffnung, auseinander gerissen.«

»Ja, ganz recht.«

»Und wo sie hin sind ...«

»... weiß kein Mensch zu sagen.«

»Ich danke euch.«

Burchard wandte sich ab und stieg wieder auf sein Pferd.

»Lebt wohl.«

Der falsche Müller hob die Hand zum Abschied. Ubbo regte sich nicht.

Als Burchard außer Hörweite war, atmete der falsche Müller hörbar aus und sagte: »Puh, ich dachte schon, er wollte sein Geld wiederhaben.«

Dann reichte er Ubbo die Hand und zog ihn auf die Beine.

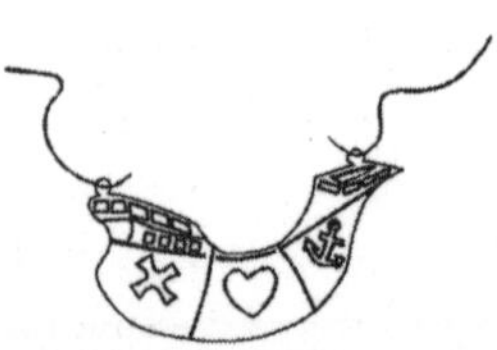

2002

22. FEBRUAR

NACHMITTAGS

Jens Discher stand vor der Villa am Klein-Flottbeker Weg und dachte: Scheiße, die haben sich ernsthaft zwei griechische Säulen rechts und links neben das Portal gestellt. Soll mir noch mal jemand mit der berühmten hanseatischen Bescheidenheit kommen. Das Grundstück, auf dem das monumentale Gebäude stand, wurde teilweise von einer Steinmauer, teilweise von einem eisernen Zaun eingefasst, eine Auffahrt führte im Halbkreis zum Portal, wo man über breite Treppenstufen zu dem säulenbewehrten Eingang steigen konnte. Das Häuschen für den Chauffeur, mit Garage im Erdgeschoss und Junggesellenwohnung darüber, stand etwas abseits. Eine Betonmischmaschine und zwei Erdhaufen wiesen darauf hin, dass Bauarbeiten im Garten durchgeführt wurden.

Das Tor zur Auffahrt war offen, doch das Vertrauen der Bewohner der Othmarschener Villa ging nicht so weit, dass sie auf die schmiedeeisernen Gitter vor den hohen Fenstern im Erdgeschoss verzichtet hätten.

Jens Discher zögerte. Er hatte den R5 auf der anderen Straßenseite halb auf dem Gehsteig geparkt. So schief wie sie da stand, wirkte die Rostlaube ziemlich deplatziert, sah sowieso armselig aus. Er strich sich die Breitkordhose glatt, warf einen Blick auf seine fleckigen, ausgelatschten Timberland-Stiefel und zog seine dunkelbraune Wildlederjacke gerade. Zwecklos, oder? Er trug einen Dreimonatsbart, und wie ein Friseurladen von innen aussah, hatte er längst vergessen. Graue Locken fielen ihm ins Gesicht und auf die Schultern. Die braune Ledertasche, die er unter den Arm geklemmt hatte, war verkratzt und sah aus, als sei sie eigentlich nur für die Aufnahme von Frühstücksbrot und Thermoskanne gedacht. Vielleicht noch einen Apfel oder eine Banane dazu. Daran hatte er natürlich nicht gedacht. Nur ein Ringblock und zwei Bleistifte befanden sich darin.

In der Staatsbibliothek hatte er eine Menge Seiten des Ringblocks voll gekritzelt mit neuen Literaturhinweisen und Abschriften aus uralten Folianten, auseinander gebrochenen Lederbänden mit Reiseberichten und sorgsam gepflegten Familienchroniken. Vor einiger Zeit war er im Zusammenhang mit seiner Forschungstätigkeit in Sachen Störtebeker auf den Namen Burchard gestoßen. Daraufhin hatte er eine Menge Hebel in Bewegung gesetzt beziehungsweise Tasten am Computer gedrückt, hatte diverse Wirtschaftsbibliotheken und hanseatische Archive aufgesucht. Die historischen Spuren und Indizien, die nüchternen amtlichen Vermerke, die verschrobenen persönlichen Notizen, die schwärmerischen biografischen Abhandlungen und geschönten Aufzeichnungen einflussreicher Familien hatten ihn schließlich nach intensivem und Zeit raubendem Studium zu dieser Adresse geführt. Nun stand er da, und die Säulen machten ihn nervös.

Er ließ den Linienbus vorbei, überquerte die Straße, ging die halbkreisförmige Auffahrt entlang, stieg die Treppe zum Portal hoch und las den Namen auf dem schlichten Messingschild: Burchard. Darüber der Klingelknopf. Kein Gong ertönte, wie er es erwartet hatte. Es rasselte auch keine Klingel. Man hörte gar nichts. Eine Gegensprechanlage gab es ebenfalls nicht. Das war auch nicht nötig, denn das Dienstmädchen öffnete.

Es war so ähnlich gekleidet wie eine Kaffeehaus-Serviererin: schwarzer Rock, schwarze Strümpfe, schwarze flache Schuhe, weiße Bluse, weißes Schürzchen und ein weißes Häubchen auf hochgesteckten schwarzen Haaren. Das Haus ist eine Zeitmaschine, dachte Discher. Vor Zeitmaschinen hatte er keine Angst, er fühlte sich manchmal so, als sei er selbst eine.

»Ja, bitte, der Herr?« Sie hatte ein kantiges, längliches Gesicht, rollte das R wie eine Wolgadeutsche, und ihre dünnen Lippen entblößten spitze Eckzähne, als käme sie aus Transsylvanien.

»Guten Tag, ich möchte bitte die Dame Burchard sprechen.«

Das war ihm so rausgerutscht. Normalerweise sprach er nie so geschwollenen Blödsinn, aber das Haus und die Serviererin aus Transsylvanien hatten ihn total verwirrt.

Sie sprach genauso: »Sind sie ein Freund des Hauses?«

»Nein, eher Forschungsreisender in Sachen Familienchronik.« Er reichte ihr eine Visitenkarte, die er sich irgendwann mal an einem Automaten im Bahnhof gemacht hatte. Darauf stand »Dr. Jens Discher – Historiker«.

»Warten Sie bitte, Herr Professor.«

Sie lehnte die Tür an und verschwand.

Kurz darauf kam sie wieder: »Frau Burchard wüsste gerne genauer, um was es geht.«

»Um die Geschichte der Familie Burchard. Ich erforsche da bestimmte Details. Hm, sagen Sie ihr vielleicht noch, es geht um Störtebekers Enkelin.«

»Störtebekers Enkelin?« Der Name des legendären Seeräubers ging ihr nur schwer über die Lippen.

»Ja, genau.«

Diesmal ließ sie die Tür halb offen stehen.

Es funktionierte. Sie kam zurück, zog die Tür auf und machte eine einladende Handbewegung, dabei bemühte sie sich zu lächeln, was aber eher gefährlich aussah.

Natürlich gab es eine Eingangshalle und natürlich marmorne Fliesen, eine säulengestützte Galerie, und ein teppichgedämpfter Korridor, beleuchtet von barock anmutenden Wandleuchten, führte in einen Salon, in den man durch eine gläserne Flügeltür schritt.

Evelyne Burchard, im dunkelgrünen, dezent geblümten hochgeschlossenen Hauskleid, erhob sich vom Sofa in der gemütlichen Sitzecke und blickte ihm prüfend entgegen. Sie war schätzungsweise drei Zentimeter größer als er.

»Herr Professor Discher?«

Es wäre sicherlich kontraproduktiv, sie darauf hinzuweisen, dass er nur über einen eher zweifelhaften Doktorgrad verfügte, entschied er.

»Frau Burchard, ich danke Ihnen, dass Sie mich empfangen.«

Sie schlenkerte mit dem Handgelenk und ließ mehrere fein gearbeitete Goldkettchen klimpern.

»Von Empfangen kann keine Rede sein. Wenn Sie mir etwas verkaufen wollen, dann verschwinden Sie lieber gleich, ansonsten sputen Sie sich, Sie haben vielleicht alle Zeit der Welt, ich nicht.«

»Störtebekers Enkelin«, sagte Discher.

»So weit waren wir bereits, diese beiden Worte hat Antonia mir übermittelt.«

Die Erwähnte trat in den Salon, in den Händen ein Tablett mit Teekanne und Service.

»Herrgott, Antonia, Sie stören jetzt. Muss das jetzt denn sein?«

Das kantige Mädchen aus Transsylvanien blickte seine Herrin verständnislos an. »Aber ich dachte …«

»Das Denken überlassen Sie mal den Pferden. Stellen Sie das Tablett hin und verschwinden Sie!«

»Ja, Madame.«

»Na, meinethalben, schenken Sie halt ein.«

»Ja, Madame.«

Während sie das Tablett abstellte, die Tassen zurechtrückte und dann sogar Tee einschenkte, hatte Discher Gelegenheit, sich umzusehen: Der Salon hätte auch als Schauzimmer eines luxuriösen Polster- und Gardinengeschäfts durchgehen können. Wahrscheinlich war das ganze Haus derart überdekoriert. Alles, von den goldverzierten weißen Tischen, Schränken, Vitrinen und Anrichten bis hin zu den schwungvoll drapierten Brokatvorhängen und den verschwenderisch vielen Leuchten, Lampen und Lüstern, war in übertriebener barocker Üppigkeit gehalten. Hie und da kam zu Weiß und Gold auch ein Hellblau zum Einsatz, das sich mit dem Dunkelgrün des Hauskleids der Hausherrin biss.

»Nehmen Sie eine Tasse Tee.« Das war eine Feststellung. »Aber setzen Sie sich vorher hin.«

Discher setzte sich auf einen geblümten Sessel auf der anderen Seite des Couchtisches. Evelyne Burchard legte einen Arm auf die Sofalehne und begann mit der anderen Hand, eine strahlend weiße Plüschkatze zu kraulen, die unter einem Kissen hervorgekrochen war.

»Also bitte, Herr Professor.« Aufforderndes Armreifklimpern.

»Ich arbeite an einer historisch-kritischen Darlegung des Störtebeker-Mythos ...« Er hielt irritiert inne. Ihre grünen Augen blitzten auf. Deshalb trug sie grün, wegen der Augen. Aber warum hatte sie dann nicht die Wohnung ihrer Augenfarbe entsprechend eingerichtet.

»Ja und? Weiter!«

»Entschuldigen Sie, äh, na ja, ich habe über die Jahre hinweg eine Menge Fakten und Quellen zusammengetragen. Es wird darauf hinauslaufen, dass die Geschichte Hamburgs und der Hanse und ihres Verhältnisses zur Seeräuberei neu bewertet werden muss.«

»Ach ja?«

»Die Seeräuber oder besser gesagt Freibeuter des Mittelalters, wurden bisher grundsätzlich als Feinde der Hanse beschrieben. Tatsächlich waren sie zu einem beträchtlichen Teil Mittel zum Zweck hansischer Machtausdehnung. Vielfach sogar Söldner, jedenfalls bis zu dem Zeitpunkt, als sie unnütz wurden. Denken Sie an den dänisch-schwedischen Krieg und die Rolle der Hansestädte Rostock und Wismar, die die Vitalienbrüder mit Kaperbriefen ausstatteten, sie also auf Raubzüge schickten. Zunächst wurden die

Piraten von der Hanse gehätschelt, aber auch von holländischen Grafen und ostfriesischen Häuptlingen gefördert, weil sie als billige Söldner im Kampf um die Ausdehnung der Herrschaftsgebiete nützlich waren. Die grundlegende Frage ist nun in diesem Zusammenhang: War es nicht ein Verbrechen, dass die Hamburger Ratsherren ihre einstigen Verbündeten auf dem Grasbrook abschlachteten ... Ich meine, ja, das war es, zumal die Hamburger sich einige Zeit später in Ostfriesland beim Versuch, unliebsame Machtfaktoren auszumerzen, als schlimmere Barbaren erwiesen, als es die Seeräuber jemals gewesen sind ... Und wenn ja, ich meine wenn es genügend Anhaltspunkte gibt, die eine Anklage rechtfertigen würden, dann sollte man einen historischen Gerichtshof einberufen ... Mord verjährt nicht! Hinzu kommt ...«

»Entschuldigen Sie, wenn ich Sie unterbreche, Herr Professor. Aber erstens trinken Sie Ihren Tee nicht, und zweitens scheint Ihnen gar nicht bewusst zu sein, dass mich Ihre historischen Ausführungen kaum, um nicht zu sagen, in keiner Weise, interessieren.«

Discher nippte an seinem Tee und stellte die Tasse wieder hin. »Ja, ja, entschuldigen Sie. Natürlich ist dies nicht der Ort, um eine Vorlesung zum Thema zu halten.«

»Ganz recht.«

»Aber dass Sie das nicht interessiert, glaube ich Ihnen nicht, Frau Burchard.«

Wieder blitzten die grünen Augen. »Ach nein?«

»Entschuldigen Sie bitte, wenn ich mich jetzt vielleicht etwas plump ausdrücke, aber Sie als Oberhaupt Ihrer Familie, als das ich Sie wohl bezeichnen darf, jedenfalls weisen alle meine Informationen darauf hin ...« Evelyne Burchard nickte. »Sie als Oberhaupt der traditionsreichen Familie Burchard, die seit Jahrhunderten nicht nur ihren eigenen Wohlstand, sondern auch den Reichtum der Stadt gemehrt hat und mehr Ratsherren und Senatoren gestellt hat als alle anderen ... nun ja, ich bitte um Verzeihung, aber Ihre ehrenwerte Familie stammt eigentlich von dem angeblich blutrünstigsten Piraten der deutschen Geschichte ab, von Klaus Störtebeker.«

»Nun setzen Sie mich aber in Erstaunen, Herr Professor.«

»Ja, das dachte ich mir.«

»Nicht wegen dieser Räuberpistole, die sie mir da auftischen wollen, lieber Herr Discher, sondern angesichts des Umstandes, dass Sie als seriöser Akademiker sich mit derartigen Lächerlichkeiten abgeben.«

»Es sind keine Lächerlichkeiten, liebe Frau Burchard. Ich habe allerhand Fragmente aus alten Aufzeichnungen zusammengetragen, die meine Theorie bestätigen. Und ich weiß auch, dass es eine Familienchronik der Burchards gibt, in der seit der Hansezeit alle wichtigen Ereignisse und Entwicklungen festgehalten wurden. Darin wird zweifellos auch verzeichnet sein, dass ein gewisser Jan Burchard die Enkelin Störtebekers und der ostfriesischen Häuptlingstochter Helga ten Broke entführt hat.«

»Da hat man Ihnen aber einen gehörigen Bären aufgebunden, mein lieber Professor.«

»Die Chronik, in der diese Geschichte verzeichnet sein muss, verschwand während des großen Brandes im Jahr 1842, als das Rathaus zerstört wurde, aus dem Staatsarchiv.«

»Es ist alles ein Raub der Flammen geworden.«

»Nein, nein, ein gewisser Carl Alexander Burchard hatte damals die Oberaufsicht über das Archiv und den größten Teil der Papiere gerettet.«

»Aber nicht alles, Herr Professor.«

»Sie wollen mir erzählen, dass er die bedeutsamste Familienchronik der Stadt, die noch dazu seine eigene Familie betraf, nicht als Allererstes vor dem Feuer rettete?«

»Eitelkeit und Egoismus sind nicht gerade vorherrschende hanseatische Charaktereigenschaften.«

»Pah! Gehen Sie mir fort mit solchen billigen Klischees. Wissen Sie, was der vorvorletzte Bürgermeister mal gesagt hat: Hanseaten legen Wert auf tugendhaften Lebenswandel und Seriosität im Geschäft, aber fragen Sie bloß nie jemanden, wie seine Vorfahren zu ihrem Reichtum gekommen sind. So verhält sich das in dieser Stadt! Und Sie können mir nicht erzählen, dass es in Ihrer Familie anders ist.«

»Ich möchte Sie doch bitten, Ihren Hass auf diese Stadt etwas zu zügeln und vor allem meine Familie auszusparen, sonst müsste ich Sie nämlich bitten, augenblicklich dieses Haus zu verlassen.«

»Entschuldigung, da ist wohl die Forscherleidenschaft mit mir durchgegangen.«

»Darf ich Sie mal fragen, wo Sie eigentlich herkommen, Herr Discher? Ich meine Ihre Familie?«

»Waschechte Ostfriesen, gnädige Frau.«

»Also lassen Sie sich in dieser Angelegenheit sehr stark von Ihren persönlichen Gefühlen leiten. Ihren Lokalpatriotismus in Ehren, aber das scheint mir nicht die richtige Einstellung für einen wissenschaftlich arbeitenden Menschen zu sein.«

Discher senkte reuevoll den Kopf. »Sie haben Recht, gnädige Frau.« Dann blickte er in ihre zusammengekniffenen grünen Augen: »Aber ich weiß, dass ich der Wahrheit auf der Spur bin. Ich vermute sogar, dass die angeblich verloren gegangene Chronik sich hier im Hause befindet.«

Evelyne Burchard setzte sich kerzengerade auf. »Nun ist es aber genug! Sie nehmen sich zu viel heraus!« Sie klatschte in die Hände: »Antonia! Antonia!« Dann wieder an Discher gewandt: »Fehlt nur noch, dass Sie anfangen, das Haus zu durchsuchen.«

»Ich hätte große Lust dazu, gnädige Frau.«

Das transsylvanische Dienstmädchen erschien in der Flügeltür.

»Antonia, der Herr möchte gehen. Sofort.«

»Sehr wohl, gnädige Frau.«

Evelyne Burchard stand auf. Jens Discher erhob sich aus seinem Sessel.

»Nur eins noch, Frau Burchard.«

»Nein! Gehen Sie! Ich will nichts mehr davon hören.«

»Ich besitze ein veritables Beweisstück für meine These.«

»Lassen Sie mich mit Ihren Frechheiten zufrieden, Herr Discher!«

»Ich bin im Besitz einer silbernen Brosche aus dem Mittelalter, gnädige Frau.«

»Was?«

»Sie zeigt eine Hansekogge mit den Symbolen für Glaube, Liebe und Hoffnung: Kreuz, Herz und Anker.«

»Was soll das nun wieder heißen?«

»Wenn Sie mit der Geschichte Ihrer Familie vertraut sind, wissen Sie, was ich meine. Diese Brosche war lange Zeit verschollen. Ich habe sie gefunden.«

»Na und?«

»Im Tausch gegen eine Einsicht in Ihre Chronik würde ich Ihnen die Brosche überlassen.«

»Das ist doch alles Unfug!«

»Ist es keineswegs.«

»Antonia! Führen Sie diesen Herrn hinaus oder rufen Sie die Polizei!«

»Bitte, Herr Professor.«

»Sie haben meine Telefonnummer, gnädige Frau. Rufen Sie mich an!«

»Mein Herr!« Antonia umfasste seinen Oberarm. Sie hatte einen eisernen Griff, ihre Fingernägel waren durch den Stoff der Wildlederjacke deutlich zu spüren.

»Bin schon auf dem Weg.«

Sie führte ihn am Arm durch den Flur und die Halle zur Haustür, schob ihn nach draußen und knallte die Tür hinter ihm zu.

Als er die Treppe langsam nach unten stieg, lachte Jens Discher leise vor sich hin und murmelte: »Sie ruft an, wetten, dass sie anruft? Sie ruft an, jede Wette!«

Dann ließ er einen Linienbus vorbei, überquerte die Straße und stieg in seinen klapprigen Renault.

23. FEBRUAR

NACHMITTAGS

Jens Discher hatte seine Tochter, die er am Bahnhof von Hemmoor hätte abholen sollen, völlig vergessen. Auch dass er dringend Lebensmittel einkaufen musste, war ihm entfallen. Und das, obwohl er doch immer bemüht war, einen halbwegs alltagskompetenten Eindruck zu machen, wenn seine Tochter sich angesagt hatte. Mehr als einen übertriebenen Ordnungssinn konnte man ihm in dieser Hinsicht allerdings nicht zugute halten.

Es lag nicht daran, dass er per Funk Kontakt mit einem Kollegen in Feuerland, Japan, Kirgisien oder der Antarktis aufgenommen hatte. Auch der miserable bauliche Zustand seines Resthofes machte ihm kein Kopfzerbrechen. Es war Evelyne Burchard, die ihn ins Grübeln brachte. Diese gottverdammte Othmarschener Fregatte meldete sich nicht! Dieses dünkelhafte Hanseatenweibsstück! Diese unkooperative Ziege! Sie hatte es in der Hand, ob er seine Forschungsarbeit über die Abgründe hansischer Machtpolitik und die Verlogenheit der Hamburger Bourgeoisie mit einem echten Kleinod krönen konnte. Er musste unbedingt an die Familienchronik der Burchards herankommen.

Er hatte eine Menge Material zusammengetragen, das helfen sollte, Störtebeker als Opfer der Profit- und Machtgier der angeblich braven Handelsleute in ein ganz neues Licht zu rücken. Dass die mittelalterliche Hanse alles andere als ein Altherrenverein gemütlich schachernder Pfeffersäcke gewesen war, hatte sich inzwischen herumgesprochen. Aber dass die angeblich so noblen Hanseaten weder vor Mord und Totschlag noch vor Diebstahl, Verrat und Entführung zurückschreckten und somit das strahlende, prosperierende Gemeinwesen namens Hamburg in Wahrheit nichts weiter war als ein gut getarntes Hauptquartier skrupelloser Raubritter, musste endlich ans Tageslicht gebracht werden. Dischers Arbeit über das Schicksal der Störtebeker-Enkelin würde erst der Anfang sein. Eines Tages würde man ihm einen ganzen Raum im Museum für Hamburgische Geschichte reservieren. Aber vorher brauchte er Forschungsgelder. Und die, das war klar, würde er nicht einfach so bekommen, die musste er sich mit einem Paukenschlag an Land ziehen. Darum ging's auch.

Mit diesen Gedanken im Kopf hatte er sich den ausgebeulten Dufflecoat übergezogen und sich auf einen ausgedehnten Spaziergang über die Geesthänge hinter seinem Resthof begeben. Die gelegentlich losbrechenden Schneestürme machten ihm nichts aus, er liebte dieses Wetter, vor allem, wenn sich der Sturm mit kurzen sonnigen Abschnitten abwechselte. Da er weniger auf den Weg achtete und immer mehr ins Grübeln geriet, lief er viel zu weit. Seine Uhr hatte er auch vergessen, seine Tochter sowieso. Er dachte nur an Evelyne Burchard in ihrem säulenbewehrten Vorortschlösschen. Er stellte sich vor, wie sie von ihrem Sofa aufstand, durch den üppig dekorierten Salon ging und das Gemälde einer Elbidylle beiseite schob, um die Tür eines Tresors freizulegen. Sie öffnete den Safe und zog ein uraltes, ledergebundenes, halb zerfetztes, schweres Buch heraus und schleppte es zu ihrem Schreibtisch im Wintergarten. Dann würde sie darin blättern und lesen und immer wieder schreckensbleich hinaus in den Garten starren, die Nacht würde sich über das Anwesen in Othmarschen senken, und irgendwann, wenn ihr der Schrecken so richtig in die Glieder gefahren war, würde sie ihr Spiegelbild im Fenster anstarren, in der Gewissheit, das Gesicht einer Nachfahrin von würdelosen Gangstern zu erblicken.

Vielleicht sollte er noch mal zu ihr fahren, ein bisschen diplomatischer agieren, sich bei ihr einschmeicheln. Er grinste hämisch vor sich hin. Könnte er nicht versuchen, sie anzubaggern? Sie hatte zwar was matronenhaftes, aber so übel hatte sie auch nicht ausgesehen. Wieso war sie eigentlich nicht verheiratet? Seines Wissens war sie die Letzte der Burchards. Mit ihr würde eine hanseatische Dynastie sterben. Ihre einzige Möglichkeit, sich zu verewigen, wäre es, eine Stiftung zu gründen, ihr Geld einer sozialen, kulturellen oder wissenschaftlichen Institution zukommen zu lassen, die ihren Namen tragen würde. Das Evelyne-Burchard-Zentrum zur Rehabilitierung von Klaus Störtebeker und den von der Hanse Entrechteten. Ha, ha, sehr witzig.

Er war mehr als zwei Stunden gewandert. Über einen Rundweg gelangte er nach Hause zurück, kletterte schließlich über den Zaun und schlenderte über die Obstwiese vorbei an seinem Sendemast zur Haustür, die offen stand. Da fiel es ihm siedend heiß wieder ein: Annagreta! Er hatte vergessen, sie abzuholen.

Nun ja, offensichtlich war sie dennoch gekommen. Aber nein, das Scheunentor stand offen, und der Renault fehlte. Sie war wieder fort. Möglicherweise einkaufen gefahren. Dann kam sie sicherlich bald zurück. Ein Schreck durchzuckte ihn: die Brosche! Sie lag im Handschuhfach. Er beruhigte sich wieder. Sie war sicher bald zurück.

Er trat ins Haus und bemerkte die Unordnung. Was zum Teufel hatte Greta sich dabei gedacht, derart herumzuwüten? Es sah ja unglaublich wild aus hier. Er zog seinen Dufflecoat aus, ging in die Küche, legte den Mantel auf den Tisch, weil die Stühle alle umgeworfen waren. Nicht zu fassen, seine Tochter war ganz offensichtlich völlig durchgedreht. Sie hatte das Geschirr durch die Gegend geschmissen, den Kühlschrank offen gelassen, die Schubladen der Gefriertruhe herausgezogen.

Er hörte ein Knarren. Jemand kam aus dem ersten Stock die Treppe herunter. War sie doch nicht weggefahren?

»Greta?«

Er lief in die Diele.

Ein ihm völlig fremder Mann stieg die Treppe herunter.

»He«, sagte Jens Discher.

»Bleiben Sie ganz ruhig, Herr Discher«, sagte eine Stimme hinter ihm.

Discher wirbelte herum. Da stand ein zweiter. Genau wie der, der jetzt die Treppe herunter kam, trug er einen Macintosh-Mantel über einem dunkelblauen Anzug, dazu schlammbespritzte braune Wildlederschuhe und eine braune, lederne Schirmmütze.

Sie nahmen ihn in die Zange, drängten ihn ins Wohnzimmer, drückten ihn auf den Sessel, bauten sich vor ihm auf.

»Was zum Teufel machen Sie in meinem Haus!«

»Beruhigen Sie sich, Herr Discher. Wir wollen Ihnen nur ein paar Fragen stellen.«

»Beruhigen soll ich mich? Fragen wollen Sie mir stellen? Haben Sie hier in meinem Haus gewütet wie die Berserker? Sind Sie noch bei Trost?«

»Unsere Arbeit bringt es mit sich, dass wir gelegentlich eine gewisse Unordnung verursachen. Es tut uns Leid, wenn wir Ihnen damit Unannehmlichkeiten verursachen, aber es ist nicht zu ändern.«

»Es ist nicht zu ändern? Räumen Sie wieder auf!«

Die Detektive blickten sich achselzuckend an.

»Und wo ist meine Tochter, ihr Scheißkerle?«

»Wir sind keine Scheißkerle«, sagte der ältere der beiden, der mit den dunkleren Wildlederschuhen, und blickte ihn melancholisch an.

»Seine Tochter?«, wunderte sich der andere.

»Haben wir nicht gesehen, Herr Discher.«

Jens Discher rappelte sich auf: »Okay, jetzt mal der Reihe nach. Dienstausweis, Hundemarke, Durchsuchungsbefehl. Was wird mir vorgeworfen? Und ich will sofort mit meinem Anwalt telefonieren.« Genau so wie in den alten Kampftagen, als er in Brokdorf demonstrierte.

Oder doch nicht? Der mit den dunkleren Wildlederschuhen schüttelte den Kopf: »Es tut uns sehr Leid, Herr Discher, aber wir sind nicht von der Polizei.«

Er sah sie verblüfft an: »Keine Bullen?«

Der mit den helleren Schuhen hielt ihm eine Karte vor die Nase: »Privat-Detektei Hanseat« war da zu lesen – und der Name Dirk Kulbrod.

»Und wie heißen Sie?«

»Fred Rümker.«

»Auch ein Hanseat?«

»Sehr richtig.«

»Und Sie haben mein Haus auf den Kopf gestellt auf der Suche nach einer silbernen Brosche unschätzbaren Wertes, ein Kleinod aus dem Mittelalter.«

Kulbrod und Rümker sahen sich ausdruckslos an.

Jens Discher grinste vor sich hin und fuhr fort: »Im Auftrag von Evelyne Burchard, die Ihnen einen Haufen Geld bezahlen würde, wenn Sie ihr diese Brosche bringen könnten.«

Kulbrod und Rümker sahen nun ihn ausdruckslos an.

»So viel Mühe hätten Sie sich gar nicht machen müssen, meine Herren. Ich wollte ihr das gute Stück sowieso anbieten.«

Kulbrod und Rümker verzogen keine Miene.

»Im Tausch gegen Einsicht in die Familienchronik. Ganz einfach, nicht wahr? Dazu braucht man doch keine Privatschnüffler zu engagieren.«

»Davon wissen wir nichts«, sagte Rümker. »Wo ist die Brosche?«

»Mich können Sie fragen, bis Sie schwarz werden.«

Rümker zog einen Totschläger aus der Manteltasche und fuchtelte damit vor Dischers Gesicht herum. Sein Kollege starrte ihn erschrocken an. Rümker machte ein paar akrobatische Spielereien und steckte das Gerät wieder ein, als hätte er sich eines Besseren besonnen.

»Angst hätte ich vor euch Jungs«, sagte Discher, »wenn ihr richtige Bullen wärt. Aber so ... das könnt ihr euch doch gar nicht leisten. Ihr seid sowieso schon ein bisschen übereifrig gewesen, würde ich sagen.«

»Sie will Ihnen die Brosche abkaufen. Zu einem reellen Preis.«

»Das sind ja tolle Methoden. Mir einen Schlägertrupp zu schicken, der meine Einrichtung kaputthaut, und dann mit einem angeblich reellen Angebot herausrücken. Sie leiden wohl an Relationsverlust?«

»Was?«

»Der Schaden steht in keinem vernünftigen Verhältnis zum Nutzen.«

»Wo ist die Brosche?«

»Ja, wo?« Discher tat so, als würde er nachdenken. Tat er auch, aber über was anderes. Der Gedanke, dass Greta jeden Augenblick vom Einkaufen zurückkommen könnte, gefiel ihm gar nicht. Zumal die Brosche im Handschuhfach des R5 lag. Natürlich konnte er sie ihnen geben. Aber dann war sein ganzer Plan dahin. Und wenn schon alles den Bach runterging, was er sich überlegt hatte, dann wollte er wenigstens so viel Geld wie möglich rausschlagen. Also auf Zeit spielen und eine günstige Gelegenheit abwarten.

»Wenn Sie sie nicht gefunden haben, ist sie wohl gestohlen worden«, sagte er.

»Von wem?«

»Na, Sie machen mir Spaß. Woher soll ich das wissen?«

»Wieso ist der Wagen weg?«, fragte Kulbrod.

»Was für ein Wagen?«

»Der R5, der vorhin noch in der Scheune stand«, erklärte Rümker und schlenkerte dabei ungeduldig mit den Armen.

»Auch geklaut?«, mutmaßte Discher.

»Scheiße«, sagte Rümker. »Ich hab doch gleich gesagt, es ist Blödsinn, den Kerl im Wald zu suchen.«

»Eine solche Schrottkarre klaut doch niemand.« Kulbrod holte ein paar Zettel aus der Innentasche seines Jacketts.

»Ich war stundenlang spazieren. Ich weiß überhaupt nichts. Sie waren doch hier und haben alles durcheinander gebracht.«

Rümker sah seinen Kollegen an: »Als wir das erste Mal hier waren, war das Scheunentor nur halb aufgezogen.«

»Dann ist in der Zwischenzeit jemand hier gewesen.«

Kulbrod sortierte seine Zettel und las.

»Wer wohnt hier noch?«, fragte Rümker.

»Niemand.«

»Er hat noch eine Tochter«, stellte Kulbrod fest. »Die wohnt hier. Und bei ihrer Mutter in Hamburg. Sie ist achtzehn. Also hat sie einen Führerschein.«

»Wo ist sie?«, fragte Rümker.

»In Hamburg vielleicht, was weiß ich. Sie ist erwachsen, ich muss sie nicht ständig überwachen.«

»War sie hier?«

»Nicht, dass ich wüsste.«

»Sie hat den Renault genommen«, sagte Kulbrod, »keine Frage.«

»Und ist nach Hamburg gefahren«, ergänzte Rümker.

»Sie hat wahrscheinlich auch die Brosche mitgenommen«, vermutete Kulbrod.

Rümker kniff die Augen zusammen: »Stimmt das?«

»Nein. Ich würde ihr so etwas Wertvolles niemals anvertrauen.«

»Sie ist bei ihrer Mutter Marie-Christin Discher gemeldet.« Kulbrod las die Adresse vor.

Rümker hielt Discher ein Handy hin: »Los, anrufen!«

Es ging niemand dran.

»Anrufbeantworter«, sagte Discher.

»Scheiße.«

»Hallo Greta,« sagte Discher. »Hast du meinen Wagen mitgenommen? Melde dich bitte. Ich brauch ihn wieder, und zwar schnell.«

»Da fahren wir jetzt hin«, entschied Rümker.

Sie zerrten Discher vom Sessel hoch.

Nachdem sie ihn auf den Rücksitz des BMW verfrachtet hatten, setzten sich die beiden Privatschnüffler nach vorn. Jens Discher nutzte die Gelegenheit, bevor sie losfuhren, und probierte die Türen rechts und links. Kindersicherung. Haha.

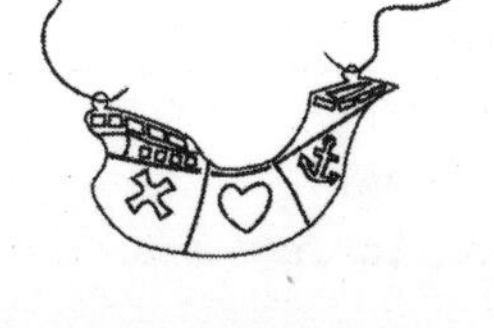

1774

Nach zwölf Stunden beschwerlicher Fahrt über unberechenbare Wege, die über lange Strecken durch hinterlistiges Moorgebiet führten, erreichten die vier Reisenden mit der Ordonnanzfuhre ihren Bestimmungsort. Zweimal war die Postkutsche unterwegs umgekippt. Nach dem ersten Unfall hatten die vier Herren aus dem Osten noch wortreich die erlittenen Beulen, Abschürfungen und Prellungen beklagt. Nach dem zweiten schwiegen sie verstimmt. Immerhin hatten sie sich, während der Kutscher und sein Postillion das Gefährt wieder aufrichteten, die Füße vertreten können. Zwölf Stunden zu viert im Kutschkasten durchgeschüttelt zu werden ist kein Vergnügen, auch wenn man sich auf ein weiches Bett zur Nacht freuen kann.

Glücklicherweise war es Sommer, Mitte August. Das Wetter war herrlich, der Himmel strahlend blau und mit kleinen Wolken überzogen, die langsam von einem sanften Windhauch nach Nordosten getrieben wurden. Während der erzwungenen Pausen machten sich die vier Reisenden über Fleischpasteten, Wein, Obst und verschiedene Süßigkeiten her, die ihr Wirt ihnen in einen großen Korb gepackt hatte.

Die vier Männer waren Abgesandte eines norddeutschen Fürstbischofs. Sie sollten sich in einer ehemaligen Residenzstadt umsehen, die seit kurzer Zeit zu seinem Herrschaftsbereich gehörte. Ihre Aufgabe war, die Residenz mit ihrem

Schloss, den Befestigungsanlagen und auch das gesamte Stadtbild zu begutachten, um Vorschläge zu machen, welche Veränderungen nötig waren, bevor der neue Herrscher anreiste, um seine Herrschaft zu übernehmen.

Die Delegation bestand aus drei weltlichen Herren, dem Architekten Heinrich Nicolai, dem Kunstsachverständigen Josef Eckart und dem Stadtplaner Gustav Schwenk sowie einem jungen Mann namens Martin Burchard. Der junge Mann hatte sich nach einer schweren menschlichen Enttäuschung vor einigen Jahren entschlossen, der Welt zu entsagen, er wollte ins Kloster. Auf dem Priesterseminar jedoch hatten die Lehrer sehr schnell bemerkt, dass der junge Mann hervorragend mit Zahlen und abstrakten Ordnungssystemen umgehen konnte. Martin Burchard war der geborene Archivar, und als solcher hatte man ihn dem Fürstbischof empfohlen, der jemanden brauchte, der endlich Ordnung schaffte – in administrativen wie auch finanziellen Angelegenheiten.

Martin Burchard, Sproß einer einstmals wohlhabenden Familie hanseatischer Kaufleute, die sich im Laufe der Jahrhunderte weit verzweigt hatte und in allen Zweigen kontinuierlich verarmt war, hatte es innerhalb von sechs Monaten geschafft, dank spezieller von ihm erfundener Archivierungs- und Buchhaltungsmethoden den Verwaltungsapparat des Fürstbischofs zu rationalisieren. Zum Dank hatte der Bischof ihn keineswegs wie versprochen ins Kloster geschickt, sondern auf die Reise in fremde Gefilde, wo er sich ein zweites Mal als genialer Verwaltungsfachmann bewähren sollte. Danach aber, so wurde ihm versichert, dürfe Burchard der Ordnung der weltlichen Dinge entsagen und seinen Platz im Kloster einnehmen.

Vielleicht hätte der Fürstbischof anders entschieden, wenn er geahnt hätte, wie gefährdet der junge Mann noch war. So sehr Martin Burchard sich auch den Zahlenkolonnen und

Ordnungsziffern hingab, so sehr er auch Systeme zur Kategorisierung und Methoden der Statistik anwandte, er wurde ganz bestimmte Erinnerungen nicht los. Und diese Erinnerungen konnten gelegentlich in unberechenbare Gefühlsausbrüche umschlagen, die, verstärkt durch unvorhersehbare Melancholieanfälle, manchmal zu unvernünftigen Taten führten.

Wer schreibt, sündigt nicht, hatte Martin Burchard sich gedacht, als er den bürokratischen Posten übernommen hatte. Er hatte sich vorgenommen, durch kalte Präzision seine unwürdigen Triebe zu zähmen. Doch eiserne Disziplin und größtes Arbeitsethos konnten nicht verhindern, dass er des Nachts, wenn er erschöpft auf sein Bett sank, träumte. Und diese Träume waren nicht beherrschbar. In ihnen tauchte immer wieder das Gesicht von Antonia auf, seiner Versuchung.

Auch jetzt, als er von Josef Eckart wachgerüttelt wurde, stürzte er aus einem verführerischen Traum jäh in die Wirklichkeit. Er errötete, obwohl keiner seiner Begleiter ahnen konnte, wie weit es die verführerische Antonia diesmal getrieben hatte. Das Teuflische an diesen Träumen war, dass sie immer dann endeten, wenn sein Widerstand gebrochen war und er die Arme ausstreckte …

»Wacht auf, wir sind da!«, hörte er die Stimme Eckarts.

Die Kutsche kam holpernd zum Stehen. Burchard öffnete die Augen, blinzelte und stellte fest, dass die Dämmerung hereingebrochen war. Schwenk und Nicolai beugten sich aus den Fenstern. Dann ließen sie sich wieder auf die harte Bank fallen und blickten einander betroffen an.

Nicolai seufzte: »Die Tore sind bereits geschlossen.«

»Seltsam«, sagte Burchard, »es ist doch erst kurz nach acht.«

»Und wenn schon«, meinte Schwenk, »man wird uns einlassen müssen.«

»Ein Nachtlager unter dem Sternenhimmel ist nicht gerade

das, was mir vorschwebt«, murmelte Eckart mit ironisch verzogenen Mundwinkeln.

»Uns wurde doch ein Empfehlungsschreiben mitgegeben«, sagte Burchard und suchte in den Taschen seines Tuchrocks danach.

Der Kutscher öffnete die Tür und gab bekannt: »Die Tore sind bereits geschlossen, meine Herren.« Dann trat er zur Seite und wartete.

Burchard fand den Brief mit dem Siegel des Fürstbischofs und reichte ihn Schwenk, der ihn dem Kutscher hinhielt. »Dies wird uns den Weg frei machen.«

Der Kutscher nahm den Brief in Empfang und verschwand.

Es wurde ziemlich schnell dunkel. Der Kutscher kehrte nicht so prompt zurück wie erwartet, und auch das Stadttor blieb geschlossen. Die vier Reisenden stiegen aus der Kutsche und sahen dem Postillion dabei zu, wie er die Pferde mit Wasser aus einem nahe gelegenen Tümpel versorgte.

»Ach, wer jetzt einen kühlen Trunk hätte!«, rief Eckart aus.

Nicolai lachte, während er seinen breitkrempigen Hut aufsetzte. Schwenk zog sich die Strümpfe hoch und knöpfte die Kniehose darüber.

»Das Horn, nicht wahr?«, sagte er an Eckart gewandt.

»Ganz recht.«

»Eine alte Geschichte«, meinte Nicolai abschätzig.

»Auch alte Geschichten sollte man nicht gering schätzen. Die Geschichte vom Horn ...«

Burchard, der damit beschäftigt gewesen war, seinen Kavalierdegen, den er eigentlich überhaupt nicht mochte, umzubinden, fragte mehr aus Höflichkeit denn aus Neugierde: »Was für eine Geschichte von einem Horn ist das?«

»Sie soll sich vor vielen hundert Jahren zugetragen haben«,

begann Eckart zu erzählen, »fast achthundert, um etwas genauer zu sein. Dem Grafen ist sie zugestoßen, heißt es. Während einer Hetzjagd wurde er von seinem Gefolge getrennt und verirrte sich. Müde, erschöpft, hungrig und von einem brennenden Durst geplagt, rief er aus: ›Ach, wer jetzt einen kühlen Trunk hätte!‹ Da tat sich der Berg vor ihm auf, und eine schöne Jungfrau trat heraus. In den Händen hielt sie ein reich verziertes Jagdhorn, in dem sich ein Trank befand. Der Graf nahm das Horn, aber er konnte sich nicht entschließen, daraus zu trinken. Er fragte die Jungfrau, was es für ein Getränk sei, doch sie wollte ihm nicht darauf antworten, sondern verlangte, er solle kosten. Der Graf hatte Angst, es konnte ja ein Zaubertrank sein oder ein schlimmes Gift. Also lehnte er ab. Das schöne Mädchen versprach ihm höchstes Glück für sein Haus, falls er das Horn austrinken würde. Wenn nicht, würden seine Nachkommen sich im Streit entzweien. Der Graf träufelte etwas von der Flüssigkeit auf das Fell seines Pferdes und sah, wie es verbrannte. Da sprang er auf sein Tier und ritt in Windeseile nach Hause zurück. Das Horn nahm er mit. Nach seinem Tod kam es zu Erbstreitigkeiten, und sein Herrschaftsgebiet wurde aufgeteilt.«

»Und was lernen wir daraus?«, fragte Nicolai.

Burchard sah Eckart an, dessen Gesichtszüge in der beginnenden Dunkelheit nur noch schemenhaft auszumachen waren.

»Wieso lernen?«, brummte der Gefragte. »Es ist eine Geschichte.«

»Geschichten sind dazu da, dass man etwas lernt, habe ich Recht?«

Burchard fühlte sich angesprochen und nickte: »Ja, ich denke schon.«

»Unsinn, Geschichten sind Geschichten«, brummte Eckart.

»Wir lernen«, schaltete sich Schwenk belustigt ein, »dass es nicht unbedingt vorteilhaft ist, ein Horn mit Gift zu verschmähen. Wer weiß, was ihm die Jungfrau noch angeboten hätte.«

»Trinke Gift und stirb glücklich!«, rief Nicolai. »Ist das die Moral von dieser Geschichte?«

Burchard schüttelte den Kopf: »Sicher nicht.«

»Sondern?«, fragte Schwenk.

»Der Graf hat richtig gehandelt und ehrenvoll.«

»Er hat sich davongemacht, feige geflohen ist er!«, rief Nicolai.

»Wer dem Teufel begegnet, handelt ehrenhaft, wenn er wegläuft«, sagte Burchard.

»Oho!«

Da tauchte die Gestalt des Kutschers wieder auf.

»Ich bin zutiefst betrübt, Ihr Herren, aber ich fürchte, Ihr müsst mit einem Bett unter freiem Himmel vorlieb nehmen.«

Die vier Reisenden blickten ihn entrüstet an. Der Kutscher zuckte hilflos mit den Schultern.

»Hat denn niemand das Schreiben gelesen?«, fragte Burchard.

»Doch ...« Der Kutscher kratzte sich am Kopf.

»Und dennoch lässt man uns nicht ...« Burchard war empört.

»Gestern wäre das Tor noch bis halb neun offen gewesen«, der Kutscher trat von einem Bein aufs andere.

»Dann ist es deine Schuld, weil du nicht dafür gesorgt hast, dass deine Kutsche rechtzeitig ankommt!«

Der Kutscher blickte zu Boden.

Burchard bemerkte, dass drei Augenpaare ihn anblickten. Er seufzte. Seine Mitreisenden gingen offenbar davon aus, dass er die Angelegenheit regeln sollte.

»Wo ist der Brief?«, fragte er den Kutscher.

»Der Posten hat ihn behalten.«

»Der Posten? Herrgott!«

Wütend machte sich Burchard auf den Weg zum Tor, besser gesagt zu den Toren, denn an dieser Stelle der Stadtmauer lagen zwei Tore nebeneinander, dazwischen ein kleiner Vorbau, vor dem eine Fackel brannte und aus dem nun der Wachposten trat, ein kleiner gedrungen wirkender Kerl mit krummen Beinen und einem unbotmäßig frechen Gesichtsausdruck.

»Wer seid Ihr, und was wollt Ihr?«

»Mein Kutscher hat dir mein Empfehlungsschreiben überreicht. Wir wollen in die Stadt.«

»Das Tor ist seit acht Uhr geschlossen.«

»So öffne es.«

»Dazu bin ich nicht befugt.«

»Ich befehle es dir.«

»Dazu seid Ihr nicht befugt.«

»Das bin ich wohl. Wo ist das Schreiben des Fürstbischofs?«

»Wenn Ihr wollt, gebe ich es Euch zurück.«

»Hast du es gelesen?«

»Warum sollte ich? Ich kenne nicht mal das Siegel.«

»Es ist das Siegel deines neuen Herrn.«

»Wer soll das sein?«

»Der Fürstbischof.«

»Wir haben schon lange keinen Herrn mehr gehabt.«

»Jetzt habt ihr einen.«

»Einen Moment.«

Der Wachposten verschwand in seinem Bau und kam mit dem erbrochenen Schreiben wieder hervor. Er hielt es in den flackernden Schein der Fackel und tat so, als lese er. Dabei hielt er den Brief verkehrt herum. Er starrte sehr lange darauf, wobei er den Brief immer wieder neu anzufangen schien.

»Hm.«

Burchard suchte in seinem Frack nach einigen Münzen und reichte sie dem Mann. Der betrachtete sie genau. Und deutete auf eine.

»Ist die aus der Schatulle des neuen Herrn?«

»Ja.«

»Er deutete auf die zweite, dann die dritte: »Die auch? Die auch?« Dann auf zwei nicht vorhandene: »Die auch? Die auch?«

Burchard gab ihm seufzend zwei weitere Münzen.

»Gut, Ihr könnt passieren.«

»Öffne das Tor, ich hole die Kutsche.«

Kurz darauf rollte die Kutsche mit den Abgesandten des neuen Herrschers durch das Stadttor. Der Wachposten salutierte mit hämischem Grinsen.

Im Schloss, so hatte man der Delegation des Fürstbischofs vor ihrer Abreise zu verstehen gegeben, würden sie zunächst nicht wohnen können. Zum einen hausten dort noch einige Beamte der alten Verwaltung, zum anderen war das herrschaftliche Gebäude durch jahrzehntelange Vernachlässigung teilweise arg verwahrlost.

Man quartierte sich also in einem Gasthof am Markt nahe der großen Kirche ein. Das Gasthaus zum Ochsen war ein wuchtiger, dreistöckiger Bau mit Walmdach. Im Erdgeschoss befand sich die Wirtsstube, im ersten Stock lagen die Fremdenzimmer, im obersten Stock wohnten die Wirtsfamilie und ihre Bediensteten.

Als die Kutsche vor dem Haus anhielt, die Fahrgäste ausstiegen und Kutscher und Postillion sich daranmachten, die Koffer abzuladen, kam der Wirt händeringend aus dem Haus.

»Oh, meine Herrschaften«, sagte er und zupfte nervös an seiner Schürze, »wir haben gar nicht mehr mit Euch gerechnet.«

Nicolai, Eckart und Schwenk ignorierten den Wirt und blickten sich um, als wollten sie in der Dunkelheit das Stadtbild studieren. Es war Burchards Aufgabe, mit dem Wirt zu verhandeln. Im Glauben, die Delegation des neuen Herrschers käme nach Torschluss nicht mehr in die Stadt, hatte er zwei ihrer Zimmer reisenden Kaufleuten aus England versprochen. Die musste er nun wieder ausquartieren. Es gab viel Geschimpfe, denn die Engländer waren gezwungen, auf der anderen Seite des Marktplatzes Quartier zu beziehen, was sie als erniedrigend empfanden.

Während Burchard sich um die Zimmer kümmerte und den Kutscher entlohnte, machten es sich Nicolai, Eckart und Schwenk in der Gaststube bequem. Als Burchard zu ihnen trat, beauftragten sie ihn, zum Bier noch Brot und Braten zu bestellen. Burchard musste die Bestellung bei der Tochter des Wirts aufgeben, die hinter einem wuchtigen Tresen stand. Sie war eine ausnehmend hübsche Person mit einem reizenden runden Gesicht unter einer spitzenbesetzten rosa Haube, die in dunklem Rock mit weißer Schürze, gelbem Jäckchen keusch und rein gewirkt hätte, wenn nicht ihr Brusttuch verrutscht gewesen wäre, das einen Teil ihrer vollen Brüste freigab. Burchard starrte fasziniert auf einige kecke Sommersprossen. Das Brusttuch wurde zusammengehalten von einer seltsam formlosen Brosche, die silbern glitzerte.

Burchard setzte sich zu seinen Gefährten, aber seine Augen folgten ihr, während sie durch den Raum eilte, um die Gäste zu bedienen. Er bildete sich ein, dass ihr Blick sich immer wieder ihm zuwandte. War da nicht ein leises Lächeln, das ihre vollen Lippen umspielte?

Nicolai machte einen Witz über das Fleischangebot des Gasthauses, und Burchard wandte sich mit leicht rotem Kopf dem Bratenstück zu, das der Architekt ihm auf den Teller gelegt hatte.

Nach dem zweiten Bratenstück und dem dritten Bier wurde Burchard nervös. Schon wieder war er im Begriff, vom rechten Weg abzukommen. Anstatt mit seinen Begleitern über die Aufgaben der nächsten Tage und Wochen zu debattieren, stellte er mit seinen Blicken dem schönen Mädchen nach, das offenbar Gefallen daran fand. Schleunigst begann er, sich am Fachgespräch zu beteiligen. Schwenk war auf seinem Zimmer gewesen, hatte einen Plan der Stadt mitgebracht und diskutierte mit Nicolai über die zahlreichen Ideen zur Umgestaltung des Stadtbildes, die der Fürstbischof ihnen mit auf die Reise gegeben hatte. Viel hatten sie von dem Ort ja noch nicht gesehen, aber dass die Befestigungsanlage nichts mehr taugte, war ihnen gleich klar gewesen, als ihre Kutsche vor dem Haupttor zum Halten gekommen war. Eckart schlug vor, die Wallanlagen in Promenaden umzuwandeln. Nicolai und Schwenk diskutierten die Idee mit wachsender Begeisterung.

Burchard wurde sehr schnell müde. Er trank noch einen Krug Bier, schlurfte völlig ermattet und mit schwer gewordenen und von der Kutschfahrt noch immer schmerzenden Gliedern in den Hinterhof zur Latrine und erleichterte sich ausgiebig.

Auf dem Weg zurück zur Gaststube begegnete er unversehens der hübschen Tochter des Hauses, von der er inzwischen wusste, dass sie Marie genannt wurde. Sie presste sich im Halbdunkel gegen die Wand, um ihn vorbeizulassen, allerdings an einer Stelle, wo ein mächtiger Schrank den ohnehin schmalen Gang noch mehr verengte. Er war gezwungen, sie zu streifen, und konnte auch nicht anders, als ihrem Brusttuch erneute Aufmerksamkeit zu schenken, denn wegen des engen Kontaktes drohte es noch mehr zu verrutschen. Wieder fiel sein Blick auf die seltsam geformte Brosche, die das Tuch zusammenhielt. Er bildete sich ein, das Schmuckstück stelle das Heck eines Schiffes dar. Er sah auch ein Kreuz.

Marie lachte. »Wir stecken fest, Herr«, sagte sie.

»Wie?«

Tatsächlich war es kaum möglich, an dieser Stelle aneinander vorbeizukommen. Sie rutschten hin und her, aber stets in die gleiche Richtung, sodass sie sich nicht voneinander lösen konnten.

»Marie!«, stieß Burchard milde empört hervor.

»Ach, was ist nur?«

Die Tür zum Gastraum wurde laut aufgestoßen, und die beiden schoben sich hastig auseinander. Marie verschwand hinter einer Tür, und Burchard musste sich an dem ziemlich betrunkenen Eckart vorbeidrücken. Eckart sah ihn gar nicht an, er taumelte schnaufend Richtung Abtritt.

Burchards Herz schlug heftig. Bei diesem engen Kontakt im Gang war ihm klar geworden, was ihn an Marie so faszinierte. Sie erinnerte ihn sehr deutlich an Antonia, nur dass sie, wie er soeben gespürt hatte, über noch üppigere Formen verfügte. War sie nicht schöner als jene missratene Antonia, die ihn verlassen hatte, die ihn in die Arme der Kirche getrieben hatte und von der er fast jede Nacht träumte? Liebreizender als Antonia, die einen anderen vorgezogen hatte, nachdem sie in ihm die Saat der Wollust gesät hatte?

Er verabschiedete sich hastig von Nicolai und Schwenk, die inzwischen von Bier zu Branntwein gewechselt hatten, und eilte die Stiege hinauf in den ersten Stock. Ihm war nicht gut. Das Bier war sauer gewesen, das Fleisch alt, das Brot schwer. Trotzdem hatte er zu viel gegessen.

Er schlug die Zimmertür hinter sich zu und drehte den Schlüssel im Schloss um. Auf dem Tisch stand ein Leuchter, dessen Kerzen ein warmes Licht verbreiteten. Er kramte in seinem Koffer, den der Kutscher auf das Bett geworfen hatte, und fand das Kreuz. Er küsste den nackten, geschundenen Jesus heiß und innig, legte das Kreuz auf das Kopfkissen und machte sich daran, den Koffer vom Bett auf den Fußboden zu heben.

Dann zog er sich Frack, Weste und Hemd aus und wusch sich mit dem kalten Wasser so lange, bis er das Gefühl hatte, wirklich sauber zu sein. Er zog Schuhe, Strümpfe und Kniehose aus und kramte ein Nachthemd aus dem Koffer. Mit dem Kreuz in der Hand kniete er sich vor das Bett und betete. »Und führe mich nicht in Versuchung …« Er schlug sich mit der Hand gegen die Brust, dann mit der Faust. Immer wieder und wieder. Es tat nicht weh. Leider. Er stand auf, legte das Kreuz unter sein Kopfkissen, blies die Kerzen auf dem Tisch aus und legte sich ins Bett.

Mit dem festen Vorsatz, beim Einschlafen nur an Jesus und das Kreuz zu denken, wälzte er sich hin und her, heftig bemüht, das Bild der drallen Marie aus seinem Kopf zu bannen. Schließlich lag er auf dem Bauch, die rechte Hand unter dem Kopfkissen um das Kreuz gekrallt, und schlief ein. Es dauerte nicht lange, und er träumte: Er saß in einer Klosterzelle, der Fürstbischof trat ein, hob ihn an den Haaren, setzte ihn in eine Kutsche, und die Kutsche fiel um. Daraufhin erschienen seine drei Mitreisenden, hoben ihn auf ihre Schultern und warfen ihn in die Kutsche, in der sich eine Schlange ringelte. Die Kutsche fiel abermals um, die Schlange ringelte sich davon. Jesus erschien, an das Heck eines Schiffes genagelt, und er, Martin Burchard, war ein Raubvogel, der ihm mit seinem scharfen Schnabel die Leber herausriss, obwohl sie ihm nicht schmeckte. Er trank Bier, ganz allein an einem Tisch neben einem plätschernden Bach im Wald und hörte einer schönen Musik zu. Aus dem Bach stieg ein nacktes Mädchen mit langen strohblonden Haaren, die fast ihren ganzen Körper bedeckten, in der Hand ein Horn, auf dem es die Musik spielte. Es stellte das Horn vor ihn hin. Es spielte allein weiter. Er blickte hinein. Das Gefäß war randvoll mit einer giftgrünen, brodelnden Flüssigkeit. Er weigerte sich, davon zu trinken. Das Mädchen lachte, hob das Horn und trank es aus. Plötzlich sah es aus wie Antonia in der Kleidung der Gastwirtstochter. Sein Mund war voller Gift, die Backen waren gebläht. Es spuckte die Flüssigkeit in seinen Schoß, und es waren lauter kleine seltsam geformte Broschen mit einem Schiffsheck, auf dem ein Kreuz zu erkennen war. Das Mädchen lachte und lief davon. Er rannte ihm nach, wollte es bestrafen. Es lief auf einen Hügel zu. Der Hügel öffnete sich, er rannte hinter ihm her in eine roterleuchtete Höhle. Antonia und Marie kamen, eilten ihm mit ausgestreckten Armen entgegen und warfen sich auf ihn, und es waren Hunderte, ja Tausende von Antonias und Maries, die sich über ihn wälzten und ihn erdrückten. Er riss das Kreuz unter dem Kopfkissen hervor und schlug ihnen den Kopf ab. Die Köpfe kugelten ins Innere der Höhle, dann kamen sie zurückgerollt. Eine Lawine aus Mädchenköpfen. Er schrie.

Das Kreuz hoch erhoben, schweißnass und am ganzen Körper zitternd, fand er sich keuchend im Bett sitzend.

Ein nahezu voller Mond schien durch das offene Fenster. Waschtisch und Stühle warfen ein scharfes Schattenmuster auf den Boden. Seine Blase war zum Bersten gefüllt. Er hatte zu viel Bier getrunken.

Er stieg aus dem Bett, suchte nach dem Nachttopf und fand keinen. Er fluchte, merkte, dass er noch immer das Kreuz in der Hand hielt und murmelte eine Entschuldigung.

Er ging zur Tür, drehte den Schlüssel herum und verließ das Zimmer. Nachdem er vorsichtig die Treppe ins Erdgeschoss hinuntergestiegen war, stolperte er durch den Gang in den Hinterhof.

Ihn fröstelte, als der kühle Wind der Sommernacht über seine schweißnassen Glieder strich. Er eilte zum Abtritt und leerte seine Blase. Es dauerte eine halbe Ewigkeit. Danach fühlte er sich mehr als erleichtert. Er trat wieder auf den Innenhof und zuckte zusammen. Eine weiß gewandete Gestalt kam ihm entgegen. Marie, im Nachthemd, angestrahlt vom weißen Licht des Vollmonds. Ein heißes Kribbeln durchfuhr seinen Körper. Schon wollte er die Arme ausstrecken, ihr entgegeneilen, sie an sich ziehen, da hörte er einen Pfiff und sah, wie das Mädchen in einem Mauerdurchgang verschwand. Er schlich zu der Stelle, wo es verschwunden war, und spähte in den benachbarten Garten. Er hörte kehliges Lachen, ein kurzes leises Aufschreien, dann wieder Lachen, das sich entfernte.

Er wagte es nicht, das fremde Grundstück zu betreten. Er fühlte sich ohnehin schon schuldig. Das, was er sich jetzt vorstellte, was Marie in irgendeiner verborgenen Nische trieb, war eine Sünde. Je länger er dastand und je größer das Verlangen wurde nachzusehen, wohin sie gegangen war, umso mehr verachtete er sich. Er horchte, hörte nichts mehr, war erleichtert und enttäuscht zugleich und konnte sich nicht losreißen. Irgendwo wurde ein Fenster aufgestoßen, und jemand leerte den Inhalt seines Nachtgeschirrs in den Hof. Er zuckte heftig zusammen, wandte sich um und lief ins Haus.

Erst als er im Zimmer angekommen war, bemerkte er, dass er die ganze Zeit das Kreuz in der Hand gehalten hatte. Er lächelte. Das Kreuz hatte ihn vor einem Fehltritt bewahrt. Er schob es unters Kopfkissen, legte sich ins Bett und schlief den Rest der Nacht einen traumlosen Schlaf.

Er wurde von dumpfem Getrappel und lauten Rufen geweckt. Dann hörte er ein Muhen, dem kurze Zeit später andere Rindviecher müde antworteten. Jemand klatschte in die Hände, eine männliche Stimme schimpfte vor sich hin. Dann ein Mädchenlachen.

Martin Burchard stieg aus dem Bett und öffnete das Fenster. Im Hinterhof standen zwei Kühe. Daneben der Wirt und Marie. Die beiden versuchten, die Kühe, die offenbar in einem

Stall neben den Abtritten übernachtet hatten, durch den Hof zu einer Tür in der Mauer zu schaffen. Die störrischen Tiere bewegten sich allerdings kaum von der Stelle. Der Wirt schlug gelegentlich mit einem Stock auf sie ein. Marie strich der Kuh, die sie am Strick führte, über den Kopf und redete leise mit ihr. Auf diese Weise schaffte sie es, das Tier aus dem Hof auf die Straße zu manövrieren, wo zwei Kuhhirten mit einer ganzen Herde warteten, die auf die Bürgerwiese getrieben werden sollte. Der Wirt zerrte die andere Kuh fluchend hinterher.

Burchard bemerkte einen durchdringenden, modrig-fauligen Geruch, und dann sah er die Bescherung: Offenbar hatte jemand auf dem Nachbargrundstück versucht, eine Güllegrube oder einen Abfluss zu reinigen. Eine Flut von Kot und Unflat hatte sich in den Hinterhof ergossen. Es stank ganz erbärmlich zum Himmel. Burchard hielt es nicht mehr länger aus. Obwohl er Marie, die jetzt auf der Straße mit den Kuhhirten scherzte, gern weiter zugesehen hätte, zog er den Kopf zurück und schloss das Fenster. Er bemerkte das Kreuz, das unter seinem Kopfkissen hervorragte, zog es heraus und legte es auf den Tisch.

Während er sich anzog, erinnerte er sich vage an seinen schrecklichen Traum, doch die Bilder waren schon so verblasst, dass er sich nicht weiter Gedanken darüber machte. War da etwas mit einem Horn gewesen? Ein weiß gekleidetes Mädchen?

Er zog sich an. Während er die Kniehose zuknöpfte, entschied er sich angesichts der desolaten Situation im Hinterhof für die Stulpenstiefel statt der Schnallenschuhe. Da er heute das Schloss aufsuchen wollte, wählte er als Kopfbedeckung den Dreispitz, weil er das Gefühl hatte, ein schlichter Bürgerhut wäre nicht fein genug. Er schnallte sich seinen Degen um, den er nur als Schmuckstück bei sich trug. Solange er sich noch nicht endgültig für den Kirchendienst entschlossen hatte, durfte er als Kavalier gehen.

Er stieg die steile Treppe hinunter und betrat die Gaststube. Mit der vagen Hoffnung, Marie zu begegnen, blickte er sich um, aber sie war nicht da. Der Gastraum war leer. Er setzte sich an einen Tisch und wartete. Schließlich kam der Wirt herein, und Burchard ließ sich helles Brot, französische Konfitüre und einen Becher Milch bringen.

Seine drei Begleiter ließen sich nicht blicken. Sie hatten am Abend so viel getrunken, dass mit ihnen wahrscheinlich nicht vor dem Mittagsläuten zu rechnen war. Er aß, trank seine Milch und trat nach draußen. Die Morgensonne tauchte den Marktplatz in warmes Licht. Die Kirche warf einen langen tiefschwarzen Schatten. Es war noch früh am Tag.

Verschiedene Wagen, Karren und Kutschen rollten über die holprigen Straßen. Er entschloss sich, einen kleinen Rundgang zu machen und dann das Schloss aufzusuchen. Also wandte er sich zunächst nach rechts und spazierte durch die Gassen.

Man merkte der Stadt an, dass sie sehr lange von ihren Regenten vernachlässigt worden war. Überall war das Pflaster in erbärmlichem Zustand. Die Rinnsteine waren sehr breit und an vielen Stellen übermäßig mit Kot und Unrat angefüllt. Nicht selten war es unmöglich, die Straße zu überqueren. Die Bewohner der Stadt schienen die Angewohnheit zu haben, ihren Unflat einfach in die Gasse zu gießen, wo niemand sich darum kümmerte. Schon bei ihrer Ankunft in der Dunkelheit hatten Burchard und seine Begleiter bemerkt, dass es nirgends Straßenbeleuchtung gab, wie es in einer Stadt dieser Größe eigentlich inzwischen üblich war. Immer wieder entdeckte er brachliegende Grundstücke, die ihren Teil zu dem traurigen Gesamtbild beitrugen. Andererseits gab es auch ganze Straßenzüge mit prächtigen Villen, Zeugnisse eines wohlhabenden und selbstbewussten Bürgertums, das seinen Geschäften auch in den Zeiten politischer Vernachlässigung mit Erfolg nachgegangen war.

Als er nahe der Wallanlage einen Platz erreichte, auf dem jämmerliche, aus Holz gezimmerte, windschiefe Hütten standen, zwischen denen von Krankheit und Armut gezeichnete Frauen zu sehen waren und zerlumpte Kinder sich im Schmutz tummelten, machte er erschrocken kehrt. Eine Horde Kinder hatte ihn aber schon bemerkt und rannte ihm bettelnd und krakeelend hinterher. Er warf ein paar Münzen hinter sich und eilte davon.

Vorbei am Friedhof ging er jetzt direkt auf das Schloss zu. Er stutzte, stolperte beinahe. Ein Mann in Uniform, der Wachposten am Stadttor, kam ihm entgegen. Der Kerl starrte ihm frech ins Gesicht, grinste hämisch, grüßte nicht und ging vorbei. Es war der Wachposten, der sie am Vorabend nicht in die Stadt lassen wollte. Dieser gedrungene Kerl mit den krummen Beinen. Wie kam der bloß dazu, sich einzubilden, er sei etwas Besonderes?

Das Schloss war einst eine richtige Festung gewesen, lag nun aber, nachdem man den Burggraben zugeschüttet hatte, offen zur Stadt hin. Nachdem der vorherige Herrscher der Stadt und dem Stammschloss seines Geschlechts einen Besuch abgestattet hatte, war das Schloss immer wieder umgebaut worden. Nun konnte keiner mehr sagen, in welchem Stil es gehalten war und welcher Baumeister ihm seine Handschrift aufgedrückt hatte. Über dem von zwei Kolossalpilastern eingefassten Portal lauerten zwei wilde Männer, die die Initialen des früheren Herrschers hielten. Zweifellos würden sie verschwinden, dafür würden Nicolai und Eckart sorgen, die sich schon während der Reise Gedanken darüber gemacht hatten, welche Gebäudeteile sie abreißen und wieder neu aufbauen lassen wollten. Sie hatten große Pläne, und die Bauarbeiten sollten bald beginnen. Vorher aber war es Burchards Aufgabe, eine Inventarliste der Wertgegenstände in dem größtenteils verlassenen Schloss anzufertigen.

Er betätigte den Türklopfer und wartete. Der momentane Verwalter, ein buckliges Männchen in Schwarz mit grau gepuderter Perücke und einem Gehstock, öffnete und sah ihn fragend an. Sein Gesicht ähnelte den seltsamen Fratzen, die die Vorderfront des Schlosses zierten. Burchard stellte sich vor, übergab das Schreiben des Fürstbischofs, das ihn legitimierte, und wurde eingelassen. Der Bucklige führte ihn durch die Räume, die größtenteils einen unwohnlichen Eindruck machten. Einige waren ganz leer, andere eher Lagerräume für allerlei Möbel und Kunstgegenstände, in manchen hatte man mit Umbauarbeiten begonnen, die wieder abgebrochen worden waren. Schief hängende Bilder, verstaubte Sessel, angeschlagene Schränke überall. Aber auch komplett eingerichtete Zimmer gab es, mit Kommoden und Vitrinen, in denen ledergebundene Folianten, Porzellan und Kunstgegenstände darauf warteten, endlich wieder von einem Herrscher in Besitz genommen zu werden.

Burchard spürte, wie angesichts der anstrengenden Archivararbeit, die auf ihn zukam, eine bleierne Müdigkeit in ihm aufstieg. Er würde morgen anfangen, morgen, nicht heute …

Sein Blick fiel auf ein Bild, das leicht schief an der Wand hing. Darauf war eine junge Frau mit weitem Dekolletee zu sehen, die einen seltsam geformten Gegenstand in der Hand hielt. Neugierig trat er näher. Der Gegenstand, den die Jungfrau in der Hand hielt, war ein reich verziertes, auf vier Füßen ruhendes, mit einem Deckel verschlossenes, silbernes Trinkgefäß mit schwarzen, blauen, grünen und roten Emailleeinlagen. Die detailreiche Verzierung zeigte mittelalterliche Burganlagen mit Türmen und Zinnen und darauf sitzend oder stehend Edelfräulein, Ritter, Wächter, Musikanten, Reiter, wilde Männer und Löwen. Es handelte sich um ein Trinkhorn. Die Fußstützen sahen wie Burgeingänge aus, und der Deckel bestand aus einer Burgenpyramide mit fünf steil aufragenden Ecktürmen. Kein Zweifel, dies musste das sagenumwobene Horn des alten Grafen sein. Das Horn, das ihm die Jungfrau reichte, die aus dem Berg getreten war. Das Horn, das er nicht austrinken wollte. Das Horn, das Zwietracht in dem alten Herrschergeschlecht gesät hatte.

Burchard konnte sich nicht von dem Bild losreißen. Vielleicht befand sich das Horn auch hier irgendwo in einer Vitrine im Schloss. Vielleicht würde er es finden. Er ging los und durchmaß Zimmer auf Zimmer. Jeden Schrank öffnete er, jede Schublade zog er heraus, jede Vitrine unterzog er einer genauen Betrachtung, vergeblich.

Enttäuscht gab er auf. Wieder stellte sich diese bleierne Müdigkeit ein. Und Hunger. Er verließ das Schloss und eilte zu seiner Herberge zurück.

Burchards Begleiter ließen es langsam angehen. Am späten Nachmittag erschienen sie einer nach dem anderen in der Gaststube und machten sich über einen Topf mit Bohnen, Kochbirnen und Speck her. Dazu aßen sie Brot, über dessen Trockenheit sie sich so lange beschwerten, bis der Wirt ihnen Bier brachte. Danach gingen sie los, »nur um uns die Füße ein wenig zu vertreten«, spazierten um das Schloss und kamen mit der Erkenntnis zurück, dass dem herrschaftlichen Gebäudekomplex etwas Entscheidendes fehlte, nämlich der Schlossgarten. Nicolai und Schwenk witterten die Chance, sich mit der Anlage eines solchen Parks in den Annalen der Stadt zu verewigen. Sie überboten sich mit Ideen, stellten fest, dass sie gegensätzliche Ansichten vertraten, und begannen, lustvoll über die Vorzüge englischer und französischer Gartenarchitektur zu debattieren.

Burchard berichtete Eckart von Mobiliar und Kunstgegenständen, die er in Augenschein genommen hatte, und kam schließlich auf das Horn zu sprechen, das er mit wachsender

Begeisterung beschrieb, bis er merkte, dass seine Zuhörer desinteressiert an ihm vorbeisahen. Er hielt inne.

Der Arbeitseifer der vier Herren erlahmte schnell, und man ließ sich vom Wirt verschiedene Brettspiele bringen, später stiegen sie auf Domino um. So vertrieben sie sich die Zeit bis zum Abendessen.

Nachdem die hohen Herren sich über seine karge Küche beschwert hatten, war der Wirt losgegangen, um für angemessene Speisen zu sorgen. Zum Abendessen gab es nach einer Hühnersuppe gebratenen Hecht, Hühnerfrikassee, Hasenwildbret, Erbsenpüree, Speck mit Wurzeln, Lammbraten, weiße Bohnen und zum Nachtisch verschiedene Kuchen und Gebäck. Dazu tranken die Herren Burgunder-Rotwein.

Da sich herumgesprochen hatte, dass hoher Besuch in der Stadt war, bedeutende Abgesandte des neuen Herrschers sogar, hatten sich nicht wenige einflussreiche Persönlichkeiten im Gasthof eingefunden. Ein Sekretär des Bürgermeisters lud die Herren für den nächsten Tag ins Rathaus, diverse Honoratioren wollten den Zweck der Reise erkunden, andere Bürger witterten neue Handelschancen und versuchten, den Besuchern zu schmeicheln. Es lief darauf hinaus, dass die Delegation des Fürstbischofs auf dessen Kosten ein neues Fass Wein anstechen ließ.

Je turbulenter es zuging, umso melancholischer wurde Burchard. Nicht wenige der anwesenden Herren nahmen sich gegenüber Marie einiges heraus. Breite Hände tätschelten ihren Po, dicke Finger neckten sie an Kinn und Wangen und verirrten sich schon mal unter das Brusttuch, das im Laufe des Abends immer mehr verrutschte. Gelegentlich schlug sie lachend auf die Hand eines zudringlichen Gastes, aber insgesamt schien es ihr zu gefallen, wie die Männer mit ihr umgingen, die sie gelegentlich sogar an sich zogen, um ihr einen Kuss auf die rosigen Wangen zu drücken.

Burchard verabschiedete sich von seinen Begleitern, die seinen Abgang gar nicht richtig wahrnahmen, und lief mit unsicheren Schritten – man hatte ihn zum Austrinken mehrerer Becher des schweren Weins gezwungen – Richtung Treppe. Im Flur kam sie ihm entgegen. Er spürte, wie ihm das Blut in den Kopf wallte. Sie lächelte ihn offenherzig und ganz arglos an.

»Oh, junger Herr, Ihr wollt schon gehen?«

Sie nestelte an ihrem Brusttuch. Wieder fiel ihm die Brosche auf. Sie lachte leise, als sie merkte, wohin sein Blick wanderte.

»Dieses Schmuckstück ...« Er starrte nicht auf die Brosche, er starrte auf den Saum des Kleids, der auf der rechten Seite nach unten verrutscht war und nicht nur ihre zarte Alabasterhaut mit den Sommersprossen, sondern auch einen dunkelroten Halbkreis freigab. »Dieses Schmuckstück ...«

»Oh.« Sie zog ihren Ausschnitt hoch, indem sie ihn zuerst nach vorn und dann nach oben zog. Nun hatte er alles gesehen, und es war um ihn geschehen. Mit zitternder Hand deutete er auf die Brosche.

»Ihr dürft sie berühren«, forderte sie ihn auf.

Er stieß mit dem Zeigefinger gegen das Schmuckstück, der Finger glitt ab und gab den Blick auf das Kreuz frei. Es erinnerte ihn an das Kruzifix unter seinem Kopfkissen. Er prallte zurück. Dann hastete er an ihr vorbei und lief die Treppe nach oben in sein Zimmer, verfolgt vom glockenhellen, spöttischen Lachen des Mädchens.

Im Zimmer stürzte er sich aufs Bett, riss das Kopfkissen hoch und fasste nach dem Kreuz. Jesus hatte kein Mitleid mit ihm, sah ihn nicht mal an, litt für sich selbst, nicht für ihn, blieb gleichgültig, weil ihm sein eigenes Leid offenbar wichtiger war als das eines armen, versuchten Sünders. Jesus starb für die Sünden von irgendjemandem, aber nicht für meine, dachte Burchard, während er das Kruzifix anstarrte. Er wartete auf ein Zeichen, aber es kam keins. Er zog sich aus und versuchte, sich zu beruhigen, indem er sich mit kaltem Wasser wusch. Dann ging er zu Bett.

Der Mond schien ihm ins Gesicht, und es dauerte lange, bis er einschlief. Wieder träumte er vom Horn. Es schwebte vor ihm her, und er ging einen unendlichen Gang entlang, auf der Suche nach der Wirtsstube, doch der Gang wollte gar kein Ende nehmen. Er stieg Treppen hinab und hinauf, nur um immer wieder in den gleichen Flur zu treten, der von einem Licht erhellt wurde, das von nirgendwo herzukommen schien, ein rötlich gelber Schein, leicht flackernd. Er streckte die Hand aus, um das Horn endlich fassen zu können, aber er schaffte es nicht. Er lief schneller, er kam näher, nun war es dicht vor ihm, und er bemerkte, dass die Verzierung sich verändert hatte. Statt einer Burg war dort eine fein gearbeitete Miniatur der Heiligen Stadt Jerusalem zu sehen, in allen Details, mit Menschen in langen Gewändern, die sich durch ein Gewirr orientalischer Gassen bewegten. Alle strömten auf einen Hügel zu, der sich aus lauter winzig kleinen Totenschädeln zu einem einzigen großen Totenschädel zusammenfügte, der Hügel von Golgatha, und oben drei Kreuze und Jesus, der vom Kreuz mitleidig auf ihn herabblickte und sein Gesicht zu einem hämischen Grinsen verzerrte. »Oh Herr! Rette mich!«, rief Burchard ihm zu. »Rette dich selbst!«, entgegnete der Heiland, zog sich die Nägel aus Händen und Füßen, glitt das Kreuz hinab und ging weg.

Jetzt steht Burchard schweißüberströmt und vor Kälte zitternd am Fenster. Der Mond ist ein ganzes Stück weit nach Westen gewandert. Unten im Hof taucht eine Gestalt auf. Im Schatten, den die Hofmauer im Licht des Mondes wirft, wartet sie. Sie wartet auf ihn, das ist ihm jetzt ganz klar. Er fasst nach seiner Hose, schlüpft eilig in die Stiefel, packt seinen Frack und läuft nach draußen. Den Flur entlang, die Treppe hinab. Es ist sehr dunkel, aber er findet den Weg, stößt die

Tür auf, die zum Hof führt, sie quietscht nur ganz leise. Nach rechts oder nach links? Wo ist sie? Stand sie nicht eben noch dort drüben? Ah, das Tor in der Hofmauer steht auf. Langsam, er will niemanden wecken, niemanden erschrecken, geht er auf das halb geöffnete Tor zu, stößt es auf. Das morsche Holz ächzt leise. Draußen auf der Gasse kann er gerade noch einen Schimmer des hellen Kleids und ihrer Haube ausmachen, dann ist sie um eine Ecke verschwunden. Er läuft ihr hinterher, erreicht die Ecke, bleibt stehen, um sich zu orientieren, und sieht nicht mehr ganz so weit vor sich ihre Gestalt, die dem mächtigen Gebäude der Kirche zustrebt.

Sie umrundet das Kirchenportal und betritt den Friedhof, nachdem sie ein knarrendes Törchen geöffnet hat. Zwischen den hohen Grabmalen und breiten Grabsteinen, den Bäumen und Hecken verliert er sie beinahe. Dann sieht er sie vor einem Grabmal stehen, über dessen breitem Sockel sich die Skulptur eines Mannes in mittelalterlichen Gewändern erhebt. Endlich bleibt sie stehen, blickt sich um. Er ruft leise: »Marie!« Sie dreht sich um: »Wo bist du?«

»Hier.« Und schon steht er vor ihr, schlingt seine Arme um sie, bedeckt ihr Gesicht, ihren Hals, ihre Brust mit Küssen, fasst nach der Brosche, sie reißt ab. Marie schreit auf, will sich von ihm losmachen. »Zier dich doch nicht. Du bist mein!« Er hält sie fest. Das Brusttuch zerreißt, ebenso das Kleid. Er umklammert sie so fest, dass sie laut aufstöhnt. Es klingt wie ein »Ja, ich will!« Da packt ihn eine eiserne Hand von hinten an der Schulter, und er wird herumgerissen.

Er schreit laut auf vor Überraschung und Enttäuschung, vor Wut und Erniedrigung. Den Faustschlag des Stadtwächters sieht er nicht kommen, spürt nur die brutale Wucht und taumelt nach hinten gegen das Grabmal. Der Soldat tänzelt auf seinen krummen Beinen und mit einem hämisch verzerrten Gesichtsausdruck vor ihm herum und verpasst ihm weitere Schläge und Tritte. Burchard tastet nach seinem Gürtel, aber er hat es versäumt, seinen Degen umzuschnallen. Er ist der stummen Wut dieses gedrungenen Kerls ausgeliefert. Blut schießt ihm aus der Nase, rinnt von einer Platzwunde auf der Stirn in sein Auge.

Wo ist Marie? Burchard dreht sich hilflos um die eigene Achse, strauchelt. Und da steht der Kerl wieder vor ihm. Burchard bricht zur Seite aus und rennt los. Hinter sich hört er Schritte. Er rennt weiter, springt über den kleinen Eisenzaun, der den Friedhof umgibt, schafft es nicht, die richtige Richtung einzuschlagen, läuft japsend und keuchend in eine dunkle Gasse und immer weiter und weiter, hat keine Kraft mehr, nach Hilfe zu rufen, biegt um eine Ecke und sieht vor sich die Stadtmauer und den Turm neben dem Haupttor. Er wird immer langsamer. Hinter ihm nähern sich die hallenden Schritte des Wächters. Wo sind die anderen Soldaten? Es muss doch hier irgendwo jemand sein, der ihm helfen kann. Er will um Hilfe rufen, versucht zu schreien, aber nur ein leises Krächzen kommt aus seinem schmerzenden Hals.

Er rennt eine Treppe hinauf und erreicht den Wehrgang oben auf der Stadtmauer. Hier irgendwo muss doch jemand sein. Rennt weiter auf den Turm zu. Aber dort vorn, jenseits der Nische des Wachpostens, geht es nicht weiter. Er hält an, dreht sich um und spürt augenblicklich einen dumpfen Schlag gegen die Brust, und dann ist der Wärter über ihm, schlägt auf ihn ein und beschimpft ihn.

Vielleicht will er ja nur die Brosche haben, denkt Burchard, während er die harten Schläge, die auf seinen Kopf prasseln, immer weniger wahrnimmt. Er hält ihm die Hand hin. Da! Nimm doch bitte! Der Wächter fasst nach seiner Hand, aber das Schmuckstück befindet sich nicht mehr darin.

Nach einigen weiteren Schlägen war Burchard bewusstlos. Der Wächter hob ihn hoch, schleppte ihn ein Stück weiter, zögerte, dann warf er ihn über die Mauer. Er taumelte in die Wachnische und setzte sich hin. Er starrte auf seine von den Faustschlägen angeschwollenen, schmerzenden Hände und dämmerte eine Weile vor sich hin. Er hörte Stimmen. Seine Kameraden vom Wachdienst näherten sich. Nun bekam er Angst. Womöglich war dieser Hänfling, den er über die Mauer geworfen hatte, tot. Er duckte sich, wartete ab, bis die Wächter vorbei waren, und verließ dann sein Versteck.

Im Morgengrauen wurde er verhaftet. Burchard war tatsächlich tot. Genickbruch. Der Wächter wurde des Mordes angeklagt. Nachdem sie die übel zugerichtete Leiche des unglücklichen Archivars gesehen hatte, entschloss sich Marie, gegen ihren eifersüchtigen Liebhaber auszusagen. Er hatte Glück: Weil er Soldat war, wurde er nicht gehängt, man schlug ihm auch nicht den Kopf ab, sondern verurteilte ihn zum würdevolleren Tod durch Erschießen.

Wenig später begannen die Herren Eckart, Nicolai und Schwenk mit den konkreten Planungen zur Umgestaltung von Schloss und Stadt. Vor allem, entschieden sie, musste die Stadtmauer geschliffen werden. Dank des waffentechnischen Fortschritts war sie überflüssig geworden und verhinderte nur das Wachstum des unter der neuen Herrschaft bald wieder aufblühenden Gemeinwesens.

Burchard wurde auf dem Friedhof im Stadtzentrum beigesetzt. Bis zu dessen Aufhebung siebzehn Jahre später wurde jedes Jahr zu seinem Todestag von unbekannter Hand eine weiße Nelke auf das Grab gelegt.

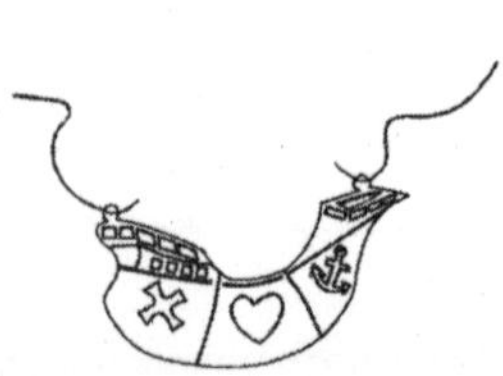

2002

23. FEBRUAR

SPÄTNACHMITTAGS

Schimpfend und fluchend angesichts des miserablen Autofahrwetters und dennoch mit überhöhter Geschwindigkeit rasten die Detektive im schwarzen BMW Richtung Hamburg. Jens Discher hatte sich in sein Schicksal gefügt und es sich auf dem Rücksitz bequem gemacht. Er überlegte unkonzentriert, wie er sich aus dieser Situation herauslavieren könnte. Es dürfte unangenehm werden, mit diesen beiden schrägen Figuren bei Marie-Christin aufzukreuzen. Sie hatte sowieso schon die denkbar schlechteste Meinung von ihm, und nun würde er auch noch von zwei merkwürdigen, auf jeden Fall unseriösen Detektiven vorgeführt. Peinlich war das in jedem Fall. Aber wie wollte er das vermeiden? Vielleicht war Marie-Christin gerade bei einer Nachbarin zur Bridgeparty. Dann würden diese Heinis sich wahrscheinlich auf die Lauer legen. Auch keine großartige Aussicht. Und Greta? Wer weiß, wo die sich rumtrieb. Sie würde ihm auf jeden Fall die Hölle heiß machen, weil er vergessen hatte, sie vom Bahnhof abzuholen.

Nachdenken brachte nicht viel. Er starrte nach draußen und begann, zum Zeitvertreib die Kneipen zu zählen, an denen sie vorbeifuhren. Es gab fast nur norddeutsche Traditionslokale und griechische Tavernen. Er stellte fest, dass die Griechen in der Überzahl waren. Gyros schlägt Grünkohl, Ouzo bannt Köm – was sagt uns das über die Gemütslage der Bewohner der Norddeutschen Tiefebene?

Als sie die Elbbrücken erreichten, beruhigten sich die beiden Macintosh-Träger. Endlich konnte man ihnen mal eine tief schürfende Frage stellen. Er beugte sich nach vorn und strich sich die langen grauen Haarsträhnen aus dem Gesicht.

»Wie wird man eigentlich Angestellter einer so hochnoblen Agentur wie der Detektei Hanseat?«, fragte er neugierig. »Ich kenne Detektive nur aus Kriminalromanen. Kann's gar nicht glauben, mal ein paar echten zu begegnen.«

»Wir sind keine Angestellten«, sagte Kulbrod, der auf dem Beifahrersitz saß.

»Das ist unser eigener Betrieb«, erklärte Rümker.

»Ach«, staunte Discher, »Sie beide sind die Agentur, vor der ich mich so fürchte?«

»Sie müssen sich nicht fürchten. Aber: Ja, wir sind die Agentur.« Kulbrod drehte sich zu Discher um.

»Kann man denn einfach so eine Agentur aufmachen, ich meine eine Detektivagentur?«

»Im Prinzip ja, wenn man ein sauberes Führungszeugnis hat.«

»Na, dann bin ich ja beruhigt.«

»Wenn man in die Vereinigung deutscher Detektivagenturen aufgenommen werden will, muss man allerdings sein Geschäftsgebahren offen legen und einen Test mitmachen.«

»Und? Wurden Sie aufgenommen?«

»Klar.« Das klang nicht sehr überzeugend. Kulbrods Gesichtszüge gerieten in eine leichte Schieflage.

Rümker gluckste vor sich hin: »Man kann sogar dem Verband weiblicher Detektive beitreten, wenn man will. Aber dann muss man eine Haarprobe abgeben.«

»Und haben Sie?«

»Quatsch«, sagte Kulbrod.

»Und wie qualifiziert man sich für diesen Job? Ich meine, die Kunden wollen doch Topleute bei diesen kniffligen Aufträgen haben, oder? Waren Sie mal bei der Polizei? Hat man sie rausgeschmissen wegen Überkompetenz?«

»Wir waren zusammen beim Wachdienst.«

»Hätte ich mir denken können, bei den Manieren, die ihr an den Tag legt. Und wie wird man Nacht- oder Tagwächter?«

»Man braucht ein halbwegs sauberes Führungszeugnis und einen Waffenschein. Die helfen einem aber, so was zu kriegen.«

»Na klar.« Discher deutete nach draußen: »Wir fahren am besten über die Simon-von-Utrecht. Auf der Reeperbahn ist jetzt bestimmt Stop-and-go.«

»Dann über die Elbchaussee, ist schon klar«, sagte Rümker. »Wir kennen uns aus.«

»Unser Agenturbüro ist nämlich in Othmarschen. Klientelnah«, erklärte Kulbrod.

»Klientelnah ist ein gutes Wort, Herr Detektiv.«

»Grinsen Sie nicht so blöd«, sagte Kulbrod und drehte sich wieder nach vorn.

Als sie auf die Garagenauffahrt von Marie-Christin Discher gefahren waren, sagte Discher: »Meine Herren, um eins möchte ich Sie bitten.«

Kulbrod und Rümker drehten sich simultan um: »Ja?«

»Keine Gewalttaten vor den Augen meiner Frau. Die dreht sonst durch.«

Kulbrod grinste: »Ist das so eine?« Und an seinen Kollegen gewandt: »Also reiß dich zusammen, okay?«

Rümker kicherte albern.

Die Detektive stiegen aus und befreiten Discher aus dem BMW. Windböen durchfurchten die Rhododendronbüsche und schleuderten ihnen dicke Schneeflocken ins Gesicht.

Marie-Christin hatte sie schon bemerkt und stand in der Haustür.

»Nanu«, sagte sie. »Du kommst zum Tee? Und Freunde hast du auch mitgebracht?«

»Das sind keine Freunde. Diese Herren haben mich entführt.«

»Kommt erst mal herein. Bei diesem Wetter möchte man doch keinen Hund hinausscheuchen.«

Rümker und Kulbrod schoben sich dicht hinter Discher ins Haus. Marie-Christin führte sie ins Wohnzimmer und deutete auf die dezent beigefarbenen Sessel, die sich um einen Glastisch gruppierten.

»Nehmen Sie doch Platz. Wir bevorzugen Darjeeling als Nachmittagstee. Ich hoffe, Sie sind einverstanden? Ich könnte Ihnen einen TGFOP, einen FTGFOP oder einen KGFOP anbieten. Letzterer wäre dann allerdings ein grüner Tee.«

»Marie-Christin, Liebling. Dies hier sind Männer von echtem Schrot und Korn. Die können nur zwischen Tee mit oder ohne Rum unterscheiden.«

»Sie mögen sich doch bitte selbst äußern, Jens, bitte!«

»Kein Rum«, sagte Rümker. »Wir müssen noch fahren. Außerdem sind wir im Dienst.«

»Ihr Dienst ist, mich zu entführen ...« begann Discher, aber Marie-Christin war schon in der Küche verschwunden.

»Wundern Sie sich über nichts«, sagte Discher seufzend. »Sie ist meine Ex und weigert sich dennoch, sich scheiden zu lassen. Protestantische Ethik oder so. Sie will nicht, dass ich Gelegenheit finde, vor die Hunde zu gehen.«

»Verstehe.« Kulbrod nickte bedächtig mit dem Kopf.

Marie-Christin brachte schottisches Teegebäck sowie Teller und Tassen. Einige Minuten später war der Darjeeling fertig.

»Das ist ein First Flush. Man trinkt ihn ohne Zucker«, legte Marie-Christin fest, nachdem sie eingeschenkt und sich zu Discher auf das Sofa gesetzt hatte.

»Arbeiten Sie mit meinem Mann zusammen?«, fragte sie.

»Exmann«, verbesserte Discher.

Kulbrod und Rümker verschluckten sich gleichzeitig.

»Das sind Detektive. Die haben mich entführt.«

»Oder gehören Sie zu dieser ... äh, Funkergemeinde?« Sie

kräuselte die Nase. »Aber dann kommunizieren Sie ja wohl eher per Fernsteuerung, oder?«

Discher verdrehte die Augen und sah zur Decke.

»Tatsächlich wollten wir Ihre Tochter befragen«, sagte Kulbrod.

»Ach Jens«, seufzte Marie-Christin, »du hast mir deine Freunde nicht mal vorgestellt.«

Die beiden Detektive erhoben sich leicht von ihren Plätzen, deuteten eine Verbeugung an und stellten sich vor.

»Wenn Sie nicht funken, sind Sie wahrscheinlich von der Universität und helfen meinem Mann bei der Recherche zu seinem großen Enthüllungsbuch über Hamburg und die Hanse?« So, wie sie die Worte betonte, glaubte sie weder an die Recherche noch an eine mögliche Enthüllung, nicht mal an ein Werk, das Buch genannt werden konnte.

»Wir sind auf der Suche nach einem historischen Objekt«, erklärte Kulbrod.

»Noch etwas Tee, Herr Kulbrod?«

»Danke.«

»Herr Rümker?«

»Gern.«

»Jens?«

»Wenn's sein muss.«

»Eine Brosche, um genau zu sein«, fuhr Kulbrod fort.

»Nehmen Sie doch ein Stück Gebäck.«

»Aus dem Mittelalter. Silber. Ihre Tochter hat es an sich genommen.«

»Tja«, sagte Marie-Christin, »heute Abend ist der große Faschingsball. Ich nehme an, Jens, dass du mir nicht die Ehre geben wirst, mich zu begleiten?«

»Ich glaube nicht, dass die beiden mich lassen. Und das ist das einzig Positive, was mir zu ihnen einfällt.«

»Ich muss erst mal Evelyne Burchard anrufen. Könnte sein, dass sie wünscht, dass wir ihn vorbeibringen.« Kulbrod stand auf und stellte sich diskret in eine Ecke zwischen Fernsehapparat und Bücherschrank.

»Evelyne? Wer ist Evelyne?« Marie-Christins Augen blitzten.

»Eine Frau, die mir zwei Detektive auf den Hals geschickt hat, bloß weil ich mich für sie interessiert habe, ich meine, für ihre Familie, historisch.«

Marie-Christin stand empört auf: »Noch bist du verheiratet, Jens!« Sie nahm die leere Teekanne vom Stövchen und verschwand in der Küche. »Ich mach uns noch einen Tee.«

»Sie ist sauer«, stellte Rümker fest.

»Ist sie immer, wenn sie mich sieht.«

»Ihre Tochter ist also nicht da?«

»Nein.«

Kulbrod kam an den Tisch zurück. »Frau Burchard will mit Ihnen sprechen.«

»Jens, du könntest mir wirklich den Gefallen tun und auf den Ball mitkommen!«, rief Marie-Christin aus der Küche.

»Na, dann nichts wie weg hier, bevor ich mich noch als Hering verkleiden muss.«

»Hering?«

»Kennen Sie das Lied: In einen Harung jung und schlank, zwo, drei, vier?«

»Hm?«

»Jens?«

»Wir müssen los. Meine Entführer bringen mich zu ihrer Auftraggeberin. Wenn du mir einen Gefallen tun willst, dann ruf die Polizei an und erzähl ihnen, ich bin bei Evelyne Burchard, Klein-Flottbeker Weg. Sie sollen mich da rausholen.«

Sie trat aus der Küche. »Erspar mir deine dummen Witze, Jens. Wer ist diese Evelyne?«

»Ihre Familie ist auf der Liste der oberen Zweihundert verzeichnet. Sie haben es unter die ersten zehn geschafft.«

»Du bist ein Scheusal, Jens.« Marie-Christin sah jetzt wirklich erbost aus.

»Wenn es dich tröstet: Sie ist nur eine alte Flunder.«

Rümker und Kulbrod drängten Jens Discher zur Tür. Marie-Christin winkte ihnen hinterher.

»Komm bald mal wieder, Jens! Und bring deine Freunde mit.«

»Jetzt wissen Sie wenigstens, warum ich mich von ihr scheiden lassen will und wieso es nicht klappt.«

»Hm?«

»Sie kann nicht zuhören.«

Die drei Männer stiegen wieder in den BMW und fuhren los. Zu Evelyne Burchard kamen sie zu spät, weil sie von plötzlichem Hunger überfallen wurden und einen Schlenker zu einem Burger-King-Drive-in machen mussten. Das transsylvanische Hausmädchen teilte ihnen mit, Frau Burchard sei bereits zum Faschingsball im Atlantic aufgebrochen.

»Euch lassen Sie da vielleicht rein. Aber ich habe kein Kostüm dabei«, sagte Jens Discher.

Die beiden Detektive blickten sich ratlos an.

»Jetzt fahren wir ins Büro«, entschied Kulbrod.

Sie fuhren den BMW auf den Parkplatz einer Bauhausvilla an der Elbchaussee, in der offenbar nur Büros untergebracht waren, jedenfalls brannte nirgendwo Licht, und Autos waren sonst auch keine davor geparkt. Nachdem sie ausgestiegen waren, führten Rümker und Kulbrod ihn eine Kellertreppe hinunter und schlossen eine Eisentür auf.

Sie betraten einen niedrigen Kellerraum, in dem zwei metallene Schreibtische standen, ein Metallregal und ein paar Ikea-Klappstühle um einen runden Gartentisch. Die schmalen Fenster hatte er schon von draußen bemerkt. Sie waren vergittert.

»Sie verwechseln mich. Ich bin nicht dieser Reemtsma, und meine Frau wird einen Teufel tun und dreißig Millionen Euro in Reisetaschen von Manufaktum durch die Gegend schleppen.«

»Wo zum Teufel ist meine Büroflasche«, rief Kulbrod, nachdem er alle Schubladen seines Schreibtischs aufgezogen hatte.

»Steht da drüben im Regal«, sagte Rümker.

»Ich hab dir schon tausendmal gesagt, kauf dir deinen eigenen Whiskey!«

Kulbrod ging zum Regal, schraubte die Flasche auf und nahm einen Schluck. »Puh! Nach diesem Fastfood-Scheiß brauch ich das. Auch einen Schluck?« Er hielt Discher die Flasche hin.

»Ihr Kollege scheint's nötiger zu haben.«

Kulbrod warf Rümker die Flasche zu.

»Jetzt wird mir einiges klar«, sagte Discher. »Zwei Kellerasseln im Secondhand-Büro. Und dann auch noch Jim Beam. Meine Herren, Sie sind in meiner Achtung um einige Prozentpunkte gesunken.«

»Hauptsache, die Adresse macht was her«, sagte Kulbrod.

Die Detektive setzten sich an ihre Schreibtische. Jens Discher nahm auf einem Ikea-Stuhl Platz.

»Was nun?«, fragte Discher nach einer Weile.

Die Detektive sahen müde und ratlos aus.

»Im Allgemeinen sind Entführer im Besitz von Kartenspielen. Beim Spiel kommt man sich menschlich näher. Das entspannt die Atmosphäre.«

Rümker zog eine Schublade auf: »Skat?«, fragte er.

»Ich spiele alles bis auf Bridge.«

»Okay.« Kulbrod nickte Rümker zu. Beide standen auf, rückten den Gartentisch zurecht und nahmen sich zwei Klappstühle.

»Ramsch«, sagte Rümker.

Discher nickte: »Das passt zu Ihnen.«

Ganz langsam spielten sie sich warm. Kulbrod fand eine zweite Büroflasche, deren Pegel stetig sank. Gegen dreiundzwanzig Uhr klingelte das Telefon. Kulbrod ging ran. Nachdem er aufgelegt hatte, sagte er: »Das war Frau Burchard. Sie hat die Brosche entdeckt.«

Rümker warf die Karten auf den Tisch. »Wo?«

»An der, äh, Brust eines jungen Mädchens in einem Piratenkostüm mit Augenklappe auf dem Faschingsball im Atlantic. Und, äh, ein anderes Mädchen hat sie ihr abgenommen. Taschendiebin, sagt Frau Burchard. Sie hat's genau gesehen. Aber bevor jemand vom Hotel reagiert hat, war die Diebin schon über alle Berge.«

»Ach du Scheiße«, sagte Discher.

»Nichts wie hin!« Rümker sprang auf.

»He! Moment!«, rief Kulbrod.

»Was?«

»Willst du deinen Führerschein verlieren?«

»Na und, kauf ich mir einen neuen.«

Kulbrod seufzte: »Mach mir doch nicht das Leben so schwer, Junge.«

»Okay, dann nehmen wir eben ein Taxi.«

»Die lassen uns nicht rein.«

»Mit Ausweis.«

»Erst recht nicht. Außerdem hieß es doch, die Taschendiebin sei über alle Berge.«

»Trotzdem.« Rümker griff nach dem Telefon. 211211 war besetzt, bei 666666 geriet er in eine Endlosansage, 441011 war tot, und der spezielle Elbvororttaxenservice bat um Verständnis, dass alle Wagen bis drei Uhr morgens ausgebucht seien.

»Vergiss es«, sagte Kulbrod. »In der ganzen Stadt finden Faschingsbälle statt. Das ist immer so nach Aschermittwoch.«

»Kommt, Jungs, wir machen noch ein Spielchen«, schlug Discher vor. »Morgen knöpfen wir uns dann mein Töchterchen vor und machen uns auf die Suche nach dieser Diebin.«

24. FEBRUAR

MITTAGS/NACHMITTAGS

Es war ein zweifelhaftes Vergnügen, mit zwei besoffenen Privatdetektiven in einem Kellerbüro zu übernachten. Rümker und Kulbrod holten zwei Feldbetten aus einer Kammer, in der ansonsten nur Schrott herumlag, und bauten sie taumelnd auf. Immerhin boten sie eins davon ihrem Gast an. Jens Discher nahm dankend an und bekam eine Wolldecke dazu. Ohne Diskussion nahm Kulbrod das zweite Bett, eine weitere Decke und warf seinem Kompagnon den Bundeswehrschlafsack zu, der sich ebenfalls in der Kammer befunden hatte. Rümker rollte eine Isomatte aus und legte sich in eine Ecke auf den mit Bastmatten ausgelegten Fußboden. Das Licht wurde gelöscht, und bald schnarchten die Detektive um die Wette.

Discher lag wach. Er dachte an die Brosche. Der Gegenstand, kaum dass er in die Welt geraten war, hatte eine Eigendynamik von Ereignissen verursacht, die immer unübersichtlicher wurden. Nun war das Ding auch noch geklaut worden. Wie sollte man es jemals wiederfinden? Sein alter Freund Link Walther fiel ihm ein. Der hatte eine Menge Kontakte in zweifelhafte Milieus. Vielleicht konnte er ihm weiterhelfen. Mit den beiden Schmalspur-Marlowes war offenbar nicht viel anzufangen. Aber vielleicht konnten sie ihm noch nützlich werden. Immerhin hatten sie ein Auto, mit dem sie ihn herumkutschieren konnten. Es würde sich schon eine Gelegenheit finden, bei der er sie wieder loswerden könnte. Mit diesem Gedanken schlief er zufrieden ein.

Als er am nächsten Morgen die Augen aufschlug, sah er Kulbrod am Schreibtisch sitzen und sich gerade einen letzten Schluck Whiskey ins Glas gießen.

»Geht's wieder los?«, fragte Discher.

»Ein kleiner Schluck zum Abdämpfen des unaufhaltsam anrückenden Elends«, sagte Kulbrod.

Rümker schnarchte noch in seinem Schlafsack.

»Wie spät ist es?«, fragte Discher.

»Kurz vor zwölf.«

Discher rappelte sich auf. »Wollten wir nicht auf Verbrecherjagd gehen?«

Kulbrod stellte das Glas auf den Tisch. »Schlage vor, dass ich uns ein paar Brötchen von der Tankstelle hole. Bisschen Wurst könnte auch nicht schaden, ein Bier dazu?«

»Ich glaube, ich bevorzuge Kaffee.«

»Saure Gurken? Salzgurken? Senfgurken?«

»Wie wär's mit Marmelade?«

Kulbrod verzog das Gesicht.

»Okay, es ist schon spät, ich nehme auch Wurst.«

Kulbrod stand auf und machte sich auf den Weg. Rümker schnarchte weiter.

Discher machte sich mit der Technik der Kaffeemaschine vertraut, fand neben den Ordnern mit der Aufschrift »Fälle« und »Fälle erledigt« eine Dose mit Kaffee und zog sie raus. Die Ordner kippten um.

Ein Regalbrett tiefer standen mehrere Porzellanbecher verkehrt herum auf einem Handtuch. Jeder Becher hatte die Aufschrift »Privat-Detektei Hanseat«, dazu die Telefonnummer. Ganz schön professionell.

Kulbrod kam zurück und hatte eine Riesentüte Brötchen und mehrere Packungen eingeschweißte Wurst dabei: Salami, Mettwurst und Bierschinken. Aus dem kleinen Kühlschrank neben der Kaffeemaschine holte er H-Kaffeesahne und Diätmargarine.

Sie aßen schweigend. Rümker schnarchte weiter. Als sie fertig waren, stand Kulbrod auf und gab seinem Kollegen einen Tritt. Der schlug die Augen auf, setzte sich hin, schälte sich aus dem Schlafsack, stand auf, fuhr sich hastig mit den Fingern durchs Haar und fragte: »Geht's los?«

»Du hast noch Zeit für ein schnelles Frühstück.«

»Tass Kaff und ab«, sagte Rümker.

»Das mag ich so an ihm«, sagte Kulbrod. »Er ist immer einsatzbereit.«

Sie stapften durch die nassen Schneereste, die vom Sturm des Vortags übrig geblieben waren, über den Parkplatz vor der Bauhausvilla. Neben dem BMW standen jetzt ein Mercedes-Geländewagen und ein Porsche. Sie stiegen ein.

»Äh? Wohin?«, fragte Rümker.

»Das mag ich nicht an ihm«, sagte Kulbrod. »Man muss ihm immer sagen, wo's langgeht.«

»Zuerst sollten wir wohl mit meiner Tochter sprechen, um herauszufinden, was gestern auf dem Faschingsball passiert ist.«

»Genau.«

Rümker ließ den Motor aufheulen, und wenig später lenkte er den BMW vor Marie-Christins Garage. Discher merkte sofort, dass der Renault nicht da war.

Nachdem sie geklingelt hatten, dauerte es eine ganze Weile, bis Marie-Christin öffnete. Sie trug einen hellgelben Hausanzug und zierliche Puschen mit Pompons. Ihr Gesicht war grau, mit müden Augen blinzelte sie in das grelle Tageslicht. Hinter ihr im Flur lauerte eine zerbeulte Riesenkrake.

»Jens? Was willst du denn schon wieder hier?« Ein heftiger Windstoß ließ ihre Haare flattern. Discher musste zugeben, dass das irgendwie gut aussah.

»Ist Greta da?«

»Längst schon wieder verschwunden, ohne ein Wort zu sagen, mein Handy hat sie auch mitgenommen, das ist mal wieder typisch deine Tochter, von mir hat sie das jedenfalls nicht, ich frage mich, ob dein Einfluss nicht ...«

»Schon gut. Weißt du, wo sie hinwollte?«

»Ich sagte doch, dass sie gegangen ist, ohne ein Wort des Abschieds, typisch deine Tochter.«

Kulbrod hatte sein Mobiltelefon gezückt: »Wie ist die Nummer?«

Marie-Christin sah ihn verwirrt an: »Die Nummer?«

»Von Ihrem Handy, gnädige Frau. Ich ruf sie an, wir verabreden uns, und schon ist die Sache erledigt. Wir bringen sie wohlbehalten zurück.«

Marie-Christin schüttelte den Kopf: »Ich weiß doch nicht die Nummer von meinem Handy.«

»Dann sieh doch mal nach, wo du sie aufgeschrieben hast«, schlug Discher vor.

Sie wirkte ziemlich ratlos. Ein erneuter Windstoß ließ sie frösteln.

»Lass uns doch erst mal rein.«

Sie seufzte und drehte sich um. Auf dem Weg ins Wohnzimmer nahm sie einen Eisbeutel von einer Kommode und setzte ihn sich auf den Kopf. Die drei Männer folgten ihr, vorbei an der Riesenkrake, die missgelaunt im Weg hockte.

Rümker schüttelte den Kopf. Er konnte es gar nicht fassen: »Sie weiß ihre Handynummer nicht.«

Marie-Christin sank auf einen Stuhl in der Essecke. Die drei Männer blieben unschlüssig stehen.

»Wir rufen die Auskunft an«, sagte Kulbrod.

»Na, die Telekom wird die Nummer wohl nicht wissen, oder?«

»Macht nichts, wir rufen direkt an. Welche Vorwahl?«, fragte Rümker und sah Marie-Christin an.

Sie zuckte die Schultern: »Ich weiß nicht, welche Vorwahl.«

»Na, so schwer kann das doch nicht sein. Oder der Name der Telefongesellschaft«, versuchte Kulbrod, ihr auf die Sprünge zu helfen.

»Ich habe drei Handys ...«

»Nun, dann rufen wir eben drei Gesellschaften an, Herrgott!«, rief Kulbrod.

»Vergessen Sie es«, sagte Marie-Christin, »es sind alles drei Geheimnummern.«

Es fehlte nicht viel, und Kulbrod hätte dem Sessel neben sich einen wütenden Fußtritt verpasst.

»Dann warten wir, dass sie anruft«, schlug Rümker vor und machte schon Anstalten, sich auf dem Sofa niederzulassen.

»Meine Tochter ruft mich nie an, wenn sie unterwegs ist, das ist typisch.« Sie warf Discher einen anklagenden Blick zu.

»Dir tropft Eiswasser ins Gesicht, Christelchen«, sagte Discher.

Sie warf den Eisbeutel auf den Tisch.

»Untersteh dich, mich so zu nennen!«

»Engelchen passt heute nicht zu dir.«

»Was machen wir jetzt?«, fragte Rümker.

»Plan B«, sagte Kulbrod.

»Und der wäre?«

»Die Diebe suchen.«

»Ja, klar. Und wie?«

»Zunächst brauchen wir eine Personenbeschreibung. Frau Discher, könnten Sie vielleicht …«

Marie-Christin sah ihn verständnislos an: »Diebe? Was für Diebe?«

Discher versuchte, ihr auf die Sprünge zu helfen: »Die Brosche, du weißt schon, die sie mitgenommen hat, wurde ihr auf dem Ball gestohlen. Jedenfalls hat man uns das berichtet.«

»Davon weiß ich nichts. Das hätte sie mir doch gesagt.«

»In welcher Verfassung war sie denn gestern Abend?«

»Betrunken und depressiv wie immer, wenn ich sie irgendwohin mitnehme.«

»Und die Brosche, hat sie sie wieder mit nach Hause gebracht?«

»Ich hatte alle Hände voll zu tun, zumal der Taxifahrer nicht sehr hilfsbereit war.«

»Taxi? Sie haben ein Taxi bekommen?«, fragte Rümker.

»Das ist doch jetzt egal«, sagte Kulbrod.

»Vor dem Atlantic standen sie in zwei Reihen«, sagte Marie-Christin.

»Die Brosche!«, mahnte Discher.

»Sie hat was von einer schäbigen, schmutzigen Schlampe gefaselt, deine missratene, sturzbetrunkene Tochter!«

»Eine schäbige, schmutzige Schlampe?«

»Blondie, wenn ich dich zu fassen kriege! – Das hat sie auch noch mehrmals vor sich hingebrabbelt.«

»Eine schäbige, schmutzige Schlampe namens Blondie?«, fragte Kulbrod. Er hatte ein Notizbuch aus der Tasche seines Macintosh gezogen.

»Das ist sicherlich im übertragenen Sinne zu verstehen«, meinte Discher.

»Immerhin ein Anhaltspunkt.« Kulbrod notierte. »Und weiter?«

»Nichts weiter«, sagte Marie-Christin verärgert. »Und ich möchte nicht, dass Sie solche Aussagen meiner Tochter in Ihr Notizbuch schreiben.«

Kulbrod steckte das Buch weg. »Fakt ist ja wohl, dass die Brosche gestohlen wurde.« Er sah Marie-Christin fragend an.

»Scheint so«, sagte sie.

»Tja, wo finden wir nun das Mädchen?«, murmelte Rümker.

»Wir waren doch schon bei Plan B«, sagte Discher.

»Spannen Sie uns nicht auf die Folter«, sagte Kulbrod.

»Unter einer Bedingung mache ich mit«, sagte Discher.

»Und die wäre?«

»Keine Handschellen mehr.«

Marie-Christin sah ihn verstört an.

Kulbrod nickte: »Okay.«

»Wir kooperieren.«

»Okay.«

»Und kein Feldbett und keinen Jim Beam mehr.«

»Gebongt.«

»Dann schlage ich vor, wir steuern den Grasbrookhafen an.«

»Handschellen, Feldbett, Jim Beam – ist das eine neue Geheimsprache?« Marie-Christin tastete verwirrt nach dem Eisbeutel.

»Grasbrook?«, fragte Rümker.

»Auf dem Grasbrook wurde Klaus Störtebeker, der Stachel im Fleisch der Hanseaten, widerrechtlich hingerichtet …«

»Oh Gott! Hör auf! Verschone mich mit diesem Sermon!« Marie-Christin stand auf: »Ich geh wieder ins Bett. Auf Wiedersehen, die Herren!«

Die drei Männer verließen das Haus. Als sie zum Wagen gingen, knuffte Kulbrod Discher launig in die Seite: »Na, diesmal hat sie aber auf alle Fragen geantwortet.«

»Ja«, sagte Discher wehmütig lächelnd. »Wenn sie verkatert war, haben wir uns immer prima verstanden.«

Sie stiegen wieder in den BMW.

»Wie kommen wir jetzt zu diesem Störtebeker-Grab?«

»Kein Grab«, sagte Discher. »Störtebeker wurde auf dem Grasbrook geköpft. Das ist eine Elbinsel. Sie wissen schon, das war dieses denkwürdige Ereignis, als ihm versprochen wurde, alle Männer, an denen er kopflos vorbeiläuft, würden freigelassen. Und dann hat einer der ehrwürdigen Ratsherren ihm ein Bein gestellt, und die, an denen er trotzdem noch vorbeikam, wurden dennoch hingerichtet. In meinem Buch werde ich …«

»Eine Insel?«, unterbrach ihn Rümker. »Brauchen wir jetzt auch noch ein Boot?«

»Dummkopf!«, sagte Kulbrod. »Die Elbinseln sind alle mit Brücken verbunden und bilden zusammen den Freihafen.«

»Okay. Also wohin soll ich jetzt fahren?«

»Erst mal zurück in die Stadt«, sagte Kulbrod. »Und dann zeigt uns unser Partner den Weg.« Er sah Discher an. »Stimmt's?«

»Mach ich. Kann ich mal ein Telefon haben?«

Er wählte Link Walthers Nummer, erwischte aber nur die Mailbox.

Sie fuhren die Elbchaussee entlang, dann über die Palmaille Richtung Fischmarkt, über die St.-Pauli-Hafenstraße an den Landungsbrücken vorbei, passierten den Baumwall, erreichten die Speicherstadt, bogen auf die Brooksbrücke und kamen zum Sandtorhafen. Doch von dort aus gab es keinen fahrbaren Zugang zum Grasbrookhafen, weshalb sie weiterfuhren und den Umweg über Brooktor und Dalmannkai in Kauf nahmen. Schließlich hielten sie neben dem Brachgelände, auf dem bis vor kurzem noch Lagerhallen gestanden hatten.

»Wo soll's denn jetzt sein?«, fragte Kulbrod, nachdem sie ausgestiegen waren.

»Wir müssen da drüben hin.«

»Durch den Matsch?«, nörgelte Rümker.

»Das ist doch nur Geröll.«

Als sie am Becken des Grasbrookhafens angelangt waren und hinunter auf den Anleger blickten, stellte Discher fest: »Er ist nicht mehr da.«

Wären sie eine Stunde früher gekommen, hätten sie Link Walther und Bernhard Nissen noch beim Ablegemanöver zur Hand gehen können. So aber gab es nichts weiter zu sehen als graues Elbwasser, von Westen heranziehende dunkle Wolken und am anderen Ufer die glitzernden Stahltanks der Raffinerie, die die letzten Sonnenstrahlen reflektierten, bevor der Wind auffrischte und einen heftigen Schneeschauer übers Wasser peitschte.

1852

»Autsch, auch das noch!« Die junge Frau strauchelte und fiel ins Gras.

»Um Himmels Willen, Christine! Hast du dich verletzt?«

Kai Heinrich kniete sich neben sie und fasste nach ihrer Hand.

»Mein Knöchel!«

Sie strich mit der Hand über den rechten Fuß in der zierlichen Stiefelette und verzog das Gesicht.

»Ist es schlimm?«

»Ich weiß nicht.«

»Wenn es schlimm ist ...«

»Hier tut es weh.«

»... trage ich dich ...«

Sie lachte. »Du bist wirklich lieb, aber wie willst du mich so weit tragen?«

Er blickte unschlüssig in die Ferne. Sie hatte Recht. Zweifellos war sie um einiges schwerer als er. Unter ihrem weiß und blau karierten Reformkleid aus Baumwollmousseline zeichnete sich deutlich ihre üppige Figur ab. Sie waren eben über einen baumbewachsenen Hügel geklettert, der sich jetzt als weiter Erdwall entpuppte. Wie sollte er sie dort wieder hochkriegen?

»Bis zum Gasthof zurück ist es nicht weit. Ich kann ja von hier aus noch den Kirchturm sehen, und gleich dahinter ...«

Sie versuchte aufzustehen, knickte aber sofort wieder mit einem Schmerzensschrei um, kaum dass sie den rechten Fuß aufgesetzt hatte. Sie schnürte die Stiefelette auf und betrachtete den Fuß.

»Er sieht ganz normal aus.«

Kai Heinrich blickte fasziniert auf den überraschend kleinen Fuß, der jetzt nur noch von dem hellen, feinen Stoff des Strumpfes verhüllt wurde.

Mit beiden Händen knetete sie ihren Fuß, dann schrie sie: »Au!«

»Ich muss dich wohl doch tragen«, stellte Kai Heinrich fest.

»Aber nein. Wir warten ein kleines Weilchen, bis es wieder gut ist.«

Nach einem kleinen Weilchen war der Fuß dick angeschwollen und passte nicht mehr in das Stiefelchen.

Tränen standen in Christines Augen.

»Kein Grund zu weinen«, versuchte er sie zu trösten. »Wir könnten ans Ufer gehen und den Fuß im Wasser kühlen.«

»Und du glaubst, das nützt etwas?«

»Aber ja.«

Er half ihr beim Aufstehen, setzte seinen Ranzen ab, auf den eine Wolldecke geschnallt war, und in dem sich ihr Proviant befand. Dann stellte er sich vor sie und forderte sie auf, die Arme um seinen Hals zu legen. Mit dem Kleid war es fast unmöglich, ihm auf den Rücken zu steigen. Irgendwie ging es doch, aber schon nach wenigen Schritten spürte er, dass sie ihm zu schwer war.

Keuchend schaffte er es, sie bis ans Ufer zu schleppen. Er ließ sie vorsichtig herunter, und sie setzte sich ins Gras. Schwer atmend lief er zurück, um seinen Ranzen zu holen. Währenddessen zog sie sich die Strümpfe aus. Als er wieder bei ihr angelangt war, schnallte er die Wolldecke ab. Er faltete sie sorgsam auseinander, damit sie sich darauf setzen konnte.

Das Wasser war kalt, aber der Fuß schwoll trotzdem immer mehr an. Er sah jetzt schrecklich unförmig aus. Christine jammerte. Kai Heinrich überlegte, ob er sie bis zum Gasthof tragen könnte. Unmöglich, entschied er, das ist nicht zu machen. Es war das erste Mal, dass ihm etwas an ihrem Körper missfiel.

»Ich werde ein Pferd holen oder so etwas. Irgendwie müssen wir hier fortkommen.« Er deutete in den Himmel: »Es würde mich nicht wundern, wenn dieser schöne Tag mit einem Gewitter endet.«

»Ich habe Angst vor Pferden.«

»Einen Esel.«

»Das ist doch das gleiche.«

»Einen Wagen. Sie werden doch wohl einen Pferdewagen haben oder einen Ochsenkarren.«

»Du willst mich mit einem Ochsenkarren nach Hause bringen?«

»Wenn es sein muss.«

»Ach, Kai Heinrich ...« Sie brach in Tränen aus.

Er hatte nichts dagegen, sie zu trösten. Meist spielte sie ja das schluchzende Kind, damit er Gelegenheit fand, ihr nahe zu kommen.

Sie lagen nebeneinander im Gras. Waren sie allein? Kai Heinrich blickte sich um. Auf dem in einiger Entfernung liegenden Erdwall bemerkte er eine Gestalt. Jemanden, der offenbar in ihre Richtung blickte. Außerdem fiel ihm auf, dass sich der Himmel immer mehr mit dunkelgrauen Wolken bezog.

Er besänftigte sie und befreite sich aus ihrer Umarmung.

»Es ist besser, ich gehe sofort los.«

»Ach ...«

Er deutete nach oben: »Es wird bald regnen.«

»Dann geh und beeil dich.«

»Ich trage dich dort drüben hin, unter den Baum, da bist du geschützt.«

Wieder nahm er sie auf den Rücken. Beinahe hätte er sich selbst den Fuß verstaucht, als er sie über die Wiese zur Baumgruppe am Rand des Walls schleppte.

Er setzte sie ab, gab ihr einen Kuss und lief wieder zu der Stelle, wo er seinen Ranzen und die Decke gelassen hatte. Die Decke brachte er ihr, den Ranzen schnallte er wieder auf. Sie schlang die Decke um sich und steckte sie über ihrer üppigen Brust mit der Brosche zusammen, die sie von ihrem Kleid gelöst hatte. Es war eine seltsame Brosche, offenbar der mittlere Teil eines größeren Ganzen, das einmal ein Schiff dargestellt hatte, auf dessen Bordwand ein Herz prangte.

»Siehst du, jetzt habe ich sogar einen richtigen Mantel.«

Noch ein Kuss, dann riss er sich los. Immer mehr schwarze Wolken näherten sich von Nordwesten. Er musste sich beeilen.

Er überquerte die Wiese, lief an einem Getreidefeld entlang und kam zu einem breiten Weg. Er wandte sich nach rechts und durchquerte den Bereich, der von dem Erdwall eingeschlossen wurde. Als er sich dem Ende des Walls näherte, glaubte er, wieder eine Gestalt hinter den Bäumen dort oben zu sehen. Wenn es die gleiche war, die er eben noch weiter hinten gesehen hatte, war sie ihm gefolgt. Nun aber wandte sie sich um und lief in die andere Richtung. Es war ein Mann, der ungewöhnlich groß und massig wirkte, ein Bauer vielleicht.

Während er zügig weitermarschierte, dachte Kai Heinrich darüber nach, was für ein Glückspilz er doch war. Der Zufall hatte ihn aus Hamburg in die Stadt im Norden verschlagen, was ihm zunächst gar nicht gefallen hatte. Aber dann stellte sich heraus, dass sich gegenüber dem kleinen Handelskontor, in dem er als Buchhalter tätig war, eine Bäckerei befand, in der ein dralles Mädchen namens Christine unter anderem Franzbrötchen verkaufte. Er war Hamburger, und Franzbrötchen waren seine Leibspeise. Jeden Tag kaufte er eins zum Frühstück und eins zum Nachmittagstee. Er ernährte sich während der Arbeitszeit nur von Franzbrötchen, was nicht zuletzt daran lag, dass die alte Dame, bei der er ein Zimmer bezogen hatte, ihm jeden Abend eine riesige, mit deftigem Eintopf gefüllte Terrine hinstellte und ihn nötigte, mindestens drei Teller davon zu essen. Viel mehr brauchte der Mensch nicht zum Leben.

Über das Franzbrötchen war Kai Heinrich mit Christine ins Gespräch gekommen. Sie fand es aufregend, wenn er ihr vom großen Hamburg erzählte. Er fand es aufregend, sie anzusehen. Nach und nach wurden sie vertrauter, trafen sich zum Spaziergang, auf Tanzfesten und einmal sogar in einem Café zu heißer Schokolade.

Den Ausflug zum Himmelfahrtstag hatten sie von langer Hand geplant. Es sollte eine Art Test sein, hatten sie sich vorgenommen. Sie wollten prüfen, wie gut sie miteinander auskamen, wenn sie von früh bis spät zusammen waren. Tatsächlich kamen sie so gut miteinander aus, dass die Wanderung fast nur aus Rasten im hohen Gras und weichen Moos bestand. Christine hatte ihren Eltern nur vage etwas von einer Wanderung mit einer Freundin angedeutet, aber am Abend, so war besprochen worden, wollte sie dem Bäcker und der Bäckerin den jungen Mann vorstellen, der um ihre Hand anhalten sollte.

Wegen der häufigen Unterbrechungen waren sie auf ihrer Wanderung kaum über ein Umrunden des Seitenarms der Förde nahe ihrer Heimatstadt hinausgekommen. Aber war nicht gerade dies der Sinn des Ausflugs gewesen? Kai Heinrich lächelte vor sich hin, als er den Erdwall hinaufstieg. Dann runzelte er die Stirn. Irgendwie hatte er sich vertan. Es war viel weiter bis zum Gasthof, als er gedacht hatte. Er war eben kein Einheimischer und konnte Entfernungen nicht gut einschätzen. Sie waren am Morgen am Wirtshaus nahe des Fördeufers vorbeigekommen, danach an einer uralten Kirche. Aber wo war diese Kirche jetzt? Zunächst einmal musste er über den Wall klettern, eine Wiese überqueren, dann ging es über einen Feldweg durch ein Wäldchen, und als er das verlassen hatte, sah er endlich die Sandsteinmauern der kleinen Kirche. Er lief daran vorbei, über die Straße und erreichte den Gasthof, als die ersten Tropfen fielen.

In der schlichten Gaststube waren alle Tische von Ausflüglern besetzt. Mädchen in dunklen Kleidern, langen weißen Schürzen und Häubchen auf dem Kopf servierten Tee, Kakao und Kuchen. Manche Gäste hatten sogar Kaffee vor sich stehen. Kai Heinrich wandte sich an eine Kellnerin, wurde an eine andere verwiesen, die ihn zur Wirtin schickte, die erklärte, man habe momentan kein Gefährt zur Verfügung. Kai Heinrich drehte sich Hilfe suchend um die eigene Achse und bemerkte, dass hier und da Lampen angezündet wurden, weil es draußen beängstigend dunkel geworden war. Eine Tür klapperte, ein Fenster knallte zu, draußen wurde es stürmisch. Die Ausflügler blickten kurz auf und begannen, über das bevorstehende Unwetter zu spekulieren. Zweifellos wollten die meisten so lange bleiben, bis das Unheil vorübergezogen war.

Aber er, was sollte er jetzt tun? Er ging von Tisch zu Tisch und unterbrach Gespräche, fragte, ob jemand ihm ein Gefährt ausleihen könnte. Die meisten waren zu Fuß unterwegs, nicht wenige reagierten auf seine Frage unwirsch und abweisend. Jemand meinte, er solle doch den Wirt um ein Pferd bitten. Aber ein Pferd wollte er nicht, er brauchte eine Kutsche oder einen Karren.

Es schien aussichtslos zu sein. Da sah er den Wirt, der aus einer Tür trat und hinter den Tresen ging. Ein Pferd wäre besser als gar nichts, dachte er und drängte sich zwischen den Tischen hindurch. Nein, sagte der Wirt, bei diesem Unwetter würde er gar nichts verleihen, schon gar kein Pferd.

»Aber meine ... meine ... Verlobte!«, rief Kai Heinrich aus.

Der Wirt zuckte bedauernd mit den Schultern.

Ein kleiner, älterer Herr mit Nickelbrille zupfte Kai Heinrich am Ärmel und lüpfte den Zylinder.

»Gestatten Sie? Theodor Geibel. Mir scheint, Sie sind sehr in Sorge ...«

»Ja, ganz recht, meine Verlobte ...« Kai Heinrich erklärte dem etwas klapprig wirkenden Männchen die Situation.

»Wenn Sie erlauben, Herr ...«

»Burchard, Kai Heinrich Burchard.«

»Wenn Sie erlauben, Herr Burchard, dann könnte ich Ihnen vielleicht behilflich sein. Ich habe einen Unterstand drüben im Wäldchen. Da steht eine Schubkarre ... wenn Sie damit eventuell ...«

»Eine Schubkarre?« Kai Heinrich fand die Idee, seine Fastschon-Verlobte in einer Schubkarre zu transportieren, unmöglich. Aber dann hörte er, wie der Wind an den Fenstern rüttelte und sah, wie ein Mann, dem beinahe die Mütze vom Kopf flog, sich gegen die Eingangstür stemmte, um sie zu schließen.

»Ja, also, wir müssen es wohl auf diese Art angehen. Sie ist ja ganz allein dort draußen und den Elementen ausgeliefert.«

»Ja, ja«, Theodor Geibel drängte ihn zur Tür. »Nicht nur den Elementen, mein guter Junge.«

Was meinte er damit? Kai Heinrich musterte den kleinen Mann und stellte beunruhigt fest, dass er einen sehr schäbigen Anzug trug, der ziemlich verdreckt war. Auch seine Schuhe waren schlammbespritzt.

Kaum waren sie draußen, flog dem alten Mann der Zylinder weg. Er sah kopfschüttelnd hinterher, wie der Wind ihn zum Ufer rollen ließ und ihn dann hochhob und über das Wasser schickte, bis er hineinfiel. Die Wasseroberfläche der Förde war aufgewühlt. Inzwischen waren so viele tiefe Wolken herangeweht worden, dass man die Stadt in der Ferne kaum noch erkennen konnte. Noch immer fielen nur wenige Tropfen, aber bald würde das Unwetter in seiner ganzen Gewalt losbrechen.

»Nach dieser Unternehmung sind Sie mir einen Hut schuldig, junger Mann«, sagte Geibel. »Und nun los!«

Sie überquerten die Straße, liefen an der Kirche vorbei in den Wald, wo der alte Mann zielstrebig vom Weg abbog und ins Unterholz lief. Kai Heinrich folgte ihm, und sie erreichten einen Unterstand, wo verschiedene Gerätschaften untergebracht waren: Schaufeln, Hacken, Pickel, die verschiedensten Sandsiebe, Eimer, Kisten und vieles mehr wie zum Beispiel eine hölzerne Schubkarre.

»Was meinen Sie?«, fragte Geibel. »Wird Ihre Verlobte darin Platz finden?«

»Ich denke schon.«

»Dann also los!«

»Darf ich Sie fragen, was Sie hier im Wald tun?«, fragte Kai Heinrich.

»Oh, Sie dürfen, aber ich werde es Ihnen nicht sagen. Es ist geheim.«

Kai Heinrich sah den alten Mann, der sich jetzt umständlich eine Regenpelerine anzog, erstaunt an. »Geheim?«

»Wissen Sie, ich suche Gegenstände.«

»Wie bitte?« Das Rauschen der Bäume übertönte ihre Unterhaltung.

»Alte Gegenstände.«

»Aha.« Kai Heinrich konnte sich darunter nichts vorstellen.

»Es handelt sich um bedeutende wissenschaftliche Erkenntnisse, junger Freund.«

»Ach so.«

Theodor Geibel nahm die Schubkarre und bedeutete seinem Begleiter, er solle vorweggehen und ihm den Weg zeigen. Kai Heinrich wollte ihm die Schubkarre abnehmen, aber der alte Mann weigerte sich.

Sie durchquerten das Wäldchen und erreichten den Feldweg, der zum Erdwall führte. Jetzt begann es, richtig zu regnen. Der Wind peitschte ihnen die Tropfen ins Gesicht. Geibels dünne weiße Haare klebten nach kurzer Zeit unordentlich auf seinem Kopf. Kai Heinrich spürte, wie ihm das Wasser ins Gesicht und in den Nacken rann.

Sie erreichten den Hügel.

»Müssen wir da hinauf?«, fragte Geibel.

»Nein, es ist mehr am Ufer.«

»Also gehen wir quer übers Feld.«

»In welche Richtung?«

»Einfach geradeaus.«

»Ja.«

Sie setzten ihren Weg fort.

»Es war übrigens keine gute Idee, Ihre Verlobte dort allein zu lassen«, sagte Geibel, während sie über die Wiese stapften und Kai Heinrich verzweifelt versuchte, die Gestalt seiner Verlobten irgendwo dort drüben bei der Baumgruppe am Ufer auszumachen. Er spürte, wie seine Kleidung mehr und mehr aufweichte. Wo war Christine?

Es blitzte. Ein krachender Donner folgte gleich darauf. Der Himmel öffnete alle Schleusen.

»Zwei Frauen sind erst kürzlich hier verschwunden. Keiner weiß, was aus ihnen geworden ist.«

»Hören Sie auf! Das ist ja furchtbar, was Sie mir da erzählen.«

»Ja, ja, furchtbar ist es in der Tat. Es heißt, ein riesenhafter, tumber Kerl treibe hier sein Unwesen ...«

Kai Heinrich blieb stehen. »Hier ist es.«

»Aber wo ist sie?«

Einige Meter entfernt lag etwas Dunkles im Gras. Kai Heinrich lief hin. Es war die Wolldecke. Er hob sie auf. Sie war nass und schwer. Darunter glänzte etwas im Gras. Die Brosche. Sie hatte ihre Brosche zurückgelassen? Oder war sie einfach nur abgefallen? Abgerissen worden? Ein panischer Schreck durchzuckte ihn. War Christine verschleppt worden?

Er hob die Brosche auf, und in diesem Augenblick brach ein Orkan los, wie man ihn schon lange nicht mehr erlebt hatte. Der Himmel verfinsterte sich noch weiter, mehrere Blitze zuckten in kurzer Folge aus den schwarzen Wolken, dicht gefolgt von knallendem Donner. Eine unglaublich heftige Windböe warf die beiden Männer zu Boden. Auch ein lautes Bersten war zu hören. Oben auf dem Wall war eine Eiche getroffen worden. Der Blitz hatte den Stamm gespalten. Der Baum brannte.

Kai Heinrich gelang es, sich hinzuknien. Er starrte erschrocken auf die aus dem gespaltenen Stamm emporzüngelnden Flammen. Und dann sah er den riesigen Kerl, der vom flackernden Schein beleuchtet wurde, und der sich etwas über die Schulter geworfen hatte. Etwas Helles, Großes.

Kai Heinrich schrie laut auf: »Christine!«

Sein Begleiter, der sich mühsam aufzurichten versuchte, sah ihn erstaunt an, dann blickte er in die Richtung, in die Kai Heinrich deutete. »Was ist?«

»Da!«

Geibel schüttelte den Kopf. Er konnte offenbar nichts erkennen, seine Brille war mit zahlreichen Regentropfen benetzt.

»Er hat Christine mitgenommen!«, rief Kai Heinrich verzweifelt.

»Was?«

»Dieser ... dieser Unhold!«

Er rannte los, auf den Wall zu. Geibel taumelte hinter ihm

her. Die beiden Männer kamen kaum voran. Zwar blies der Wind ihnen in den Rücken, aber manche Böen waren so heftig, dass sie beinahe zu Boden gedrückt wurden.

Kai Heinrich erreichte den Wall und kletterte mühsam hinauf. Er rutschte ab, fiel auf die Knie, kroch auf allen vieren weiter, richtete sich wieder auf und erreichte keuchend den brennenden Baum.

Der riesige Kerl war verschwunden. Voller Panik drehte Kai Heinrich sich um die eigene Achse, aber niemand war zu sehen, bis auf Theodor Geibel, der jetzt atemlos, total durchnässt und verdreckt nach oben kam. Eine gewaltige Böe riss Kai Heinrich um. Er fiel auf den Rücken, starrte nach oben und sah, wie die eine Hälfte des vom Blitz gespaltenen Baumstamms kippte und direkt auf ihn zusauste. Er wollte sich zur Seite rollen, aber es war schon zu spät.

Er erwachte im Schein einer Petroleumlampe, sah sich um und stellte fest, dass er sich in einer Art Höhle befand. Vielleicht war es auch mehr ein Erdloch. Er sah keine Tür.

Ein Raum ohne Tür? Sollte das ein Albtraum sein? War er in einem Kerker gelandet?

Aber nein. Ihm gegenüber saß Theodor Geibel und sah ihn freundlich an.

»Na, junger Mann. Wie geht es ihrem Kopf? Sie haben Glück gehabt. Es war nur der Ast, nicht der Baum, der sie getroffen hat.«

Kai Heinrich befühlte seinen Kopf. »Eine Beule«, stellte er fest.

»Ein blaues Auge wird wohl noch dazukommen. Und der Oberschenkel ist bestimmt gebrochen.«

Kai Heinrich verzog das Gesicht.

»Tut mir Leid«, sagte der Alte.

»Aber … wo sind wir hier?«

»Sie befinden sich in einem geheimen Unterstand von Theodor Geibel. Es gibt drei davon. Bevor Sie hier weggehen, müssen Sie mir versprechen, dass Sie niemandem erzählen, wo Sie waren.« Geibel dachte nach: »Vielleicht werde ich Ihnen sogar die Augen verbinden und Sie zuerst in die Irre führen. Kein Mensch weiß bisher, was ich hier tue, und niemand soll es wissen. Bis ich die Fachwelt in Erstaunen versetzt habe.«

»Ja«, sagte Kai Heinrich matt und versuchte aufzustehen, »aber ich habe jetzt keine Zeit. Ich muss sofort nach draußen. Christine ... der Riese ... ich muss sie finden ...«

Er fiel nach vorn und schlug mit dem Kopf auf den Boden auf. Geibel machte keine Anstalten, ihn aufzufangen. Er sah ihn mitleidlos an, als sei er ein Forschungsobjekt.

»Ich glaube, Ihr rechtes Bein hat sehr gelitten«, stellte er fest.

Kai Heinrich gelang es mühsam, sich hinzusetzen. »Aber ... Sie müssen mir helfen! Ich muss nach draußen. Dieser Unhold ... Christine!«

»Hören Sie, wie es rauscht und pfeift und wie der Regen auf unser Holzdach prasselt? Wir können von Glück sagen, dass wir in der Erde eingegraben sind. Jede Holzhütte wäre längst zusammengestürzt. Einen solchen furchtbaren Orkan hat es lange nicht gegeben. Wir werden warten, bis er vorübergezogen ist.«

»Aber Christine ...«

»Sie können doch gar nicht laufen«, stellte Geibel sachlich fest.

Kai Heinrich versuchte noch einmal, auf die Beine zu kommen, aber das rechte Bein versagte seinen Dienst. Gerade noch konnte er sich mit den Händen auf dem Boden aufstützen. Und diesmal stach ein heftiger Schmerz, vom Oberschenkel ausgehend, nach oben in seinen Unterleib. Kai Heinrich schrie laut auf.

»Ich werde Sie später auf meiner Schubkarre zurückbringen.«

Ein Gefühl der Ohnmacht übermannte Kai Heinrich, gleichzeitig mit der Einsicht, dass er wirklich in eine lächerliche Situation geraten war. Erst Christines Fuß, dann sein Bein und dieser seltsame alte Mann in seinem Erdloch. Der stechende Schmerz verschwand, übrig blieb ein bohrendes Pochen im Oberschenkel. Er hockte sich hin und sah sich um. Auf einem niedrigen, roh gezimmerten Holztisch und in kleinen und großen Holzkisten lagen seltsame Gegenstände. Manche sahen aus wie uralte, aus Holz geschnitzte Löffel oder bizarr geformte große rostige Schlüsseln, ein verwittertes Messer war dabei, verschieden geformte Kreuze, diverse Keramikteile, die zusammengeklebt worden waren, Pfeilspitzen, Messer mit Holzgriff, ein Kamm, Nadeln mit zierlich gearbeiteten Köpfen in verschiedenen Größen für wer weiß was für Zwecke und viele andere Gegenstände, unter denen Kai Heinrich sich überhaupt nichts vorstellen konnte.

Geibel bemerkte erfreut, wie sein Gast sich verwirrt umsah. Er griff in eine Kiste, nahm etwas heraus und hielt es ihm hin. Es sah aus wie ein Fisch mit einem runden Kinderkopf.

»Ein Amulett«, sagte Geibel.

Dann hielt er ihm ein rautenförmiges Ding hin, das ein Gesicht mit einer Art Zipfelmütze zeigte.

»Ein Glücksbringer mit Götterkopf.«

Nun hatte Geibel ein paar gebogene rostige Nadeln in der Hand: »Angelhaken.«

Schließlich hielt er ihm ein aus Stein gearbeitetes glattes, rundes Teil mit einem Loch in der Mitte hin: »Was das ist, weiß ich nicht.« In den glatten Rand waren undeutliche Verzierungen eingeritzt.

Kai Heinrich konnte sich auf all das überhaupt keinen Reim machen.

»Was sind das für alte Sachen?«

Geibel lachte in sich hinein.

»Die hab ich alle hier ausgegraben.«

»Hier in diesem Loch?« Kai Heinrich blickte skeptisch um sich.

Geibel lachte laut auf.

Kai Heinrich schüttelte den Kopf. Der Alte war ein Spinner. Anstatt seinem irren Gerede zuzuhören, sollte er lieber überlegen, wie er hier wieder rauskommen konnte. Aber er hörte auch, wie der Wind dort draußen heulte, der Regen unerbittlich auf das Dach prasselte, Wassertropfen durch die Holzdecke drangen, und er sah kleine Rinnsale die Erdwände herunterfließen.

»Sie sind hindurchgelaufen!«, rief Geibel mit leuchtenden Augen. »Sie sind hindurchgelaufen, junger Freund. Mitten hindurch. Allerdings haben Sie nicht auf die Details geachtet. Unverzeihlich.« Er kicherte. »Aber das, was mir ins Auge fällt, sagt Ihnen natürlich nichts.«

Kai Heinrich gab sich desinteressiert. Er spürte einen heftigen Widerwillen gegen diesen wunderlichen Alten, der ihn hierher geschleppt hatte.

Geibels Heiterkeit versiegte, und er sah seinen unfreiwilligen Gast mit kaltem, verächtlichem Blick an: »Sie glauben mir nicht? Natürlich nicht. Mir will keiner glauben. Theodor Geibel, der Wunderling! Ha! Sehe ich so aus wie ein Phantast?« Er deutete auf die alten Gegenstände. »Sehen diese Dinge etwa so aus, als hätte ich sie gefälscht? Um mich wichtig zu machen? Lächerlich! Aber ihr wollt es ja nicht wahrhaben. Man weigert sich, mich zur Kenntnis zu nehmen. Ich grabe trotzdem, auch wenn sie mich mit Schimpf und Schande aus ihren heiligen Hallen gejagt haben, in Kiel und Kopenhagen, in Lübeck und in Hamburg. Da sind die Dänen nicht besser als die Deutschen. Ignoranten allesamt! Was einmal als richtig angesehen wurde, soll für immer gelten. Was für ein Unfug! Der Hügel, lieber Herr Geibel, stellt doch nichts weiter dar als den Teil einer Verteidigungsanlage, die wir schon kennen. Ein Hügel am Wasser? Na, was kann das schon anderes gewesen sein als eine Sammelstelle für das Militär. Pustekuchen! Wenn sie mir mal richtig zugehört und meine Stichproben genau überprüft hätten, wenn sie mir Werkzeug und Helfer zur Verfügung gestellt hätten, dann hätte ich ihnen bewiesen, dass diese Anlage hier einst ein blühendes Gemeinwesen gewesen ist, in einer Zeit, als die meisten Menschen noch in schmutzigen Löchern hausten. Ja, ja, wenn ich das schon höre: Das ist ganz unmöglich, verehrter Herr Geibel, was Sie sich da ausgedacht haben, eine solche Siedlung gab es damals nirgendwo im Norden. Eben doch! Vor langer Zeit hat es hier eine Siedlung gegeben, ein blühendes Gemeinwesen.« Geibels Stimme wurde leiser. Er schien erschöpft zu sein. Seine Augen wurden stumpf. »Mag ja sein«, fuhr er fort, »dass diese Kultur untergegangen ist, aber das macht sie doch nicht weniger interessant. Ich werde es ihnen beweisen. Vielleicht wird es Jahre dauern, aber eines Tages werden sie mir zujubeln, weil ich ihnen Schätze und Erkenntnisse beschert habe, die sie sich in ihren kühnsten Forscherträumen nicht ausmalen konnten. Man wird mich in die Akademie aufnehmen, man wird mich hofieren ...« Er starrte vor sich hin: »Als Propheten sollte man mich verehren, als Begründer einer neuen nordischen Idee, als den Menschen, der den Brückenschlag zwischen dem Germanentum der Vergangenheit und seinem Neuaufbruch in die Zukunft gewagt hat ... meine Bücher sollten sie lesen, statt über mich zu lachen ... Geld sollten sie mir geben ... ach, wenn ich nur Geld hätte.«

Kai Heinrich interessierte das alles herzlich wenig. Ihm war kalt in seinen durchnässten Kleidern. Er fühlte sich benommen, aber nicht so sehr, dass er sich nicht heftige Sorgen um Christine machte. Sie war verschleppt worden. Er hatte es doch mit eigenen Augen gesehen. Es musste irgendetwas unternommen werden! Aber wie konnte er nur diesen verrückten Alten dazu bewegen, ihm zu helfen?

»Hören Sie, Herr Geibel, es tut mir sehr Leid, wenn Sie ungerecht behandelt wurden. Ich würde Sie unterstützen, wenn ich könnte, aber ich bin nur ein armer Schreiber, mittellos und wirklich nicht dazu in der Lage. Außerdem plagen mich andere Sorgen, wie Sie wissen ...«

Geibels Augen blitzten auf: »Aber Sie glauben mir doch, nicht wahr?«

»Natürlich.«

»Sie glauben mir doch, dass ich die bedeutendste Entdeckung aller Zeiten gemacht habe?«

»Natürlich.«

»Sie glauben mir doch, dass ich damit die Geschichtsschreibung revolutionieren werde? Und dass ich das Germanentum ganz neu begründen werde.«

»Ja, sicher.«

»Dann werden Sie mir auch helfen wollen.« Geibels Ton verwandelte sich von Anmaßung in einen bittenden Singsang: »Sie könnten mir wirklich helfen, mir zur Hand gehen. Es ist harte Arbeit. Ich brauchte einen jungen Mann, der mir zur Hand geht. Jemanden, der sich begeistern lässt für die große Aufgabe, die uns noch bevorsteht.«

»Ich habe natürlich eine Arbeit, aber vielleicht ließe sich da etwas machen.« Kai Heinrich würde diesem Wahnsinnigen alles versprechen, wenn es ihm nur die Chance böte, hier herauszukommen.

»Ich sage dir, wovon ich träume, mein Junge. Ich will diese Kultur wieder erstehen lassen. Nicht nur als Denkmal, sondern als Inspirationsquelle, ein Wallfahrtsort für die nordische Rasse! Natürlich geht das über meine Kräfte. Meine Zeit ist begrenzt. Ich brauche einen Erben, der die Sache in meinem Geist fortführt ...«

»Wir sollten einmal in Ruhe darüber sprechen, Herr Geibel.«

Der Alte machte jetzt einen aufgeräumten Eindruck, als hätte sich eine lang gehegte Hoffnung erfüllt: »Ja, das sollten wir. Hier.« Er hielt ihm die geschlossene Hand hin. »Das hättest du beinahe verloren.« Er öffnete die Hand. Die Brosche.

Geibel warf ihm einen listigen Blick zu: »Ein kleines Schätzchen«, sagte er verschmitzt. »Recht wertvoll unter Umständen. Du weißt natürlich, um was es sich handelt?«

»Äh, nein. Christine hat es von ihrer Großmutter bekommen. Wer weiß, wo diese es her hatte. Ich verstehe gar nicht, warum sie so daran hängt. Es ist doch gar nicht komplett. Es ist ihr wohl nur deshalb wichtig, weil es ein Erbstück ist. Immerhin aus Silber.«

»Nein, komplett ist es nicht, das sieht man sofort. Es handelt sich ganz offensichtlich um einen Teil einer Hansekogge, die mit den Symbolen für Glaube, Liebe und Hoffnung geschmückt ist. Ich habe einmal etwas Ähnliches gesehen, während meiner Studienzeit in Spanien ... es hatte irgendwas mit einem Heiligen zu tun. Vincentius, ja richtig, der heilige Vinzenz von Lerinus: ›Was überall, immer und von allen geglaubt wird‹, diesen Leitspruch hat er geprägt. Na ja, ein Christ ... Für mich sind derartige Dinge nicht von großem Wert, aber der Papst würde dir viel Geld dafür geben ...«

»Ich lasse es Ihnen, wenn Sie mich ...«

»Nein, nein, wie gesagt, für mich hat es keinen Wert. Bitte, behalt es doch.«

Kai Heinrich nahm die Brosche in die Hand. Christines Brosche. Er starrte sie an, und wieder erschienen vor ihm die Umrisse dieses Unholds, der sich mit Christine über der Schulter davongemacht hatte.

Dann merkte er, dass sich etwas verändert hatte. Er horchte auf. Das Prasseln hatte aufgehört.

»Der Sturm ist vorbei.«

Geibel hob den Kopf. »In der Tat.«

»Wir müssen sofort los.«

Der alte Mann lächelte seinen Gefangenen fürsorglich an: »Ich freue mich, dass ich endlich einen Verbündeten gefunden habe. Du wirst es nicht bereuen, mein Junge.«

»Ja, aber jetzt ...«

»Ich verstehe deine Ungeduld. Ich werde dich zurückbringen. Aber zuerst«, er zog ein Tuch aus seiner Jackentasche hervor, »muss ich dir die Augen verbinden. Eine reine Vorsichtsmaßnahme, kein Misstrauen. Du weißt doch, dass ich dir vertraue?«

»Ja, ja.«

Der Alte verband ihm sorgfältig die Augen. Dann öffnete er das Erdloch und half Kai Heinrich beim Hinausklettern. Wegen des stechenden Schmerzes im Bein war es eine schwierige, schmerzhafte Prozedur. Auch das Einsteigen in die Schubkarre war eine Tortur, ganz abgesehen davon, dass er sich einfach lächerlich vorkam. Es regnete noch immer, aber nicht mehr stürmisch, sondern sanft und stetig.

Schwankend setzte sich die Schubkarre in Bewegung. Kai Heinrich hörte das Schnaufen des alten Mannes hinter sich. In der Hand hielt er die Brosche.

Nach einer Weile setzte Geibel die Karre ab und knüpfte den Knoten des Tuchs auf. Kai Heinrich sah, dass sie sich wieder in dem Wäldchen befanden, in dem Geibels überirdischer Unterstand war.

»Wenn wir erst mal Partner sind«, sagte Geibel, »braucht es diese Vorsichtsmaßnahmen nicht mehr.«

Dann fasste er die Schubkarre und schob weiter. Mehrere Male blieben sie beinahe im Morast stecken. Der Waldboden war aufgeweicht, die Wege schlammig, überall standen tiefe Pfützen und überall lagen abgebrochene Äste herum und blockierten den Weg.

Kai Heinrich fühlte sich elend, einsam, hilflos. Was war nur mit Christine geschehen? Er würde alles dafür geben, wenn er nur sicher sein könnte, dass es ihr gut ging. Heute Morgen noch war er fest davon überzeugt gewesen, den Tag seines größten Glücks zu beginnen. Und alles war gut gegangen, bis sie plötzlich gestrauchelt war ... Eine kleine, zufällige Ungeschicklichkeit, und nun saß er hier, ein Häufchen Elend, um ihn herum nichts als ungerechte Zerstörung, Bösartigkeit und – Tod?

Sie kamen an der alten Kirche vorbei, die griesgrämig und teilnahmslos inmitten des Friedhofs dahockte. Mühsam gelang es Geibel, die Schubkarre über die schlammige Straße zu schieben, dann waren sie da. Der Gasthof schien den Sturm ohne größere Schäden überstanden zu haben.

Nachdem der alte Mann ihm aus der Karre geholfen hatte, stellte Kai Heinrich fest, dass er wieder auftreten konnte. Der Alte hatte ihn ganz schön ins Bockshorn gejagt. Von wegen Oberschenkelbruch! So schlimm war es nicht. Wenn er die Zähne zusammenbiss, konnte er gehen.

Geibel hielt ihm die Tür auf, und Kai Heinrich humpelte hinein. Dabei fühlte er das unangenehme Tätscheln des Alten auf seiner Schulter. Wollte der ihn damit etwa aufmuntern?

Kaum waren sie drinnen, blieb Kai Heinrich wie vom Donner gerührt stehen. Aber da saß sie ja! Frisch und munter, als sei nichts geschehen.

»Christine!« Es klang weniger wie ein freudiges Jauchzen als wie ein Schmerzensschrei.

Sie blickte träge auf und sah ihn kurz und ausdruckslos an. Als hätte sie ihn nicht erkannt.

»Chris ...«

Was waren das für Leute an ihrem Tisch? Sie saß einem Pärchen gegenüber, auf dem Tisch lagen Dominosteine, neben ihr hockte ein riesiger Kerl. Er hatte den Arm auf ihre Stuhllehne gelegt. Der Unhold? Wieso lehnte sie sich jetzt gegen seinen muskulösen Oberarm, drehte sich zu ihm, ließ sich träge zur Seite fallen, sodass sie jetzt halb gegen seinen mächtigen Brustkorb gelehnt dasaß? Der Unhold nahm ihn ins Visier. Er hatte einen breiten Schädel, geradezu ausladende Schultern, einen Oberkörper, der wie ein Fass wirkte, und Arme, doppelt so umfangreich wie seine.

Kai Heinrich spürte, wie die Hand von Theodor Geibel sich von seiner Schulter löste. Er trat einen Schritt nach vorn, dann noch einen und weiter bis zum Tisch, an dem Christine, die sich jetzt wieder gerade hingesetzt hatte, mit gespielter Konzentration einen Dominostein betrachtete.

»Christine«, sagte er, und die Festigkeit seiner Stimme überraschte ihn selbst, »wo bist du gewesen? Wie kommst du hierher? Was ist –« Da stockte er, denn er war mit seiner Weisheit am Ende.

Christine blickte den Dominostein noch intensiver an, ihre Zungenspitze erschien im linken Mundwinkel, wie es sonst nur vorkam, wenn sie eine schwierige Rechnung im Bäckerladen zu bewältigen hatte.

Der Unhold hob den Kopf. Er hatte wasserblaue Augen.

»Christine, ich verlange, dass du mir sofort erklärst ...«

Der Unhold stand auf und überragte Kai Heinrich in jeder Dimension.

Kai Heinrich blitzte ihn böse an: »Was haben Sie hier mit meiner Verlobten zu schaffen?«

»Da hast du was durcheinander bekommen, Kleiner«, sagte der Riese. »Christine ist meine Verlobte.«

Kai Heinrich bemerkte seine unnatürlich großen, geballten Fäuste und begann zu zittern.

»Christine!«, versuchte er es noch einmal. »Ich verlange eine Erklärung!« Wäre er nicht verletzt gewesen, er hätte mit dem Fuß auf den Boden gestampft. So aber gelang es ihm nur, die Knie leicht zu beugen, um seiner Empörung Ausdruck zu verleihen. Es wirkte nur lächerlich.

Christine sah ihn nicht an, aber sie sprach: »Karl hat uns den ganzen Tag gesucht. Du kannst von Glück sagen, dass du nicht da warst, als er mich fand. Ich hab ihm gesagt, er muss sich keine Sorgen machen, es war doch nur eine kleine Wanderung.«

»Du jämmerlicher Zwerg hast meine Verlobte im Unwetter da draußen einfach liegen gelassen!«, brüllte Karl.

»Ich wollte doch Hilfe holen …«

»Was hast du überhaupt mit meiner Verlobten da draußen zu schaffen?«

»Aber sie ist doch … ich bin …«, stotterte Kai Heinrich.

Karl packte ihn am Hemd und hob ihn hoch. Das Hemd zerriss, und Kai Heinrich fiel zu Boden. Er rappelte sich auf und stürzte an den Tisch, an dem Christine noch immer zu überlegen schien, wie sie den Dominostein anlegen sollte: »Sag was!«, rief er verzweifelt. »Sag doch was …«

Der Tisch flog zur Seite. Dann packte Karls Faust ihn am Jakckenkragen und hob ihn in die Luft.

Irgendwo brüllte jemand: »Aufhören!« Dann krachte Kai Heinrich zu Boden.

Jetzt hatte er Angst. Und diesmal war es keine Angst um jemanden oder etwas, es war die nackte Angst um das eigene Leben. Er rappelte sich auf und humpelte zwischen Tischen und Stühlen hindurch zum Ausgang. Der Schmerz in seinem Bein war verschwunden. Er warf sich gegen die Tür, taumelte nach draußen und stolperte über die morastige Straße und immer weiter, vorbei an der Kirche, durch den Wald, den Feldweg entlang. Erst nachdem er sich in sicherer Entfernung zum Gasthof wähnte, hielt er inne und blickte zurück. Der Unhold war nirgends zu sehen.

Er merkte, dass er noch immer etwas in der Hand hielt. Er öffnete die Faust und starrte auf die Brosche mit dem Herz. Er verzog das Gesicht zu einem verächtlichen Grinsen. Dann spuckte er darauf und warf das Ding in hohem Bogen fort.

Er setzte sich ins Gras. Der Regen wurde wieder heftiger. Irgendwann spürte er eine Hand auf der Schulter.

»So eine dumme Göre«, sagte Theodor Geibel. »Soll ich dir mal erzählen, wie man zur Zeit von Harald Blauzahn und Sven Gabelbart mit solchen Weibsbildern umgesprungen ist?«

Wenige Tage später gab Kai Heinrich Burchard seine Stellung als Kontorschreiber auf und wurde erster Hilfsgräber des selbst ernannten Entdeckers Theodor Geibel.

Sie hätten tatsächlich einen beachtlichen Fund gemacht, wenn man von offizieller Seite nicht rechtzeitig bemerkt hätte, dass hier Unbefugte am Werk waren. So aber jagte man sie davon, und ihre Spur verliert sich im Ungewissen.

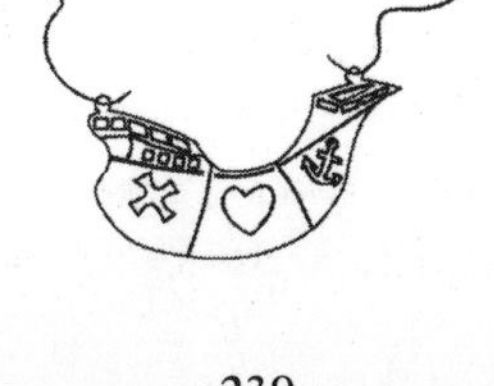

2002

24.–25. FEBRUAR

NACHMITTAGS BIS MORGENS

Genialen Detektiven fällt immer eine Lösung ein. Kulbrod und Rümker mussten in dieser Hinsicht noch einiges dazulernen. Nachdem sie Link Walther im Grasbrookhafen nicht gefunden hatten, waren sie mit Jens Discher Richtung St. Pauli aufgebrochen. »Jetzt machen wir Nägel mit Köpfen«, hatte Kulbrod erklärt. Kurz darauf standen sie vor Hein Höges Hafenbasar und fluchten vor sich hin.

»Heute ist Sonntag«, sagte Discher.

»Tatsächlich?« Kulbrod trat wütend gegen die geschlossene Ladentür.

Rümker starrte sehnsüchtig durchs Schaufenster auf die ausgestellten Objekte hanseatischer Weltläufigkeit: antike Fernrohre, Sextanten, Kompasse in allen Größen und Ausführungen, Buddelschiffe, Modelle von Segelschiffen, von der Karavelle bis zum Veermaster, die von der Decke hingen, große Gemälde von Hamburger Luxusdampfern wie der »Imperator«, ein komplettes Modell der Containeranlage am Burchardkai, diverse Bojen, mehrere Gallionsfiguren, darunter Neptun und vier Meerjungfrauen, Negerstatuen aus Kolonialzeiten, Löwen, Tiger und Antilopenköpfe, ein Zebra als Schaukelpferd, bärtige Puppen mit Kapitäns- und Schiffsoffizieruniformen aus verschiedenen Jahrhunderten, eine Störtebeker-Statue aus Pappmaschee, Enterhaken, zahlreiche verknotete Taue, löchrige Öljacken und Südwester aus den Anfangszeiten der DLRG und dicke Bildbände über die Glanzzeit des Hamburger Hafens sowie ein Foto des legendären Reeders Albert Ballin, auf dem er stolz in der Veddeler Auswandererhalle unter seinem eigenen Slogan »Mein Feld ist die Welt« steht.

»Willst du da Wurzeln schlagen?«, fragte Kulbrod.

Rümker zuckte zusammen und fuhr herum: »Was?«

»Der Laden ist geschlossen. Wir sehen nach, ob er oben in der Wohnung ist.«

»Ja, ja.«

Eine Tür weiter drückte Kulbrod auf den Klingelknopf. Es summte laut, die Tür sprang auf, und Kulbrod ging voran.

»Hier riecht es ja nach Bohnerwachs«, stellte Rümker erstaunt fest.

Eine steile Treppe führte sie in den dritten Stock. Discher blieb im zweiten Stock stehen und lugte durch das Gitter des Treppengeländers. Eine alte Frau mit grauen Dauerwellen und einem geblümten Nylonkittel stand in der Tür. Discher ging ein paar Stufen zurück und wartete.

»Ach nee, das tut mir ja nun Leid«, sagte die Frau auf Kulbrods Frage. »Aber der Hein ist auf'm Auswärtsspiel. In Bremen. Da kommt er spät zurück. Bestenfalls kriegst du ihn bei Nagel zu fassen, wenn sie Hauptbahnhof aussteigen. Da wärmen sie sich manchmal noch auf, wenn sie zurückkommen. Kennst das ja. Wollt ihr nich reinkommen, auf'n Kaffee? Ich hab noch 'ne Kanne auf'm Herd.«

»Ein andermal, Inge. Wir haben noch zu tun. Tschüs, näch!« Kulbrod drehte sich um und führte seine beiden Begleiter wieder die Treppe hinunter.

»Aber morgen«, rief Inge Höge ihnen nach. »Morgen steht er wieder im Laden.«

Und so kam es, dass sie schon am frühen Sonntagabend in der Bodega Nagel am Hauptbahnhof landeten. Es schien Kulbrods und Rümkers zweite Heimat zu sein.

»Na, auch mal wieder da, die Herren?«, wurden sie von den Kellnern begrüßt, die es schafften, in schwarzen Hosen, weißen Hemden und dunklen Westen verwahrloster auszusehen als ihre durchwachsene Kundschaft.

»Wir brauchen einen Tisch, von dem aus wir den Überblick behalten«, sagte Kulbrod.

Der Kellner legte einen Zeigefinger ans linke Auge und den Kopf schief. »Verstehe«, sagte er und führte die drei Männer an den runden Tisch in der Nische auf der Empore im hinteren Teil. Dort wurde man nicht gesehen, konnte aber, wenn man sich vorbeugte oder reckte, den ganzen Gastraum und sogar einen Großteil des Verkaufstresens vor dem riesenhaften Flaschenregal im Auge behalten. Das Einzige, was sie nicht im Blick hatten, war der Fernsehapparat, in dem gerade eine Aufzeichnung des Nordderbys HSV gegen Werder Bremen lief.

»Revanche geglückt, Bremen hat verloren«, teilte der Kellner den dreien ungefragt mit, als Rümker sich den Hals verdrehte, um doch noch etwas vom Spielverlauf mitzubekommen.

»Was machen wir jetzt hier?«, fragte Discher.

»In letzter Zeit gibt's hier wieder anständiges Essen«, erklärte Kulbrod.

Tatsächlich hingen überall schwarze Tafeln herum, auf denen von Labskaus über Pannfisch bis zu Sauerfleisch mit Bratkartoffeln alles angeboten wurde, was auf Hamburger Tellern Rang und Namen hatte.

»Hamburger Kesselgulasch«, las Discher vor. »Ist das eine Anspielung auf die 86er Einkesselung der Brokdorf-Demonstranten auf dem Heiligengeistfeld? Zweihundert Mark Schmerzensgeld als Entschädigung für Freiheitsberaubung und Körperverletzung hab ich deswegen bekommen. Läppisch.«

»Davon können Sie sich immerhin zehn Portionen Gulasch leisten«, meinte Kulbrod.

»Das Gulasch ist nicht schlecht«, stimmte Rümker zu.

»Ist das Ihre Hauptbeschäftigung als Detektive, in Kneipen rumsitzen?«, fragte Discher.

»Na ja«, sagte Kulbrod. »Oft läuft's darauf hinaus.«

»Das ist es, was ich an dem Job am meisten mag«, erklärte Rümker.

»Blödmann«, Kulbrod warf seinem Kompagnon einen verächtlichen Blick zu.

»Ich meine, wenn die Spesen bezahlt werden.«

»Versager.«

»Steh ich im Weg?«, fragte der Kellner, der wieder angerückt war, um das Bier zu servieren.

Kulbrod winkte ab: »Keine Gefahr im Verzug.«

»Darf's auch was zu essen sein, die Herren?« Der Kellner beugte sich verschwörerisch zu ihnen herab: »Oder erlaubt es die Mission nicht?«

»Mission Knusperhaxe würde ich sagen«, sagte Rümker. »Ich hab einen verdammten Kohldampf.«

»Na, ich weiß nicht, ob die alte Schachtel in ihrem Elbvorortschlößchen uns die Haxenspesen bezahlt.« Kulbrod kratzte sich am Kopf. »Aber egal. Ich nehm auch eine Portion. Mit Sauerkraut und Bratkartoffeln.«

Discher schloss sich an.

»Dreimal Haxe. Geht klar.« Wieder beugte er sich nach vorn. »Wir stellen's warm, wenn's pressiert.« Damit ging er.

»Ich dachte immer, Detektive legen Wert auf ihr Inkognito«, meinte Discher.

»Der einzige, der bei Nagel inkognito ist, ist der Koch.« Kulbrod griff nach seinem Bier.

»Es heißt doch, der Chef ...«, sagte Rümker.

»Ein Chef, der kocht?«

»Prost«, sagte Discher.

Als sie die Gläser wieder abgesetzt hatten, fragte er scheinheilig: »Was wollten wir eigentlich in Hein Höges Hafenbasar?«

»Hein kennt alle, die was anzubieten haben«, sagte Kulbrod.

»Ist er ein Hehler?«

Kulbrod schüttelte den Kopf. »Diese Bezeichnung würde er sich verbitten. Er vermittelt, wenn Not am Mann ist.«

»Verstehe.«

»Sein Kumpel Herbert ist eher der Mann fürs Grobe«, sagte Rümker.

Kulbrod starrte ihn wütend an: »Sag mal ...«

Discher lachte: »Er ist nicht sehr verschwiegen.«

Rümker hob die Schultern. »Was denn?«

»Diskretion ist das A und O unseres Berufs«, sagte Kulbrod säuerlich.

»Aber du hat doch selbst eben ...«

»Nix hab ich. Eine Andeutung hab ich gemacht.«

»Das war doch keine Andeutung. Das war eindeutig.«

»Unsinn!«

Es war wohl an der Zeit, dass sie sich mal richtig stritten. Discher lehnte sich zurück und ließ das Streitgespräch an sich vorbeirauschen. Irgendwann kam der Kellner und balancierte drei Teller auf einem Arm, wie auch immer er das schaffte, stellte dampfende Haxen vor sie hin und gab das Kommando: »Schmecken!«

Der Streit brach ab. Sie bestellten mehr Bier. Nach dem Essen wieder drei Gläser und die erste Runde Jubis. Da die Verdauung weiter gefördert werden musste, kamen weitere Runden Jubis dazu. Schließlich waren es so viele, dass die Kellner es als Ehre empfanden, einen auszugeben. Die drei Gäste wiederum ließen es sich nicht nehmen, ihrerseits eine Runde für die Kellner zu spendieren. Auch wenn Hein und Herbert nicht auftauchten, hatte der Abend in der Bodega Nagel somit seinen Sinn bekommen.

Als das Lokal geschlossen wurde, gelang es Discher, sich von den Detektiven abzusetzen. Er winkte ein Taxi heran und ließ sich nach Othmarschen fahren.

»Das ist ja widerlich, wie du dich aufführst«, sagte Marie-Christin, als er ihr um den Hals fiel, kaum dass sie auf sein Sturmklingeln die Tür geöffnet hatte. »Ich dachte, es ist Greta.« Sie verfrachtete ihn aufs Sofa und warf ihm eine Decke über.

Am nächsten Morgen war er zu früher Stunde putzmunter. Die Haxe hatte den Alkohol neutralisiert. Er duschte, deckte den Tisch im an die Küche angrenzenden Wintergarten, kochte Kaffee, presste Orangen aus und wartete auf Marie-Christin.

»Du hättest ruhig die Pfütze im Badezimmer aufwischen können«, sagte sie zur Begrüßung.

»Guten Morgen, Liebling. Darf ich dir einen Kaffee einschenken?«

Sie griff nach der »Welt«, die er aus dem Briefkasten geholt hatte, und faltete sie auseinander.

»Wo ist Greta?«

»Übernachtet bei einer Freundin.«

»Darf ich dir ein Toastbrot schmieren?«

»Tu dir keinen Zwang an.«

»Honig.«

»Hmhm.«

Er schmierte den Toast und schnitt ihn diagonal entzwei, wie es sich in den anglophilen Elbvororten ziemte. Sie nahm ihn mit Daumen und Zeigefinger und aß ihn mit abgespreiztem kleinen Finger, während sie die vermischten Nachrichten studierte.

Discher stand auf und trat hinter sie. Er fasste nach ihren hellbraunen Haaren und zog sie nach hinten zu einem Pferdeschwanz zusammen.

»Jens?«

»Hm?«

»Wer ist diese Evelyne?«

»Ich hab doch gesagt: eine alte Flunder.«

»Umso schlimmer.«

»Halt den Mund!«

Er ließ die Haare nicht los, sondern zog ihren Kopf zurück. Sie ließ ihn gewähren. Er beugte sich zu ihr hinunter. Die Zeitung fiel auf den Boden. Der Stuhl kippte. Er trug sie ins Schlafzimmer.

Später setzten sie ihr Frühstück fort. Marie-Christin war so gut gelaunt, dass sie ihm sogar ihren Range Rover zur Verfügung stellte.

Damit fuhr er nach St. Pauli. Er parkte direkt vor Hein Höges Hafenbasar und stieg aus. Durch das Schaufenster sah er Hein zwischen Meerjungfrauen und Neptuns und der Negerstatue auf und ab gehen und telefonieren. Ein kleiner Mann mit Kugelbauch, weißen zotteligen Haaren, der Jeans mit Hosenträgern und Gürtel trug. Er winkte ihm zu und trat in den Laden. Drinnen musste man höllisch aufpassen, dass man nicht gegen ein Schiffsmodell, eine Laterne oder einen ausgestopften Raubtierkopf stieß.

»Wenn die Säcke beschädigt sind«, sagte Hein, »taugt das alles nichts. Ich kann den Leuten doch nicht schon mal aufgebrühten Tee verkaufen.«

Er zwinkerte Discher zu und deutete mit der freien Hand auf das Sofa neben dem Verkaufstresen. Über dem Sofa hing ein ausgestopfter Schwertfisch, über dem Tresen ein Mobile aus Kugelfischen.

»Was heißt hier grob gemahlen. Gemahlener Kaffee interessiert mich nicht die Bohne.« Hein machte eine Handbewegung, die andeuten sollte, dass sein Gesprächspartner meschugge war.

»Schnürsenkel? Ach Junge ... Ja, Turnschuhe klingt schon besser. Ich ruf dich später wieder an, min Jung. Tschüssing.«

Er legte dem Kolonialneger das Telefon aufs Tablett, und der Neger nickte brav.

»Jens, was führt dich zu mir? Trinkst'n Kaffee mit? Ich hab da eine seltene Mischung ...« Er verschwand in einer Nische zwischen einer Indianerstatue und einem aufrecht an die Wand gelehnten afrikanischen Einbaum und kam mit einer Kanne zurück.

Sie tranken aus zwei Bechern, die mit einem Smiley mit Piratenkopftuch und Augenklappe verziert waren.

»Kulbrod und Rümker«, sagte Discher.

»Ja.«

»Mit den beiden war ich gestern hier.«

»Hab gehört, dass sie da waren. Von dir hat Inge nichts erzählt.«

»Hab mich im Hintergrund gehalten.«

»Hm.«

»Sie sind auf der Suche nach der Brosche. Im Auftrag von dieser Tante aus Othmarschen, du weißt schon.«

»Nanu, ich dachte, du verhandelst mit ihr.«

»Hab ich auch, aber die Brosche ist weg.«

»Wie weg?«

»Ganz weg, geklaut. Greta hat sie auf den Faschingsball im Atlantic mitgenommen. Dort haben Taschendiebe gearbeitet ...«

»Na klar.«

»Und die haben sich ausgerechnet die Brosche unter den Nagel gerissen.«

»Wieso lässt du auch Greta damit rumspazieren.«

»Sie hat mich nicht um Erlaubnis gefragt.«

»Und jetzt soll ich mich umhören?«

»Genau.«

»Außerdem Kulbrod und Rümker hinhalten?«

»So ist es.«

»Geht klar.«

Discher stand auf und stellte den Becher auf den Tresen. »Ruf mich an, wenn du was herausgefunden hast oder Hilfe brauchst. Ich bin bei Marie-Christin.«

»Dachte ich mir schon, als ich den Range Rover gesehen hab. Schön für dich.«

»Es war schon schön, jetzt wird es wieder schwierig.«

Discher stieg über den Schild einer Riesenschildkröte hinweg, schob sich zwischen einem Neptun und einer Meerjungfrau hindurch, stieß sich den Kopf am Schulterknochen eines Blauwals, der quer im Raum hing, und verließ den Laden.

Er stieg in den Wagen und fuhr runter zu den Landungsbrücken und dann Richtung Westen. Über der Elbe hingen dicke Nebelschwaden, durch die sich träge Silhouetten ankommender Containerschiffe schoben.

26. FEBRUAR

SPÄTNACHMITTAGS

Der Range Rover machte Sinn. Über das noble Othmarschen fegte ein Sturm mit Böen, die gelegentlich Orkanstärke erreichten. Das Wetter machte keine Unterschiede, hier konnte man genauso gut von einem umstürzenden Baum oder einem abgerissenen Ast erschlagen werden wie in den weniger feinen Vierteln Hamburgs. Genau genommen war das Risiko in den Elbvororten sogar größer, denn hier gab es mehr Grünflächen. Dafür waren die Prämien der Lebensversicherungen für die Hinterbliebenen entsprechend höher angesetzt. Es lohnt sich immer, reich zu sein.

Jens Discher fragte sich, was man wohl tun musste, um jemanden auf dem Anwesen von Evelyne Burchard dazu zu bewegen, das Tor zur Auffahrt zu öffnen. Ein Knopfdruck würde sicherlich genügen, aber es tat sich nichts. Er hatte den Range Rover vor der Einfahrt zum Halten gebracht, der Wind peitschte eimerweise den Regen gegen die Windschutzscheibe. Sollte er hupen? Er probierte es aus. Natürlich geschah nichts. Er würde wohl oder übel die Kapuze seines Dufflecoats überziehen und aussteigen müssen. Von hier bis zum säulenbewehrten Portal waren es gut zwanzig Meter. Eine Strecke, die genügte, ihm die Hosen patschnass zu machen. Er hätte ein gottverdammtes Handy mitnehmen sollen. Dann hätte er mal eben angerufen und die Sache klargemacht. In diesem Auto gab es sogar eine Freisprechanlage, damit man während des Fahrens sprechen konnte. Aber kein Handy. Telefonzelle? Gab es hier irgendwo eine Telefonzelle? Draußen war nicht viel zu sehen. Der Wind rüttelte den Wagen hin und her und schleuderte weitere Wassermassen gegen die Scheiben.

Seufzend zog Jens Discher den Zündschlüssel ab, setzte die Kapuze auf und stieg aus. Der Wind riss ihm die Tür aus der Hand und die Kapuze vom Kopf. Mit großer Anstrengung gelang es ihm, den Wagen zu schließen. Dann sprang er über das Tor, das glücklicherweise niedrig genug war, und spurtete über die Auffahrt zum Portal. Die Säulen und das schmale Vordach boten kaum Schutz vor dem Sturm. Er drückte auf den Klingelkopf. Sofort öffnete sich die Tür.

»Ich hab Sie schon gesehen«, sagte das transsylvanische Hausmädchen.

»Warum haben Sie mir dann nicht das Tor geöffnet?«

»Ach …«

»Ich möchte zu Frau Burchard.«

»Ich werde nachsehen, ob sie Sie empfangen kann.«

»Sie kann bestimmt.«

Sie tippelte den Flur entlang Richtung Salon, er strich sich die tropfnassen Haare aus dem Gesicht und wartete. Währenddessen hatte er Zeit, ein Taschentuch hervorzuziehen und sich die Haare notdürftig abzutrocknen.

Das Mädchen kam zurück. Discher zog den Dufflecoat aus und hielt ihn ihr hin. Sie nahm ihn und sagte: »Gehen Sie einfach hinein. Sie wissen ja.«

Evelyne Burchard lag in einem geblümten Kleid auf dem geblümten Sofa, kraulte die weiße Plüschkatze und reichte ihm matt die Hand.

»Ach, dieser Sturm«, sagte sie. »Er drückt mich nieder.«

Discher setzte sich, ohne auf eine Aufforderung zu warten, in einen der Sessel.

»Er drückt sogar Bäume nieder.«

»Ja, schrecklich, nicht?«

»Ich bin nass geworden.«

»Möchten Sie einen Tee?«

»Oh, ist schon wieder Teezeit?«

»Oder lieber ...« Sie deutete auf das jugendstilverschnörkelte Silbertablett, auf dem eine Flasche Portwein und ein kleines halb gefülltes Glas standen.

Discher schüttelte den Kopf. »Ich bin mit dem Wagen da.«

Sie nickte und trank das Glas leer. Dann winkte sie dem Hausmädchen, das gerade in der Tür auftauchte. »Bringen Sie Herrn Discher etwas Tee.«

»Lassen Sie mal«, sagte Discher. »Muss nicht sein.«

Das Hausmädchen füllte stattdessen das Glas ihrer Herrin auf.

»Was führt Sie denn zu mir?«, fragte Evelyne Burchard.

»Diese Detektive, die Sie mir auf den Hals geschickt haben, gehen mir auf die Nerven.«

»Ach ja, die Herren Kulbrod und Rümker. Ja, die haben mich wirklich sehr enttäuscht.«

»Sagen Sie bloß.«

»Sie verhalten sich recht eigenartig.«

»Finde ich auch.«

»Sehen Sie, ich habe mich an die Agentur gewandt ...« Sie zögerte.

»Weil sie eine Othmarschener Adresse hat.«

»Ja, natürlich, man achtet ja auf Seriosität.«

»Sie sollten mal deren Büro sehen. Eine Rumpelkammer.«

»Sie bestätigen meine schlimmsten Befürchtungen.«

»Tragen Sie's mit Fassung. Das sollte nicht der Grund dafür sein, dass Sie von den Herren enttäuscht sind. Stellen Sie sich vor, mich haben sie entführt, nachdem sie mein Haus total verwüstet hatten.«

»Das klingt ja erschreckend.«

»Ich bin wieder auf dem Posten. Aber was haben Sie sich eigentlich gedacht, als sie sich ausgerechnet an diese Typen gewandt haben?«

»Ich brauchte doch jemanden, der als Vermittler tätig wird.«

»Normalerweise nimmt man dafür einen Anwalt.«

»Einen Anwalt?«

»Sie wollten mir doch ein Angebot machen, oder?«

»Ich wollte mich vor Ihnen schützen.«

»Schützen? Vor mir?«

»So, wie Sie bei Ihrem ersten Besuch hier aufgetreten sind, musste ich doch mit dem Schlimmsten rechnen.«

»Tatsächlich. Wie kamen Sie denn auf diese Idee?«

»Na, hören Sie mal! Wie Sie geredet haben. Mit Ihren Enthüllungen planten Sie doch, das Ansehen der Familie Burchard zu beschädigen.«

»Mir geht es nur um historische Tatsachen. Ihre Familie steht nicht im Mittelpunkt meines Interesses.«

»So, wie Sie hier aufgetreten sind, Herr Discher, blieb mir keine andere Wahl, als jemanden zu beauftragen, Nachforschungen über Sie anzustellen.«

»Und die Brosche stehlen zu lassen.«

»Stehlen? Aber ich bitte Sie!« Sie lachte hüstelnd.

»Zusammen mit dem Manuskript. Beides haben Sie aber nicht bekommen.«

»Unsinn! Wie können Sie mich als Anstifterin derartiger Dinge verleumden? Sie sollten Ihnen ein Angebot machen.«

»Ein Angebot? Davon weiß ich nichts.«

»Ja, die Sache ist wohl in eine falsche Richtung gelaufen.« Sie griff nach dem Portweinglas.

Discher schlug sich mit der Hand gegen die Stirn: »Jetzt wird mir einiges klar. Sie haben den beiden erzählt, dass die Brosche einen unschätzbaren Wert für Sie hat.«

»Ja, natürlich. Über diese Brosche wird einiges in der Familienchronik berichtet.«

»Kulbrod und Rümker dachten eher an den materiellen Wert.«

»Zu Recht, denn ich habe Ihnen versichert, dass meine Familie durchaus bereit wäre, einen sechsstelligen Betrag anzulegen.«

»Solchen Halunken bieten Sie so viel Geld?«

»Aber die Herren sollten doch nur das Geschäft vermitteln. Gegen eine angemessene Provision natürlich.«

»Ha! In Wahrheit haben sie sich entschlossen, das ganze Geld einzusacken, nachdem sie mir die Brosche geklaut hatten.«

»Das ist doch kein seriöses Geschäftsgebahren.«

»Nein. Aber ein ganzes Haus auf den Kopf zu stellen und mich in Handschellen zu entführen ist auch nicht seriös.«

Sie trank den Portwein aus. »Ich fürchte, ich bin da in eine unangenehme Situation hineingerutscht.«

»So ist es. Aber trösten Sie sich: Mir geht's auch nicht besser.«

Discher stand auf. Die weiße Katze sah ihm gleichgültig dabei zu.

Evelyne Burchard fragte mit aufgerissenen Augen: »Was haben Sie nun vor?«

»Die Brosche finden. Ich hoffe, Ihre hanseatischen Privatdetektive kommen mir nicht zuvor.«

Sie rang die Hände. »Ich weiß gar nicht mehr, was ich hoffen soll.«

»Hoffen Sie, dass der Sturm bald vorbei ist.«

»Antonia!« Sie griff nach dem Klingelzug neben dem Sofa.

Das kantige Hausmädchen erwartete ihn schon im Flur. Discher nahm den Dufflecoat in Empfang und spurtete zu seinem Wagen zurück.

Eine Viertelstunde später stand er, wieder umringt von Seemännern, Meerjungfrauen, Piraten, Negern, Haifischen und Schiffsmodellen, im Laden von Hein Höger.

Der kleine Mann mit dem Kugelbauch und den grauen Zottelhaaren saß hinter seinem Tresen und goss sich gerade aus einer Thermoskanne etwas in eine Tasse.

»Auch'n Grog?«

»Nee danke, bin mit dem Wagen da.«

»Papperlapapp, du weißt doch, dass meine Alte auf meine Gesundheit achtet.«

Er schenkte Discher ein dampfendes Getränk ein.

»Trink! Das macht dich groß und stark, wie du ja an mir sehen kannst.«

Discher probierte. »Da ist ja gar kein Alkohol drin.«

»Heißer Fliederbeersaft, tagein tagaus, und im Sommer gibt's kalten Fliederbeersaft. Die Alte kocht Hektoliter davon ein.«

»Herzliches Beileid.«

Hein blickte sich kurz im Laden um. Ob jemand da war, konnte man in dem Gewirr aus maritimen Fundstücken allerdings kaum erkennen.

»Ich hab was für dich«, sagte er mit gesenkter Stimme.

»Die Brosche?«

»Zaubern kann ich nicht, aber horchen. Also pass auf: Bei den Taschendieben aus dem Atlantic handelt es sich um ein polnisches Pärchen. Die haben natürlich so komische Namen, ich musste es aufschreiben.« Er zog einen Zettel aus der Tasche seiner Strickjacke: »Krzysztof Turzynski und Krzysztyna Styliscszska. Keine Ahnung, wie man das ausspricht. Der Einfachheit halber nennt man sie Chris und Chrissie. Ein gut eingespieltes Team. Die Kleine baggert die Typen an, und er erleichtert sie klammheimlich. Umgekehrt soll es auch ganz gut klappen. Sie wohnen in einer Absteige auf St. Georg. Hotel-Pension Ludwig. Adresse hab ich dir dazugeschrieben.«

»Und wie sind die auf den Faschingsball im ehrwürdigen Atlantic gekommen?«

»Na, rate mal.«

»Taschendiebe.«

»Eben.«

»Hast du was von Kulbrod und Rümker gehört?«

»Hmhm, aber nix Gutes. Sie haben sich mit Herbert zusammengetan.«

»Was für ein Herbert?«

»Der Hehler. So ein Großmaul auf einer Vespa. Der kennt sich ganz gut aus in der Szene.«

»Das heißt, es könnte sein, dass sie mir einen Schritt voraus sind?«

»Könnte passieren.«

»Dann will ich mal lieber gleich los.«

»Trink deinen Grog noch aus. Für was Gesundes muss immer Zeit sein.«

Discher trank noch einen Schluck.

»Was ist das eigentlich da hinten im Regal zwischen den Büchern für eine Flasche?« Discher deutete über Heins Schulter.

Hein drehte sich nicht um. »Das ist sechsundsiebzigprozentiger Jamaika-Rum. Mit dem kann man solche dicken Säfte wie diesen Fliederbeersirup ganz gut verdünnen.«

»Mir hast du nichts angeboten.«

»Musst ja noch fahren.«

»Du bist wie ein Vater zu mir.«

»Das nächste Mal werd ich dich bemuttern.« Hein zwinkerte.

Discher verabschiedete sich und fuhr Richtung St. Georg.

Er fand einen Parkplatz direkt vor dem Fachgeschäft für High-Tech-Pornografie und entdeckte das Schild »Hotel-Pension Ludwig 1. Stock« im Hauseingang daneben. Er stieg das übel riechende Treppenhaus hinauf und drückte auf den klebrigen Klingelknopf. Die Tür öffnete sich schmatzend, und die Frau, die aussah wie ein riesenhafter Käfer, blickte ihn über das Empfangspult hinweg misstrauisch an, den Zeigefinger der linken Hand auf die Stelle der Bildzeitung gelegt, wo sie gerade gelesen hatte.

»Guten Tag. Ich bin auf der Suche nach zwei Polen. Ein Paar.« Er kramte Heins Zettel aus der Tasche des Dufflecoat und las radebrechend vor: »Krzysztof Turzynski und Krzysztyna Styliscszska.«

»Über die beiden gebe ich keine Auskunft.«

»Warum?«

»Deswegen.« Sie deutete mit der rechten Hand hinter ihn und wandte sich wieder ihrer Lektüre zu.

Discher drehte sich um. Aus dem Büro traten zwei Männer in Macintosh-Anzügen.

»Polizei«, hörte Discher die Frau hinter sich murmeln.

Rümker zog grinsend die Handschellen aus der Manteltasche. Kulbrod überraschte mit einer Sphinx AT 2000.

»Sie sind ein Waffennarr, stimmt's?«, fragte Discher.

»Könnte sein«, sagte Kulbrod.

Rümker fesselte ihn, dann führten sie ihn fachkundig ab.

»Danke für Ihre Mitarbeit!«, rief Rümker der fetten Frau hinter der Rezeption zu.

»Da nich für«, murmelte sie, ohne von der Bildzeitung aufzusehen.

1945

Er war allein aus dem Osten gekommen, heimgetrottet wie ein herrenloser, geschundener Ackergaul. Ohne viel nachzudenken, war er seinem Instinkt gefolgt und hatte den weiten Weg durch die Ukraine und Polen zum größten Teil zu Fuß zurückgelegt. Manchmal hatte ihn jemand auf einem Fuhrwerk mitgenommen, auf einem Lastwagen, oder er war auf einen Güterzug aufgesprungen. Er mied die Flüchtlingstrecks und die großen Trümmerfelder, die früher einmal Städte gewesen waren.

Als er in seiner Heimatstadt ankam, war er durch das, was er gesehen hatte, so weit abgestumpft, dass ihn das Ausmaß der Zerstörung kaum noch berührte. Die einst so schöne Hafenstadt mit ihren hohen Türmen und den spitzen Giebeln war nur noch eine Ansammlung von Ruinen. Er brauchte zwei Tage, um die Stelle zu finden, an der sein Haus gestanden hatte, mehrfach war er daran vorbei- oder darüber hinweggelaufen, orientierungslos, weil die vertrauten Anhaltspunkte fehlten. Am dritten Tag kam er zu der Stelle zurück, die ihm die richtige zu sein schien. Er traf einen Mann, den er nicht kannte, der ganz allein den Schutt wegräumte. Er wollte einen Zugang zum Keller graben. Anton Burchard half ihm.

Es dauerte Tage, dann hatten sie einen schmalen Durchbruch geschafft. Bestialischer Gestank schlug ihnen entgegen.

Sie machten trotzdem weiter. Die Leichen, die sie fanden, konnten sie nur anhand der Kleider identifizieren. Burchards Frau hatte an ihrem letzten Abend eine saubere Schürze umgebunden, kurz bevor sie in den Keller gegangen war, die weiße Schürze mit den gestickten Blumen. Auf der Schürze lag die Brosche, die er ihr einmal geschenkt hatte. Sie war nicht vollständig, nur Teil eines größeren Ganzen, und stellte den Bug eines Schiffes dar, einer Hansekogge, mit einem großen Anker an der Bordwand. Er nahm die Brosche und steckte sie in die Tasche.

Nachdem sie die Toten begraben hatten, rief er dem Mann, der ihm geholfen hatte, einen kurzen Abschiedsgruß zu und verließ die Stadt. Nur noch ein letztes Ziel war ihm geblieben, dorthin lenkte er jetzt seine Schritte. Er ließ sich von einem Fischer im Ruderboot auf die Insel bringen. Nun war es zwar immer noch ein weiter Weg, aber er führte über vertrautes Gelände, und die Bäume am Wegesrand hielten ihre breiten Äste mit den sich langsam verfärbenden Blättern schützend über ihn. War hier alles so geblieben wie vor dem Krieg? Nur gelegentlich konnte er Zeichen der Zerstörung entdecken. Er war misstrauisch. Es hätte ihn nicht gewundert, wenn eine Bomberstaffel auf ihn heruntergestoßen wäre, um ihr Zerstörungswerk fortzusetzen.

Das Wasser der Binnengewässer glänzte silbrig, und die ersten auf Winterurlaub gekommenen Kraniche waren zu sehen. Auch einen Fischadler konnte er beim Jagen beobachten. Und die Möwen schrien so wie immer. Die Vögel hatten den Krieg überlebt.

Er erreichte den Nordosten der Insel gegen Abend und die Hütte am Strand, als die Dämmerung begann. Er brach das Schloss auf und trat ein. Er zog den mottenzerfressenen Vorhang beiseite, um das letzte Licht des Tages hereinzulassen. Alles in der Hütte war so, wie er es erwartet hatte: Der rohe Tisch, die beiden Stühle, der kleine Kanonenofen und der verzogene Schrank, die Kisten und Holzbottiche, die Angeln und Netze. Auch das rostige Feldbett stand zusammengeklappt an der Wand. Er setzte sich an den Tisch und blickte nach draußen aufs Meer. Eine sanfte Dünung trieb regelmäßige kleine Wellen ans steinige Ufer, die Kieselsteine rollten hin und her.

Bevor die Sonne ganz untergegangen war, suchte er die Petroleumlampe und füllte den letzten Rest Benzin aus dem Kanister ein. Dann ging er nach draußen hinter das Haus und sah sich das Boot an. Es lag kieloben auf der Düne und schien unbeschädigt zu sein. Daneben stand die Regentonne. Er probierte. Das Wasser schien genießbar zu sein. Er trat wieder ins Haus und baute das Bett auf. Im Schrank fand er eine Wolldecke. Mit ihr und seinem Soldatenmantel würde er sich diese Nacht einigermaßen warm halten können.

Bevor er das Licht löschte, nahm er noch einmal die Brosche in die Hand. Er spürte keine Trauer. Die Brosche hatte nichts mit der Leiche zu tun, die er begraben hatte, die Leiche nichts mit einer Frau, die einmal seine Frau gewesen war, das Haus, das nicht mehr existierte, nichts mit ihm, und seine Erinnerungen waren die eines anderen, der irgendwo im Schlamm vor Stalingrad verloren gegangen war. Er legte die Brosche auf den Tisch, löschte das Licht und legte sich schlafen.

In der Nacht kam eine Meerjungfrau zu ihm. Sie setzte sich auf den Stuhl und sang ihm mit leiser Stimme ein Lied vor. Sie legte die Brosche in seine Hand, schloss seine Finger darüber und lächelte ihn an. Als die Granaten auf die Hütte niederhagelten und explodierten, sprang sie auf, lief zum Wasser und tauchte unter.

Am Morgen zog er zunächst das Boot ins Wasser, um es auf eventuelle Lecks zu überprüfen. Es war dicht. Also machte er sich daran, die Netze auf der Düne auszubreiten und auszubessern. Er wusste, dass er eigentlich losgehen sollte, um etwas zu essen und zu trinken zu besorgen. Aber er spürte einen extremen Widerwillen dagegen, ins Dorf zu gehen.

Gegen Mittag fiel ein Schatten auf sein Netz. Die Umrisse eines Mannes. Er tat so, als würde er nichts bemerken, und arbeitete konzentriert weiter in der Hoffnung, der Schatten würde nach einer Weile einfach wieder verschwinden. Es funktionierte nicht. Der Schatten fing an zu sprechen.

»Guten Tag, Anton.«

Er sah nicht auf. Er war gerade an eine besonders knifflige Stelle geraten, musste sich konzentrieren.

»Anton, du kennst mich doch noch?«

Der Schatten bewegte sich. Ein Paar Stiefel trat in seinen Gesichtskreis. Sie blieben am Rand des ausgebreiteten Netzes stehen.

»Anton!«

Der Mann mit den Stiefeln ging in die Hocke und wartete.

Anton brachte seine Arbeit zu Ende, dann setzte er sich in den Sand, blickte zunächst eine Weile vor sich hin, schließlich wanderte sein Blick langsam zu den Stiefeln.

»Eine Zigarette?«

Anton streckte die Hand aus und bekam eine angezündete Zigarette. Er nahm einen Zug und blickte dem Mann ins Gesicht. Es war Ludwig.

»Schön, dich zu sehen, Anton. Du lebst.«

Anton zuckte mit den Schultern.

»Als man mir erzählte, du seiest durchs Dorf gegangen, hab ich es erst nicht glauben können. Wieso geht er einfach so vorbei, ohne bei mir reinzuschauen? Na ja, wahrscheinlich war ich gerade sowieso nicht da. Es hieß, du hättest niemanden angesehen, seiest einfach durchmarschiert. Da hab ich mir natürlich Sorgen gemacht. Mensch, Anton, ist alles noch dran?

Arme, Beine, der Kopp und alles? Ist ja mehr, als man verlangen kann heutzutage.«

Anton sah Ludwig an. Es schien ihm gut zu gehen. Er war nicht so mager wie die Männer, denen er in der letzten Zeit begegnet war.

»Du bist gerade zurückgekommen, musst dich erst mal wieder reinfinden, ist klar. Wir haben hier schon mit dem Aufbau begonnen. Nicht Wiederaufbau, Neuaufbau! Große Sache. Die Welt hat sich verändert, und jetzt geht's erst richtig los. Willkommen an Bord, Anton!«

Anton sah aufs Wasser, das gelassen ans Ufer plätscherte. Er wollte keine Veränderung. Er wollte, dass das Wasser weiter so gemächlich ans Ufer plätscherte. Er wollte den Kies rollen hören und ab und zu vielleicht das Klatschen einer Welle, die sich an einem großen Stein brach.

»Du siehst ausgehungert aus, Anton. Ich hab dir was mitgebracht. Hier. Butterstullen. Na ja, mit Margarine. Auf einer ist sogar Wurst drauf. Susi hat sie geschmiert. Du weißt doch noch? Susi? Prachtvolles Mädel. Ist jetzt auch bei uns. Hat einen kleinen Umweg übern BDM gemacht, na ja, Schwamm drüber ...«

Anton griff nach dem Paket, löste den Bindfaden vom Butterbrotpapier und starrte einen Moment erstaunt auf die Brote. Richtige Stullen! Er nahm eine und biss ab. Sie schmeckten nach nichts.

»Hat dich arg erwischt, was?«, fragte Ludwig. »Lass dir Zeit. Iss erst mal. Hier in der Thermoskanne ist Tee. Der ist warm, das hilft auch. Lass mal, ich schenk dir ein.«

Der Tee war heiß, schmeckte jedoch nach nichts. Aber er tat gut nach der kühlen Nacht.

»Du reparierst die Netze? Willst du rausfahren? Dein Alter hat bis zum Schluss alles bestens in Schuss gehalten. Bis sie ihn geholt haben. War schon komisch. Man hat ihn fast nie reden hören, aber dann hat er einmal den Mund aufgemacht, und sie haben ihn gleich geholt. Der arme Mann. Aber es war vielleicht gut so, dass er sich gewehrt hat. Erschossen werden ist besser als KZ, kannst du mir glauben. Ich hab da einiges gesehen, was du dir nicht vorstellen kannst. Na ja ... aber wenn ich mir dich so angucke ... war wohl auch ziemlich schlimm, was?«

Anton aß mechanisch ein zweites Brot auf. Er erwischte das mit der Wurst. Sie schmeckte auch nach nichts.

»Wenn du rausfahren willst ... für deinen eigenen Bedarf, klar. Spricht nichts dagegen, erst mal jedenfalls. Aber wir sind gerade dabei, die Fischerflotte neu zu organisieren. Du gehörst ja eigentlich nicht dazu. Aber wegen deines Vaters, auch wenn er ein Eigenbrötler war, kannst du natürlich darauf zählen, dass du dabei sein darfst. Wir haben Großes vor. Mit vereinten Kräften. Sollst mal sehen. Wir werden die Transportwege ausbauen. Dann schaffen wir die Fische aus den Booten im Akkord zum alten Hafen hoch. Sollst mal sehen.« Ludwig lachte. »Ist klar, dass dann nicht mehr jeder einfach auf eigene Rechnung losrudern kann. Aber darüber sprechen wir noch, hm?«

Ludwig stand auf. »Morgen komm ich wieder vorbei. Bring dir wieder ein paar Stullen mit, wenn du magst. Vielleicht kommt Susi auch mal mit. Na ja, wenn sie Zeit hat. Bis dann.«

Als er die Düne hinaufstieg, verlor er kurz das Gleichgewicht und ruderte mit den Armen in der Luft, dabei schlug sein Jackenschoß zurück und gab den Blick auf ein Pistolenhalfter frei.

Anton wandte sich wieder seiner Reparaturarbeit zu.

Später schob er das Boot ins Wasser, nahm sich zwei Angeln und ruderte aufs Meer hinaus. Er war lange nicht mehr draußen gewesen. Es herrschte beinahe Windstille. Die Wasseroberfläche war flach und ruhig. Mit kräftigen Zügen zog er die Riemen durch das Wasser.

Er ruderte immer weiter. Schließlich erreichte er das Fischerdorf. Er sah die Fischerboote am Ufer und die gestapelten Kisten mit dem Fang des Tages, der darin in den Ort transportiert wurde, wo er weiterverarbeitet oder verkauft werden konnte. Er sah Fischer zwischen den Booten. Einige hatten schon losgemacht, andere würden bald folgen. Sie hofften auf einen guten Fang in einer ruhigen Nacht.

Als er eins ihrer Boote auf sich zukommen sah, ruderte er zurück. Hinter einem großen Felsen wartete er ab, bis es vorbei war. Er blieb länger dort in der Nähe des mächtigen Steins. Zahlreiche Möwen hatten sich darauf versammelt. Die Felsbrocken waren von den Gletschern der Eiszeit hierher geschoben worden, vor unendlich langer Zeit. Damals hatte es noch keine Menschen gegeben. Das musste eine friedliche Welt gewesen sein.

War es möglich, dass die Vögel dort brüteten? In dieser finsteren Zeit für Nachwuchs sorgten? War es nicht längst vorbei mit dem Kinderkriegen? Hatten sich die Menschen das Recht auf Fortpflanzung und Weiterleben nicht selbst genommen? Vier Jahre lang hatte Anton die Menschen nur als Verursacher größtmöglicher Zerstörung erlebt. Als teuflische Kreaturen, die Städte in Schutt und Asche legten, sich gegenseitig abschlachteten, den Erdboden verwüsteten und alles ausmerzten, was sich ihnen in den Weg stellte. »Die Krone der Schöpfung ist der Panzer«, hatte einer seiner Kameraden, ein ehemaliger Professor, der es nicht mal bis zum Unteroffizier geschafft hatte, gewitzelt, »einen Eisenkäfer hatte Gott im Auge, als er die Evolution angeleiert hat, glaub mir.« Der Professor war irgendwo im Schlamm vor Stalingrad stecken geblieben, ohne Panzer, auch nicht als Käfer, sondern einfach nur als nutzloses Stück Fleisch, zerfetzt, zerschlagen, zerbrochen.

Anton merkte, wie ihn etwas in seiner Kehle würgte. Er stieß das Boot mit dem Ruder vom Felsen ab und ruderte vom Ufer weg. Eine plötzliche Müdigkeit hatte ihn übermannt. Er bereute, dass er so weit gefahren war. Was für ein Unsinn, er wollte doch Fische fangen! Er machte sich auf den Rückweg und suchte sich eine gute Stelle, die ihm einst sein Vater gezeigt hatte. Dort warf er die beiden Angeln aus. Es dauerte nicht lange, und er hatte zwei Dorsche gefangen. Er zog sie aus dem Wasser, packte sie am Schwanz und schlug sie mit dem Kopf gegen die Bootswand. Er musste nur einmal zuschlagen, und sie waren tot. Dann ruderte er zurück.

Er zog das Boot aus dem Wasser und trug seine Beute und die Angeln in die Hütte. Neben dem Ofen lagen einige Holzscheite und eine kleine Axt. Er spaltete ein paar Späne ab, fand etwas Papier und entzündete ein Feuer. Während der Ofen warm wurde, nahm er die beiden Fisch aus, zog die Haut ab und filetierte sie. Er war nicht mehr so geschickt dabei wie früher, es dauerte länger, ging aber noch ganz gut. Er schnitt die Filetstücke zurecht und garte sie in der Pfanne. Es roch verbrannt. Er musste mehrere Pfannen hintereinander braten, dann waren alle Filets gegart. Er schichtete sie auf einen Teller, den er auf den Tisch stellte, dann stellte er einen zweiten Teller dazu, Messer und Gabel, ein Glas mit Regenwasser, und begann zu essen. Es schmeckte nicht, aber er aß trotzdem alles auf. Es war zu viel. Ein Fisch hätte genügt. Ihm wurde übel. Er legte sich aufs Bett. Einfach schlafen, das war jetzt das Beste.

Aber es ging nicht. Zunächst lag er mit offenen Augen da, unruhig, unbequem, von der Last des Fisches in seinem Magen niedergedrückt. Dann dämmerte er weg und träumte, er läge immer noch wach da. Schließlich träumte er, er würde einschlafen, schreckte auf und war wieder ganz wach. Seine Gedanken irrten ziellos kreuz und quer dahin im Niemandsland zwischen der untersten Stufe des Wachseins und dem halb ohnmächtigen Taumeln am Abgrund des Tiefschlafs. Irgendwann rollten die Panzer auf ihn zu, über ihn hinweg. Er steckte bis zum Hals in einem Berg aus menschlichen Gebeinen, über den sich Panzer mit laut aufheulenden Motoren bewegten und die Schädelknochen unter sich mit ihren Stahlketten zu Staub zermahlten. Als die Ketten direkt auf ihn zukamen, schrie er laut auf vor Entsetzen und wachte jäh auf.

Neben ihm auf dem Stuhl, den sie sich an sein Lager herangezogen hatte, saß die Meerjungfrau. Sie legte ihre kalte, nach Seetang und Algen duftende Hand auf seine heiße Stirn und sagte: »Hab keine Angst, mein kleiner Anton, es ist alles nur ein Traum in einem Traum.«

Dann gab sie ihm einen Klaps auf die Wange und sagte: »Ich bin böse mit dir.«

»Warum?«

»Du hast die Fische getötet.«

»Aber ich hatte Hunger.«

»Jetzt hast du Bauchschmerzen.«

»Ja.«

»Siehst du.«

»Aber …«

»Schlimme Bauchschmerzen.«

»Ja, es wird immer schlimmer.«

»Sie wollten nicht sterben.«

»Aber …«

»Spürst du sie?«

»Ja.«

Es rumorte in seinem Bauch. Ein krampfartiger Schmerz,

als wäre etwas zum Zerreißen gespannt. Als würde etwas zerreißen. Er spürte, wie ihm kalter Schweiß ausbrach.

»Sie wollen raus«, sagte die Meerjungfrau. »Die Fische wollen raus.«

Er spürte, wie sie in seiner Kehle nach oben zappelten. Er warf die Decke von sich und sprang auf.

»Schnell«, sagte die Meerjungfrau. »Lass sie raus.«

Er stürzte zur Tür, riss sie auf, taumelte nach draußen, fiel in den Sand, kniete, beugte sich nach vorn, und da brach es aus ihm heraus: lauter kleine silbrig glänzende Fische. Hatte er tatsächlich so viele Fische gegessen? Natürlich waren das zu viele gewesen! Wie hatte das nur passieren können? Er scharrte Sand über die Stelle, wo er die toten Fische erbrochen hatte, und stand auf.

Die Meerjungfrau war verschwunden. Er trottete in die Hütte zurück und legte sich wieder aufs Bett. Ihn fröstelte. Er zog sich die Decke über und schlief ein.

Am nächsten Tag machte er sich wieder daran, die Netze zu reparieren. Es war noch immer windstill. Irgendwann nach Mittag hörte er das Geräusch eines Motors. Wenig später sah er Ludwig am Wasser entlang auf sich zukommen.

»Guten Tag, Anton. Geht's dir heute besser?«

»Ja.«

Ludwig setzte sich auf einen Stein.

»Du siehst blass aus. Schlecht geschlafen?«

»Ja.«

»Kommst du zurecht, hier so ganz allein?«

»Ja.«

»Ich hab dir wieder ein paar Stullen mitgebracht.« Ludwig zog ein kleines Päckchen aus der Jackentasche. »Mit Grüßen von Susi.«

»Mir ist nicht gut.«

»Heb's dir auf.« Er legte das Stullenpaket auf einen Stein. »Von irgendwas musst du ja leben.«

»Ja, gut.«

»Du bist draußen gewesen? Man hat dich gesehen.«

»Ja.«

»Was gefangen?«

»Zwei Dorsche.«

»Na ja, solange es nur zwei Dorsche sind. Aber die Jungs drüben hoffen, dass du ihnen nicht in die Quere kommst. Vielleicht solltest du sowieso mal drüber nachdenken. Ich meine, wenn du bleibst, musst du dich natürlich den anderen anschließen.«

»Ich will nicht mehr fischen.«

»Warum reparierst du dann deine Netze?«

Ja, warum?

»Hör zu. Die Fischer drüben können noch Verstärkung gebrauchen. Wir bauen das Land neu auf. Die Arbeiter müssen essen. Fisch ist gesund. Fisch ist Zukunft.«

»Ja.«

Ludwig sah Anton stirnrunzelnd an: »Hör mal, vielleicht solltest du einfach mitkommen. Wir bringen dich schon irgendwo unter. Dann kannst du dir überlegen, was du anpacken willst.«

»Nein, ich bleibe hier.«

»Du siehst krank aus, Anton. Warum kommst du nicht mit? Ich könnte noch Verstärkung brauchen, aber das liegt natürlich bei dir. Das ganze Fischereiwesen wird umstrukturiert. Das ist eine Heidenarbeit. Sind ja nicht alle gleich einsichtig und kapieren, dass das die Zukunft ist.«

»Ja.«

»Also kommst du mit?«

»Nein.«

Ludwig zog die Thermoskanne aus der anderen Jackentasche. »Hier. Hätte ich beinahe vergessen. Du kannst sie behalten, wenn du den Tee nicht gleich austrinken willst. Ich hol sie dann morgen wieder ab.«

Er stand auf. Sein Blick fiel auf die Brosche, die Anton sich an seiner Jacke festgemacht hatte.

»Was ist das da eigentlich?«

»Eine Brosche.«

»Gefunden?«

»Eine Meerjungfrau hat sie mir geschenkt.«

Ludwig lachte amüsiert. Dann wurde er ernst: »Silber? Genau genommen müssen alle wertvollen Fundsachen gemeldet werden.«

Anton legte seine Hand über die Brosche. »Ich hab sie geschenkt bekommen.«

Ludwig wehrte lächelnd ab. »Schon gut, war nicht so gemeint. Nur für den Fall, dass es wertvoll ist … falls du auf einem Schatz sitzt … Vielleicht hast Du ja einen aus dem Wasser gezogen oder in einer Höhle gefunden … soll ja hier irgendwo versteckt sein, in den Felsen oder was, na ja … Den müsstest du jedenfalls melden, ist ja klar.«

»Ich hab doch gesagt, dass die Brosche von einer Meerjungfrau ist.«

»Schon gut. Ich komm ja auch nur auf den Schatz, weil der jetzt für uns nützlich wäre. Wir schauen in die Zukunft. Das solltest du auch tun. Vergiss die Schrecken des Krieges! Raff dich auf. Tja, ich muss dann wieder los. Morgen schau ich wieder vorbei. Vielleicht kommt Susi dann mit. Denk drüber nach, was du machen willst. Die Fischer würden dich gern aufnehmen. Ansonsten, ist ja klar, kannst du nicht allzu lange hier bleiben. Also dann …«

Anton sah ihm nach, wie er die Uferböschung hochkletterte. Wieso wollte er ihm die Brosche abnehmen?

Am Abend legte er die Netze zusammen und trug sie zum Boot. In der Dämmerung fuhr er nach draußen. Ruderte und ruderte immer weiter aufs Wasser hinaus. Ein leichter Wind war aufgekommen und kräuselte die See. Als er den Fangplatz erreicht hatte, überprüfte er noch mal, ob die Bojen gut befestigt waren, und ließ die Netze dann ins Wasser. Als er damit fertig war, war es dunkel geworden. Dunkler als in den vorangegangenen Nächten, da Schleierwolken den Mond verdeckten. Der Wind frischte etwas auf, und die Wellen schwappten gegen die Bordwand.

Als er sich gerade auf den Rückweg machen wollte, hörte er ein leises Plätschern. Er horchte auf, blickte auf das schwarze Wasser, konnte aber nichts erkennen. Angestrengt starrte er in die Nacht. Das Plätschern wanderte um sein Boot herum. Hin und wieder hörte er ein Glucksen und manchmal ein Geräusch, das wie ein Lachen klang. Endlich sah er ihre schmalen Hände, dann zog sie sich hoch und stützte sich mit den Ellbogen auf den Bootsrand. Ihre Haare schimmerten grün, als würden sie phosphoreszieren. Sie blickte ihn ernst an.

»Du hast die Netze ausgeworfen.«

»Ja.«

»Beinahe hätte ich mich darin verheddert.«

»Tut mir Leid.«

»Deswegen mögen wir diese Netze nicht, weil wir selbst darin gefangen werden können.«

»Ich verstehe.«

»Aber du hast trotzdem die Netze ausgeworfen.«

»Ja.«

»Warum willst du so viele Fische fangen?«

»Ich bin doch Fischer.«

»Du bist Fischer?«

»Ja. Mein Vater war Fischer. Er ist aus der Stadt zurückgekommen und hat wieder als Fischer gearbeitet.«

»Er ist aus der Stadt zurückgekommen?«

»Ja, er fand dort keine Arbeit mehr. Sie wollten ihn nicht. Wenn er jünger gewesen wäre, hätten sie ihn an die Front geschickt. Aber so konnte er bleiben. Und fischen.«

»Also hat er Krieg gegen die Fische geführt.«

»Es ist nicht lange gut gegangen. Er war schon zu alt. Er wurde krank. Man hat mir einen Brief geschickt, nachdem er gestorben war.«

»Und nun willst du den Krieg für ihn weiterführen?«

»Ich will keinen Krieg.«

»Den Krieg gegen die Fische.«

»Ich bin Fischer.«

»Du tötest die Fische und verkaufst sie an die anderen.«

»Ja, so sollte es eigentlich sein.«

»Sie wollen aber nicht, dass du das machst.«

»Ich mach es trotzdem.«

»Das sagst du nur so. In Wirklichkeit willst du es gar nicht mehr.«

»Was soll ich sonst tun?«

»Du kennst doch die Felsen drüben auf dem anderen Ufer.«

»Ja, wer kennt sie nicht.«

»Dort ist ein Schatz versteckt.«

»Ein Schatz?«

»Ja, der liegt da schon lange.«

»Das interessiert mich nicht.«

»Gold, Silber, Edelsteine, Perlen, Brillanten ... Das interessiert dich nicht? Die Brosche, die ich dir geschenkt habe, ist auch von dort.«

»Das erzählen sich die Menschen schon seit langer Zeit, aber niemand hat den Schatz bisher gefunden.«

»Es hat sie auch niemand hingeführt.«

»Und du kannst mich hinführen?«

»Ja.«

»Wenn ich aufhöre zu fischen?«

»Ja.

»Aber die anderen werden weiter ihre Netze auswerfen.«

»Du sollst den Schatz mit ihnen teilen. Dann werden sie damit aufhören.«

»Das glaube ich nicht.«

»Frag sie.«

»Ja, gut.«

»Und jetzt hol deine Netze ein. Es ist so dunkel, dass ich nicht weiß, in welche Richtung ich schwimmen soll, ohne mich zu verheddern.«

»Die würden staunen, wenn ich mit einer Meerjungfrau im Netz in den Hafen komme.«

»Das solltest du nicht tun.«

»Wenn ich mit meinem Boot anlege und statt einer Ladung Fische wird eine Meerjungfrau ausgeladen.«

»Das darfst du nicht.«

»Dann würde ich sicherlich berühmt werden. Sie würden es in der Zeitung bringen.«

»Ich würde dich verfluchen.«

»Ich hab doch nur Spaß gemacht.«

»Das war kein guter Spaß.«

»Nein.«

»Hol die Netze ein!«

»Ja.«

»Sprich mit den anderen. Und morgen treffen wir uns am Felsen.«

»Gut.«

Er tat, was sie verlangte, und ruderte zurück.

Am nächsten Tag, als Ludwig ihm gegen Mittag mit einem weiteren Päckchen mit Broten unter dem Arm wieder einen

Besuch abstatten wollte, fand er Anton vor der Hütte sitzend vor. Neben ihm lagen die Netze, unordentlich hingeworfen, darin hingen vereinzelte Fische.

»Guten Tag, Anton!«

Anton sah auf. Sein Gesicht war eine einzige Maske aus Trauer und Verzweiflung. Er hatte geweint.

»Anton, was ist los mit dir?«

Anton deutete wortlos auf die Netze. Er unterdrückte ein Schluchzen.

»Du bist draußen gewesen. Na ja, ich will mal ein Auge zudrücken. Aber was willst du nun mit den Fischen anfangen?«

Anton machte eine verzweifelte Geste.

»Ich hab den Verdacht, du kommst hier nicht ganz klar, mein Lieber.«

Anton starrte eine Weile in den Sand zwischen seinen Beinen, dann sagte er: »Ich muss sie alle wieder zurückbringen.«

»Wie bitte?«

»Die Fische. Ich muss sie wieder zurück ins Wasser werfen.«

»Das ist ja nun nicht nötig. Bringt auch gar nichts. Nun übertreib mal nicht, alter Junge.«

»Ich hab's versprochen.«

»Bis jetzt hast du noch gar nichts versprochen. Hör mal, hast du eigentlich in der letzten Zeit was Anständiges gegessen? Wollen wir nicht mal reingehen? Es ist frisch geworden.« Er deutete zum Himmel, wo sich immer mehr graue Wolken zusammenballten. »Bald wird es Regen geben. Kann jeden Moment losgehen.«

»Ich muss mich erst um die Fische kümmern.«

Ludwig zuckte mit den Schultern und wandte sich um. Er trat in die Hütte und stellte fest, dass die Brote von gestern noch nicht ausgepackt waren. Auch die Thermoskanne war noch voll. Ludwig goss den kalten Tee in eine Tasse und ging nach draußen. Er hielt Anton die Tasse hin.

»Hier, trink mal was!«

Anton trank ein wenig Tee und gab ihm die Tasse zurück.

»Hör mal, ich mach mir ernstlich Sorgen um dich«, sagte Ludwig.

Anton deutete auf die Dorsche und Heringe, die im Netz hingen: »Es hat keinen Zweck. Sie sind tot. Es war ein Unfall, ich wollte das Netz ja bloß wieder rausziehen.«

Ludwig blickte ihn stirnrunzelnd an.

»Du solltest mitkommen. Das Alleinsein hier draußen bekommt dir nicht.«

»Ich will sie nicht anfassen. Kannst du das nicht für mich machen?«

Ludwig seufzte, sah sich um, holte eine Kiste herbei, die vor der Hütte gestanden hatte, und holte die Fische aus dem Netz. Viele waren es nicht.

»Was willst du jetzt mit denen machen?«

»Nimm sie mit.«

»Du könntest dir die Heringe braten. Wenn du dich sehen könntest ... du bist entsetzlich abgemagert. Das geht doch nicht so weiter.«

»Ich will keine Fische mehr essen.«

»Warum hast du sie dann gefangen?«

Anton blickte ihn wütend an: »Es war ein Versehen!«, schrie er.

»Du bist versehentlich rausgefahren und hast versehentlich die Netze ausgeworfen?«

»Lass mich doch in Ruhe, wenn du mir nicht glauben willst!«

»Ist schon gut. Hör mal, willst du nicht besser mitkommen? Susi kann sich um dich kümmern. Du siehst sehr krank aus. Ich mach mir Sorgen.«

»Ich kann jetzt hier nicht weg.«

Antons rechte Hand umkrampfte die Brosche, die noch immer an seiner Jacke festgesteckt war. Er blickte auf und sah Ludwig an, als sei er gerade ertappt worden. Es huschte so etwas wie Hinterhältigkeit und Häme über sein Gesicht, dann ein Ausdruck von Angst. Er ließ die Brosche nicht los.

Ludwig starrte auf die Hand, die die Brosche verdeckte.

»Du bekommst meinen Schatz nicht! Ihr alle nicht! Ihr hört ja doch nicht auf zu töten!«

»Was denn für einen Schatz? Es will dir doch niemand deine Brosche wegnehmen.«

Anton grinste ihn listig an. »Die Brosche? Und wenn schon ...«

Ludwig setzte sich auf einen Stein und sah Anton zu, wie er mit dem Finger der rechten Hand irgendwelche Muster in den feuchten Sand malte. Mit der linken hielt er noch immer die Brosche bedeckt. Gelegentlich warf er dem anderen einen verstohlenen Blick zu, als hätte er etwas zu verbergen, wollte es sich aber nicht anmerken lassen.

Nach einer Weile des Nachdenkens war Ludwig zu einem Entschluss gekommen. Er stand auf.

»Du kommst mit mir mit!«, sagte er.

»Vielleicht morgen«, sagte Anton. »Ich hab noch was zu erledigen.«

»Unsinn, das kann warten. Du bist krank. Das geht doch nicht so weiter.«

Anton rutschte ein Stück von ihm weg.

»Ich will deine Brote nicht essen!«

»Ja eben, das ist es ja.«

»Nimm den Fisch mit, ich schenk ihn dir!«

»Es geht nicht um den Fisch, es geht um dich, Anton.«

»Fass mich nicht an!«

Ludwig packte ihn am Oberarm. Anton riss sich los. Ludwig fasste wieder nach ihm, zog ihn hoch.

»Hör doch mal zu! Du kannst bei mir wohnen.«

Anton versuchte, ihm einen Faustschlag zu verpassen. Ludwig umschlang ihn mit beiden Armen, hielt ihn fest. Anton warf sich hin und her, wollte sich losreißen. Sie taumelten und fielen hin. Ludwig prallte mit dem Kopf gegen einen Stein. Einen Moment lang war er benommen.

Als er wieder klar sehen konnte, sah er Anton über sich stehen. Er hielt die Pistole in der Hand, die er ihm aus dem Halfter gezogen hatte.

»Mensch! Mach bloß keinen Scheiß jetzt!«, rief Ludwig.

Anton lachte böse. »Das haben wir doch gelernt, Scheiß zu machen. Wieso hast du denn eine Pistole dabei, wenn du keinen Scheiß machen willst, hm?« Er zielte. Ludwig erstarrte.

»Scheiß machen, schießen. Scheiß machen, schießen«, murmelte Anton.

»Hör auf damit, bitte!«

Anton grinste böse. »Damit kennen wir uns aus, wie? Totmachen!«

»Anton, pass auf!« Ludwig sprang auf, lief einige Schritte rückwärts, stolperte über einen Stein und fiel erneut hin.

»Nimm die Brote mit und den Fisch, los! Die Netze kannst du auch gleich wegnehmen. Ich brauch sie nicht. Mach schon.«

»Das ist doch Unfug. Was soll ich denn mit den Netzen?«

»Du nimmst alles mit!«

Ludwig raffte die Netze zusammen.

»Und die Brote!«

»Aber was soll das?«

Anton zwang ihn, die Brote einzustecken, die Thermoskanne unter den Arm zu klemmen und die Netze einzusammeln.

»Jetzt geh. Und komm bloß nicht wieder.«

»Ich werde leider wiederkommen müssen.«

Anton fuchtelte mit der Pistole herum: »Hau ab!«

Schwer beladen, die Netze hinter sich herziehend, taumelte Ludwig die Düne hoch.

Kaum war er verschwunden, drehte Anton sich um und rannte zum Wasser. Er schob das Boot in die Wellen und sprang hinein.

Eilig paddelte er vom Ufer weg. Ludwig hatte hinter der Düne die Netze fallen lassen. Er drehte sich um und sah aufs Wasser.

Anton hob drohend die Faust.

Kopfschüttelnd kletterte Ludwig die Uferböschung hinauf.

Anton blieb den ganzen Tag im Boot und ruderte am Ufer entlang. Er vermied es, dem Strand zu nahe zu kommen. Manchmal sah er eine menschliche Gestalt, die sich am Ufer oder auf einer Anhöhe bewegte. Dann schimpfte er vor sich hin und behielt die Pistole im Auge.

Eine leichte Dünung hob und senkte das Boot in trägem Rhythmus. Der Wind frischte auf. Als die Abendsonne ihr tiefgoldenes Licht über das Wasser schickte, glaubte er, ein Stück weit vor sich die grünen Haare der Meerjungfrau zwischen den Wellen zu erkennen. Er ruderte auf sie zu, doch kaum war er an der Stelle angelangt, war sie verschwunden. Ein glucksendes Lachen erklang ein Stück weiter vorn, und da waren sie wieder, die leuchtend grünen Haare. Und sah er da nicht auch eine schmale Hand, die ihm zuwinkte?

Wieder tauchte er die Ruder ein, um ihr zu folgen. Und wieder entwischte sie ihm kichernd. Er legte sich mächtig in die Riemen und lachte vor sich hin, als er ihr folgte. Sie wollte ihn necken. Die Nixe neckte ihn. Er wollte sich ausschütten vor Lachen. Er fühlte sich stark. Er spürte noch nicht mal die Blasen an seinen Händen und wie sie aufplatzten.

Die Meerjungfrau verschwand hinter dem Felsen. Als er den Stein erreicht hatte, tauchte sie unter seinem Boot hindurch und klammerte sich dann lachend an den Bootsrand.

»Ich will nicht mehr zu ihnen zurück«, sagte Anton.

»Das ist eine gute Idee.«

»Ich will auch keine Fische mehr fangen.«

»Das freut mich.«

»Die wollen, dass ich immer so weitermache. Ich hör aber auf damit.«

»Du hast Recht.«

»Ist es eigentlich sehr kalt da bei dir im Wasser?«

»Nein, überhaupt nicht.«

»Du frierst nie, was?«

»Nein, nie.«

»Im Winter vielleicht?«

»Da lege ich mich ganz still auf den Grund und decke mich mit Seetang zu.«

»So würde ich auch gern meine Winter verbringen.«

»Komm doch mit. Ich zeige dir, wie man unter Wasser schwimmen kann.«

»Na, ich weiß nicht. Trotz allem bin ich doch ein Mensch. Sieh mal, hier, ich trage immer noch deine Brosche.«

»Ich hab's gleich gesehen.«

»Weißt du, ich glaube, das ist nur ein Teil von einem größeren Stück.«

»Ja, das stimmt. Es sind drei Teile. Wenn man sie zusammensetzt, ergeben sie ein Schiff. So ein altes Schiff aus der Zeit, als ich noch eine kleine Nixe war.«

»Wo sind die anderen Teile?«

»Meine Schwestern haben sie.«

»Du hast noch Schwestern?«

»Ja, natürlich.«
»Schwestern hatte ich nie.«
»Du hast doch mich.«
»Ja.«
»Sieh mal, da drüben!«
»Was denn?«
»Menschen.«
»Oh, ja.«
»Sie winken dir zu.«
»Nein, bestimmt nicht. Die meinen jemand anderen.«
»Es ist doch niemand sonst hier.«
»Sie winken, weil sie dich gesehen haben. Eine Meerjungfrau ist was Besonderes.«
»Sie rufen deinen Namen. Anton. Du sollst zu ihnen kommen.«
»Ich geh nicht zu ihnen.«
»Was willst du denn mit diesem Ding da?«
»Das ist eine Pistole. Wenn sie mir zu nahe kommen, schieße ich.«
»Willst du das einfach so tun? Jemanden totschießen?«
»Ich habe schon viele Menschen totgeschossen.«
»Warum?«
»Alle haben es getan.«
»Auch die da drüben?«
»Die auch. Alle.«
»Ich mag es nicht, dass die Menschen sich totschießen.«
»Ob man es mag oder nicht, ist nicht entscheidend.«
»Komm, wir klettern auf den Stein. Dann können wir besser sehen, was sie tun.«
»Sie trauen sich nicht mal bis ans Wasser.«
»Sie haben wirklich Angst vor dir. Du bist wundervoll, Anton.«
»Ja.«

»Gibst du mir die Brosche zurück?«

»Hast du Angst, dass ich sie verliere?«

»Ich will nicht, dass sie kaputtgemacht wird.«

»Ja, du hast Recht. Hier, nimm sie.«

»Danke.«

»Du brauchst sie mehr als ich.«

»Ja.«

»Obwohl es auch ein bisschen lustig ist, eine Meerjungfrau mit einem Anker.«

»Du bist ein Spaßvogel, Anton.«

»Ja, manchmal muss ich einfach einen Spaß machen.«

»Also dann. Ich muss jetzt los.«

»Mach's gut.«

»Adieu.«

Die Männer am Ufer kamen nicht näher. Sie blieben in sicherer Entfernung stehen. Gelegentlich riefen sie ihm etwas zu und winkten, aber Anton blieb auf dem Felsen hocken, ohne ihnen zu antworten. Ludwig hatte seinen Begleitern eingeschärft, nichts Unüberlegtes zu tun, da Anton eine Waffe bei sich trug. Irgendwann bemerkten die Männer, wie das Boot vom Felsen wegdriftete. Anton schien es nicht bemerkt zu haben.

Es wurde dunkler. Ein heftiger Wind war aufgekommen. Die Wellen gingen höher und brachen sich schon ein ganzes Stück weit vor dem Ufer. Die Männer am Ufer zündeten Laternen an. Sie waren sich uneins, was sie tun sollten. Einige schlugen vor, mit Booten zu Anton zu fahren, um die Angelegenheit handstreichartig zu erledigen. Andere wollten nach Hause. Was ging sie dieser Verrückte an? Ludwig beharrte darauf, dass er den Mann, der ihm seine Pistole gestohlen hatte, nicht unbeaufsichtigt lassen durfte. Schließlich blieben sie nur noch zu dritt am Ufer zurück.

Kurz nach elf Uhr hörten sie einen Schuss. Dann ein Platschen. Sie wateten ins Wasser.

Es gelang ihnen mit viel Mühe zu verhindern, dass die Leiche abgetrieben wurde. Sie zogen sie an Land.

Im Schein der Laternen stellte Ludwig fest, dass Anton sich ins Herz geschossen hatte, genau an der Stelle, wo vorher die Brosche gesteckt hatte. Das seltsame Schmuckstück war verschwunden. Die Pistole auch.

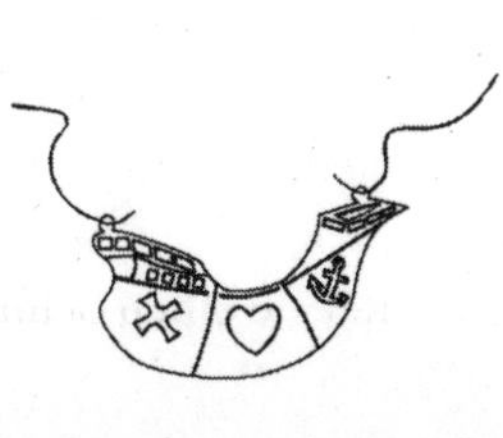

2002

27. FEBRUAR

MITTAGS

Was auch immer sie dir bieten, wir bieten dir mehr«, sagte Jens Discher, der im Augenblick ziemlich ramponiert aussah, weil er eine weitere Nacht im Bunker der Detektive zugebracht hatte. Wieder auf dem Feldbett. Wieder bewacht von Kulbrod und Rümker.

»Wer kümmert sich eigentlich um das Mädchen?«, fragte Greta.

»Das ist doch jetzt nicht das Thema«, sagte Link.

»He, ich lass mir doch nicht den Mund verbieten.«

»Greta, bitte. Bring uns jetzt nicht vom Thema ab.«

Herbert der Hehler blickte skeptisch in die Runde. Er war als Letzter gekommen, nachdem Kulbrod und Rümker ihn angerufen hatten. Die Detektive hatten Link und Greta mitgebracht. Nun ging es für alle darum herauszufinden, wie man wieder an die Brosche herankam, und Herbert musste entscheiden, mit wem er kooperieren wollte. Er war der Einzige, der wusste, wo Chris, also Krzysztof, sich aufhielt.

Greta saß neben Jens auf dem Feldbett. Kulbrod und Rümker hatten es sich hinter ihren Schreibtischen bequem gemacht. Link saß auf dem zweiten Feldbett und Herbert auf dem Besucherstuhl.

»Das Mädchen sah echt fertig aus, ich meine verzweifelt. Und ihr geht einfach darüber hinweg.«

»Halt mal den Mund, Greta«, sagte Discher.

»Du bist doch gerade eben erst auf sie losgegangen«, sagte Link.

»Ihr seid echt fies, alle beide. Mann, seid ihr bescheuert!«

»Wie viel mehr?«, fragte Herbert.

»Doppelt so viel«, sagte Discher.

Link sah ihn erstaunt an.

»Geld, immer nur Geld«, murmelte Greta vor sich hin.

»Der Kerl ist arm wie eine Kirchenmaus«, sagte Kulbrod. »Lebt auf einem halb verfallenen Bauernhof. Der kann keine müde Mark lockermachen.«

»Der blufft«, ergänzte Rümker.

»Ich zahle nicht mit meinem eigenen Geld«, sagte Discher.

Link grinste vor sich hin.

»Mir ist schnuppe, woher die Mäuse kommen, Hauptsache, sie gehen mir in die Falle«, sagte Herbert.

Kulbrod deutete auf Discher: »Das ist eine Falle.«

»Reine Hochstapelei«, sagte Rümker.

»Quatsch«, sagte Jens. »Was Sie hier treiben, ist Hochstapelei. Sie können keine müde Mark lockermachen.«

»Unsere Klientin ist wohlhabend«, sagte Kulbrod. »Da machen Sie sich mal keine Sorgen.«

»Welche Klientin?«, fragte Link.

»Berufsgeheimnis«, erklärte Rümker.

»Er meint Evelyne Burchard«, sagte Discher.

Jetzt war auch Greta interessiert: »Deine neue Freundin, Papa, ich meine Jens?«

»Nu mach mal 'nen Punkt. Die ist annähernd siebzig.«

Link grinste vor sich hin.

»Alte Schwedin«, sagte Greta erstaunt. »Das wird Mom aber ärgern.«

»Du bist auf dem völlig falschen Dampfer«, sagte Discher.

»Wer hat denn nun die Kohlen, die Piepen, die Mäuse, den Zaster?«, fragte Herbert.

»Keiner«, sagte Link.

»Wir«, sagten Kulbrod und Rümker.

»Frau Burchard«, sagte Discher.

»Siezt ihr euch, du und die alte Schachtel?«, fragte Greta.

»Tja, Leute«, meinte Herbert großspurig. »Und was spricht dagegen, dass ich mich direkt an diese Lustgreisin wende?«

»Sie ist eine alte Flunder.«

Greta lachte. »Papa, ich meine Jens, du reißt dich immer mehr rein.«

»Das hier«, sagte Kulbrod.

»Und das hier«, sagte Rümker.

Beide hielten jetzt Pistolen in der Hand. Kulbrod die Sphinx, Rümker eine im Vergleich eher schäbig wirkende Erma EP 652.

Greta starrte die Pistolen mit großen Augen an.

»Beeindruckt mich gar nicht«, sagte Herbert. »Ich war auch mal im Schützenverein.«

»Packen Sie die Waffen weg, das ist kontraproduktiv«, sagte Link.

Kulbrod legte die Sphinx auf seine Schreibtischplatte. Rümker tat es ihm nach.

»Um mal wieder aufs Thema zurückzukommen«, sagte Discher, »Die alte Flunder wird nicht mehr von diesen beiden Herren vertreten.«

»Sondern?«, fragte Kulbrod.

»Von mir.«

»Du hast also doch was mit ihr«, flüsterte Greta.

»Blödsinn«, sagte Rümker.

»Scheint ja einen ganz schönen Verschleiß zu haben, die alte Schachtel. Vielleicht rufen wir die Oma mal an, dann kann sie selbst entscheiden, wen sie bevorzugt«, sagte Herbert.

»In jedem Fall kann ich mehr bieten, weil ich nicht teilen will.«

»Wie jetzt, nicht teilen?«, fragte Herbert verwirrt.

»Mir geht's nicht um Geld.«

»Um was denn sonst, schöner Gigolo, armer Gigolo?«

»Um Einsicht in die Familienchronik.«

»Geld oder Liebe«, sagte Greta.

»Geld interessiert mich nicht. Ich biete hundert Prozent. Die beiden hier«, Jens deutete auf Kulbrod und Rümker, »wollen doch bestimmt mindestens die Hälfte für sich behalten.«

»Und die müsstest du dann noch mit Chris teilen«, fügte Link hinzu.

»Und dem Mädchen«, sagte Greta.

»Das sollen der Polacke und die Polackin mal lieber selbst regeln«, sagte Herbert. »Und was ist mit euch?« Er deutete auf Link und Greta.

»Ich brauche einen neuen Ankerplatz«, sagte Link. Er zwinkerte Greta zu.

»Und ich hab mir Sorgen um unseren Familiengigolo gemacht«, sagte Greta. »Ganz unnötig, wie mir scheint, stimmt's, Jensi?« Sie lächelte ihren Vater süßlich an.

»Hör endlich auf mit den Sticheleien, Greta. Das ist doch keine Witzveranstaltung hier.«

»Ihr benehmt euch aber so.«

»Hör auf mit diesem Kinderkram!«

»Blödmann, spiel dich nicht so auf.« Sie stand auf. »Und du, Jens, bist echt ein Armleuchter. Und damit du es gleich weißt: Ich find es total beschissen, dass du Mama, ich meine Marie-Christin, betrügst.«

»Bist du bescheuert? Was soll das denn jetzt?« Discher fasste seine Tochter erbost am Arm. Sie versuchte, sich frei zu machen: »Lass mich los!«

»Was ist denn nun los?«, rief Kulbrod.

»Ich gehe. Das ist mir alles zu blöd hier.«

»Ein anderes Wort kennst du wohl nicht mehr, nur Blödmann und blöd. Ich hab dich für erwachsener gehalten, Greta«, sagte Link.

Sie schluchzte wütend auf: »Arschloch!«

»Greta, benimm dich!«

»Ruhe!«, rief Kulbrod.

Greta riss sich so heftig los, dass sie in Herberts Arme taumelte.

»He, Zuckerpüppchen.« Er legte den Arm um ihre Hüften. Sie drehte sich um, verpasste ihm eine Ohrfeige und stieß ihn mit beiden Armen weg. Er taumelte gegen Rümkers Schreibtisch.

Link sprang auf, war mit zwei Schritten an Kulbrods Schreibtisch angelangt und schnappte sich die Sphinx.

Herberts rechter Arm flog unkontrolliert durch die Luft, als er rücklings über Rümkers Schreibtisch kippte. Rümker duckte sich. Greta tauchte an Herbert vorbei, griff blitzschnell nach der Erma und sprang zurück. Eine Sekunde später lag Links zweite Hand dort, wo eben noch die Pistole gelegen hatte. Er sprang ebenfalls zurück und warf Greta einen überraschten Blick zu. Herbert jaulte auf, weil Greta ihn mit dem Fuß ins Gesicht getreten hatte.

»He, nicht schlecht«, sagte Link.

»Nimm du lieber«, sagte Greta. »Ich weiß nicht mal, wie man die entsichert.«

Link hielt beide Pistolen vage in Richtung der Schreibtische gerichtet.

»Was war das denn?«, fragte Discher verwirrt.

»Wir hatten eine Abmachung«, sagte Greta.

Herbert umschlang ihr Bein und greinte: »Tu's noch mal, Baby, tu's noch mal.« Aus seiner Nase tropfte Blut.

»Lass das, du Penner!«

»Tu's noch mal, aber lass es mich auch mal tun«, greinte Herbert weiter. Dann setzte er sich und lachte vor sich hin. Greta trat zur Seite.

Kulbrod und Rümker standen mit dem Rücken zur Wand verwirrt nebeneinander.

Discher hielt die Handschellen hoch, mit denen er die letzte Nacht wieder ans Feldbett gefesselt gewesen war.

»Gute Idee«, sagte Link. »Gibt's noch mehr davon?«

Discher nickte: »In der Schublade.«

»Dann mal los, schnell!«

Discher legte den beiden Detektiven Handschellen an.

»Krieg ich auch welche?«, fragte Herbert, der sich mit dem Ärmel die Nase abwischte. Er zwinkerte Greta zu.

»Ich hau dir gleich wirklich noch eine rein«, sagte sie.

»Schluss jetzt!«, rief Link. »Jens, du nimmst die Büroschlüssel an dich. Greta, du reißt die Telefonleitungen raus. Oder schneide sie am besten durch. Herbert, du knebelst die beiden.«

»Mit Vergnügen«, sagte Herbert. »Knebeln hab ich beim Bund gelernt. Mann, ham wir geknebelt!«

»Moment mal«, sagte Kulbrod, dessen Gesicht sich inzwischen zornesrot verfärbt hatte. »Sie können doch nicht einfach ... wir kommen doch um hier unten.«

»Wenn die Angelegenheit über die Bühne gebracht ist, schauen wir wieder vorbei und lassen euch raus«, sagte Link.

»Das ist Freiheitsberaubung!«

»Nanu«, sagte Discher. »Wo haben Sie denn diese Vokabel plötzlich aufgeschnappt?«

Rümker sagte nichts. Er war bleich geworden und starrte vor sich hin. Herbert stopfte ihm ein Taschentuch in den Mund und klebte ihn mit Paketklebeband zu. Dann kam der protestierende Kulbrod an die Reihe.

»Kriegen die auch genug Luft?«, fragte Greta.

»Im Knebeln bin ich Weltmeister«, sagte Herbert. »Sagen alle meine Freundinnen ... Wenn du mal Lust auf 'ne extravagante Nummer hast, Süße ...«

»Schon gut, ich seh ja, wie's dir Spaß macht.«

Link steckte sich die Handys der beiden Gefesselten in die Taschen.

Dann verließen sie das Kellerbüro und schlossen ab. Auf dem Parkplatz der Bauhausvilla grüßten sie artig den weißhaarigen Architekten, der aus seinem Porsche stieg, setzten sich in den schwarzen BMW und fuhren los.

»Sachbeschädigung, Körperverletzung, Freiheitsberaubung, Autodiebstahl, Handyklau«, zählte Greta an einer Hand ab und hob die zweite: »Was kommt noch dazu?«

»Erpressung«, sagte Link und lenkte den Wagen auf die Elbchaussee.

»Vorfahrt genommen, Überfahren einer roten Ampel und überhöhte Geschwindigkeit«, ergänzte Discher.

»Ehebruch«, sagte Greta.

»Ich kannte mal eine, deren Spezialität war Nasenbluten«, sagte Herbert.

Greta deutete eine rechte Gerade an: »Halt die Klappe!«

»Du bist ein richtiges Sadomaso-Mäuschen, hm?«

»Willst du nicht endlich mal diesen Chrisdings anrufen?«, fragte Link.

Herbert ahmte einen polnischen Akzent nach: »Nix anrufen, wir uns treffen heute Nachmittag.«

»Okay, aber die Sache muss heute Abend über die Bühne gehen.«

»Geht klar, Boss.«

27. FEBRUAR

NACHMITTAGS

Der Tag hatte mit blauem Himmel, rasch dahinziehenden weißen Wolken und leichten Windböen begonnen, doch am frühen Nachmittag schoben sich dicke dunkle Wolken über die Elbe, und ein Wechselspiel aus heftigen Schauern und kurzen stürmischen Aufheiterungen begann.

Sechs Grad Celsius, und natürlich musste die Heizung auf Link Walthers Hausboot erst mal angeworfen werden. Greta, die sich in Links superkompakter Campingküche inzwischen ganz gut zurechtfand, kochte Tee. Link war draußen damit beschäftigt, das Hausboot zu inspizieren.

»Gibt's auch Bier?«, fragte Discher, als er sich zu ihr an den ausgezogenen Küchentisch setzte.

»Oh, Papa, ich meine Jens, wir trinken hier immer Tee.«

»Wir? Hier? Wohnst du neuerdings bei Link? Ist mir da was entgangen?«

Greta wurde leicht rot im Gesicht.

»Hast du hier übernachtet?«

Greta fasste nach der Teekanne.

»Willst du nun Tee?«

»Bier wäre mir lieber.«

»Das machst du nur aus Opposition!«

»Mir ist, als würde ich deine Mutter reden hören.«

Greta stöhnte genervt: »Du bist echt ein schwieriger Typ.«

»Ich höre deine Mutter reden.«

»Der Kühlschrank ist hinter dir.«

»Wo?«

»Da. Du musst nur auf die Türkante drücken, und schon springt er auf.«

»Türkante? Ich seh nicht mal eine Tür.«

»Ich denke, du bist der Techniker in der Familie.«

Discher drückte an mehreren Stellen der extrakompakten Einbauküche herum. Es tat sich nichts. Greta stand seufzend auf und tippte einmal gegen eine Stelle, die genauso aussah wie alle anderen Stellen, und schon ging die Kühlschranktür auf.

»Na, viel passt da nicht rein«, brummte Discher und holte sich eine Flasche heraus.

»Für einen Junggesellen reicht's.«

»Ach, er ist Junggeselle, hm?«

»Mach die Tür zu, das kostet Strom!«

»Du hast ja Sorgen.«

»Es ist 'ne ganz schöne Schufterei, den Generator anzuschmeißen.«

»Du kennst dich hier ja aus.« Discher warf einen Blick aufs Etikett: »Heineken«, murmelte er verächtlich.

»Ich trinke nur Jever«, ahmte Greta seine Stimme nach.

»Jetzt werd mal bloß nicht frech.«

»Der Flaschenöffner ist dort eingelassen.« Greta deutete auf eine Ausbuchtung neben dem Kühlschrank.

Discher öffnete die Flasche und sagte: »Prost.«

Link kam herein und rieb sich verfroren die Hände.

»Ah, Tee«, sagte er.

»Ich hab gehört, ihr trinkt hier immer Tee«, sagte Discher.

»Stimmt. Aber wie ich sehe, bevorzugst du kältere Sachen.«

»Deine Freundin war so freundlich, mir die Technik zu erklären.«

Greta schenkte Link eine Tasse ein.

»Welche Freundin?«, fragte Link.

»Trink, solange er heiß ist«, sagte Greta.

Discher blickte sich neugierig um. »Ich hab immer deinen Sinn fürs Praktische bewundert«, sagte er.

»Gut, der Tee«, sagte Link.

Greta lächelte und griff nach ihrer Tasse.

»Das quadratische Bett zum Beispiel. Man kann immerzu die Richtung wechseln. Aber wäre ein rundes nicht noch praktischer?« Er sah Greta fragend an.

Sie knallte die Tasse auf den Tisch und stand abrupt auf. »Arschloch!«

»Was ist?«, fragte Link.

Greta stapfte zur Tür. Link hob scheinheilig die Schultern.

»Ach so«, sagte Link. »Du bist eifersüchtig.«

Greta riss die Tür auf.

»Ha?«, sagte Discher.

Greta prallte gegen den kratzigen Pullover von Bernhard Nissen.

»Moin, Moin«, sagte der Kapitän des »Roten Teufels«.

»Ich wollte dich gerade anrufen«, sagte Link.

Greta ging rückwärts zum Küchentisch zurück und setzte sich wieder hin.

»Kannst du vergessen.« Nissen zog die Tür hinter sich zu. »Handy im Arsch.«

»Nimmst du einen Tee?«, fragte Link.

Nissens Blick fiel auf die Bierflasche in Dischers Hand.

»Na ja, wenn ihr auch Bier habt.«

»Nee, Heineken«, sagte Discher.

»Ich nehm eins.«

Discher drückte gegen die Stelle in der Einbauküche, und der Kühlschrank sprang auf. Er holte eine Flasche heraus, öffnete sie und reichte sie Nissen.

»Danke.« Nissen lehnte sich gegen den Küchentresen, nahm einen Schluck, blickte nachdenklich das Etikett an und sagte dann: »Wir haben ein Problem.«

»Ist das Bier zu warm?«, fragte Link.

»Der Verein macht Druck. Sie wollen, dass du hier schleunigst verschwindest.«

»Mach ich, sobald ich einen neuen Anlegeplatz habe.«

Nissen schüttelte den Kopf: »Heute.«

»Blödsinn! Was soll denn das?«

»Am Wochenende haben die großes Vereinstamtam. Irgendwelche bedeutenden Geldgeber kommen vorbei und kriegen Sondervorführungen und so weiter. Dein buntes Hippiebootchen passt nicht ins Gesamtbild.«

»Das ist kein Hippiebootchen.«

»Aber bunt.«

»Im schwedischem Stil gehalten.«

»Wie auch immer, Link. Du musst noch heute weg.«

»Heute ist doch erst Mittwoch.«

»Trotzdem.«

»Heute geht's nicht. Absolut unmöglich. Wir haben noch was vor. Ruf sie an!«

Nissen nahm einen Schluck Bier. »Ich kann's probieren. Aber ehrlich gesagt ...«

»Probier's.«

»Mein Handy ist kaputt.«

»Hier, nimm meins«, sagte Link, zog das Telefon aus der Tasche und warf es ihm zu.

»Ziemlich schlechter Empfang. Besser gesagt gar keiner.«

»Liegt wahrscheinlich am Dampfkran. Wenn du ein Stück nach hinten gehst ...«

»Nix. Ich probier's mal draußen.«

Nissen ging raus und kam wieder rein.

»Dein Handy ist auch im Arsch.«

»Quatsch.«

»Hier, probier mal meins«, sagte Greta.

Es funktionierte auch nicht.

»Das Netz ist zusammengebrochen.«

»Aber hallo.«

»Scheiße«, sagte Link. »Wie soll uns Herbert dann erreichen?«

»Herbert der Hehler?«, fragte Nissen.

»Wir haben noch was mit ihm zu erledigen. Heute Abend. Deshalb können wir auch nicht weg«, erklärte Discher.

»Das war's dann wohl«, meinte Greta.

»Typisch Handy-Generation«, sagte Discher. »Kaum funktioniert das Teil nicht, bricht alles zusammen. Hast du kein Funkgerät an Bord?«

»Nee.«

»Ein Boot ohne Funk?«, fragte Discher ungläubig.

»Das ist ein Hausboot, kein Ozeandampfer!«, erklärte Link. »Außerdem wirst du Herbert wohl kaum per Funk erreichen können.«

»Man könnte ja mal nachfragen, was mit den Handys los ist,

und dann jemanden anfunken, der eine Botschaft auf anderem Weg weitergibt.«

»Er hält's keinen Tag ohne Funkgerät aus«, kommentierte Greta. »Drüben am Festland gibt's Telefonzellen.«

»Die sind alle hinüber. Die Kindergang aus den Asylantenwohnschiffen macht sich da immer zu schaffen, und den Rest hat die Sturmflut besorgt.«

»Dann benutzen wir ein Telefon in einer Kneipe oder fragen jemanden, der da drüben am Ufer wohnt.«

»Das ist genau das, was wir brauchen. Zeugen und nachvollziehbare telefonische Verbindungen. Viel zu riskant.«

»Na bitte«, sagte Discher, »die Zivilisation bricht zusammen, aber Jens Discher weist euch einen Weg aus der Dunkelheit. Ihr braucht einen Funkamateur.«

»Bloß, wo ist die nächstgelegene öffentliche Funkerzelle?«, stichelte Greta.

»Auf meinem Schiff«, sagte Nissen.

»Alles klar.« Discher trank sein Bier aus und stand auf. »Unser Kommunikationsproblem ist gelöst.«

»Okay«, sagte Link. »Jens klärt die Sache mit Herbert ab, Bernhard versucht noch mal, die Vereinsheinis zu belabern, ich mach mich derweil daran, ein paar Sturmschäden zu beseitigen.«

»Aye, Käpt'n«, sagte Nissen.

»Und was mach ich?«, fragte Greta.

»Den Abwasch«, sagte Discher.

Eine Sekunde später zerschellte eine Teetasse neben seinem linken Ohr an der Wand. Die nachfolgende Untertasse flog durch die geöffnete Tür hinaus ins Wasser. Discher und Nissen verließen fluchtartig das Boot.

»Stopp!«, rief Link und hielt Gretas Hand fest, mit der sie bereits die nächste Tasse gepackt hatte. »Das ist mein Teeservice, nicht seins.«

»Er ist doch ein Arschloch, oder nicht?«, zischte Greta.

Link nahm ihr die Tasse aus der Hand. Ihre Augen begegneten sich.

»Du könntest jetzt endlich mit mir schlafen, um ihm eins auszuwischen.«

»Könnte ich?«

»Ja.« Sie neigte sich zu ihm.

»Will ich aber nicht.« Er ließ ihre Hand los.

»Feigling«, sagte sie und sprang auf. »Mach doch deinen Abwasch alleine.«

Sie schnappte sich ihren Mantel und ging nach draußen. Sie versuchte, die Tür zuzuwerfen, aber eine Windböe drückte sie wieder auf. Sie kletterte von Bord und knöpfte sich im Weggehen ihren Mantel zu.

Bevor Link die Tür schloss, sah er ihr hinterher. Ihre langen kastanienbraunen Haare flatterten im Wind.

27. FEBRUAR

SPÄTNACHMITTAGS

Genau in dem Moment, als Discher in der Kapitänskajüte die erste Nachricht von Herbert dem Hehler erhielt, lief der »Rote Teufel« auf Grund. Es ruckte sanft, der Motor des Ewers brummte lauter, fing an zu jaulen, steigerte sich zu einem gurgeligen Gröhlen und erstarb dann zu hüstelndem Leerlauftuckern.

»Cellpap-Terminal ein Uhr MEZ, eins-null-null-null-null-null«, lautete die Nachricht, die Discher per Funk von einem Hamburger Kollegen bekommen hatte, der eine mobile Funkanlage auf einem Fahrrad durch die Gegend schob. Der Hamburger Delta-Charly, der seine Station »Bicycle Mobile Hamburg« nannte, war das letzte Glied in einer Sendekette gewesen, die in Salzburg begonnen hatte und über einen Deutschen in Rumänien, einen Deutsch sprechenden Schweden, einen Amateurfunker aus Curslack und schließlich dem mobilen Charly bei Discher auf dem »Roten Teufel« gelandet war. Kein polizeilicher Abhördienst, kein BND oder Verfassungsschutz konnte diesen Nachrichtenfluss verfolgen, da er völlig unlogisch war. Und natürlich hatte Discher völlig übertrieben, weil es ihm Spaß machte, seine Funktätigkeit in einem konspirativen Zusammenhang zu nutzen.

Die anderen waren nicht sehr beeindruckt, als er versuchte, sein geniales Kommunikationssystem zu erläutern, aber sie hatten auch andere Probleme. Der »Rote Teufel«, mit Link Walthers Hausboot im Schlepptau, war auf eine nicht auf der Elbkarte verzeichnete Sandbank vor dem ehemaligen England-Terminal aufgelaufen. Noch ein paar Meter weiter, und sie hätten das Hausboot hinter einer dort liegenden Hochseeyacht festmachen können. Aber nun hingen sie auf der Sandbank fest. Um sie herum schwappte die Elbe unruhig, und der kalte Wind sprühte ihnen Gischt und Regenschauer ins Gesicht.

Greta sah Nissen zu, wie er mit flatterndem Pferdeschwanz immer wieder versuchte, vorwärts oder rückwärts vom Fleck zu kommen. Er drehte das Ruder mal nach backbord, mal nach steuerbord, aber der Effekt war gleich null.

»Fehlt nur noch, dass die Hafenpolizei kommt und uns fragt, was wir mit dem Hausboot vorhaben.«

»Man wird doch wohl sein Hausboot mal kurz am Ufer parken dürfen.«

»So einfach ist das nicht, Mädchen«, sagte Nissen. »Du kannst nicht einfach irgendwo festmachen, wie's dir passt. Erstens gibt es Regeln, und zweitens kostet das Geld. Anlegeplätze sind rar gesät an der Elbe. Und wie gern jemand einen abgibt, hast du ja bei den Typen vom Museumshafen gesehen.«

»Na ja, im Moment hängen wir bloß fest. Daraus kann uns ja wohl keiner einen Strick drehen.«

»Das geht mir so auf die Nerven, dass diese Sandbank nicht auf der Karte verzeichnet war.«

»Vielleicht hast du dich verguckt.«

»Quatsch, die wurde garantiert erst von der Sturmflut gebildet.«

»Egal, oder?«

»Wir wissen ja noch nicht mal, wie groß sie ist. Vielleicht kommen wir gar nicht dahin, wo wir hinwollen. Wir brauchten ein Lot wie in alten Zeiten.«

»So ein Seil mit einem Gewicht dran?«

»Genau.«

Link Walther, der vorn am Bug gestanden hatte, kam zu ihnen. Er beachtete Greta nicht. Beim Ablegemanöver, als er und sie mithelfen mussten, die Leinen zu lösen, war sie ihm auf die Nerven gegangen. Kaum war der Ewer in Fahrt gekommen, hatte sie gesagt: »Ist schon super, so ein richtiger Zweimaster. Bisschen aufregender als ein Hausboot. Und Bernhard ist supercool mit seinem Pferdeschwanz. Ein echter Seebär. Ich mag harte Männer, die wissen, was sie wollen.«

»Wenn ich das richtig sehe, haben wir Ebbe«, meinte Link.

»Richtig«, sagte Nissen.

»Also müssen wir nur warten, bis die Flut kommt.«

»Könnte knapp werden.«

»Schaffen wir's dann noch, das Hausboot festzumachen?«

»Könnte scheißknapp werden.«

Greta deutete auf die Schlepperstation, wo die maritimen Kraftpakete lagen, die so einprägsame Namen wie »Bugsier« trugen. »Können wir nicht so einen für 'ne halbe Stunde mieten?«

»Zu teuer, Mädchen«, sagte Nissen, und gleichzeitig fuhr Link sie an: »Halt mal die Klappe, ja?«

Greta wurde weiß im Gesicht und kniff die Lippen zusammen. Dann drehte sie sich um und ging zum Bug.

Jens Discher kam aus der Kajüte hochgeklettert und grinste breit: »Cellpap-Terminal, ein Uhr nachts.«

»Klingt nach meiner alten Heimat«, murmelte Link.

»Der Terminal ist riesengroß. Da kann man sich verlaufen«, meinte Nissen.

»Oder ein Konzert für neunundneunzig Tischtennistische und neunundneunzig Tischtennisbälle, gespielt von hundertachtundneunzig Spielern, aufführen.«

Nissen sah Link von der Seite an und grinste: »Wolltest du nicht auch mal eine Nebelhorn-Symphonie aufführen?«

»Zum Hafengeburtstag, ja, aber das scheiterte daran, dass das Wetter nicht lange genug im Voraus berechenbar ist. Jedenfalls war das der Ablehnungsgrund bei der Kultur- und der Wirtschaftsbehörde.«

»Du wolltest unbedingt Nebel dafür?«

»Hör dir mal ein Nebelhorn ohne Nebel an, das klingt lau.«

»Okay.«

»Die andere Idee war die ›Große Perkussive Container-Orgie‹ am Athabaskakai.«

»Ich erinnere mich.«

»Wurde aus Sicherheitsgründen abgelehnt, aber ich plane einen neuen Antrag unter dem Titel ›Cargo Cult‹.«

»Super.«

»Okay, ihr Künstler«, sagte Discher. »Wie schaffen wir es, rechtzeitig zur Übergabe heute Nacht flott zu sein?«

Nissen starrte aufs Wasser. »Die Flut kommt.«

»Ein kleines Problem haben wir noch.«

»Und?«

»Wenn wir nicht rechtzeitig ans Ufer kommen, können wir das Lösegeld nicht von der Bank abheben«, sagte Discher.

»Lösegeld?«

»Na ja, sie fordern hunderttausend.«

»Mark?«

»Es gibt keine Mark mehr, Euro.«

»Hast du so viel auf der Bank?«, wunderte sich Nissen.

»Nee.«

»Aber deine neue Freundin ... wie heißt sie noch?«, fragte Link.

»Frau Burchard ist nicht meine Freundin, du Penner!«

»Sie wollte doch einen sechsstelligen Betrag zahlen.«

»Ich will das Geld gar nicht. Ich will Einsicht in die Familienchronik.«

»Dann können wir es ihnen ja geben«, schlug Link vor.

»Noch haben wir es nicht«, sagte Nissen.

»Ich will ihnen aber nichts geben. Das geht mir gegen den Strich.«

Greta, die wieder herangeschlurft war, erklärte mit finsterem Gesicht: »Ich will nicht, dass diese Drecksäcke so einen Haufen Geld in den Rachen geworfen bekommen.«

»Das würde die Sache aber einfacher machen.«

»Na und?«

»Aber wenn diese, äh, Dame, von der hier die Rede war, das Geld springen lässt«, meinte Nissen. »Warum gebt ihr es ihnen dann nicht?«

»Wenn jemandem das Geld zusteht, dann Papa, ich meine Jens.«

»Das ist nicht ganz falsch«, gab Link zu.

»Ihr müsst euch entscheiden, Leute«, sagte Nissen.

Link sah ihn an: »Können wir hier im Moment was Nützliches tun?«

»Nee.«

»Schaden anrichten?«

»Nee, wir werfen die Anker aus und warten, bis das Wasser hoch genug gestiegen ist.«

»Dann tun wir das und setzen uns unter Deck zusammen, um einen Plan zu entwickeln.«

»Gut.«

Sie stiegen durch die Luke nach unten, wo der ehemalige Laderaum jetzt von einem sehr großen Tisch mit breiter Sitzbank und einigen Betten für abenteuerlustige Urlaubsmatrosen eingenommen wurde. In einer Nische war die Kombüse untergebracht, vorn am Bug gab es eine weitere Kajüte mit doppelstöckigen Betten. Nissen konnte eine Menge Leute auf dem Schiff unterbringen.

»Kalt ist es hier.« Greta rieb sich die Hände. »Sollen wir den Ofen anmachen?«

»Kein Feuer, wenn wir uns in Fahrt befinden«, sagte Nissen.

»Wir sitzen doch fest«, sagte Greta.

»Aber nicht im Hafen.«

»Puh!«

»Wie wär's mit einem Tee?«, schlug Link vor.

»Schon wieder?« Greta verzog das Gesicht.

»Ich hab auch Kaffee an Bord.«

Sie einigten sich auf beides. Nissen spendierte »Schiffszwieback«, der sich als knallhartes englisches Gingerbread entpuppte, und dann beugten sie sich über die Hafenkarte, die Discher aus der Kapitänskajüte geholt hatte.

»Da steht Kreuzfahrt-Terminal«, sagte Greta.

»Ehemals Cellpap. Die riesige Lagerhalle steht noch da. Der Platz zwischen Halle und Elbe ist riesengroß, da kann man ein Lkw-Rennen veranstalten«, sagte Link.

»Schlau gewählt«, sagte Discher. »Da gibt's keine Möglichkeit für einen Hinterhalt.«

»Seid doch froh«, meinte Nissen.

»Ich denke, wir sind es, die einen Hinterhalt planen?«, sagte Greta.

»Wir sind die Bösen«, sagte Discher.

»Wir klauen zurück«, sagte Greta.

»Die werden sich das nicht gefallen lassen.«

»Wer sind eigentlich ›die‹?«, fragte Nissen.

»Chris und Chrissie, das polnische Pärchen, und Herbert der Hehler.«

»Die tricksen wir aus«, sagte Link.

»Nur Chris«, korrigierte Greta. »Er hat das Mädchen doch sitzen lassen.«

»Und was glaubt ihr, was die glauben, wie viele ihr seid?«, fragte Nissen.

»Sie kennen nur Greta«, sagte Discher.

»Ziemlich gut sogar«, warf Link ein.

»Halt bloß die Schnauze«, warnte sie ihn.

»Aber Herbert weiß von Link und mir.«

»Und da ich Kontakt aufgenommen habe, werden sie annehmen, dass da noch einer ist.«

»Also sind wir vier gegen zwei«, stellte Greta fest

»Herbert weiß, dass ich ihn nie hintergehen würde«, sagte Nissen.

»Weiß er das, oder glaubt er das?«, fragte Link.

»Glaubt er.«

»Also denken sie, es sind drei gegen zwei.«

»Angenommen, sie haben sich wieder versöhnt, Chris und Chrissie, meine ich, dann sind es drei gegen drei«, sagte Discher.

»Dann haben wir einen Joker frei«, stellte Link fest.

»Ich bin euer Joker?«, fragte Nissen.

»Genau.« Greta lächelte ihn breit an.

»Na ja.«

»Wir werden sie von zwei Seiten in die Zange nehmen«, sagte Discher.

»Besser noch von drei«, meinte Link. »Und dann haben wir noch ein Überraschungsmoment.«

»Und das wäre?«, fragte Greta.

»Zähl mal auf, welche Sportarten du beherrschst.«

Greta fing an und brauchte nicht mehr als die fünf Finger der linken Hand.

28. FEBRUAR

NACHTS

Der Hafen schläft nie. Tag und Nacht steuern große und kleine Frachter die Anlegestellen in dem unüberschaubaren Netz aus Hafenbecken zwischen Norder- und Süderelbe an. Die Laufkatzen der Portalkräne und die blinkenden und jaulenden Van-Carrier transportieren rund um die Uhr Container von Schiffen auf Halden, von Halden auf Bahnwaggons und Lastwagen oder umgekehrt. Silos werden gefüllt und geleert, Massengüter verladen, vor Raffinerien liegende Tankschiffe nehmen ihre flüssige Ladung auf. Über dem ganzen hochtechnisierten Treiben, in dem nur wenige Menschen, aber viele Computer planen und lenken, liegt der orangefarbene Dunst der grellen Lampen, die die Liegeplätze beleuchten, der vom anderen Ufer aus gesehen wie eine goldschimmernde Glocke wirkt.

Der Cellpap-Terminal war nicht beleuchtet. Nur der Widerschein des orangefarbenen Hafenlichts erhellte die riesige Fläche, hier und da waren das schwache Blinken einer Boje oder ein Leuchtfeuer zu sehen, die den Schiffen den Weg wiesen. Der ganze Bereich südlich von Binnenhafen und Zollkanal, von der nach Geschäftsschluss wie ausgestorbenen Speicherstadt bis hin zu den stillgelegten Becken des Sandtor- und Grasbrookhafens und dem noch betriebenen Baakenhafen war gespenstisch leer. Nur gelegentlich rumpelte ein Lastwagen über die Baakenbrücke am Magdeburger Hafen und die Oberbaumbrücke Richtung Stadt, ab und zu bewegten sich eine S-Bahn oder ein Zug fast geräuschlos über die eisernen Elbbrücken nach Süden.

Herbert der Hehler traf als Erster ein. Langsam und vorsichtig bog er auf seinem Motorroller von der Straße auf das ehemalige Cellpap-Gelände ein. Vor dem sperrangelweit geöffneten Eisentor blieb er mit leise vor sich hintuckerndem Motor stehen und schaltete das Licht aus. Im schwachen Schein der hinter ihm liegenden

Straßenlaternen und dem diffusen Leuchten des Hafens sah das weite, glatte, geteerte Gelände des Terminals aus wie eine platte Fläche von schwarzem Nichts. Nur ganz am Ende war ein Kasten zu erkennen, ein Container, in dem gelegentlich das Abfertigungsbüro für Kreuzfahrer untergebracht wurde, wenn ein Passagierschiff am Strandhafenkai festmachte. Links neben ihm lag die verlassene Pförtnerloge, und dahinter erhob sich der ausladende düstere Bau der Cellpap-Lagerhalle.

An der Auffahrt zur Baakenbrücke stoppte ein tiefer gelegter Fiat Punto. Das leicht hysterisch wirkende Jaulen des frisierten Motors erstarb, und Chris und Chrissie stiegen aus. Man konnte sie nur durch die blonden Haarlocken unterscheiden, die unter Krzysztynas Strickmütze hervorlugten, denn beide trugen schwarze Jeans und schwarze Lederjacken, schwarze Turnschuhe und schwarze Strickmützen mit hineingeschnittenen Augenlöchern, außerdem schwarze Handschuhe. Krzysztof befühlte mit seiner rechten Hand die rechte Hosentasche. Darin befand sich die Brosche, notdürftig in einen verknitterten Briefumschlag geschoben, dessen Gummierung Krzysztyna mit ihrer Zungenspitze akribisch benetzt hatte, damit er gut zuklebte.

Langsam bewegten sich die beiden auf den Eingang des Cellpap-Terminals zu. Dort fuhr Herbert gerade ein paar Schleifen, um das Gelände zu erkunden. Es schien niemand sonst da zu sein. Er fuhr zum Tor zurück und hielt an. Chris und Chrissie traten zu ihm.

»Was ist denn mit euch passiert? Wollt ihr auf 'ne Bankräuberparty gehen?«

»Halt die Schnauze«, zischte Krzysztof. »Du solltest dich besser auch tarnen.«

»Mir reicht mein Helm. Ihr spinnt. Es weiß doch jeder, wer es hier mit wem zu tun hat.«

»Und was ist, wenn jemand anderes dazukommt oder die Bullen auftauchen?«

»Dann zisch ich ab.«

»Ach, mach doch, was du willst.«

»Los! Wir müssen uns postieren«, drängte Krzysztyna.

»Herbert geht zur Kaimauer. Ich postiere mich in der Mitte. Krzysztyna bleibt hier am Tor stehen.«

»Nix da. Ich bleibe hier, und sie geht zur Kaimauer.«

»Mir wird schwindelig, ich hab Angst vor dem Wasser«, sagte Krzysztyna.

»Du sollst ja nicht reinspringen.«

»Herbert ...« Krzysztof hob drohend die Hand.

»Ich bleib mit meinem Roller genau hier stehen. Abhaubereit. Klar?«

»Scheiße. Los, Krzysztyna, dann geh du da rüber.«

»Ich will nicht.«

»Du gehst.«

»Okay, aber nicht bis zum Rand.«

»Geh!«

»Zieh dir die Mütze ab, Häschen, dann siehst du besser, wo du hinhoppelst«, sagte Herbert.

»Schnauze!«, sagte Krzysztof.

Krzysztyna postierte sich links vor dem Abfertigungscontainer, Krzysztof stellte sich etwas weiter rechts ungefähr in die Mitte der Terminalfläche, Herbert blieb, wo er war.

Eine Lagerhaustür öffnete sich rumpelnd, und Jens Discher trat heraus. Mit hellbrauner Cordhose und Wildlederjacke war er gut zu erkennen. Auch die braune Tasche, die aussah, als hätte er darin seine Pausenbrote verstaut, war gut sichtbar.

Discher redete vor sich hin: »Ich gehe los. Hell ist es nicht gerade, aber genug Licht. Ich kann sie ganz gut auseinander halten. Alle drei sind da. Herbert mit Roller am Tor. Das Mädchen nahe dem Ufer, der Typ, also Chris, in der Mitte. Er winkt mir zu. Fasst sich in die Tasche. Hoffentlich hat er keine Kanone dabei, das wäre mir dann doch unangenehm. Nee, er holt was Weißes raus, 'ne Tüte oder so. Könnte die Brosche drin sein. Hebt die Hand hoch, will mir zeigen, dass die Brosche in der weißen Tüte ist. Nett von ihm. Ich gehe langsam immer näher. Wechsle die Tasche von der rechten in die linke Hand. Scheint ihm nicht zu gefallen. Er duckt sich ein wenig. Dämlicher Angsthase. Ich heb die Aktentasche ein bisschen. Soll sehen, dass ich voll auf seiner Linie bin. Er entspannt sich. Okay, Charly zwei, gleich kommt das Kommando.«

Discher lief langsam auf Chris zu, die Tasche in der linken Hand leicht gehoben, die rechte Hand ausgestreckt, um zu signalisieren, dass er damit die Brosche in Empfang nehmen wollte. In dieser etwas seltsam wirkenden Positur blieb er vor dem vermummten Polen stehen.

»Wär doch nicht nötig gewesen, sich zu verkleiden«, sagte er.

»Ich will das Geld sehen.«

»Ich will die Brosche sehen.«

Chris hielt die Hand mit dem Umschlag hoch. »Hier drin.«

»Hättet ihr das nicht besser verpacken können?«

»Was?«

»Ich bringe hier eine ganze Aktenmappe mit, die auch teures Geld gekostet hat, und überlass sie euch womöglich noch, denn wie ich sehe, hast du ja keine eigene Tasche dabei.«

»Stell die Tasche auf den Boden.«

»Zeig die Brosche.«

»Zeig das Geld!«

»So kommen wir nicht weiter.«

»Tasche auf!«

»Okay, pass auf: Du trittst einen Schritt zurück, ich mach die Tasche auf, wir zeigen uns beide, was da drin ist, und dann gibst du mir die Brosche«, er betonte das Wort besonders, machte eine Pause und sprach mit gesenkter Stimme weiter, »mit der linken Hand, und ich geb dir mit meiner rechten die Tasche, und dann …«

Chris blickte irritiert auf. Hinter ihm war ein leises Rollen zu hören. Im gleichen Moment, als er er den Kopf drehte, rammte Discher ihm die Tasche in den Bauch, zog ihm mit dem Fuß die Beine weg und riss ihm gleichzeitig den Umschlag aus der Hand. Chris fiel zu Boden. Ein spitzer Schrei hallte über den Terminal.

Während das Rollen näher kam, riss Discher den Umschlag auf, sah, dass die Brosche darin war, holte zwei phosporeszierende Schalen aus der Tasche, legte die Brosche hinein, schraubte die Halbkugeln zusammen und warf den so entstandenen handlichen Ball dem auf einem Skateboard heranrollenden Link Walther zu, der ihn auffing und sofort Tempo gab.

Chris hatte sich aufgerappelt, bekam von Discher einen Fußtritt verpasst und ging erneut zu Boden.

»Young Lady, jetzt du!«, rief Discher, sprang über Chris hinweg und spurtete Richtung Kaimauer.

Gleichzeitig setzte sich Krzysztyna in Bewegung und rannte auf ihren Freund zu, um ihm zu Hilfe zu kommen, und auch Herbert auf seinem Motorroller gab Gas.

Link, der sich hinter dem Abfertigungscontainer unter einer Leiter verborgen hatte, rollte diagonal über den Terminal. Herbert ließ seinen Roller aufheulen und nahm Kurs auf ihn, um ihn zu rammen. In dem Moment, als er ihn fast erwischt hatte, tauchte aus dem Schatten des Cellpap-Lagerhauses eine weitere Gestalt auf, die sich auf Rollerskates in die entgegengesetzte Richtung bewegte. Der Abstand zwischen Link auf dem Skateboard und Greta auf den Rollschuhen betrug etwa zehn Meter. Beide trugen Windjacken mit Leuchtstreifen. Link warf den phosphoreszierenden Ball in Gretas Richtung. Sie fing ihn auf, ohne die Fahrt zu verlangsamen, und raste weiter. Link erreichte eine im Dunkeln nur als unförmige Masse erkennbare Schanze, rollte in voller Fahrt darüber und flog mitsamt dem Board hoch durch die Luft, während Herbert mit voller Wucht gegen die Breitseite des Hindernisses knallte. Link landete sicher auf dem Boden, stoppte das

Board, dreht sich um und nahm so viel Schwung, wie er konnte, um in die Gegenrichtung zu fahren.

Jens Discher war schon am Rand der Kaimauer verschwunden, auf die nun auch Greta zuraste. Chris und Chrissie rannten Link entgegen. Er hielt direkt auf sie zu und knickte im letzten Moment ab, sagte seinem Board adieu und rannte zu Fuß hinter Greta her, die gerade über den Rand der Kaimauer verschwand. Link erreichte die gleiche Stelle und sprang, während der Motor des »Roten Teufels« aufheulte und der Ewer sich in Bewegung setzte. Greta warf sich zur Seite und rollte von den aufgeschichteten Matratzen. Link landete nicht wie sie auf dem Hintern, sondern auf den Füßen, knickte seitlich weg und schrie laut auf.

Greta setzte sich hin und besah sich die phosphoreszierende Kugel in ihren Händen.

»Geschafft«, sagte sie.

»Delta-Charly an alle«, meldete sich Jens Dischers Stimme in den Ohrhörern von Greta, Link und Nissen. »Operation erfolgreich beendet. Wir bedanken uns bei allen Mitwirkenden für ihre Einsatzbereitschaft. Sind Opfer zu beklagen?«

»Mein Skateboard ist weg und mein Fuß im Arsch«, stöhnte Link.

Nissen drehte in Windeseile das Ruder und lenkte den Ewer in die Mitte des Stroms.

Oben auf dem Terminal trat Herbert wütend gegen seinen verbeulten Motorroller.

»Die haben uns total verarscht!«, schrie Krzysztyna ihren Freund an.

»Halt die Klappe!«, brüllte er und stieß sie mit beiden Händen zu Boden, wo sie schluchzend liegen blieb.

Ein kalter Regen legte sich wie ein Schleier über den Hafen.

28. FEBRUAR

SPÄTNACHTS

Kaum waren sie in der Mitte der Elbe, spürten sie die Wucht des Sturms, der sich wieder entfesselt hatte. Ein unbarmherziger Westwind warf sich ihnen entgegen, und Orkanböen schleuderten der Besatzung des »Roten Teufel« dicke Regentropfen so heftig ins Gesicht, dass man sie für Hagelkörner halten konnte. Nissens Zweimaster hatte schwer gegen die Wellen zu kämpfen, die ihnen entgegenrollten. Natürlich war der Ewer hochseetauglich, und auch wenn man den Wellengang auf dem Fluss durchaus als Seegang bezeichnen durfte, hatte Nissen schon schlimmere Stürme bewältigt.

Sorgen machten ihm eher die beiden Containerschiffe, die ihnen entgegenkamen. Bei diesem heftigen Wind war die Gefahr groß, dass diese Kolosse abdrifteten und träge, aber unaufhaltsam den Kurs eines anderen Schiffs kreuzten. Es war auch schon vorgekommen, dass sich ein solcher Koloss, vom Wind zur Seite gedrückt, auf der Elbe quergestellt hatte, obwohl mehrere Schlepper dies zu verhindern versuchten. Im Vergleich zu einem Containerschiff war der »Rote Teufel« natürlich eine Nussschale. Die großen Frachter reagierten auch bei Sturmwind schwerfällig, der kleine Ewer dagegen konnte von einer plötzlichen Orkanböe im Verein mit unberechenbaren Wellen plötzlich und heftig vom Kurs abgebracht werden.

Der Zweimaster passierte die Schiffsriesen in respektvollem Abstand und arbeitete sich mit jaulendem Motor am Niederhafen vorbei, erreichte die erleuchteten, sturmumtosten und im fahlen Licht der Neonröhren gespenstisch wirkenden Landungsbrücken. Die Lichterketten der großen Hafenrundfahrtsschiffe waren gelöscht, die Brücken lagen wegen der Sturmflut beinahe waagerecht.

Aufrecht stehend, das Ruder im Rücken, lenkte Nissen sein schlingerndes Schiff durch die unberechenbaren Wellen der aufgepeitschten Elbe. Neben ihm stand Jens Discher, jederzeit bereit, auf ein Kommando des Kapitäns zu reagieren. Am Fischmarkt vorbei gelangten sie zum Fischereihafen, gingen auf Abstand zu den vor Neumühlen liegenden Schleppern, und dann schickte Nissen seinen Aushilfsbootsmann nach unten, um die Mannschaft zu informieren.

Greta und Link lagen auf zwei rechtwinklig zueinander stehenden Bänken. Greta stöhnte. Der Seegang machte ihr zu schaffen. Liebend gern wäre sie an Bord geklettert, um sich zu übergeben. Aber kaum hatte sie sich aufgerichtet, wusste sie nicht mehr, wo oben und unten war, und fiel wieder zurück auf die Bank. Link war verstimmt, weil er sich bei dem halsbrecherischen Manöver mit dem Skateboard den Fuß verstaucht, möglicherweise sogar angebrochen hatte.

»Wie auch immer es euch geht«, sagte Discher, »wir brauchen euch an Bord.«

»Ich kann nicht auftreten«, sagte Link.

»Trotzdem.«

Greta stöhnte bloß.

Link stand auf und humpelte zur Luke.

»Komm her«, sagte Discher zu seiner Tochter. »Ein paar Atemübungen und ein bisschen Schattenboxen, und du bist topfit.«

Greta erhob sich und taumelte ihm entgegen. »Schattenboxen?«

»So wie früher. Du gegen mich. Aber zuerst atmest du mir nach.«

Greta lachte, aber sie schaffte es mitzumachen. Discher half ihr beim Hinausklettern, dann standen Vater und Tochter Arm in Arm an Deck und sahen zu, wie Nissen beidrehte und Kurs auf den Museumshafen nahm.

»Alle Mann auf Station!«, kommandierte Nissen.

Link hätte sich beinahe die Hand zerquetscht, Greta wäre fast über Bord gegangen, Discher konnte gerade noch verhindern, dass er sich selbst mit dem Tau am Poller festzurrte, aber irgendwie schafften sie es, den Ewer an seinem Platz festzumachen.

Nissen würgte den Motor ab, und dann hörte man nur noch das Klappern der Leinen an den Masten, das Knarren der Taue und Planken, das knirschende Quietschen von Stahl auf Stahl und das Rauschen der Elbwellen, die über das Ufer rollten und gegen die Flutschutzmauern brandeten.

Die beiden Männer, die jetzt aus dem Schatten des Dampfkrans in den fahlen Schein der Laternen traten, hatten sich die Hosenbeine bis über die Knie nass gemacht. Glücklicherweise trugen sie wetterfeste Macintosh-Mäntel und Tweedmützen, um sich wenigstens oberhalb der Knie vor dem Sturm zu schützen. Und Pistolen, um sich gegen die vier Besatzungsmitglieder des Ewers behaupten zu können.

Das stellte sich jedoch als nicht so einfach heraus wie gedacht. Wie soll man als Landratte mitten in der Nacht ein Schiff entern, das sich hebt und senkt und mal vom Anleger wegdriftet, mal gegen ihn gestoßen wird?

Link, Greta, Discher und Nissen standen an Deck und starrten die beiden Detektive an, die sich nicht zu dem entscheidenden Schritt entschließen konnten. Die Situation war aus ihrer Sicht prekär: Wenn einer versuchte, vom Anleger auf den Ewer zu springen, war er für einige Momente nicht in der Lage, sich zu verteidigen. Er konnte straucheln, fallen, die Waffe verlieren, sich verletzen. Das Schiff hob und senkte sich ruckartig, und an Bord wäre es schwer, schnell in eine günstige Stellung zu kommen. Natürlich könnte der eine vom Anleger aus die Besatzung in Schach halten, während der andere sprang. Aber ob ihm jemand glaubte, dass er ernsthaft jemanden treffen würde, während sich der Boden unter ihm unregelmäßig hin und her bewegte?

»Los!«, rief Kulbrod. »Spring.«

»Wie denn?« Rümker verzog das Gesicht.

»Egal, wie.«

»Mach du.«

»Spring! Ich hab sie alle im Visier.«

»Alle? Wie denn alle?« Rümker versuchte seinerseits, alles ins Visier zu bekommen. Da sich die vier Personen auf dem Ewer gut verteilt hatten, war es jedoch unmöglich.

»Scheiße, du bist ein Feigling.«

»Mach du doch.«

»Halt den Mund!«

»Mach doch!«

Discher trat an die Bordwand und hielt sich an der Schote fest.

»He!«, rief er. »Legt die Waffen weg und kommt an Bord. Wir haben zu reden.«

Eine Windböe riss Rümker die Mütze vom Kopf. Er sah ihr nach, wie sie ins Wasser geschleudert wurde.

»Legt eure Waffen auf den Boden«, wiederholte Discher. »Ihr habt schon nasse Hosenbeine.«

»Bist du bescheuert?«, rief Kulbrod. »Auf den Boden legen? Weißt du, was so ein Ding kostet? Was ist, wenn sie verloren gehen?«

»Habt ihr keine Versicherung, ihr Deppen«, murmelte Nissen vor sich hin, der immer noch am Ruder stand.

»Dann schmeißt sie doch rüber«, forderte der am Bug stehende Link die Detektive auf.

Kulbrod tippte sich an die Stirn. Rümker grinste ungläubig.

»Nehmt die Patronen raus, werft die Waffen rüber und kommt hinterher«, sagte Link. »Wir schmeißen sie nicht ins Wasser, versprochen.«

»Der Deal mit Frau Burchard ist längst unter Dach und Fach. Eure Klientin hat euch abgeschrieben«, bluffte Discher. »Ihr kommt zu spät. Aber ich verspreche euch eine Beteiligung.«

Rümker blickte seinen Kompagnon flehend an. Seine Haare waren nass geworden, klebten wirr auf der Stirn, Regentropfen rannen ihm über das Gesicht, er fröstelte und würgte. Auf einem sturmgepeitschten Anleger konnte man genauso gut seekrank werden wie auf hoher See.

»Blödsinn.«

»Scheiße!«, schrie Rümker. »Willst du sie erschießen, oder was?«

»Halt die Klappe!«

»Ich will hier weg. Das hat doch alles keinen Sinn. Du hörst doch, was er sagt.«

»Quatsch.«

»Leck mich!«, rief Rümker und nahm das Magazin aus seiner Erma. Er steckte es in die Manteltasche und warf die Pistole auf das Schiff, direkt vor Dischers Füße.

»Armleuchter«, sagte Kulbrod.

»Kann ich jetzt rüberkommen?«, fragte Rümker.

Discher hatte die Waffe aufgehoben und eingesteckt. Nun lud er ihn mit einer Handbewegung dazu ein, an Bord zu kommen.

Kulbrod schüttelte ungläubig den Kopf.

Rümker kletterte mühsam an Bord und erklärte: »Mir ist so scheißkalt, Leute, das glaubt ihr nicht.«

Discher deutete auf die Luke: »Geh nach unten, da ist es geschützt.«

Rümker nickte.

Noch immer kopfschüttelnd und irgendetwas Unklares vor sich hinmurmelnd, zog Kulbrod das Magazin aus seiner Sphinx und steckte es in die Tasche. Dann hob er die Waffe und sagte: »Ich komm so rüber.«

Link trat neben Discher, um ihm zu helfen. Mit nur einer Hand zum Festhalten an Bord zu klettern ist ohnehin schon schwierig. Bei diesem Seegang war es unmöglich. Kulbrod stolperte und fiel kopfüber an Deck. Link kniete sich blitzschnell neben ihn und nahm ihm die Pistole ab, Discher half ihm beim Aufstehen.

»Reg dich ab, Detektiv«, sagte er. »Wir machen einen Deal.«

Sie stiegen unter Deck und setzten sich an den großen Tisch.

»Wie sind Sie überhaupt aus Ihrem Büro rausgekommen?«, fragte Greta.

Rümker nieste. »Ihr hättet uns die Hände mal besser auf den Rücken fesseln sollen. So war's ein Kinderspiel, wieder loszukommen.«

»Zu blöd.«

»Diese ganze Geschichte geht mir allmählich ganz schön auf die Nerven«, sagte Kulbrod. »Habt ihr nun die Brosche oder nicht?«

»Haben wir«, sagte Discher.

»Gegen Bezahlung?«

»Wir haben sie ihnen einfach abgenommen«, sagte Greta stolz.

»Sie mussten nicht mal was für unsere Akrobatikeinlage zahlen«, sagte Link.

»Stimmt«, sagte Greta, »die war echt zirkusreif. Wie fandest du mich eigentlich?«

»Spitzenklasse«, sagte Link.

»Siehst du.«

»Herbert wird ganz schön sauer auf mich sein«, meinte Nissen.

»Mir ist saukalt«, sagte Rümker. »Habt ihr nichts Warmes zu trinken?«

»Ich mach uns einen Grog«, sagte Nissen.

Als die dampfenden Gläser wenig später vor ihnen standen, entspannte sich die Situation. Sogar Kulbrod schien sich in sein Versagerschicksal gefügt zu haben.

»Ihr habt sie ausgetrickst?«, fragte er interessiert. »Wie denn?«

»Ein bisschen Sport«, sagte Link.

»In Kombination mit der guten alten Funktechnik«, fügte Discher hinzu. Und er erzählte, wie sie es dank der kollegialen Hilfe des Kollegen vom »Bicycle Mobile Hamburg« geschafft hatten, sich eine mobile Funkausrüstung zu organisieren, und wie sie die Showeinlage am Cellpap-Terminal geplant und durchgeführt hatten.

»Wenn die Handys nicht ausgefallen wären, wären wir wahrscheinlich nie auf die Idee gekommen«, sagte Greta zum Schluss.

»Ich schon«, korrigierte Discher.

»Okay«, sagte Rümker, der dank des Grogs wieder Farbe im Gesicht bekommen hatte. »Was ist nun mit uns?«

»Was genau springt für uns dabei heraus?«, fragte Kulbrod.

»Doppelter Tagessatz«, sagte Discher. »Für jeden.«

Die Detektive sahen ihn ungläubig an.

»Nun glotzt mal bloß nicht so«, sagte Link. »Wann habt ihr das letzte Mal überhaupt ein Honorar bekommen?«

»Geschäftsgeheimnis«, stieß Kulbrod zwischen den Zähnen hervor.

»Ihr wart sechs Tage im Einsatz. Rechnet eine Woche ab. Ich rede mit der alten Schachtel, und die Sache geht klar.«

»He«, sagte Greta, »wie sprichst du denn von deiner neuen Freundin?«

»Halt die Klappe!«

»Und die Brosche?«, fragte Kulbrod.

»Sie kriegt die Brosche im Tausch gegen Einsicht in die Familienchronik. Und sogar noch ein bisschen mehr, wenn sie will.«

»Na bitte«, frotzelte Greta weiter.

»Doppelter Tagessatz ist besser als gar nichts«, sagte Rümker, dem Nissen bereits den dritten Grog eingeschenkt hatte. Er fand es unter Deck inzwischen so gemütlich, dass er die Füße hochgelegt hatte.

Greta deutete auf die durchnässten braunen Wildlederschuhe: »Damit können Sie sich locker ein paar neue Schuhe kaufen.«

»Was bleibt uns übrig«, seufzte Kulbrod.

1. MÄRZ

TAGSÜBER

Der Sturm hatte sich gelegt. Hamburg lag bei fünf Grad Celsius unter grauem Himmel und wartete auf tröstende Sonnenstrahlen. Selbst der Blick durch das Wohnzimmerfenster von Evelyne Burchard bot wenig Anlass zur Euphorie. Frau Burchard lächelte aus anderen Gründen. Jens Discher hatte ihr die Brosche gebracht, die sie vorsichtig auf das Silbertablett mit dem Teeservice gelegt hatte.

»Es ist wirklich reizend von Ihnen, dass Sie sich in dieser Angelegenheit für mich verwendet haben«, sagte sie.

Sie lag dekorativ auf ihrem Sofa, im cremefarbenen Hauskleid, das Haar etwas gelockert. Kaum war Jens Discher eingetreten, hatte sie ihre Plüschkatze fortgestoßen und seine Hand ergriffen, die sie gar nicht mehr loslassen wollte.

»Ich will nicht so bescheiden sein zu behaupten, dass es eine Kleinigkeit gewesen ist«, sagte Discher. »Aber es war mir doch ein Anliegen sicherzustellen, dass Sie nicht in die Fänge unseriöser Ganoven geraten. Sie sollten diese Kerle abfinden und sie vergessen.«

»Wer hätte gedacht, dass sich hinter diesem seriösen Namen ein derart zweifelhaftes Unternehmen verbirgt. Wo sie doch eine so gut klingende Adresse hatten.«

»Der äußere Schein lässt eben nur bedingt auf den inneren Kern schließen.«

»Das haben Sie schön gesagt, Herr Discher. Und es trifft ja so wunderbar auf Sie selbst zu.« Ihre grünen Augen leuchteten.

Discher runzelte die Stirn. »Sehe ich etwa so heruntergekommen aus?«

Evelyne Burchard legte die Hand vor den Mund und lachte herzlich: »Also, Sie sind wirklich ein Scherzbold.«

»Spaß beiseite, Frau Burchard.«

»Nennen Sie mich Evelyne.«

»Spaß beiseite, Evelyne. Kommen wir auf unser gemeinsames Projekt zu sprechen.«

»Ja, bitte. Ich bin ganz Ohr.«

»Wenn Sie mir vertrauen …«

»Ja.« Sie legte ihre linke Hand über seine rechte.

»… müssen Sie mir natürlich uneingeschränkten Zugang zu den Chroniken der Familie Burchard verschaffen.«

»Oh, ich denke doch, dass dies kein Problem sein dürfte. Schließlich bin ich die älteste lebende Vertreterin unserer Familie und habe damit traditionell die volle Entscheidungsgewalt. Oh …« Sie hielt inne und legte wieder die Hand vor den Mund, als sei sie peinlich berührt.

»Was ist?«

»Sagte ich ›älteste‹?«

»Ja.«

Sie machte ein bekümmertes Gesicht.

»Na hören Sie mal, liebe Evelyne! Sie sind zweifellos das frischeste und attraktivste Familienoberhaupt, das die Burchards je hatten.«

Sie errötete leicht. »Im Laufe der Familiengeschichte gab es nur wenige Frauen, die in eine Position gelangten, aus der sie die Familiengeschichte in entscheidenden Momenten wesentlich mitprägen konnten. Ich darf mich nun wohl zu diesen Vorfahrinnen zählen. Sagt man Vorfahrinnen?«

Discher nickte, auch wenn es ihm eher so vorkam, als müsse dies ein Ausdruck der maritimen Verkehrsordnung sein.

»Soweit ich es jetzt schon beurteilen kann«, sagte er, »wurden die Verdienste der weiblichen Familienmitglieder der Burchards schmählich vernachlässigt. Ich würde deshalb vorschlagen, den aufopferungsvollen und kämpferischen Frauen Ihrer Dynastie ein Denkmal zu setzen, indem wir ihnen in meinem Werk einen bedeutenden Schwerpunkt widmen.«

»Das ist eine wundervolle.Idee!«

»Der letzte Teil des Romans wird dann Ihnen gewidmet sein.«

»Oh, und Sie denken wirklich an einen Roman?«

»Meine Aufzeichnungen haben sich bereits in diese Richtung entwickelt. Wir wollen die Burchards vergangener Zeiten wieder zum Leben erwecken. Wir wollen den nackten Fakten neues Leben einhauchen und die Geschehnisse schildern, als wären wir dabei gewesen.«

»Das klingt wundervoll, Herr Discher.«

»Jens für Sie, Evelyne.«

»Jens.«

»Ja.«

»Jens?«

»Ja?«

»Was halten Sie davon, wenn ich Ihnen hier ein schnuckeliges Arbeitszimmer einrichten lasse? Damit Sie nicht ständig anreisen müssen aus dem fernen Kehdingen, um neue Unterlagen abzuholen. Es wäre natürlich auch sicherer für die wertvollen Papiere. Wir haben ja erlebt, wie schnell Unersetzliches abhanden kommen kann.«

»Tja, äh ... ein Zimmer hier im Haus, meinen Sie?«

»Wäre Ihnen das kleine Apartment über der Garage lieber? Wissen Sie, einen Chauffeur beschäftigen wir schon lange nicht mehr.«

»Über der Garage ...«

»Oder fühlen Sie sich bedrängt?« Sie lachte. »Ich kenne mich nicht aus in künstlerischer Freiheit, vielleicht brauchen Sie mehr, äh, Luft ... Abstand?«

»Ich glaube, das Apartment über der Garage wäre eine gute Lösung.«

»Es ist ja mehr ein Studio, wie man heute sagt.«

»Ich nehme das Studio.«

»Aber Sie müssen mir versprechen, dass Sie gelegentlich zum Tee bei mir hereinschauen.«

»Das, liebe Evelyne, wird mir nicht nur ein Vergnügen, sondern ein tiefes Bedürfnis sein.«

»Wundervoll.«

Discher stand auf.

»Müssen Sie schon gehen?«

»Ja, leider.«

Sie seufzte und reichte ihm zum Abschied die Hand. Er deutete einen Handkuss an, eine Geste, für die er sich noch Wochen später hasste. Dann brachte ihn das kantige Dienstmädchen aus Transsylvanien zur Tür.

Greta erwartete ihn im Range Rover.

»Na? Hast du die alte Schachtel eingewickelt?«, fragte sie.

Discher schob sich auf den Fahrersitz.

»So alt ist sie gar nicht.«

»Also hast du sie ausgewickelt.«

»Reiß dich bloß zusammen, Greta!«

»Mom, ich meine Mutter, ich meine Marie-Christin, ist der festen Überzeugung, dass du eine Affäre mit dieser Tussi hast.«

Discher startete den Motor.

»In dem Glauben wollen wir sie mal lassen.«

»Meinst du, das bringt was?«

»Klar, ab und zu eine Tasse TGFOP, FTGFOP oder KGFOP.«

»Sei bloß vorsichtig. Neuerdings fährt sie auch auf so gesunde Aufgüsse ab. Roibusch oder wie das Zeug heißt.«

Discher lenkte den Range Rover auf die Fahrbahn. »Evelyne hat mir die Wohnung über der Garage angeboten.«

»Evelyne, hm?«

»So darf ich sie jetzt nennen.«

»Papa, ich meine Jens, du hast es echt drauf mit den Damen. Wie machst du das bloß?«

»Ich trinke gern Tee.«

»Ist es das?«

»Keine Ahnung.«

Greta dachte darüber nach.

Es dauerte nicht lange, da erreichten sie das Haus von Marie-Christin. Discher stellte den Geländewagen hinter den roten R5 auf die Auffahrt.

Marie-Christin öffnete ihnen lächelnd und sagte: »Ihr kommt gerade richtig zum Tee.«

Greta und Discher sahen sich an. Greta blickte theatralisch auf die Uhr.

»Oha, ich bin noch verabredet.«

»Wo denn?«, fragte Marie-Christin.

»Unten am Hafen, wo die großen Schiffe schlafen.«

»Willst du zu Link?«, fragte Discher.

»Genau.«

»Was willst du denn von dem?«

»Ich will ihn verführen.«

Marie-Christin blickte Discher an und hob eine Augenbraue.

»Na, ich weiß nicht«, sagte er.

»Du solltest dich da nicht in etwas hineinsteigern«, sagte Marie-Christin.

»Wieso?«

»Das haben schon ganz andere versucht«, sagte Discher.

Marie-Christin lief knallrot an, drehte sich um und wollte die Tür zuknallen, aber Dischers Timberland-Boots hielten dem Druck stand. Greta grinste ihn an.

Discher deutete zur Auffahrt. »Kommst du mit dem R5 überhaupt da raus?«

»Ich nehm den großen. Gib mir die Schlüssel.«

Discher warf ihr den Autoschlüssel zu und beobachtete, wie sie den Range Rover auf die Straße lenkte. Sie hupte kurz, gab kräftig Gas und verschwand.

Discher betrat das Haus.

Marie-Christin saß auf dem Sofa und trank konzentriert ihren Darjeeling.

»Und? Bist du jetzt zufrieden?«, fragte sie. »Nach all diesem Unfug, den ihr veranstaltet habt?«

»Sie hat die Brosche angenommen, das Geschäft ist perfekt.«

»Wäre das alles nicht auch einfacher zu regeln gewesen?«

»Na hör mal, ich musste erst mal dieses Silberding wiederkriegen. Es hat mich eine Stange Geld gekostet, es anfertigen zu lassen. Außerdem wäre es eine grobe Missachtung der künstlerischen Leistung von Hein Höger gewesen, wenn wir das Ding einfach abgeschrieben hätten.«

»Und diese Burchard glaubt, es sei die echte Brosche?«

»Klar.«

»Dann hoffe ich für dich, dass nicht plötzlich jemand mit dem Original ankommt.«

»Bestimmt nicht. Die echte Brosche ist irgendwann im Verlauf der Geschichte verloren gegangen.«

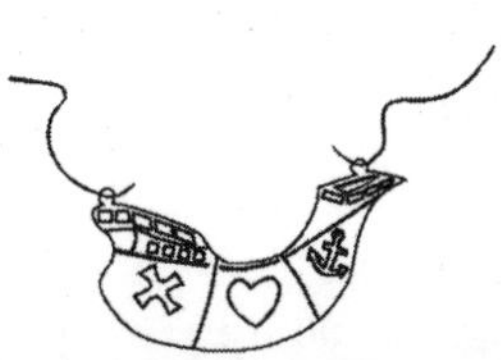

Er hat ihr die Unschuld geraubt – nun trachtet er nach ihrem Leben

Jane R. Goodall
SCHATTENFALTER
Thriller
400 Seiten
ISBN 3-404-15414-2

Die Schülerin Nell Adams entdeckt auf einer Zugfahrt das Opfer eines grausamen Mordes. Er kennt ihren Namen und ihr Gesicht, und auch sie wird ihn nie vergessen. Vier Jahre später kommt Nell als Studentin nach London. Als mehrere grausame Morde verübt werden, erwachen all ihre Alpträume vom Schattenfalter zu neuem Leben. Sie ahnt, dass der Mörder mit ihr noch eine Rechnung offen hat ...
Als bei der Polizei ein Päckchen mit einem chirurgisch extrahierten Auge eintrifft, beginnt das grauame Spiel des Mörders. Warum arrangiert er seine Opfer nach der Vorlage von Hogarth' Rückkehr der Grausamkeit? Briony hat Angst. Und noch weiß sie nichts von Nells Alpträumen ...

Bastei Lübbe Taschenbuch

„Die Morde der Mary Stuart" ist der Roman einer vielschichtigen Intrige, ein Drama über Idealismus, Fanatismus, falsche Moral, Schuld und krankhafte Leidenschaften, geschrieben im Stil eines Thrillers.

Ronald Gutberlet
Die Morde der Mary Stuart
Roman
ISBN 3-203-77510-7

Maria Stuart: Das Drama ist bekannt, die Namen auch, nur die handelnden Personen haben sich in Ronald Gutberlets Roman äußerlich verändert. Neue Positionen, alte Leidenschaften. Die Geschichte selbst spielt im Wirtschaftsmilieu unserer Zeit. Mary Stuart ist Geschäftsführerin des schottischen Zweigs des Medienkonzerns ihres Vaters, ihre Schwester intrigiert gegen sie, und schließlich kommt es zu einem Mordanschlag. Inspector Fred Scilla ermittelt. Wer sich an Ulrich Plenzdorfs „Die neuen Leiden des jungen W." erinnert fühlen will, hat völlig unrecht und liegt dennoch gar nicht so falsch. Eine Neudichtung ohne Schnickschnack – spannend und zeitgemäß.

EUROPA
VERLAG